Peter Heim, geboren 1924, begann seine schriftstellerische Tätigkeit als Journalist. Auf langen Reisen durch die USA, durch Südamerika, Afrika und Asien erwarb er sich Erfahrungen, die in Bestsellern wie »Der Konzern«, »Gringo« oder »Ein Mann will leben« ihren Niederschlag fanden. Neben Politik und Geschichte galt Heims besonderes Interesse schon immer der Medizin. In seinen Erfolgsromanen beweist er eine einfühlsame medizinische und psychologische Kenntnis dieser besonderen Welt. Der Autor lebt heute im Tessin.

Herbert Lichtenfeld, 1927 in Leipzig geboren und seit 1951 in der Bundesrepublik lebend, erhielt für sein Hörspiel »Herr Print erkennt sich selbst« 1967 den Prager Rundfunkpreis, für das Hörspiel »Die Verbände distanzieren sich« 1978 den Preis der Akademie der darstellenden Künste Darmstadt. Sein Fernsehfilm »Die Deutschlandreise« wurde 1971 mit dem Adolf-Grimme-Preis in Silber bedacht. Außerdem stammen etwa zwei Dutzend Drehbücher für Kriminalfilme aus seiner Feder, die meisten davon schrieb er für die TATORT-Reihe.

Von Peter Heim ist bisher als Knaur-Taschenbuch erschienen:

»Die Schwarzwaldklinik« (Band 1485)

Vollständige Taschenbuchausgabe 1987
Droemersche Verlagsanstalt Th. Knaur Nachf., München
Lizenzausgabe mit freundlicher Genehmigung
des Hestia Verlages, Bayreuth

Umschlagfoto P. Bischoff
Druck und Bindung Ebner Ulm
Printed in Germany 5 4 3
ISBN 3-426-01486-6

Peter Heim:

Die Hochzeit in der Schwarzwaldklinik

Roman nach der ZDF-Fernsehserie
von Herbert Lichtenfeld

Knaur

ISBN 3-426-01486-6 780

Er ging zu Fuß, und er ging langsam, den ganzen Weg durch die Nordstadt, über die Brücke, dann den Bahndamm entlang. In einem blaugläsernen Himmel lösten sich letzte Wölkchen taubenweißen Gefieders, und die Sonne schickte schräge heftige Strahlenlanzen auf eine rissige Erde, die noch immer nicht mit dem Frühjahr zurechtzukommen schien. Löwenzahn gab's natürlich, der wuchs selbst im Schotter. Zwischen den Brennesseln, an den braunschwarz verfleckten Eisenbahnschwellen, sah er bereits ein rosa Fingerhutpflänzchen, dessen Samen der Wind wohl vom Wald heruntergeweht hatte. Vorne an der Ecke, bei der Ausfahrt der Kistenfabrik, wo sich die Bahnschranken vor die Bundesstraße senkten, leuchtete wie eine verrückt farbige Torte ein verfrühtes Stiefmütterchen-Rondell.

Andächtig blieb Brinkmann stehen.

Molli setzte sich neben ihn. Sie war die ganze Zeit gerannt. Mit ihrem Kreuzundquerkurs hatte sie fünfmal seine Strecke zurückgelegt. Nun rang sie mit hechelnder Zunge nach Luft.

»Daß du mir ja nicht wieder rumbuddelst!«

Molli senkte ergeben den Kopf, Klaus Brinkmann aber fühlte eine innere Heiterkeit: Frühling. Dieser Tag! Brennesseln. Fingerhut. Nun die Stiefmütterchen.

Warum nicht eines abreißen und sich ins Knopfloch stecken? Eine schwarzblaue oder tiefbraune Plakette der Freude, ein Anstecker, der jedem zeigte: Hier geht ein Mensch in Ausnahmesituation! Samtig gewölbte Blätter, gelbe Punkte darin, leuchtend wie Puma-Augen in der Nacht. Der Mann mit dem Stiefmütterchen am Anzugrevers – wieso eigentlich nicht? Es paßte ins Bild, es entsprach seiner Funktion. Ein Ausrufezeichen in dieser beinahe schon absurden Komödie, in der man ihm die Hauptrolle zugeschoben hatte.

Die Einladungskarten! dachte er. Vergiß bloß nicht, bei der Druckerei vorbeizugehen.

Arme Käte! Solche Mühe hatte sie sich gegeben, ihr »PROFESSOR BRINKMANN ... GIBT SICH DIE EHRE, ANLÄSSLICH SEINER VERMÄHLUNG MIT FRÄULEIN CHRISTA MEURER...« durchzusetzen.

Doch im Entwurf hatte er gleich mal den »Professor« rausgestrichen. Klaus Brinkmann reichte nun ja wohl. Paßte auch besser zu Christa Meurer. Und mit Kleinert, dem Drucker in der Bachstraße, war auch abgemacht: ohne »Professor« – wie immer war er dann Opfer der Illusion geworden, die Dinge bestimmen zu können: Er hatte die Fäden vergessen, an denen er zappelte.

»Professor Klaus Brinkmann« hieß es wieder. Käte Marek hatte Kleinerts Schwüre vernichtet und ihre Version erneut durchgedrückt. Und nun sollte er wieder...? Absurdes Theater! Ja, ein glattes, rundes Stück aus dem täglichen Tollhaus.

»Auf, Molli!«

Brinkmann machte drei Schritte, überlegte es sich, ging die drei Schritte wieder zurück. Vorsichtig sah er sich um, ehe er sich bückte und zwischen Dunkelblau und Dunkelbraun wählte. Dann hatte er's in der Hand: Blau, zart, unglaublich hübsch.

Ans Revers? Nein. Mit spitzen Fingern, als halte er ein zerbrechliches anatomisches Präparat, wickelte Brinkmann das Stiefmütterchen in sein Taschentuch und steckte alles in seinen Pfeifenbeutel: handgepflückt. Wenn's drauf ankam, auch mit Unterschrift! Na, Christa würde sich freuen.

Zunächst aber freute sich Brinkmann selbst, spürte den Schwingungen seiner Schritte nach, stimmte den Atem darauf ab, wie er es in der letzten Zeit übte, sah die Mauer, den Park näher kommen, bog ein, an den beiden milchglasgefaßten Nachtleuchten vorbei: die Auffahrt. Grüner Rasen. Taufrisch und von Johannsen stets saubergehalten. Die mächtigen Baumriesen der Buchen waren wieder lebendig geworden, senkten ihre Wurzeln noch tiefer in die Erde, versorgten neue Blätter mit hellem, fast strahlendem Grün, jedes einzelne wie gestanzt in einem Licht, das sie einhüllte gleich einer Schicht aus gesprungenem Glas.

Ruhe lag über dem Klinikbau. Mittagsruhe. Geranien standen vor den Fenstern. »Herrgott, Mühlmann! In diesem Jahr möchte ich mehr Geranien sehen.« – »Wieso mehr Geranien, Herr Professor?« – »Wieso, wieso, wieso! Weil's gut aussieht. Warum denn sonst?« – »Aber, Herr Professor, einen solehen Aufwand...« Er hatte den Geranienaufwand durchgedrückt. Und sich wieder einmal gefragt, wie ein solcher Verwaltungsdirektorenschädel wohl tickte?

Doch jetzt würden sie bald blühen: violett und magentarot, kardinalsrot, rosarot, auch weiß. Prächtig würde das aussehen, vor allem zu den beiden hochgezogenen Giebeln aus solidem Fichtenholz. Ja, wie er das alles mochte! Ein alter Schuppen? Richtig. Und Gott sei Dank! An Zürich dachte er oder an das Karlsruher Klinikum, an all die anderen Horrorbauten, die sie in den sechziger oder siebziger Jahren hochgezogen hatten: in Beton erstarrte Technik. Maschinenhallen. Verschiebebahnhöfe. Medizinsilos. Nein, das hier war noch Holz, wenn auch jetzt die Farbe abblätterte und es Zeit wurde, sich mit Mühlmann über einen neuen Anstrich zu raufen. Hoffentlich war in der Notaufnahme… Nichts war. Funkstille. Kein einziger Krankenwagen vor dem Ambulatorium. Es würde friedlich werden.

Er dachte es noch, als er die Rampe hochging, um einen Blick in die Aufnahme zu werfen.

Die Türe stand offen. Der kleine Wartesaal mit seinen Holzbänken – leer. So verhielt es sich auch mit den vier Behandlungskabinen. Nein, er hatte sich getäuscht: aus der letzten hörte man Stimmen.

Da stand einer: Jeans. Klar doch, Jeans und T-Shirt! Wen gab's schon, der in diesem Aufzug hier die Leute empfing? Sein Sohn Udo! Wer sonst?

Brinkmann ging näher.

Er beobachtete, wie Udos Hände den muskulösen Bauch eines Fünfzehnjährigen abtasteten. Der Junge lag vor ihm auf dem Tisch. Und als er die beiden so sah, stieg eine winzige Anwandlung von Rührung in ihm hoch. Ein gutes Gefühl, Udo zuzusehen. Prima, wie er das machte. Gelassen, freundlich. Er hatte den Kokon gesprengt, es war ihm zugewachsen in den letzten Jahren, hatte sich nach jenem geheimnisvollen Entwicklungsgesetz der Chirurgen herausgebildet, das Erfahrung, Sicherheit und Passion verbindet.

Brinkmann genoß es. Und wie er es genoß! Vater- und Ausbilderstolz im Herzen, beschloß er, auf seinem Beobachtungsposten zu verharren.

»Hier? Tut's hier nicht weh?«

Schweigen.

»Und jetzt?«

»Au!«

»Was heißt au? Richtig au oder ein bißchen au?«

»Eigentlich eher ein bißchen…«

»So?«

Udos Hände wanderten. Brinkmann hatte sofort erkannt, was sie suchten: den sensiblen McBurney-Punkt. Also Appendizitisverdacht. Doch der Wurmfortsatz unter der Bauchdecke dort schien sich nicht regen zu wollen. »Was machst du denn sonst? Sport? Hast ja ganz schöne Muskeln.«

»Hm... Ich bin im Schwimmclub.«

»Und sonst?«

»Karate.«

»Da muß man ja richtig Angst kriegen vor dir!«

»Ne, Herr Doktor. Vor mir doch nicht. Karate ist nicht Kung Fu.«

»Also keine Kampfmaschine?«

»Ne. Bei uns ist jede Gewaltanwendung verboten. Wir üben bloß im Club.«

»So, bloß im Club? Und draußen seid ihr friedlich?«

»Echt friedlich.«

»Na, um so besser... So, jetzt mußt du wieder Atem anhalten. – Und hier? Spürst du was?«

»Ich weiß nicht.«

»Mußt du doch wissen, Mensch! Du bist mir ein Champion! Ein medizinisches Wunder bist du.«

Aus der Drehung hatte sich Udo aufgerichtet und so Brinkmanns Anwesenheit registriert. Er grinste herüber: »Siehste, Imo! Da kommt der Herr, der immer meine Stechuhr kontrolliert.«

»Wie bitte?«

»Oh, nichts. Gar nichts.«

Brinkmann legte Udo die Hand auf die Schulter. »Was ist denn mit ihm?«

»Möchte ich auch mal wissen. – Imo! Du kannst dich wieder anziehen. Das heißt, Moment – schau doch du mal nach! Ich werde überhaupt nicht schlau. Verdacht auf Appendizitis und keine auch nur annähernde Reaktion.«

»Na ja, dann machen wir die Hosen nochmals auf. Zieh sie ein Stück runter.«

Brinkmann warf einen Blick auf den Überweisungsschein. »Ach, von Dr. Marker kommst du?«

»Ja. Und ich habe ihm auch gesagt, daß ich mich eigentlich ganz gesund fühle.«

Udo lächelte dünn. »Das Witzige ist nur: Marker vermerkt eine leichte Halsentzündung. Wäre ja auch ganz typisch für eine Blinddarmentzündung. Aber im Rachen ist nichts zu sehen. Der Imo hat auch keine erhöhte Rektaltemperatur.«

»Na gut, dann ist ja eigentlich alles in bester Ordnung? Allerdings, daß Marker... Mach mal den Mund auf!«

Brinkmann nahm einen Spatel, drehte die Lampe schräg. Der Rachenraum war wirklich, mit Ausnahme einer völlig unwesentlichen Rötung, ohne Befund.

Der Junge lächelte schüchtern: »Könnte ich dann vielleicht gehen?«

»Ja.« Brinkmann legte ihm die Hand auf die Schulter. »Das kannst du.« Dann sahen sie beide diesem Imo nach, ein blonder, schlaksiger, hochgeschossener netter Kerl, der froh war, wieder das Freie zu gewinnen.

Udo zog das Tuch auf dem Behandlungstisch glatt, warf einen Holzspatel in den Abfall und versorgte das Thermometer im Sterilisator.

»Sag mal, Udo, hättest du ein bißchen Zeit? Du wirst doch gleich abgelöst, und Käte macht mich noch völlig verrückt mit ihren Einladungskarten.«

»Deinen Einladungskarten?«

»Na gut. Es geht darum, daß du dem Kleinert sagst, er soll bloß den Professor rausstreichen.«

Udo grinste.

Brinkmann nahm's zur Kenntnis. An eine grinsende Umgebung hatte er sich in letzter Zeit gewöhnt. »Und noch was. Erkundige dich doch mal, wie viele Plätze der Festraum in der Linde hat.«

Udo nickte, setzte sich auf den Hocker, schrieb seinen Bericht für Marker, und Brinkmann bekam Zweifel, ob er all diese wichtigen Informationen über Einladungskarten und Festsäle überhaupt aufgenommen hatte. Schlimmer noch, ob er sich nicht wieder selbst darum kümmern mußte? – Werde ich nicht tun! beschloß er, erfaßt von jener schwebenden, aber um so gefährlicheren Lust am Chaos. Sie hatte sich angesichts der Kette unbegreiflicher Pflichten, die eine Hochzeit anscheinend mit sich brachte, in ihm herausgebildet...

Sachte schloß Brinkmann die Tür.

Draußen saß der Junge auf einem Mäuerchen neben seinem Fahrrad. Udo hatte ihm gesagt, er müsse den Bericht mitnehmen. Na gut. Brinkmann winkte hinüber. Der Junge nickte verklemmt.

*

Sabine Lindemann sah auf ihre Uhr: Kurz nach eins.

Erschlagen fühlte sie sich, kreuzmüde, doch sie hatte es hinter sich gebracht. Wenn Sabine Lindemann etwas haßte, dann waren es Einkaufsfahrten nach Freiburg. Gewiß, in Offingen gab es genug Leute, die täglich in Zug oder Bus hin und her pendelten. Aber an einem einzigen Vormittag: Überfüllte Kaufhäuser, Menschenmengen im Supermarkt, ungeduldige Kassiererinnen, Touristen, Studenten – grausam!

Wie gut es doch tat, die Einkaufstasche auf die Mauer zu stellen, die eigene Gartentür aufzuschließen. Heimkehr! Ihr Haus. Ihre Welt.

Und Imo!

Den Schlüssel brauchte sie gar nicht umzudrehen, die Tür war offen. Drüben an der Garageneinfahrt sah sie zwei Jungen stehen: zweimal blondes Haar. Zweimal lange Jeansbeine. Zwei schlanke, aufrechte Körper.

Wie Brüder! dachte Sabine Lindemann und tupfte sich den Schweiß von der erhitzten Stirn. Im Grunde sind sie ja zum Verwechseln ähnlich. Ein Glück, daß

Imo mit Ralf so gut kann! Netter Junge, dieser Ralf, also wirklich. Ein anständiger Junge, vor allem.

Jetzt hatte Ralf sie sogar als erster gesehen. Er grüßte. Dann stieß er Imo an.

Imo hob nur die Hand. Die war ölverschmiert. Einen Lappen hielt er auch. Arbeitete an irgendwas herum. Dabei gehörte er doch eigentlich ins Bett.

Sabines Herz zog sich zusammen. Den ganzen Morgen in Freiburg, ja auch im Bus hatte sie an nichts anderes gedacht: Imos sonderbare Schmerzen... Laß es nichts sein mit seinem Bauch, lieber Gott! Und anscheinend war es nichts.

»Solltest du nicht ins Bett?«

»Aber wieso denn? Mir geht's prima.«

»Wirklich? Menschenskind, Imo, bin ich froh. Und ich dachte schon, dein Schulausflug fällt ins Wasser. Was ist los? Was hat Marker gesagt?«

»Der? Der hat mich gleich in die Schwarzwald-Klinik geschickt. Dort haben sie mich dann untersucht. Ganz genau. Der Junge. Und dann sogar der Alte.«

»Der Professor?«

»Wer denn sonst?« machte sich Imo wichtig.

»Und?«

»Nichts.«

»Wirklich?«

»Ich sag dir: Gar nichts! Ich hab's auch schon dem Dr. Marker gesagt. Und einen Brief hingetragen.«

Sie atmete auf. Sie wollte etwas erwidern, doch Sabine Lindemann brachte nichts zustande, als ein erleichtertes, unendlich langes Ausatmen.

»War nur so ein Zwicken im Bauch, Mami. Kein Blinddarm.«

»Hattest du aber ziemlich oft in letzter Zeit, dieses Zwicken. Und wenn's auf dem Schulausflug...«

»Ach, Quatsch! Komm, Mami, Papi hat vorhin auch schon den Professor angerufen. Der nahm das ganz locker. Sie können unbesorgt sein, Herr Lindemann, hat der gesagt.«

Unbesorgt? Als ob das so einfach wäre! Sabine Lindemann lächelte. Und sie lächelte auch, als Ralf jetzt die Hand hob und auf das Fahrrad stieg.

»Weißt du«, rief Imo herüber, »ich hab' Ralf mein Fahrrad gegeben. Jetzt, wo ich das Moped habe, brauch' ich's ja nicht mehr. Sogar mit dem Gang klappt's wieder.«

So, es klappte also wieder. Ein wirklich netter Junge, dieser Ralf. Warum sollte sie sich nicht freuen? Und wie er nun so losradelte, aus der Einfahrt hinaus, die Straße entlang, hatte er die Schultern genauso hochgezogen, wie Imo das immer tat.

Wirklich wie Zwillinge, dachte sie...

*

Die Fenster von Brinkmanns Arbeitszimmer führten gegen Westen, und immer wenn die Sonne sich anschickte, ihren täglichen Lauf zu beenden, brachen die Strahlen herein und erfüllten den ganzen Raum mit einer Art geheimnisvollem Leuchten, so, als begännen tausend Lichtpartikel aus sich selbst zu glühen. Dies mochte zwar ganz hübsch sein, Brinkmann mochte diese Stunde auch – aber für eine Röntgenanalyse war das Licht ziemlich unpassend.

So ging er hinüber, zog die Vorhänge zu und drehte sich wieder zum Leuchtschirm.

»Na, wissen Sie, Walter, das muß an der Aufnahme liegen. Schauen Sie! Der Gelenkkopf ist ganz klar abgezeichnet. Hier aber zum Schenkelhals – ein Brei!«

Renz nickte verhalten. Er hatte sich geschworen, bei der Begutachtung delikater Röntgenaufnahmen stumm zu bleiben. Zu oft war er aufs Glatteis geführt worden.

»Was meinen Sie denn?«

»Oh – ich bin da schon Ihrer Ansicht.«

»Sie sind meiner Ansicht?«

»Ja, ich glaube schon.«

Über die Halbbrille schoß ihm Brinkmann einen seiner berühmten Giftblicke zu. »Sie glauben in letzter Zeit zuviel. Mensch, streichen Sie doch mal das Wort aus Ihrem Vokabular.«

»Wie Sie wünschen.«

»Und jetzt mal die anderen Aufnahmen.«

Walter Renz griff zu dem großen Kuvert. Er ließ es wieder sinken. Die Tür hatte sich geöffnet.

»Katharina!« trompetete Brinkmann. »Wenn du jetzt auch noch behauptest, ich hätte irgend etwas vergessen, was mit meiner Hochzeit...«

»Sie haben nichts vergessen. Wenigstens nichts, das ich wüßte.«

Sie lächelte. Was immer sich in Brinkmanns Schädel mit dem Wort »Hochzeit« verbinden mochte, schien ihn in ein zappelndes Bündel nervöser Hilflosigkeit zu verwandeln. Sie erlebte es täglich. Wie jeder im Haus.

»Störe ich?«

»Du?« sagte er galant. »Wie willst du das fertigbringen?«

Sie blieb in der Mitte des Raumes, dieses halb nachsichtige, halb liebenswerte und in jedem Fall sehr selbstbewußte Lächeln um den Mund. Unter dem weiß gestärkten Leinen trug sie irgend etwas Karamelfarbenes. Groß war sie, hochgewachsen, sehr weiblich: Katharina Gessner. Udos Freundin, mehr noch sogar: seine potentielle Schwiegertochter! Und was außerdem hinzukam: Elena Bachs Nachfolgerin. Es gab Sekunden, wo sie Brinkmann tatsächlich an Elena erinnerte. Vielleicht, weil das Unterbewußtsein ihm ständig diesen Vergleich aufdrängte. Eines zumindest hatten sie gemeinsam: Ehrgeiz. Nur daß Elena ihre geheimen

Wünsche und Gedanken verhalten vorgebracht hatte, gleichsam gebrochen durch den Filter eines verletzlichen, unsicheren Selbstwertgefühls, Katharina hingegen? Das pure Gegenteil. Jede ihrer Gesten schien zu sagen: Hier bin ich! So müßt ihr mich auch nehmen. Was nicht besonders schwierig war. Sie hatte Humor, sie hatte Klasse. Sie war von einer vitalen, dunkelhaarigen, selbstbewußten Weiblichkeit, die den Raum auszufüllen schien.

Elena wiederum?

Warum eigentlich dachte er gerade in den letzten Wochen so viel an sie? In einer immerwährenden Kadenz tauchte ihr Name auf, zog seine Erinnerungsspuren, die sich dann zu Bildern verdichteten und zu leuchten begannen. Doch nun? Ja, nun frei von dem nagenden Gefühl verfehlter Gelegenheit und Schuld.

Doch hier stand die Gessner. Und wie!

»Ich wollte nur die Anästhesieprotokolle bringen«, sagte sie gerade.

»Nur? Wie schade…« Er konnte es nicht lassen. »Dann leg sie auf den Tisch.«

Sie nickte, blätterte kurz ihren Papierkram durch und gab ihn ab. Dann drehte sie sich um: »Schönen Abend. Sehen wir uns nicht mehr?«

»Das weiß ich nicht. Ich glaube, Käte hat mit Udo irgend etwas abgemacht.«

»Dann bis später.«

Die Türe schlug zu. Brinkmann verspürte keine Lust mehr, sich mit schlampigen Aufnahmen herumzuquälen. »Das hat auch noch morgen Zeit, Walter. Lassen Sie einen neuen Satz Aufnahmen machen, ja?«

Das Telefon summte. Er hob ab.

»Endlich!« vernahm er Käte.

»Was heißt schon endlich?«

»Das heißt, daß ich dich die ganze Zeit gesucht habe.«

Brinkmann seufzte: »Was geht denn jetzt schon wieder schief, Käti?«

»Schief?« Sie stöhnte. »Wie ist das? Nimmst du jetzt ein Auto oder eine Kutsche?«

»Was denn für 'ne Kutsche?«

»Für die Hochzeit natürlich. Die Fahrt zur Kirche und zurück.«

»Ach so... Also Kutsche? Ich weiß wirklich nicht... Moment mal, Renz.«

Doch der schloß schon die Tür. Jetzt ging's um Auto oder Kutsche. Und zu allem streckte auch noch die Meis den Kopf herein.

»Was ist denn mit Ihnen?«

»Der Herr Dr. Marker ist am Apparat. Er hat schon dreimal angerufen. Er will sich nachher noch mal melden.«

»In Ordnung.« Brinkmann versuchte seine Gedanken in die Balance zu bekommen: »Was war das gerade?« fragte er in den Hörer. »Was hast du gesagt?«

»Ich sagte, eine Hochzeit ist was Romantisches! Und Christa ist auch für Kutsche. – Aber schließlich, es ist ja deine Hochzeit.«

»Hör mal, wenn Christa das will, wieso fragst du mich?«

Er hatte den Hörer zwischen Schulter und Ohr, schob Briefe hin und her, die ihm die Meis zur Unterschrift auf den Schreibtisch gelegt hatte, und ärgerte sich: »Herrgott, das EKG hat er auch noch vergessen!«

»Was sagst du?«

»Ich meine nicht dich. Moment mal...«

Wo war bloß der Knopf der Gegensprechanlage? – Hier! »Meis! Hör mal! Was war da vorher mit Marker?«

»Er hat angerufen«, kam es zurück. »Dreimal schon. Wollen Sie...«

»Falls er es noch mal tut, sagen Sie ihm, daß ich heute abend zurückrufe.«

»In Ordnung.«

Er wollte auflegen. Ging nicht. Kätes Stimme quäkte verzerrt und wild entschlossen aus der Plastikmuschel: »Was soll denn die Dekoration kosten?! Außerdem, die Sitzordnung...«

»Du, jetzt reicht's! – Ich bin nicht nur Bräutigam. Ich habe auch noch einen Nebenberuf: Arzt!«

Um sich das zu bestätigen, schlug Brinkmann die Faust auf die Gabel. Er lehnte sich im Schreibtischsessel zurück. Er betrachtete die Zimmerdecke und schloß die Augen. Als er sie wieder öffnete und den Blick geradenahm, war es ihm, als stehe Schäfer dort drüben, die Arme verschränkt, das ewige unwägbare Oberarztlächeln auf dem Gesicht.

Rasch schloß er die Lider.

Müde war Brinkmann. Hungrig auch. Gestreßt sowieso. Und dennoch auf eine wolkigleichte Weise glücklich, ein Gefühl, das ihn seit Wochen nicht verließ, ziemlich wenig mit ihm, doch um so mehr mit Christa zu tun hatte. Wie anders doch alles geworden war, seit man sie nicht mehr um sich hatte. Christa, das arme Christalein dort in ihrer Studentenbude in Freiburg! Na, tapfer war sie, ungeahnt tapfer. Die typische Medaillengewinnerin. War das nun Ehrgeiz wie bei Katharina? Selbstbehauptungswahn? Was war es eigentlich, das sie mit solcher Bravour büffeln ließ?

»Eine Hochzeit ist was Romantisches. Und Christa ist auch für Kutsche...«

Na bitte! Aber nur als frischgebackene Frau Doktor stieg sie in die Hochzeitskutsche!

Von Schimmeln gezogen wahrscheinlich. Und er selbst? In seiner mausgrauen Nüchternheit hatte er nichts zu tun, als rumzumeckern. Ach Käti! dachte er. Goldstück! Schimmel und Kutsche... Und mit Christa verträgst du dich nun endlich auch. Ende gut, dachte er gerührt, alles gut. Schließlich war es ihm erst letzte

Woche gelungen, Käte dazu zu überreden, all die Prospekte von Seniorenheimen in den Abfall zu werfen, die sie sich in ihrer Panik, nicht mehr die erste Geige im Haus zu spielen, hatte zuschicken lassen.

Irgendwo räusperte sich etwas.

Brinkmann fuhr zusammen. Er hatte sich doch nicht getäuscht: dort stand Schäfer! Stand in Lebensgröße und beobachtete ihn mit diesem kühlen, diagnostizierenden Blick.

»Oh, mein Lieber!« Brinkmann fuhr schuldbewußt hoch. »Ich muß mich wohl entschuldigen. Ich fürchte, ich war gerade am Wachträumen. Was gibt's denn?«

»Sie wollten doch mit mir die Planung wegen des Hüftgelenks...«

»Ach ja, natürlich. Renz war auch schon da. Saumäßige Aufnahmen. Wir lassen neue machen.«

»Vielleicht sollten wir dann...«

»Ich weiß schon, was wir sollten, mein Lieber: Das Hüftgelenk für heute vergessen und uns was Gutes antun.« Er ließ seinen Sessel kreisen und öffnete den Schrank. »Eine Kostbarkeit. Hat mir Barthels geschickt. Eine Spezialabfüllung. Nur für ihn und seine besten Freunde.«

Schäfer setzte sich. Sie sahen sich an. Sie lächelten. Sie hoben die Gläser und sagten nichts. Sie lehnten sich zurück. Sie genossen, was da über ihre Zunge rann, und sie mochten sich. Schweigend.

»Sagen Sie, Schäfer«, meinte Brinkmann schließlich und hatte eine sehr zögernde, fast kleine Stimme, »wann haben Sie eigentlich das letztemal geheiratet?«

»Sie meinen das einzige Mal? Vor siebzehn Jahren.«

»Da wird die Erinnerung schon ein bißchen blaß, nicht wahr?«

»Kann man sagen.«

»Ja, ja. Auch bei mir ist es so. Dabei ist es ein Tag,

dessen man sich entsinnen wird. Ich meine, rein organisatorisch gesehen. Alles stellt sich gewissermaßen selbst auf den Kopf. Man wird zur Familie.«

»Zum Verband«, half Schäfer.

»Sicher. Wenn ich Katharina und Udo noch miteinbeziehe – die wollen ja tatsächlich auch noch…«

Er brach gequält ab.

Schäfer betrachtete sein Glas und die winzigen Bögen, die wie Tropfen über die Wölbung zogen. »Eine Doppelhochzeit?« fragte er schließlich.

»Nein, nein. Hören Sie mal! Obwohl…«

»Wie bitte?«

»Obwohl, einen Vorteil hätte das ja: Die Kutsche würde billiger. So 'ne Kutsche, ich meine, da hat man ja sicher auch zu viert drin Platz…«

*

Eine Gebrauchsanleitung für den Umgang mit Gespenstern müßte man haben! Udo Brinkmann wünschte sie sich, seit es Katharina Gessner für ihn gab, genauer, seit sich Katharina eines Morgens vor dem Klinikportal und unter aller Augen mit inniger Umarmung und zärtlichem Kuß von einem hochgewachsenen, exquisit gekleideten Herrn verabschiedet hatte. Der Herr trug eine englisch geschnittene Glencheckjacke nach Gutsbesitzerart. Dazu Hosen aus feinstem Manchester und eine karierte Sportmütze. So gekleidet, bestieg er einen alten Bentley, der in stilvollem Dunkelgrün gehalten war. Der Mann hatte Format, auch Udo mußte das zugeben. Er hieß Frederick. Frederick E. Gessner. Er hatte sich an diesem Vormittag im Amtsgericht Offingen von Katharina scheiden lassen und war von Stund an Udos Alptraum geworden – Udos ganz privates Hausgespenst.

Verdammt noch mal: Wieso auch mußte sie Fredericks Foto in die Wohnung stellen?

Gut, er hielt darauf das Kind im Arm, das gemeinsame. Fünf Jahre alt. Gottlob dunkeläugig und dunkelhaarig wie Katharina. Auch noch ein englisch wirkendes Kind, es wäre zuviel! Aber der Vater zumindest war auf dem Foto überflüssig. Und das Kind würde ohnehin erst in fünf Wochen in Offingen eintreffen. Dann nämlich, wenn sie in das Haus zogen – nein, sobald Katharina ihr Haus gefunden und erworben hatte. Eine Frage des Preises? Für Katharina doch nicht. Katharinas Weltsicht war nüchterner, mathematisch gewissermaßen, orientiert an Zahlen, die auf Konten, Zinsen oder Überweisungen standen.

Vielleicht war es gerade diese nüchterne Sachlichkeit, die Frederick für Udo zum Gespenst werden ließ.

»Was machst du bloß für ein Gesicht?« Sie hatte Bier eingeschenkt. Nun studierte sie, die Ellbogen auf die Frühstückstheke ihrer Küche gestützt, besorgt sein Gesicht.

»Mir paßt das nicht.«

»Was paßt dir nicht?«

»Diese Häusergeschichte. Hier eines kaufen, dort ein anderes verkaufen. Dazu noch für anderthalb Millionen.«

»Soll ich es für anderthalb tausend verkaufen?«

»Nein. Aber es paßt mir nicht, daß er für das Kind zahlt, okay? Und außerdem, mit dem Vermögen, das du jetzt hast, kannst du dir ja sonstwas an Land ziehen.«

»Sonstwas? Was denn?« Katharina Gessners Gesicht nahm den Ausdruck einer betrübten Lehrerin an, die versucht, den Klassenletzten zu verstehen: »Jetzt hör mal gut zu! Mein geschiedener Mann wurde reich geboren. Ich kann es nicht ändern. Da wir keine gesetzliche Gütertrennung vereinbart hatten...«

»Ja, ja. Trotzdem paßt es mir nicht!«

»Himmelherrgott, ich hab' schließlich doch nicht die Absicht, dir etwas von meinem Geld zu schenken.«

»Nein?«

»Nein. Es sei denn, du wärst in der Klemme.«

»Siehst du, so fängt's an. Ich bin nämlich oft in der Klemme. Jedes Monatsende, genaugenommen. Ich hab' kein Geld für Sprit. Und was tust du? Du steckst mir gönnerhaft ein paar Blaue zu.«

»Du kannst ja auch dein Konto überziehen.«

»Das ist schon ständig überzogen – bitte, lach' nicht, ich halte das wirklich für problematisch.«

»Natürlich. Wäre ja auch viel einfacher, wenn wir am Monatsende beide blank wären.«

»Komm! Deine Ironie kannst du dir schenken.«

»Das ist keine Ironie. Das ist eher der Hinweis darauf, daß du dir eine Ärmere suchen mußt. Zum Beispiel heute abend.«

Sie lächelte, tatsächlich, selbst jetzt brachte sie es fertig. Den Mantel nahm sie vom Haken, kam zurück: »Ich geh' jetzt essen. Zum Jugoslawen. Da aber Monatsende ist, und ich dich nicht einladen darf, möchte ich mich jetzt von dir verabschieden.«

Er starrte nur. Und schluckte. Ein Ungeheuer war sie. Nahm ihn ständig auf den Arm...

»Du bist ein Ungeheuer!«

»Nicht wahr?«

»Aber ich liebe dich. Ich liebe dich mehr als alles auf der Welt!«

Und das war die pure Wahrheit. Er liebte sie nicht nur mehr als alles auf der Welt, er liebte auch alles an ihr. Selbst, daß sie sich über ihn lustig machte...

Na schön, an der Türe hatte er sie erwischt, packte sie an den Schultern, riß sie herum und küßte sie.

Und dann, als sie wieder zu Atem kamen: »Soll ich dir was sagen, Katharina?«

»Was denn?«

»Ich will dich!«

»Ach nein?«

»Ja! Ich will dich trotz deines Geldes. Und wenn es sein muß, heirate ich eben eine reiche Frau...«

»Wie weise! Und jetzt wird gegessen. Um neun Uhr sind wir nämlich mit Käti und deinem Vater verabredet.«

»O nein!« Udo verdrehte die Augen. »Nicht schon wieder Hochzeit...«

»Ja, schon wieder.«

*

Dennoch, es wurde ein schöner Abend. Angenehm gemütlich und lustig dazu.

Zumindest bis zu der Sekunde, als Käte vom Telefon zurückkam: »Klaus! Der Dr. Marker will dich sprechen.«

Brinkmann erhob sich mit schlechtem Gewissen. Den Hörer in der Hand, sagte er deshalb kleinlaut: »Oh, verdammt! Dich hab' ich tatsächlich vergessen.«

»Allerdings. Hast du!«

Die alte Marker-Stimme, knapp, rauh, beleidigt. Was war denn jetzt wieder im Busch?

»Weißt du, normalerweise bin ich ja nicht so, du kennst mich doch. Aber der Streß, der Hochzeitsstreß...«

»Sicher. Danke auch für die Einladung. Ich komme. Falls du am Samstag noch immer Lust zum Heiraten haben solltest...«

»Was soll das?«

»O nichts. Ein ziemlich dummer Witz.«

»Finde ich auch.«

»So, findest du? Es gibt noch einen Witz: Die Diagnose deines Sohns. Die ist sogar barbarischer Blödsinn. Ich rede von dem kleinen Imo Lindemann.«

»Von wem?« Brinkmann drückte den Daumennagel gegen den Stirnknochen. Es fiel ihm trotzdem nicht ein.

»Appendizitis! Fünfzehnjähriger Junge. Blond!«

»So? Ja, natürlich. Wieso barbarischer Blödsinn? Ich hab' den Jungen auch untersucht.«

»Ach was? Na, da gratulier' ich aber! Der ist jetzt als Notfallpatient in der Klinik.«

»Aber nicht in meiner.«

»Wie kommst du denn da drauf? Wo sollen die Eltern noch das Vertrauen hernehmen?«

Alles kam Brinkmann zu schnell. Und zu überraschend. Was heißt überraschend. Unmöglich war das doch. Einfach unglaublich!

»Jetzt paß mal auf, ja? Die Bauchdecke war weich und elastisch. Der McBurney-Test negativ. Wir haben den Rachenraum untersucht. Eine Schwellung der Mandeln war nicht festzustellen. Ja, Herrgott noch mal, hast du dir den Jungen noch mal vorgeknöpft?«

»Nein. Die Zeit gab's gar nicht. Er ist auf einem Schulausflug zusammengebrochen. Sie haben ihn dann nach Hause gebracht und von dort aus gleich weiter nach Eibenkirchen. Ich hab' mich mit denen in Verbindung gesetzt. Blinddarmdurchbruch!«

»Du spinnst ja!«

»Nein, du. Guten Abend.«

»Hallo! Ignaz!« Ja, es ging zu schnell. Es war nicht zu begreifen. »Moment mal!« Brinkmann schrie es in den Apparat. »Hör mal, das kann doch gar nicht sein. Das kann's ja gar nicht geben!«

Doch Marker hatte schon aufgelegt.

*

Sie sprachen kein Wort. Was auch? Es gab nichts mehr zu sagen. Nur warten. Sitzen in unbequemen Stühlen. Vor sich zerlesene Illustrierte. An der Wand das Kreuz. Sie spürten jeden Sekundenschlag.

Nie bedeutete für Sabine und Ernst Lindemann

das Verstreichen der Zeit eine solche Qual. Nie auch hatten sie sich so nahe gefühlt, nahe in den Gedanken, den Ängsten, die ihnen die Erinnerung entwarf.

Es blieb stets dasselbe.

Imos schweißnasses, verzerrtes Gesicht. Imos eingekrümmter Leib. Sein flehendes, klägliches Weinen: »Mama! Es kommt wieder. Ich halt das nicht mehr aus. Helft mir doch!«

Helft mir doch! Wie?!

Kopf und Kragen hatte der Sankafahrer riskiert, um Imo in die Klinik von Eibenkirchen zu bringen. Wohin auch sonst? In die Schwarzwald-Klinik etwa, zu den beiden Brinkmanns, diesen verbrecherisch-unfähigen Ignoranten?

DER JUNGE IST VÖLLIG IN ORDNUNG!– Selbst auf dem Untersuchungsbericht stand es, den Dr. Udo Brinkmann dem Dr. Marker geschickt hatte: Imo hat nichts. Völlig in Ordnung.

Ein aufgeschwollener, brettharter Bauch! Ist das völlig in Ordnung? Eine Entzündung, die Imos Haut glühen ließ. Ein durchgebrochener Blinddarm, eine tödliche Bedrohung also! Hier hatten sie das erkannt. Und sofort operiert.

»Ich weiß nicht, was ich mit Brinkmann mache!« Ernst Lindemann ließ die Gelenke knacken. »Wenn Imo was passiert, bring' ich den jungen Brinkmann um, Sabine! Das sag' ich dir: Ich bring' ihn um!«

Sie schwieg. Ihre Schläfen schmerzten: Wie lange saßen sie schon hier? Zwei, zweieinhalb Stunden! Vor zweieinhalb Stunden war Imo durch die Türe mit der Aufschrift OPERATIONSSAAL geschoben worden. Seit zweieinhalb Stunden schnitten sie nun...

Leise öffnete sich die Türe: Kein Arzt, ein junges Mädchen in einem weißen Mantel.

Ernst Lindemann war aufgesprungen: »Schwester! Bitte! Wie sieht's denn aus?«

Sie hatte dunkelbraune, freundliche, doch ein wenig verlegene Augen. »Wissen Sie, da kann ich gar nichts sagen. Ich bin hier nur Lernschwester.«

»Ach so...«

Weiterwarten! Gebete in den Himmel schicken, durchdenken, was man falsch gemacht, versäumt haben könnte. Weiter Imo vor Augen haben: den kleinen Imo. Imo im Laufstall. Wie Imo heulend vom ersten Schultag nach Hause kam. Den größeren, heranwachsenden Imo: Einser-Schüler, Schwimm-Meister – ihr Junge, ja! Ein Kind großziehen, für das man plant, um das man sorgt, das dem Leben einen Sinn gibt, das man liebt. Und nun das!

Laß Imo durchkommen!

Lieber Gott, es muß doch gutgehen. Die in Eibenkirchen haben gute Ärzte.

Endlich! Sie kamen zu zweit: Der Chef. Und dieser nette junge Dr. Barthels, der sie schon vorher empfangen hatte. Doch der nette junge Dr. Barthels sah gar nicht mehr jung aus. Tiefe Linien standen in seinem Gesicht. Auch der Professor, ein riesengroßer Mann, wirkte erschöpft und nach vorne gebeugt.

Aber er lächelte.

Sabine Lindemann wollte aufstehen. Ihre Beine zitterten. Sie schaffte es nicht. Sie hörte Ernst sprechen und den Professor antworten: Ja, gut sei es gegangen. Im letzten Augenblick gewissermaßen. Wirklich im allerletzten Moment. Die Bauchhöhle voll Eiter. Infiziert, ja, der Zug sei schon halb abgefahren gewesen...

Geahnt hätten sie's, sagte Ernst. Und es wäre nicht ihre Schuld. »Der Junge hatte immer so komische Bauchschmerzen.«

Warum man dann so lange mit der Einweisung gewartet habe, will der Professor wissen.

»Imo war doch noch gestern in der Schwarzwald-Klinik. Dort hatten sie nichts gefunden.«

»Wie? Wie bitte?«

»Nichts! Wirklich nichts. Sie können Dr. Marker fragen, Herr Professor. Der hat den Bericht.«

Auch Sabine Lindemann nickte nun. Gestern abend hatte sie noch selbst mit Dr. Marker telefoniert.

»Herr Professor, ich weiß nicht, was ich getan hätte, wenn Imo…«

»Er kommt durch.«

Für eine Sekunde schloß Ernst Lindemann die Augen. Richtig übel war ihm jetzt. Die Nerven… Was sollte man da auch sagen? »In der Schwarzwald-Klinik«, sagte er, »war's ja nicht nur der junge Dr. Brinkmann, der behauptete, Imo würde nichts fehlen. Auch sein Vater, der Professor, hat das festgestellt. Auf wen ist denn eigentlich noch Verlaß, Herrgott?!«

»Wollen Sie damit sagen, daß auch Professor Brinkmann diesen Bericht bestätigt hat?«

»Aber sicher!« Es kam zur selben Zeit, wie aus einem Mund. Und dieser große Professor starrte sie hinter Brillengläsern an, so, als könne er es nicht glauben. Schließlich ging er zur Tür: »Wenn das so ist – bitte, kommen Sie doch einen Moment in mein Büro…«

*

Brinkmann versuchte es erneut: Ein guter Chirurg ist nichts als die Funktion seiner Finger! Auch so ein Spruch! Doch, verdammt noch mal, wer hat bloß Manschettenknöpfe erfunden? Und wie kriegt man diese verdammten Dinger durch den Stoff? Mein Gott, wenn die in der Klinik mich hier rumfummeln sehen würden…

Sein Stöhnen half nichts. Auch nicht der anklagende Blick in den Spiegel. Der machte wenigstens Abstand möglich, verhalf ihm zur Position jener kritischen, aber auch zugleich amüsierten Betrachtung, in der sich sein Bewußtsein in den letzten Tagen eingerichtet hatte.

Da stand er nun: Ein guterhaltener Fünfziger. Braunes Gesicht mit den Fältchen darin, die das Leben so stickt. Ein Leben, das es gut mit ihm zu meinen schien. Schließlich: Gehörten Hochzeiten nicht zu den Medaillen, die es vergab? Was gab's also zu meckern? Ein Mann, gewiß der Achtung seiner Mitmenschen – in seinen Anlagen, den körperlichen, beruflichen wie geistigen, ausgereift zu gesundem Mittelmaß. Das zumindest konnte man sagen. Zudem einer, der über einen tüchtigen Sohn, ferner eine künftige Schwiegertochter verfügte. Und schließlich sogar über eine Braut, die nicht nur gewillt war, sich in den heiligen Stand der Ehe aufnehmen zu lassen, sondern auch in den noch exklusiveren der erlauchten Heilergilde.

Was hieß schon gewillt? Brinkmann zog eine Grimasse: Die alles dafür tat – die Arme!

Sein Daumen und sein Zeigefinger prüften das leichte Doppelkinn: Angefressen! Kriegst du nicht mehr weg. Nicht mal Christa kriegt's weg. Was nun? Das einzige, das dir in deinem Alter bleibt, ist Schwachstellen mit Persönlichkeit zu kompensieren. Na also, das klappt noch! Er konnte zufrieden sein. Er war es auch.

Nur der verdammte Knopf!

»Käti!« brüllte Brinkmann. »Käti!«

Schließlich: Hemden, zu denen solche Knöpfe gehörten, stammten aus Kätes Fundus. Freiwillig hätte er so was nie angezogen.

»Was ist denn?« Sie steckte den grauen Kopf durch den Türspalt.

»Hier!«

»O Gott...« Mit einem raschen Griff schob sie die Knöpfe an den Platz. »Was machst du eigentlich, wenn du verreist?«

»Dann heirate ich ja nicht. Manschettenknöpfe gehören bei mir zur Hochzeit. Wo ist denn Christa?«

»Längst fertig. Sitzt unten im Garten.«

Er grinste hinterhältig. »Nervös?«

»Aber sicher. Schließlich, bei ihr ist es die erste.«

»Mit der Zeit gewöhnt man sich an alles.«

Der alte männliche Trick, eine Peinlichkeit mit einer Geschmacklosigkeit aus der Welt zu räumen, vermochte ihn nicht zu erheitern. Zumal drüben im Schlafzimmer das Telefon läutete.

»Heb' ab, Käti! Mich gibt's nicht. Sollen sie mich vergessen. Ich hab' abgehoben. Sag ihnen, sie sollen mich auf dem Mond suchen.«

Doch als Brinkmann erfuhr, wer ihn da anrief, nahm er ihr doch den Hörer aus der Hand: »Ja, Herr Kollege. Bitte? Machen Sie's kurz: Ich heirate gerade.«

Er vernahm ein Knacken. Dann ein verlegenes: »Meinen Glückwunsch! – Tut mir leid, Herr Brinkmann, ich rufe da wegen eines Falles an, und es ist leider – ich fürchte – nicht aufzuschieben.«

»Bitte?« fragte Brinkmann knapp.

»Es handelt sich um den Patienten Imo Lindemann. Eine hochentzündliche Appendizitis mit akuter Bauchfellentzündung. Wir haben ihn operiert. Er liegt bei uns auf der Intensivstation. Es bestand Lebensgefahr. – Hallo? Sind Sie noch da?«

»Ja.«

»Nun habe ich vernommen, daß Sie die Diagnose Ihres Sohnes gewissermaßen abgesichert haben. Auch von Herrn Marker vernahm ich etwas Ähnliches.«

Wieder Pause. Sie ist noch länger als die erste.

»Ich wollte Sie nur über die Entwicklung dieses Falles unterrichten«, kam es aus Eibenkirchen.

»Vielen Dank.« Brinkmann suchte nach Worten. Er fand sie nicht. »Ich kann Ihnen nur sagen: Dies alles ist mir unverständlich.«

»Die Eltern wollen klagen.« Ein Räuspern. »Das soll keine Ironie sein, Herr Brinkmann, aber wäre es nicht vielleicht möglich, daß Sie gestern – sagen wir mal – stark überfordert waren? Vielleicht durch ihre Hochzeitsvorbereitungen?«

»Überfordert? In einem solchen Fall? Aber ich bitte Sie! Ein Syndrom hätte ich ja doch zumindest diagnostiziert, nicht? Das werden Sie mir doch zutrauen? Und mein Sohn ist schließlich auch kein Trottel.« Was sollte er hinzusetzen? Es war verrückt, ein Alptraum! Und der Mann in Eibenkirchen, dieser Runge, den er doch immer kollegial sehr geschätzt hat, schien Mitleid zu haben. Zumindest quälte er ihn nicht länger. Nur der Atem war zu hören.

»Ja nun, lieber Herr Brinkmann. Ich kann mir das alles nicht zusammenreimen, verstehen Sie?«

»Natürlich.«

»Und wie gesagt, es sollte ja auch nur eine Information sein.«

Ganz langsam, vorsichtig, als halte er eine Handgranate, die jede Sekunde detonieren konnte, legte Brinkmann den Hörer auf die Gabel zurück.

Und da stand Käte noch immer, musterte ihn, stand wie in einer Rüstung im Blauseidenen mit den weißen Punkten und dem Spitzenkragen: »Was ist denn?«

Brinkmann ließ sich aufs Bett sinken. Er schüttelte den Kopf.

»Na los schon! Sag doch, Klaus, was ist passiert?«

»Nichts. Ich zweifle nur gerade daran, ob ich je mein Handwerk gelernt habe.«

Käte berührte das nicht. »Handwerk hin oder her! Wenn du dich jetzt nicht gleich bewegst, wirst du deine standesamtliche Trauung platzen lassen. Willst du das?«

»Wie bitte?«

»Ob du deine Ehe noch vor Beginn ruinieren willst?«

»Ehe? Hochzeit? – Ich weiß überhaupt nicht, was ich will...«

*

Schwertlilien vor holzgetäfeltem Hintergrund. Weiß, leuchtendes Gelb, feierliches Rot. Sie hielten sich tapfer aufrecht in ihren Vasen: Blumen, die ihre Pflicht taten.

So wie der Mann mit der Stirnglatze, dem dunklen Anzug und der metallgefaßten, leicht getönten Brille: »Und deshalb, wenn die Bemerkung gestattet ist, wird gerade in dieser Zeit der bedenklichen und bedenkenswerten Auflösung der Werte die Institution der Ehe...«

Die Ehe. Die Ehe als Institution. Die Ehefrau...

Christa hielt die Augen halb geschlossen. Ihr Mund zögerte, ob er die Winkel nach oben oder nach unten schieben sollte, und entschloß sich dann für eine korrekte Mittellage. Brinkmann beließ es dabei von Anfang an. So standen sie, ein Paar, die Gedanken im Gleichklang: Wann hörte das endlich auf?... Und Brinkmann reicherte die Situation noch aus dem Schatz ferner, dunkler, fast schon zur Legende gewordener Erinnerungen an.

Damals! Göttingen. Auch so ein Saal. War ein bißchen größer. Und es ging zu wie beim Brötchenbakken. Zwanzig Paare an einem Vormittag!

Damals, vor wieviel... ach ja, vor dreißig Jahren.

»Und deshalb, hochverehrtes, liebes Braut- und Traupaar, wenn wir hier von Gemeinde und Stadt Offingen...«

Gab sich alle Mühe, der Arme! Die Stimme träufelte Verständnis, ja ehrerbietige Sympathie über die Häupter. Klaus Brinkmanns Aufmerksamkeit jedoch konnte sie nicht länger fesseln. Auf Zehenspitzen gewissermaßen stahlen sich die Gedanken aus dem Saal. Dann waren sie weit fort.

»Eine hochentzündliche Appendizitis mit akuter Bauchfellentzündung!«

Ja, wo gab's denn das?!

»Könnte es vielleicht sein, daß Sie gestern durch Ihre Hochzeitsvorbereitungen zu stark überfordert waren...?«

Ja, was denn noch! – Aber Runge war ernst zu nehmen. Ein Runge leistete sich keine Scherze. Was dann? Ein solches Versagen – wie konnte das möglich sein? Brinkmanns Fragen versanken in der dunklen, quälenden Hölle der Selbstzweifel, in einem Abgrund, der weder Erklärungen noch Antworten kennt. Nur ein schreckliches Ohnmachtsgefühl.

Ein akuter Bauch? Ein bevorstehender Durchbruch?

Er sollte nicht erkannt haben, daß dieser nette blonde Junge sich in einer lebensgefährlichen Krise befand?!

Wie, verdammt und zugenäht, war das möglich?

»Herr Professor!« Eine Stimme, leise, doch mahnend.

Dazu von Christa ein leichter Stoß in die Rippen.

Brinkmann schreckte schuldbewußt zusammen.

Das Hier und Jetzt: Ein Standesbeamter. Eine Braut. Feierliche Gesichter. Dazu direkt vor seiner Nase ein goldschimmernder Ring im Etui!

Es war ein kleiner Schock, ein Stromstoß, der bis in die Stirn hochschlug. Reiß dich um Himmels willen zusammen! Er dachte es in Panik.

»Sind Sie also bereit?«

»Ich... wie bitte? Natürlich bin ich bereit... Ja, was denn sonst?«

Sein Augenblinzeln erntete einen Christa-Blick.

Nicht ärgerlich, eher lächelnd. Doch sehr wachsam und diagnostizierend. Zum Teufel, sie mußte doch wissen, wie's um ihn stand! Aber schließlich, von ihrer Sicht hatte sie recht: Was hatte ein Blinddarm schon mit einer Hochzeit zu tun? Also nahm Klaus Brinkmann den Ring, schob ihn sanft über den Finger, probierte noch mal – er saß. Vielleicht ein bißchen locker noch...

»Herzliche Glückwünsche, Herr Professor!«

Nun, das wäre geschafft.

Das Lächeln der anderen, verlegen, verständnisinnig, bei einigen glückwünschend, bei allen ungemein eingeübt – er nahm es wahr, aber nicht ernst.

Nur die arme Käte! Die heulte. Das war nun mal ihr Part. Alle hatten schließlich im voraus gewußt, daß Käte heulen würde...

Mit einer Verbeugung nahm Klaus Brinkmann die Papiere in die Hand. Er dachte, daß das hier noch lange nicht alles sei. Was fehlte, war die kirchliche Trauung nebst Hochzeitskutsche. Und dann dachte er, und dies mit aller Inbrunst, zu der er noch fähig war: Hoffentlich findet Udo was raus. Himmelherrgott, muß er doch! Am besten, er fährt mal rüber zu Runge nach Eibenkirchen... Einfach wird es nicht werden für ihn. Doch es gab keine andere Lösung.

Wenn er nichts findet? Wenn es rumgeht, daß du nach jahrzehntelanger Berufserfahrung nicht in der Lage warst, einen hochentzündeten Blinddarm zu erkennen? Was dann? Dann bleibt nur das eine: Du kaufst dir einen Strick und hängst dich in deinem Klinikgarten an den nächsten Baum! Zur ewigen Warnung...

»Darf auch ich Ihnen meinen herzlichen Glückwunsch ausdrücken, Herr Professor!«

»O ja. Natürlich...« murmelte Klaus Brinkmann. »Wie nett, daß Sie gekommen sind.«

Brinkmann nickte. Brinkmann machte seine Verbeugungen. Klaus Brinkmann brachte sogar ein Lächeln zustande.

Es wurde ein wenig dünn...

*

Es herrschte jenes kühlklare, flüchtige Licht, das an Föhntagen wie diesem Berge, Pflanzen und Weiler zum Greifen heranholte.

Langsam fuhr Udo, in seine Gedanken verstrickt. Hier die Abzweigung zur Hochstraße. Na endlich, in einer Stunde würde er in Eibenkirchen sein, wenn der alte Alfa ihm nicht wieder Schwierigkeiten machte. Gestern war es die Zündung, auch jetzt lief er nicht ruhig. Einen neuen Wagen – auch das war eines der Probleme, die auf ihn zukamen.

Vorsichtig gab er Gas.

Die Straße führte die Steigung hoch auf eine Linkskurve zu.

Udo nahm den Fuß vom Pedal.

Um die Kurve schoß ein Radfahrer, hielt sich fast in Straßenmitte, strebte jetzt verzweifelt nach rechts, flitzte vorbei. Leuchtendes Haar, in dem sich die Sonne fing. Ein schmaler Rücken. Ein Junge. Fünfzehn vielleicht...

So rasend das auch vor sich ging, in einer Zeitwinzigkeit nur – Udos Augen hatten ein Gesicht aufgenommen und dieser Eindruck genügte, daß er wie ein Berserker die Bremse runterwuchtete, den armen, strapazierten Alfa nach links riß, den Rückwärtsgang reinknüppelte, um die Kehre zu vollenden, und dann mit heulenden, quietschenden Reifen die Verfolgung aufnahm. Während dies geschah, spulte der Film in seinem Gedächtnis zurück: Imo auf dem Tisch der Notaufnahme...

»Nein, mir tut wirklich nichts weh, Herr Doktor!«

»Und wenn ich hier drücke?«

»Auch nicht.«

»Und hier?«

»Kaum. So ein bißchen.«

Kaum, so ein bißchen! O.B. – ohne Befund. Und am Abend als Notfall in die Klinik! Nach Eibenkirchen...

Dort unten hing er über seinem Sattel. Die Speichen blitzten. Er war's, gar kein Zweifel! Ganz deutlich hat er ihn gesehen: Imo! Schlank, jung, schlaksig, sehnig, voll Saft, gesund wie nur was. Ein Lazarus auf dem Fahrrad, dieses Weltwunder, das mit durchgebrochener Appendizitis und entzündeter Bauchhöhle sich aus der Intensivstation in Eibenkirchen davonstiehlt, um seelenruhig über die Höfacher Landstraße zu gondeln und dich vollends in den Wahnsinn zu treiben!

Na, dich werd' ich gleich haben... Dich, Junge, dich werd' ich mir kaufen, ehe du uns verrückt machst! Mich und meinen Vater. Dir werd' ich was erzählen...

Noch sah es nicht so aus, als ob es dazu käme. Es waren nur wenige Meter, aber das Gespenst aus der Eibenkirchener Intensivstation schien den Braten gerochen zu haben: Weit vorne hing Imo über dem Lenker, die Beine strampelten. – Jetzt aber...

Was tat er da? Fuhr die Böschung hoch. Knallte das Rad ins Gras. Rannte. – Rannte über den schmalen Wiesenstreifen hinweg mit hocherhobenen Armen dem Wald zu und verschwand im Unterholz.

Udo hatte den Alfa schon gestoppt. Mit einer Flanke war er aus dem Wagen: »Dich hol' ich mir! Dich krieg' ich!«

Nein, so einfach war das nicht. Zunächst Brombeerranken. Dann dichter Farn. Schließlich die Tannen... An Udos hellgrauem elegantem Besuchsanzug blieben die Nadeln hängen. Äste kratzten sein Gesicht auf, Harz klebte in seinem Nacken, und die Hände hatte er sich an den Brombeeren aufgerissen. Schweiß rann ihm in die Augen, seine Lungen keuchten.

Wo war der Kerl?

»Imo!« Er wollte es brüllen, doch er hatte so wenig Luft, daß er nur einen ächzenden Laut zustande brachte.

Verdammt und zugenäht; was für ein Wahnsinn!

Keuchend ging Udo in die Hocke. Und wenn er das alles nur geträumt hatte? Vielleicht war's tatsächlich ein Gespenst, die Materialisierung eines Schwerkranken aus einer fernen Klinik, Imos feinstoffliche Substanz? Himmelarsch, sollte er nun einen Irrenarzt oder einen Parapsychologen zu Rate ziehen?

Verloren im Wald und in seinen Gedanken, blieb Udo Brinkmann hocken. Lange. Drei Zigaretten rauchte er. Und es war ihm, als wachse aus dem schwärzlichen duftenden Dunkel zwischen den Stämmen eine unbenennbare Bedrohung.

Dann hatte er genug. Er ging zurück.

Das Fahrrad lag noch immer im Gras. Nicht feinstofflich, was zum Fassen. Das war Chrom und Metall!

Ein Doppelgänger vielleicht...

Ein Junge, der Imo so ähnlich war, daß sich alle täuschen ließen? War es das?!

Udo setzte sich in den Alfa und startete den Motor. Nun nahm er keine Rücksicht mehr auf den Motor. Udo fuhr wie der Teufel. Eibenkirchen! In vierzig Minuten war das doch zu schaffen. Ein Uhr zwanzig war es jetzt. Bis er dort war, hatte Runge hoffentlich seine Mittagspause hinter sich, ja, hoffentlich würde er den Chef der Klinik persönlich erwischen.

Zuvor aber hatte er noch etwas zu erledigen...

Am Marktplatz eines der Dörfer, die Udo Brinkmann durchraste, stoppte er den Wagen und lief eilig auf eine Telefonzelle zu...

*

Christa Brinkmann-Meurer also? Oder Meurer-Brinkmann? Wie nun...? So oder so herum?

Nicht genug damit, hatte das Thema auch noch eine andere Variante: Dr. Christa Meurer. Wenn alles gutging, wenn es weiter so gutging wie bisher, hatte sie in sechs Wochen ihre Promotion und damit die Berechtigung, den Titel zu tragen.

Wieviel Träume, was heißt Träume, wieviel Schufterei war damit verbunden gewesen? Und jetzt? Was hat sich schon geändert? Wie fühlst du dich eigentlich?

Jeden einzelnen Muskel ihres Rückens fühlte Christa. Die Knie unter den schmutzigen Jeans waren auch schon wund, und dieser dämliche Dorn hat ihr den Gummihandschuh durchgepiekt. Noch die Knollen, dann hatte sie die Narzissen alle in der Erde. Ja, so im Garten, im hin- und herhuschenden Schatten der alten Buche, leichten Mistgestank in der Nase und lockeren, fruchtbaren Boden zwischen den Fingern, fühlte sie sich zwar etwas zerschlagen, vor allem aber weit, so angenehm weit weg von ihren verdammten Kollegheften und Büchern. Rundherum wohl fühlte sich Christa! Nichts hatte sich geändert. Wie auch? Der Mensch strebt irgendwelchen Zielen zu. Das ist wohl immer so. Er macht sich seine Vorgaben, entwirft seine Bildchen, vor allem ein wunderschönes von sich selbst, und pinselt die dann mit kindlichem Eifer aus. Alle tun das. Was wären wir ohne Träume? Und haben wir sie dann erreicht, bilden sich aus den Wolken frustrierter Phantasie die neuen...

Jetzt, dachte sie, jetzt bist du voll in der Gegenwart. Die tut gut. Ja, jetzt bist du glücklich! Zuerst zivil, dann noch kirchlich – was für eine Woche!

Schön ist es, im Garten Blumen einzupflanzen.

Sie war bei der letzten Zwiebel, als Käte vom

Balkon her ihren Namen rief. Nicht nur den Namen, irgendwas Aufgeregtes, das Christa nicht verstand.

Sie richtete sich auf. »Oh, verdammt...« Sie ächzte. »Was hast du gesagt, Käti?«

»Der Junge!« Käti fuchtelte in der Luft herum. »Er hat gerade angerufen. Aus irgendeiner Telefonzelle. Komm doch mal gleich rauf!«

»Aber ich muß doch...«

»Komm gleich!«

»Wo ist denn Klaus?«

»Im Bad.«

Da stand er auch, hatte die Spiegeltür des Medikamentenschranks aufgeschoben und hielt eine Packung in der Hand.

Christa äugte mißtrauisch: »Was ist denn das für Zeug?«

»Er sucht sich irgendwelche Pillen«, vermutete Käte.

»Im Ernst?«

»Irgendwelche? Herrgott noch mal, du kennst doch meine Einstellung. Aber es gibt einfach Tage... Also, was ist, Käte? Was will Udo? Wen hat er gesehen?«

»Den Jungen. Auf dem Fahrrad.«

»Welchen Jungen?«

»Welchen Jungen, welchen Jungen!« Käte hob empört die Lider. »Eure falsche Diagnose! Diese Blinddarmgeschichte. Der, der in Eibenkirchen operiert wurde.«

Brinkmann rührte sich nicht. Noch immer hielt er die Tabletten in der Hand. Nun stellte er sie vorsichtig zurück. Ganz vorsichtig auch drehte er sich um. »Komisch, gerade war ich noch überzeugt, ohne Sedative diesen Tag und auch die nächsten nicht durchzustehen. Außerdem, Christa, dem Zeug ist ja ein Kreislaufstabilisator beigemischt. Den schien ich zu brauchen. Aber jetzt? – Wo hat Udo den Jungen gesehen?«

»Auf der Landstraße nach Höfach.«

»Auf der Landstraße...? Das ist doch völlig verrückt, Käti! Jetzt spinnt Udo auch noch? Ich weiß überhaupt nicht, was ich noch denken soll. Also wirklich...«

»Komm, Klaus!« Christa hat ihren besorgten Wenn-du-dich-nun-abregen-würdest-wäre-ja-alles-gut-Ausdruck aufgesetzt.

»Was heißt hier ›komm‹? Wo sind wir hier? Im Irrenhaus?! Wer verbreitet denn hier Falschmeldungen? Wer will uns denn ruinieren? Nun sag doch?!«

Was konnte sie ihm schon sagen?

»Da ruf ich gleich mal selbst an!« entschied er.

Brinkmann ging ins Schlafzimmer und ließ sich in seinen Sessel fallen. er schüttelte verstört den Kopf: »Zum Teufel! Zum Teufel mit allem! Sag doch du was, Christa! Kannst du dir darunter was vorstellen?«

Nein, das konnte Christa nicht. Aber froh, heilfroh war sie um Käte, die nun endlich die Stimme der Vernunft in die Diskussion brachte: »Du wirst nicht anrufen. Du wirst warten, bis Udo zurückkommt. Der wird schon rausfinden, was da los ist. Der ist ja gerade auf dem Weg zu Runge.«

*

Groß war er, sehr groß, ein Hüne könnte man sagen. Rötlichbraune Wimpern, skeptische Augen, eine rosa, von Sommersprossen gesprenkelte Haut und einige Falten um den Mund, die ebenso auf Jähzorn wie auf Humor hindeuten konnten. Professor Edmund Runge schien sich für vorsichtig dosierten Humor entschieden zu haben. Zumindest zeigte er sich kooperativer, als Udo erwartet hatte und nach allem auch erwarten durfte.

»Also, beim besten Willen, Herr Brinkmann! Ich weiß wirklich nicht, was Sie sich davon versprechen?«

Sie standen im Korridor der Chirurgischen in Eibenkirchen. Nun kam auch noch Barthels, Runges Assistent, hinzu. Barthels sagte nichts, sein Gesicht wirkte verkniffen.

»Das kann ich Ihnen noch nicht sagen, Herr Professor. Nennen wir es ein Experiment.«

»Hm.« Runge wiegte den Kopf hin und her. Barthels starrte fragend. Udo aber knöpfte an dem Arztmantel herum, den Runge ihm geliehen hatte. Viel zu groß, die reinste Soutane. Und trotzdem, der Mantel spielte als Requisit einen wichtigen Part in der kleinen Komödie, die Udo vorgeschlagen hatte. Seine Stichworte hatte er aus dem Stegreif entwickelt. Um das Stück auf der Bühne spielen zu können, mußte er nicht nur Charme, sondern seine ganze Überzeugungskraft aufbieten. Er mache mit, hatte Runge ihn wissen lassen, doch nicht aus Überzeugung, nein, allein um der kollegialen und nachbarlichen Beziehungen willen.

»Okay! Dann starten wir halt Ihr Experiment.«

Er ging auf eine der weißlackierten Türen der Krankenstation zu, drückte die Klinke nieder und ließ Udo vorbei.

Das wiederum ging Udo fast zu schnell. War ziemlich hell hier. Er blinzelte gegen die einfallende Sonne und versuchte sich zu orientieren.

Ein Doppelzimmer. Ein Bett frei. Und dort drüben lag der Junge.

»Einen schönen guten Tag!« sagte Udo.

Nun drehte er ihm den Kopf zu. Udo schluckte, ein kühles, fast eisiges Prickeln glitt über seinen Nacken: Das gibt's ja wohl nicht! Du hast also doch keine Gespenster auf der Landstraße nach Höfach gesehen? Sicher, den auf dem Bett hatte die Krankheit mitgenommen, abgemagert war er, blaue Schatten hatte er – aber trotzdem, die ganze Struktur des Gesichtes, die Augen, der Schwung der Brauen, derselbe blonde

Schopf, dieselben blauen Augen, der Mund, dann die Wangenknochen...

Derselbe Junge: Der zweite Imo!

Nur von der Krankheit etwas mitgenommen. Sein Lächeln jedoch schien hellwach.

»Guten Tag«, sagte er gerade höflich. »Guten Tag auch, Herr Professor. Guten Tag, Herr Dr. Barthels.«

Die ungläubige Beklemmung, einer Art paranormalem Vorgang beizuwohnen, war bei Udo verflogen. Er konnte lächeln. Er ging auf das Bett zu. Sein Blick fixierte das Modellmotorrad, das da auf dem Nachttisch stand.

»Hast du das gebaut?«

»Wie denn?« Die Augen wiesen auf den Infusionsbehälter, dessen Schlauch zu dem rechten Arm des Jungen führte. »Hat mir mein Papi geschenkt.«

»Ach so. Und funktioniert das?«

»Weiß nicht. Ich glaub' schon. Ist 'ne Supermaschine.«

»Ja, 'ne BMW. Die bin ich auch mal gefahren.«

Der Junge nickte. Sein Blick war freundlich und offen.

»Wie ist das? Noch Schmerzen?«

»Manchmal ein bißchen.«

Zum erstenmal schaltete sich Professor Runge ein: »Imo, den Arzt kennst du doch schon, nicht wahr?«

»Nein.« Das blasse Gesicht verzog sich fragend: »Haben Sie mich auch mitoperiert?«

Udo schüttelte den Kopf. »Aber ich hab' dich in der Schwarzwald-Klinik untersucht.«

Die Reaktion kam heftiger, als Udo sie erwartet hatte. Das Gesicht Imo Lindemanns verzog sich in einer Schmerzgrimasse. Er stöhnte. Wahrscheinlich hat er sich die Bauchdecke verspannt, dachte Udo. So was kann schon weh tun. Der Kopf sank zurück, er drehte das Gesicht zur Wand.

»Jedenfalls habe ich da einen Jungen untersucht, der einen Überweisungsschein auf den Namen Imo Lindemann hatte.«

Keine Antwort. Schweigen. Und zwei Jungenaugen, die sich schlossen.

»Wer war das denn in Wirklichkeit?«

Nichts. Keine Reaktion. Doch die Lider zitterten und eine Falte entstand auf Imos Stirn.

»Ein Freund?« Udo war entschlossen, nicht nachzulassen. Dem Jungen ging's schlecht, er litt, doch was stand bei ihm selbst auf dem Spiel?

»Na, los schon! Warum habt ihr diesen dämlichen Rollentausch vorgenommen? Sag's!«

»Ich... ich wollte doch...« Es war beinahe unhörbar.

»Was wolltest du?«

»Ich wollte mit auf die Klassenreise.«

Imo Lindemann schien sich nun zum Sprechen entschlossen zu haben. Er sah Udo an. »Und ich dachte doch auch nicht, daß ich so schlimm krank bin. Hat er mich denn verraten?«

»Nein. Hat er nicht. Aber ich habe ihn gesehen. Auf der Straße. Auf dem Rad. Und als ich dann auf ihn zuging, ist er ausgerissen.«

Das Gesicht war noch immer bleich. Es kümmerte vor sich hin. Doch die Augen wurden nun ganz groß: »Müssen meine Eltern das erfahren?«

»Ja«, sagte Professor Runge, den es nicht mehr länger in seiner unbeteiligten Beobachterrolle hielt. »Und zwar wirst du es ihnen sagen. Sie wollen diesen Doktor hier nämlich anzeigen, weil ihm angeblich entgangen ist, wie krank du schon vorgestern warst.«

»Das – das tut mir aber leid.«

Udo wurde es langsam zuviel. »Na ja, deine Eltern werden dich nicht auffressen«, meinte er munter. »Und weiterhin gute Genesung, ja?«

Die Türe schloß sich, sie waren wieder draußen, doch Udo sah noch immer die zwischen die Zähne gezogenen Kinderlippen und Imos Teenager-Elend. Er zog sich den geliehenen Mantel aus. »Na ja, Herr Professor, ich nehme an, Sie werden die Eltern schonend vorbereiten.«

Es war vorbei, er konnte lächeln, und wie er lächeln konnte, wie er sich jetzt fühlte!

Er drückte den Mantel einer vorbeigehenden Schwester in die Hand und strahlte den großen Mann an, der ihn nachdenklich betrachtete: »Na, unsere Schau zumindest hat hingehauen, was?«

Runge nickte. »Was es alles gibt? Selbst Doppelgänger! Jedenfalls, grüßen Sie Ihren Vater. Ich konnte ja nicht wissen...«

»Natürlich nicht.«

»Ich bitte um sein kollegiales Verständnis.«

»Ich werde es ihm sagen, und er wird sich freuen, darauf können Sie sich verlassen.«

»So was konnte ja kein Mensch ahnen, nicht wahr?«

»Nein. Wirklich nicht...«

Händeschütteln, Udo bekam noch einen freundlichen Klaps auf die Schulter, dann marschierte er den Gang entlang zum Lift, sah die Welt durchs Fenster, so hell, so strahlend und war plötzlich guter Laune.

Na, sein Hochzeitsgeschenk hatte er in der Tasche...

*

Auf dem Parkplatz des alten Benediktiner-Klosters Sankt Peter, vor dem langgeschwungenen, sanften Hang, der hoch zum Wald führte, spielten Jungen Fußball. Ihre spitzen Schreie bohrten sich bis ins Kircheninnere. Es störte niemand. Irgendwie gehörte selbst das zu diesem Tag.

Viel Platz hatten die Jungen nicht für ihr Spiel. Die Kirche war gut gefüllt. Und was sich dort draußen um eine von Schimmeln gezogene Kutsche an Autos und Fahrzeugen ansammelte, stammte meist aus Offingen. Auch die beiden Busse. Einer hatte Klinikpersonal gebracht: die Chirurgische vollzählig. Auch aus den anderen Abteilungen waren es zwei Dutzend Leute, dann Freunde, Verwandte, Patienten – zusammen mit den Bürgern aus Offingen zählte man gut zweihundert, die erschienen waren. Das Dreisam-, Simonswälder- oder Glottertal kamen sie herauf, manche waren schon früh gestartet, hatten in Dörfern oder Waldwirtschaften gehalten, um sich ein Glas Wein oder Bier zu gönnen. »Der Professor heiratet! Und wen? Eine junge Schwester, die seine Tochter sein könnte.« Wie immer man dazu stehen mochte, dabeizusein war Pflicht! Und bald auch löste sich die hinter bedeutsamen Blicken versteckte Klatschsucht aus den Gesichtern und machte einer Art Heiterkeit Platz, die ansteckend wirkte und die sie selbst in die Kirche hineintrugen.

Einige Gäste wiederum hatten Probleme. Ernst und Sabine Lindemann zum Beispiel. Nimmt man wirklich einen Blumenstrauß in die Kirche mit? Ja, kann man denn den Strauß dort abgeben? Osterglocken waren es, Tulpen und Narzissen, ein mächtiges Gebinde und nicht mal so teuer das Ding, wirklich nicht. »Schließlich«, sagte Sabine Lindemann, die beinahe hinter ihrem Strauß verschwand, »nach der ganzen schlimmen Blamage, was sollen wir denn tun? Gestern hast ihn noch ›in die Kist‹ bringen wollen.« Irgendwas müsse man doch machen, um »die Sach« wieder in Ordnung z'bringe...

Ernst Lindemann teilte diese Meinung. Was, zum Beispiel, wenn etwas passierte? Wenn Sabine von der Leiter fiel oder er einen Infarkt bekam – was dann? Einen Streit mit dem Professor konnte man sich nicht leisten. Vor der Abfahrt in Offingen hatten die Lindemanns auch noch das Ehepaar Fitz getroffen. Der Baurat war ein alter Geschäftsfreund und Bekannter.

»Soviel Blumen! Ist ja ein Riesenapparat! Wo willst du denn mit dem Ding hin, Ernst?«

»Nach Sankt Peter.«

»Zur Hochzeit? Na, ich kann mir denken, warum!« Fitz genoß Lindemanns Verlegenheit. Dann deutete er auf seinen blauen BMW: »Komm! Fahren wir. Gemeinsam. Das spart Sprit und ist auch lustiger.«

Sie fuhren gemeinsam, gemütlich an der Dreisam entlang, das weite grüne Tal hoch. In Stegen gab's als zweites Frühstück eine Schwarzwälder Platte. Fitz hatte darauf bestanden: »Komm schon, Ernst! Eine gute Unterlage hilft auch über peinliche Situationen. – Aber daß ich euch bei der Hochzeit treffe! Halb Offingen wird ja dabeisein. Ist auch ein netter Mensch, der Professor, was?«

Sabine Lindemann lächelte diplomatisch.

»Aber was habt ihr denn?«

Ja, was hatten sie?...Ernst Lindemann spürte die Ohren heiß werden.

Hinter Buch, als die Kurven nach Sankt Peter begannen, kam Fitz dann zur Sache: Daß die beiden heirateten – ein Ding, ein echter Hammer sei das!

»Klaus!« mahnte Frau Fitz.

Fitz ließ sich nicht aufhalten. Seine Glatze schimmerte, seine Hände schlugen kurze, lustige Wirbel aufs Steuerrad: »Zuerst war der Junge an ihr dran. Dann der Papi! Früher dachten wir ja immer, das gibt noch ein Familiendrama.«

»Welcher Junge?« Wie sollten sich die Lindemanns denn auch in den Brinkmannschen Familienverhältnissen zurechtfinden? Und was die Schwarzwald-Klinik anging: Imos Beinah-Tragödie reichte. Fitz aber schien über alle und alles informiert. Über den jungen Brinkmann, der immer hinter den Weibern hergewesen sei: »Der hatte doch den Hühnerstall im eigenen Haus! Na, könnt ihr euch ja denken. Jetzt heißt's, er habe sich das Kikeriki abgewöhnt. Auch der will heiraten. 'ne Ärztin. Aber damals, da hatte er nur Augen...«

»Hör mal!« protestierte Maria Fitz. »Du hast's gerade nötig.«

»Eben«, lachte Fitz. »Deshalb versteh' ich die Brinkmanns so gut. Und was den Professor angeht, meinen Schulfreund Klaus – im Alter wird man Feinschmecker, was?«

Mit Maria Fitz' Nachsicht war's vorbei. »Wenn du endlich mal die Güte hättest, deine Schnorre zu halten!«

Doch Fitz nahm fröhlich und mit quietschenden Reifen die nächste Kehre.

»Komm, Maria, ist doch so! Die Wahrheit gefällt dir nicht.«

»Der Ton, mit dem du das sagst.«

»Welchen soll ich denn anschlagen?«

»Nicht so daherreden sollst du, als seiest du selber neidisch.« Maria Fitz drehte sich im Polster und nickte Lindemanns bestätigungheischend zu: »Ist doch so?«

Die lächelten verklemmt. Es war so! Und war auch verwirrend. Was gingen sie schließlich die Familienaffären des Herrn Professors an?

Endlich! – Wiesenkuppen, so frisch, so zart, so grün. Das Kloster mit Kuppeln und Türmen darauf hingelagert: Gewaltige Quadermauern, blauschimmernde Fensterreihen und die Schwalben, die um die Glockenhelme flogen. So friedlich und so trotzig zugleich. »Irgendwie für die Ewigkeit«, fand Ernst Lindemann, der mit einmal richtig feierlich wurde. »Als gäbe es weder Atomtod noch Waldsterben, noch Wirtschaftskrise. Als ginge das die da oben gar nichts an.«

Sabine Lindemann aber strich mit der Hand über den Strauß, über Osterglocken und Tulpenkelche und dachte in einer Art seliger Dankbarkeit: Wenn Imo mal heiratet, dann hier! Sie dachte es noch, als sie die Kirche betrat. Lieber Gott, dachte sie: Danke schön! Und um sie brauste die Orgel, und der Pfarrer sang irgendwas Lateinisches. Schön war das! So schön. Richtig beeindruckend.

So dachten viele, eigentlich alle in dem großen, rundgeschwungenen, golden leuchtenden Barockgebäude mit seinen Heiligen und Engeln.

Nur Käte hatte aufgehört zu denken.

Die Augen hielt sie geschlossen. Von irgendwo wehte Weihrauch.

Dies alles war ein bißchen viel. Heulen aber wollte sie nicht. Nicht wieder. Also bitte, lieber Herr im Himmel!

Käte vergoß auch keine Tränen. Das war nicht passend. Denn Käte Marek war in diesen Minuten gewissermaßen zum Gefäß geworden – nicht gerade zum »Gefäß des Herrn«, von dem der Priester dort am Altar gesprochen hatte, aber zum Gefäß, das die kleine, unsichere Flamme schützen mußte, die in ihr zitterte und um die sie so gebangt hatte.

Klaus! Unser Klaus...

Klaus und seine Christa!

Oh, lieber Gott, laß es gutgehen!

Mit ihnen.

Mit uns. Ja, mit uns!

Dies war es, was Käte bedrückte, obwohl sie es sich ungern zugab: Das Sie-brauchen-mich-doch-noch! Er. Sie auch. Alle beide. Und wie sie mich brauchen.

So sehr beschäftigte sie dieser Gedanke, daß sich Käte zu einem Seufzer hinreißen ließ. Ohne daß Käte es selbst so recht bemerkte, drang er bis zu den letzten Bänken. Viele ahnten den Grund dieses Seufzers. Viele

Köpfe drehten sich. Auf vielen Gesichtern lag ein gerührtes Lächeln.

»Ma-gni-fi-cat a-ni-ma me-a do-mi-num«, sang der Chor.

Strophen, die auch das Seitenschiff der Kirche erreichten. Töne, die es füllten und einen hochgeschossenen Jungen mit Nickelbrille und rötlichem, chaotischem Haar dazu bewegten, den Kopf schiefzuhalten und kennerisch den Mund zu verziehen.

Auch Mischa stand vor einem Altar. Auch hier funkelten Kerzen, bewegte ein Priester im Gebet den Mund, wurde in einer Feierstunde der Segen Gottes beschworen. Nicht für eine Hochzeit – für eine Taufe!

Irgendwie hatte das eine mit dem anderen zu tun. Zumindest für Mischa. Was für ein Klassetiming! dachte er. Als Zufall wirklich sehenswert.

Vielleicht...

Vielleicht aber war's kein Zufall. Vielleicht hatte Mischa inzwischen die Tatsache verdrängt, daß er selbst es war, der unter den Taufterminen den Hochzeitstag des Professors gewählt hatte. Eine instinktive Reaktion, könnte man sagen, gesteuert von Stallgeruch und Familientrieb. Doch das war jetzt vergessen. Der Chor sang, die Orgel donnerte: Hochzeit erster Klasse! Der Alte und seine Christa – klar doch!

Vor ihm aber hielt Franziska das Kind auf dem Arm und strahlte ihn an.

Seine Franziska!

Mischa mußte die Brille abnehmen und ganz heftig putzen. Wenn der Professor damals nicht mit Franziska gesprochen hätte – würde das Baby jetzt schreien? Vielleicht nicht. Vielleicht hätte der kleine Frosch dort mit seinem krebsroten Gesicht nie eine Chance bekommen, an der Taufe zu brüllen...

Wie beknackt das doch alles miteinander zu tun hat und man ganz plötzlich, ohne es zu wollen, ja, ohne aktiven Anteil, Papi wurde. Nicht gerade leiblich. Den gab's auch, doch was hatte der schon zu melden?

Mischas Brille saß wieder auf ihrem Platz. So vermochte er auch sofort den hilfesuchenden Blick Franziskas zu entziffern: *Schnuller!* hieß das.

Mischa hatte ihn schon aus der Tasche gezogen. Friede senkte sich übers Baby, mümmelnde Zufriedenheit. Und Gebete.

»Et ne nos inducas in tentationem...«

Wie einst im Gymnasium versetzte das Latein Mischa in mild-meditativen Zustand, seine Gedanken wanderten fort, zurück zu einem grauen Novembertag vor zwei Jahren. Das letzte Kapitel Schwarzwald-Klinik. Und seine erste Begegnung mit Franziska...

Einer schwangeren, molligen Franziska bereits. Sie war im siebten Monat, als man sie ihm auf die Station geschoben hatte. Den Kindserzeuger brachte sie gleich mit. Na gut, Damen, die sich in der Hoffnung irgendwas brachen oder verknacksten, Mischa kannte so etwas. Schwangere Abiturentinnen allerdings, dazu noch eine, die ihr Abitur wichtiger zu nehmen schien als Heirat und Bauch – das war neu.

»Warum mußt du eigentlich den ganzen Tag büffeln? Was soll denn der ganze Quatsch?!« Der Kindserzeuger hatte es in Mischas Gegenwart lauthals geklagt. Stefan hieß er. Breitschultrig und schick angezogen war er. Und verzweifelt auch: »Ich meine, Franziska, schließlich heiraten wir doch!«

»Das meinst du. Und wenn schon, dann büffle ich gerade deshalb.«

Ihre Coolness war beeindruckend. Selbst Mischa fand es. Und manchmal tat ihm Stefan beinahe leid. Geld hatte er, einen prima Job, ein Superauto. Und falls mal was schiefgehen sollte, so eine Situation mit einer schwangeren Braut zum Beispiel, dann sorgte schon Papi. Das ist in manchen Familien nun mal üblich.

Doch statt sich darüber zu freuen, brannte in Franziskas Zimmer noch nachts um zwölf das Licht. Da hockte sie dann über ihren Büchern, das gebrochene Bein von sich gestreckt, und Mischa mußte sie abhören. »Misch, nicht müde werden, verdammt!«

Ja, verdammt! hatte Mischa damals gedacht. Hört das denn nie auf? »To fight?« – »Kämpfen.« – »Consideration?« – »Überlegung!« – »To remove?« – »Entfernen...« –

»Fühlst du dich gut?« – »Are you quite well?«

»Ja«, hatte er gesagt. »Eigentlich wollte ich das ja von dir auch mal wissen.«

Da hatte sie ihn angesehen, zum erstenmal mit diesem Blick, auf diese nachdenkliche, sonderbare Weise: »Ach ja. Eigentlich schon...« Und dann hatte sie fast erschrocken gesagt: »Es bewegt sich.«

»Wirklich?«

»Willst du mal fühlen?«

Das wollte Mischa. Er hatte die Hand auf ihrer warmen Haut. Es war, als würde unter diesem glatten, gespannten Gewölbe jemand Fußball spielen. Dann aber...

Ja, und dann! Er dachte es, er erinnerte sich, als vom Hauptschiff ein »Gloria in excelsis« herüberklang und das Rubinglas der Fenster rote Lichttropfen auf Franziskas Haar senkte: Ja, und dann stand plötzlich der Stefan in der Tür! Mitten in der Nacht...

»Was fummelt denn der Typ da an deinem Bauch herum?«

Mischa lächelte versonnen. Er lächelte in das Gloria hinein. Er hatte das Kind gespürt. Unter den Fingerspitzen. Und der andere hatte gesehen, wie er es spürte. Und da war eigentlich schon alles gelaufen...

»Ich hab's ihm erlaubt!« Bei Franziska klang das wie eine Kriegserklärung: »Warum soll Mischa auch mein Kind nicht spüren?«

Warum denn nicht?

Nun hatte er das Kind. Und die Franziska dazu!

Und wenn alles gutging, konnte er das idiotische Studium in Karlsruhe bald an den Nagel hängen und zu Franziska nach Offingen ziehen. Wieder nach Offingen! Eine Wohnung würden sie auch finden. Nur zuvor mußte er noch mal wegen des Jobs mit Brinkmann sprechen. Dringend mußte er das. Der Alte würde ihm helfen. Hatte er schließlich immer getan. Sicher. No problem...

*

»Concede nos famulos tuos, quasisumus Domine Deus, perpetua mentis et corporis sanitate gaudere...«

Meist hielt Christa die Augen halb geschlossen. Doch wenn sie sie öffnete, brach es wie in goldenen Strömen auf sie herab, und die rosafarbenen Rosen im zitronengelben Ornat des Priesters schienen darin zu schweben.

»Et gloriosa beatae Mariae semper Virginis intercessione am praesenti ti liberari tristitia et aeterna perfrutalaetitita...«

Zerbrechlich fühlte sie sich nun, so weit fortgehoben. Und doch: So viel nahm sie wahr. Selbst das Füßescharren zwischen den Bänken und das kleine Mädchen, das irgend etwas sagte, und die Mutter, die mit einem strengen »Psst« darauf reagierte.

»Per dominum nostrum Jesum...«

Alles war so anders, als sie es sich vorgestellt hatte! Nimm's nicht so ernst, hatte sie sich bisher gesagt. Stempel, Standesamt, Unterschrift – und Kirche! Was hatte es mit ihr, was hatte es mit ihm zu tun?

Nun jedoch... Orgel und Gänsehaut! Und er neben ihr. Sein Profil, das ihr so vertraut war, die kurze Nase, das vorgewölbte Kinn mit dem Grübchen, die Fältchen in den Augenwinkeln, sorgsam gebürstetes graues Haar: ein Mann. Ihr Mann! Und mit ihm zusammen vor dem Altar. So schön war das doch. Und so gut stand ihm der Frack.

Was immer geschehen war, dachte Christa in einer Aufwallung von Demut, was immer diesen Augenblick herbeigeführt haben mochte – es mußte so sein...

*

Bis sie die Stunt-Szene im Kasten hatten, würde der Vormittag draufgehen.

Fünf Stunden jedenfalls waren in der Disposition eingetragen. Tanner, der Regisseur, war schließlich Profi, er ließ Luft zwischen den Einstellungen, doch auch heute spielte das Wetter nicht mit, die Sonne hing versteckt hinter den Wolken irgendwo über den Erlenbäumen auf der anderen Seite des Flusses. Und als die Wolken endlich weg waren, blieb noch immer der Dunst.

Für die Aufnahmen eines Autos, das ein Brückengeländer durchbricht und in einen Fluß knallt, braucht man harte Kontraste. Licht war gefragt. Der Kameramann war dabei, die neuen Werte zu messen. Harry aber saß noch immer auf dem Betonsockel, den Rücken gegen das Brückenlager gelehnt, die Beine von sich gestreckt. Ein Glück, daß ihm Monika den Pullover dagelassen hatte. Er hatte ihn sich über die Schulter geworfen. Der Pulli war leicht und roch ein wenig nach ihrem Parfüm. Und er hielt ihn warm. Nun schien's loszugehen. Der Aufnahmewagen mit der montierten Kamera setzte sich in Bewegung, und er sah Fricke die Steigung hochrennen. Frickes blondes Haar flatterte im Wind. Die Perücke, die Harry nachher aufsetzen würde, hatte denselben Goldton. Er hatte auch exakt dieselben Klamotten am Leib wie Fricke: Jeans, Turnschuhe, ein helles Hemd.

»Kamera ab!«

Fricke rannte weiter. Harry konnte sein Keuchen hören. Nun sah er Monika, die hinter ihm herlief...

»Bleib doch stehen, Lukas! Es gibt keinen Grund zur Panik!« – Doch Fricke rannte, so wie es das Drehbuch ihnen vorschrieb, rannte an Harry vorbei, rannte bis zur Brücke.

Der Kamerawagen stoppte. Tanner sprang heraus. Hinter ihm Rolf, der Kameramann, die schwere Ari in der Hand.

Monika drehte ihren dunklen Kopf. Kaum, daß sie schneller atmete, nur das Gesicht hatte sich ein wenig gerötet.

»Wie ist das? War ich zu dicht dran?«

»Nein, Moni«, nickte Tanner. »Goldrichtig! Die Einstellung nehmen wir.«

Monika warf Harry ein Lächeln zu, ging hinüber zum Mannschaftswagen, ließ sich von Linda, dem Scriptgirl, warmen Tee in den Pappbecher gießen, kam zurück und kauerte sich neben Harry auf den Beton. Er nahm ihre Hand. Sie war etwas feucht.

»Der Idiot!« sagte sie.

»Fricke? Wieso denn?«

»Beklagt sich bei Tanner, ich sei zu schnell gerannt.«

»Was willst du?« grinste Harry. »Er ist halt Heldendarsteller. Der kann nicht ab, daß eine Frau am Berg schneller ist als er.«

»Daß eine Frau irgend etwas besser kann als er«, verbesserte Monika.

Harry nickte. Er holte die alte Nickelbüchse aus der Tasche, in der er seinen Tabak verstaute, und suchte die Zigarettenblättchen.

»Soll ich dir auch eine drehen?«

»Nein, danke.«

»Na, dann nicht. Mir ist es auch noch zu früh. Mein

Gott, die paar Sätze, die der Fricke zu quatschen hat, die mach ich doch mit links. Und so ’ne Pfeife muß ich jetzt doublen!«

»Ja«, sagte sie, »geht gleich los. Sieh mal, Toni sperrt bereits die Straße ab.«

Das stimmte. »Na, dann wollen wir mal...«

»Hals- und Beinbruch!« sagte sie. Ihre Augen wirkten besorgt. Auch das kannte er, das war immer so...

Harry streckte sich. Sein Kreuz schmerzte. Doch das würde es wohl den Rest seines Lebens tun. Er war nicht warm genug. Er machte ein paar Kniebeugen.

Er sah Tanners Brille blitzen. Er ging ein paar Schritte, blieb dann wieder stehen und blickte zu dem Absperrgitter, das Toni gerade über die Fahrbahn schob.

Was war denn das?

Ein Fahrrad war’s. Nebst Mädchen. Ein süßes Mädchen eigentlich. Kirschenaugen, rundes Gesicht, bloße Schultern und ein blaues Sommerkleid.

Jetzt guckte sie zu ihm herüber. Doch dann fiel sie über Toni her. Der blieb stur. »Hier ist gesperrt! Das sehen Sie doch!«

Harry schlenderte auf die beiden zu.

»Das ist mir ganz egal, ob da gefilmt wird.«

»Jetzt hören Sie mal...«

Harry hob die Hand: »Was soll sie denn hören? Du siehst doch, die Dame ist ein Fan von mir.«

»Was?«

Harry drehte sich dem Mädchen zu: »Warum sind Sie gekommen, meine Dame? Wegen mir! Stimmt’s oder nicht? Und ich will nicht, daß das umsonst war.«

Porträtkarten hatte Harry stets in der Brusttasche. Eine zog er heraus und überreichte sie mit schwungvoller Grandezza: »Hier! Natürlich mit Unterschrift? Wenn Sie bitte einen Füller hätten...«

Sie hatte einen. Sie starrte ihn an, als zögere sie zwischen Lachen und Davonlaufen. Auch das kannte er, auch das war meistens so. Sein Grinsen wurde noch breiter: »Sie müssen das Foto genau betrachten, meine Dame.«

»Warum denn?«

»Warum? Weil Sie darauf ein Gesicht sehen, das Ihnen aus Film und Fernsehen bekannt sein müßte. Sicher haben Sie mich auch schon erlebt – ohne es zu wissen. Mein Problem besteht nämlich darin, daß das Gesicht weniger gefragt ist als der Rest...«

»Wie bitte?«

»Ich werde Ihnen das gleich demonstrieren. Und Sie werden es nicht bereuen. Bitte, nehmen Sie doch irgendwo Platz. Sie werden Zeugin einer einzigartigen Vorstellung. Ich werde mich für diesen jungen Herrn dort drüben die Brücke hinunterstürzen.«

»Was werden Sie? Runterstürzen?«

»Sie sagen es!«

Sie schien offensichtlich ratlos. Sie sah Toni an, dann Harry. Und dann sagte sie: »Ich muß aber zum Dienst. Ich muß in die Klinik.«

»Auch noch Klinik!« stöhnte Harry. »Das Wort gefällt mir gar nicht. Nicht in einer solchen Situation. – Immerhin: Arbeit adelt. Gehen Sie. Radeln Sie in Ihre Klinik. Doch eines dürfen Sie nicht vergessen.«

»Was denn?« Nun lächelte sie doch.

»Daß ich Sie unter der Normaluhr erwarte. Zwanzig Uhr. Mit einem Sträußchen tränender Herzen.«

Vielleicht war das ein bißchen zuviel. Sie guckte ihn an. Doch was gab es schon noch zu sagen? Drüben fing Tanner an zu brüllen: »Können wir jetzt endlich, Harry?«

»Aber sicher!« schrie er zurück. »Aber gewiß doch.«

Er hob die Hand an die Schläfe, grinste noch einmal. Dann war sie weg. Er sah ihr nach, wie sie die Kurve hinüber zur Brücke radelte.

In die Klinik? dachte er. Na, wenn schon...

Jetzt kam der Job!

*

Harry saß hinter dem Steuer des Escort, und Tanner gab seine letzten Anweisungen: »Also, Fricke! Sie steigen in den ersten Wagen. Dann starten Sie. Sie fahren genau bis zu diesem Strich hier. Dann sind Sie aus dem Bild. Anschließend kommt Monika. Wenn Monika an deinem Kühler ist, Harry, fährst du los. Okay?«

»Okay!« nickte Harry.

»Wird schon schiefgehen, Harry, was?«

Dazu nickte Harry nicht. Zu solchen Sprüchen nickte er nie. Außerdem war er mit den beiden Spezialgurten beschäftigt. Das rechte Schloß wollte nicht. Zweimal mußte er es reinwuchten, ehe es endlich einrastete – und dabei ein Stück Jackenstoff mitnahm.

Später würden sie das herausfinden. Später? Zu spät...

Die Sonne war durchgekommen und blitzte auf dem Goldbügel von Tanners Brille. Auch daran erinnerte er sich später. Und an Monikas Lächeln. Das war das letzte, was ihm im Gedächtnis blieb.

»Todessturz! Eins!« schrie der Assistent und schlug seine Klappe.

Der rote Escort mit Harry am Steuer rollte an. Nun nahm er Fahrt auf, erreichte die Brücke. Zwischen der vierten und fünften Geländerstrebe waren die Rohre nur aufgelegt.

Die Kamera lief. Der Zoom erfaßte Harry. Im Sucherausschnitt war alles ganz deutlich zu erkennen: selbst Harrys Gesicht und wie er das Steuer nach rechts riß...

Toll würde das später aussehen: Der Scheinwerfer, der an einem der Metallpfosten zersprang. Das kristallene Lichtblitzen der zerborstenen Glasteilchen. Und der Fahrer darin. Fäuste, die sich zum Absprung nach vorne stemmten... Nun klappte die rechte Tür auf. Den Kamerausschnitt hatten sie vorher so fixiert, daß es nicht auf den Film kam.

Doch verdammt noch mal: Wo blieb Harry?!

Wieso kam er nicht raus? Wieso sprang er nicht ab?

»Verdammte Scheiße!« brüllte Tanner. »Harry! – Ja, ist er denn verrückt?!«

Er war leichenblaß. Monika zog die Unterlippe zwischen die Zähne. Sie biß sich blutig. Sie spürte es nicht. Ein Würgen war in ihrem Hals, das ihr die Luft nahm.

Der Wagen!

Der Kühler, der sich neigte. Das rote Dach...

Sie schloß die Augen. Für einen Sekundenbruchteil war Stille. Nur das Wasser dort unten hörte man. Dann kam ein dumpfer, schürfender Aufprall. Metallgekreisch. Ein Geräusch, das wie ein Seufzen war. Und Stille...

»O Gott...« Das war Tanner. »O Gott, Harry! Den hat's erwischt.«

*

Harry wußte nicht, an was ihn der bleiche Streifen Helligkeit erinnerte. Manchmal dachte er an den Himmel über Jersey, wo es diese schreckliche Dünung gab und die Luft so voll Feuchtigkeit war, daß man Himmel und Meer nicht unterscheiden konnte. Er hatte diesen verrückten Sprung von der Schiffsbrücke gebaut. Die Nummer war ihm nicht gut bekommen.

Doch dies war nicht die Jersey-Insel. Und auch kein Himmel. Seit wann wachsen aus einem Himmel

Elektrokabel? Instrumententicken, fein, mit zermürbend-präziser Unerbittlichkeit.

Die Stimmen aber? Ein Mann sprach. Eine Frau antwortete.

Woher sie kamen, war nicht auszumachen. Weder die Spuren von Geräuschen noch von Licht konnte Harry verfolgen. Sein Kopf schien wie mit Eisen auf die Schultern geschraubt.

Er wölbte den Brustkorb auf. Da kam etwas wie Schmerz: weich noch, ein breiiges, beklemmendes Unbehagen.

Da hat's dich also wieder mal erwischt! dachte Harry.

Er beschloß, es mit Ruhe zu nehmen. In sein Gesichtsfeld schob sich eine dunkle Form. Und als nun Licht darauf fiel, zergliederte sie sich in Augen, Mund, Nase. Ein Gesicht wurde daraus: Das Gesicht eines jungen Mädchens. Dazu noch ein Gesicht, das er irgendwie kannte. Von irgendwo... Woher nur?

Da fiel es ihm ein. Buchstäblich fiel. Die Erinnerung kam wie ein Stück Eisen auf ihn herab. Und für den Rest sorgte die Männerstimme im Hintergrund, die jemand anderem, von dem Harry nichts sehen konnte, beflissen erklärte:

»Mit dem Auto ist er von der Brücke runter. Das sollten Sie mal gesehen haben! Nicht nur eine, mehrere Trümmerfrakturen in den Beinen. Verdacht auf Nierenquetschung. Dann die Gehirnerschütterung... Wir haben den Kreislauf stabilisiert. Wenn er aufwacht, könnten wir versuchen, ihn zu röntgen.«

»Ich bitte darum.«

Das Mädchengesicht aber blieb. Und das war das Gute... Rosa Backen. Wirklich rosa! Sommerrosa, dachte er, pfirsichrosa. Und blonde Härchen darauf! – Trümmerfrakturen? Okay, aber dein Schutzengel wird mitgeliefert. Und wie der aufpaßt, und wie sie dich ansieht, wie ein einziger Blick dir alles wieder klarmachte...

Zurückgucken? Zurückgrinsen? Ging nicht. Selbst den Kopf hatten sie ihm verschalt. Aber sprechen...

Harry bewegte probeweise die Zunge, sagte: »Hallo!« Tadellos. Weitermachen, darauf kam's an: »Hallo, hallo...«

Sie nickte. Sie lächelte. Auch die Lippen waren rosa. Und die Zähne so weiß...

»Hallo!«

»Na prima. Und jetzt helfen Sie mir... aus dem Bett.«

»Wie?... Wie bitte?!«

»Ich muß doch zur Normaluhr rüber.«

»Tatsächlich? – Na, das geht ja wohl heute nicht.«

»Auch noch Krankenschwester sind Sie!« flüsterte Harry mühsam. »Wenn ich das gewußt hätte... Ich hätte Ihnen gleich ein Dutzend Postkarten... Und im übrigen: Ich bin beglückt..., au!«

»Sie reden zuviel. Und bewegen sollten Sie sich möglichst nicht.«

»Ich muß doch aber wirklich an die verdammte Uhr!«

Sie lachte. Es war ein leises, süßes Teeny-Kichern, das sie halb im Ärmel ihres Schwesternmantels erstickte. Reizend, ja... Doch die Amtsperson mit den grauen Haaren, die jetzt plötzlich an seinem Bett auftauchte, schien nicht damit einverstanden.

»Was ist denn hier los, Schwester Elke? Was gibt's denn da zu lachen?«

»Verzeihung, Herr Dr. Schäfer.«

»Mich«, probierte es Harry, »mich zum Beispiel gibt's zum Lachen. Die Schwester ist nun mal ein Fan von mir. Und heute wollten wir zusammen ausgehen.«

Nun versuchte auch der Oberarzt etwas wie ein

Lächeln. Zumindest hoben sich die Mundwinkel an. Auch die Augen wurden freundlich: »Da sind wir ja wieder, Herr Poser! Ist ja schön, daß Sie das alles mit Humor nehmen. Aber was das Gehen betrifft...«

Mehr sagte er nicht. Mehr gab's wohl auch nicht zu sagen. Harry versuchte zu nicken. Auch damit hatte er Schwierigkeiten. »Na gut. Ich bin's schon gewöhnt.«

Das Mädchen war weg. Ihre Schritte konnte man noch hören. Gleich würde die Türe klappen.

Harry seufzte. Der Doktor, dieser Schäfer, setzte sich an sein Bett. »Sie haben Glück gehabt, Herr Poser. Viel Glück! Sie könnten auch schwerwiegendere innere Verletzungen haben. Gott sei Dank ist das nicht der Fall.«

»Wieviel Knochen sind denn diesmal gebrochen?«

»Die Beine und ein Arm. Doch die Beine mehrfach. Sie haben sich das gründlich vorgenommen. Splitterbrüche. Stauchungsbrüche. Drehbrüche. Quer durchs ganze Beet. Und ihre alten Frakturen, das haben wir schon auf den ersten Röntgenaufnahmen gesehen, sind ja auch nicht alle unbedingt gut verheilt. Haben Sie Schmerzen?«

»Machen Sie sich da mal keine Sorgen, Doktor. Kenn' ich. So was ist wie Schnupfen.«

»So? Meinen Sie? – Schwester Elke bringt Ihnen gleich was gegen den Schnupfen...«

Das tat sie auch. Ein Tablett. Das übliche Sortiment von Pillen und Kanülen darauf. Und ihr Lächeln.

Er bestaunte es mit Andacht. »Elke heißt du?«

»Richtig. – Kopf leicht anheben. Geht's so?«

Es ging so. Er verdrehte trotzdem die Augen. Sie war damit beschäftigt, den Verband auf seiner Stirn zu zerschneiden. Dann brannte die Lösung, Tupfer färbten sich rot. Ja, es war das übliche. Und sie gab sich wirklich alle Mühe, vorsichtig zu sein.

»Die richtige Schönheit bin ich noch nicht, was?«

grinste er kläglich. »Das Foto macht mehr Eindruck. Stell's auf den Nachttisch. Willst du?«

»Also, Sie sind wirklich...«

»Was bin ich denn? Ein dankbarer Mensch. Dankbar für zarte Finger. Und ein paar Augen wie Smaragde...«

»Ach, du lieber Gott! Auch noch Smaragde...« Sie seufzte.

»Wie ist das denn mit uns beiden unter der Uhr?«

Auch darauf bekam Harry keine Antwort. Nur diesen Blick. Und nun fand er, daß Smaragde zwar sehr kitschig klang, doch irgendwie mit der Wirklichkeit übereinstimmte...

*

»Und dann sagt er doch tatsächlich, ich hätte Augen wie... wie...«

»Wie was?«

»Jetzt lach bloß nicht, Ina. Auch wenn's noch so kitschig klingt: Wie Smaragde!«

Nein, Ina lachte nicht. Sie rührte in ihrem Kaffee. Sie wunderte sich vielleicht, daß Elke bei ihrer ganzen Erfahrung mit Männern, die es darauf anlegten, verrücktzuspielen, über solche Sprüche staunen konnte. Weil sich da irgend so ein Typ die Knochen brach? Ein älterer Herr dazu. Stuntman! – Gut, Ex-Artist... Seit es Zirkus nicht mehr gab, wurden die ja beim Film beschäftigt.

Ina Spahn begann sich wegen ihrer Freundin Elke Sorgen zu machen. Wirkliche Sorgen. Sie legte ihren halb fertig gestrickten Pullover auf einen Stuhl: »Sag bloß, was ist in dich gefahren? Ich hab' mir die Papiere angeguckt: Zweiundfünfzig! Stuntman! – Na gut, damit ist's vorbei. Sagt auch Schäfer. Und 'ne Freundin hat er obendrein.«

»Weiß ich.«

»Was weißt du? Nichts weißt du. Keine Ahnung hast du mehr, wo's langgeht! Gestern, beim Besuch, hab' ich die Dame gesehen. Gut sieht die vielleicht aus...«

»Seine Freundin ist sie«, lächelte Elke. »Und Schauspielerin ist sie auch noch.«

Ina nickte, lehnte sich in dem alten Korbstuhl zurück, so daß er noch mehr ächzte als sonst, und besah ihre Fingernägel. Eine Schauspielerin? Ein Sonderfall, meinte Elke wohl. Liiert oder nicht – morgen sind die wieder weiter.

»Was zerbrichst eigentlich du dir den Kopf darüber?«

»Weil ich weiß, was mit dir los ist. So gut kenn' ich dich inzwischen, Elke.«

»Nichts kennst du. Und nichts ist mit mir los. Seit wann ist es so komisch, mit einem Patienten etwas Mitgefühl zu haben?«

Ina zog die linke Augenbraue hoch. Es blieb die einzige Reaktion. Die Türe hatte sich geöffnet, und da stand, wie meist aus dem Nichts gezaubert, die Oberschwester. Elke spürte, wie ihr unter Hildegards Lächeln Hitze in die Ohren stieg.

»Mitgefühl ist schön, Pflege ist besser! In der 24 sind neue Verbände fällig.«

»Das haben wir doch schon gemacht.«

»Dann beziehen Sie in Gottes Namen bei den Abgängen die Betten. Muß man denn jede Anordnung einzeln treffen? Oder geht vielleicht auch mal was von selbst.«

»Jedenfalls geht es nicht ohne Sie!« Dies war Inas Stunde.

»Moment, Moment! Jetzt werden Sie bloß nicht pampig. Dazu sind Sie noch zu neu hier. Und was soll das heißen, es geht nicht ohne mich?«

»Das, was es heißt. Ohne Sie geht's doch wirklich nicht, Oberschwester Hildegard, oder?«

»Sie sind eine ganz durchtriebene Person.« Die berühmten drei Hildegard-Falten erschienen über der Nase: »Lassen Sie sich bloß nicht von der einwickeln, Elke.«

»Aber wie denn, Oberschwester?« lächelte Elke. »Ina redet heute sowieso nur Unsinn...«

*

Wochen, die vorüberglitten, ohne Gesicht anzunehmen, gleichförmig wie die Seitenzahlen in den dicken Fachwälzern, die Christa in ihre kleine Wohnung am Schloßberg geschleppt hatte. Ein wellenförmiges Muster, dessen Höhepunkte Prüfungen und Seminararbeiten bezeichneten. Freiburgs »kulturelles Angebot«, von dem Klaus immer schwärmte, falls vorhanden, so hatte sie's nicht wahrgenommen. Die einzigen Zäsuren in dieser Zeit waren seine Besuche. Da kam er dann hereingerauscht, mit Päckchen, Plastiktaschen, Büchern und irgendwelchen unmöglichen Bereicherungen für die Wohnung beladen, knallte alles auf den Boden oder türmte es dekorativ auf dem kleinen Rauchtisch auf, tanzte herum, verkündete, zu was dies tauge und warum jenes zu geschehen habe, redete von seiner eigenen Studentenzeit und davon, wie sehr er sie um ihre Freiheit beneide – wurde am Ende meist doch ganz vernünftig, sogar ziemlich kleinlaut. Die Welt, die Republik – selbst Freiburg hatte sich geändert. Er sah's ein. Und damit auch die Freuden des Studiums.

Trotzdem, wenn Christa ehrlich war: die Schinderei machte auch Spaß. Uschi Hammerschmidt, die kleine, pummelige Apothekerstochter, der sie im Seminar bei den Arbeiten half, hatte es auf den Punkt gebracht: »Du, Christa, hast leicht reden! Wenn's bei dir mal mit dem Gedächtnis nicht klappt, läßt du einfach deinen Erfahrungs-Bizeps spielen.«

Vielleicht. Sicher sogar... Oft war es Christa erschienen, als habe sie alles, was sie aus den Büchern zusammenbüffelte, schon irgendwo gehört, gelernt, ja, als hätte sie es in einem anderen, früheren Leben gewußt. Und der »Erfahrungs-Bizeps«? – Selbst bei dem Physiologie-Examen der letzten Woche hatte sie in den Prüfungen eine Art Wohlwollen wahrgenommen, so, als sei die ganze Kommission gleichsam von einer Beißhemmung befallen. Die zehn Jahre Klinikpraxis kamen ihr zugute, die Worte flossen über die Lippen, obwohl die Situation für sie eine Qualität des Unwahrscheinlichen, Phantastischen annahm: Der Raum, die Professorengesichter, die Leute, das Leben, die Stadt. Und zu allem dieser sonderbare Ehemann mit seiner Schwarzwald-Klinik, der wie ein Gott über allem thronen wollte, wie ein Unwetter hereinbrach, um Kommentare, Ratschläge und das Glück zuzuteilen: Klaus, der Sonnenfürst aus Offingen...

Nach Offingen würde sie zurückkehren!

Noch vier Wochen, dann hatte sie's hinter sich.

Gelegentlich kam sogar Bedauern auf, wenn sie daran dachte, ihre kleine Bude zu verlassen, diese Insel des Lernens mit ihren Büchern. Manchmal auch Träumen...

Auch Vollmers, der sie sich unbedingt als Assistentin wünschte, wollte es nicht wahrhaben: »Kommen Sie, Christa! Sie haben doch so eine Begabung für die wissenschaftliche Arbeit. Sie können mich doch nicht im Stich lassen...«

Sie knipste die Schreibtischlampe aus. Drüben, hinter der Milchglasscheibe, sah sie Vollmers' Schatten. Ihr Rücken schmerzte. Acht Uhr dreißig. Man konnte auch übertreiben. Für die Computerausdrucke blieb morgen Zeit.

Sie stand auf, nahm die große Ferientasche, in der sie ihre Bücher mit sich herumzuschleppen pflegte, packte den ganzen Kram hinein, einschließlich der Computerausdrucke und ihrer eigenen Auswertungen, zog den weißen Mantel aus, hängte ihn in den Spind, ging hinüber zum Büro und öffnete die Tür: »Tschüs, Doktor! Ich geh' dann.«

Auch Vollmers war dabei, sich seinen Trenchcoat umzuwerfen. Das verklemmt wirkende Jungenlächeln schien zu dem kantigen Gesicht zu gehören wie die geschwungenen Augenbrauen und das kokette Grübchen am Kinn.

»Moment mal, ich geh' gleich mit. Sind Sie weitergekommen?«

»Weiter? – Fertig.«

»Gibt's ja gar nicht!« Er schüttelte den Kopf, löschte das Licht, verschloß das Labor. Ihre Tritte hallten auf der Treppe. Wieder waren sie die letzten.

Am Fuß der Treppe blieb Vollmers stehen. »Wie ist das? Wollen wir zwei noch ein Glas Wein trinken?«

»Na gut. Und wo?«

»In der Kiste?«

Da saßen sie dann auch eine halbe Stunde später unter niedrigen Deckenbalken, an gescheuerten Holztischen, um sich Gerede, Gelächter, Gequatsche, junge und alte Gesichter, Weintrinkernasen, Intellektuellenbrillen und Bartfransen.

»Hören Sie mal, was lachen Sie eigentlich?«

Vollmers sah sie an: »Tu ich das? Na, wenn schon, ich freu' mich.«

»Worüber?«

»Über Sie zum Beispiel. Daß es Sie gibt. Daß Sie da sind. Daß wir zusammensitzen.«

Sie nahm das Glas, zögerte, dann schluckte sie entschlossen den Rest. »Nicht mehr lange, Doktor. Ich muß los.«

»Ach, Quatsch! Jetzt doch noch nicht? Hier ist es so gemütlich. Wir können ja auch was essen.«

»O nein! Wenn's gemütlich wird, muß ich wohl erst recht gehen.«

»Was sind Sie bloß für ein Mensch? Übrigens, Christa, ich hatte vor, Sie zu fragen, ob Sie nicht bei mir bleiben wollen, wenn Sie die Approbation hinter sich haben?«

»Aber Doktor, Sie wissen doch...«

»Ich weiß nur, daß da was frei wird. Ich könnte einen Antrag stellen, Christa. Es käme zu einer regelrechten Zusammenarbeit zwischen uns.«

Er hatte ihren Blick aufgefangen. Und sein Lächeln war auch weg. Er redete, redete jetzt mit Überzeugung und einem Ernst, der ihr neu war und ein wenig unheimlich wurde.

»Vielleicht verstehen Sie das falsch. Von mir aus verstehen Sie's, wie Sie wollen. Nur eines ist mir wichtig: Sie sind mit einem Enthusiasmus, mit einer Begeisterung bei der Arbeit, die mir imponiert. Die meisten Doktoranden wollen in Virologie und Bakteriologie nur gerade soviel mitnehmen, daß sie nicht durchs Staatsexamen rasseln. Bei Ihnen ist das ganz anders.«

»Ich geb's ja zu: es macht mir Spaß.«

»Na also!«

»Nichts also, Herr Vollmers! Ich will trotzdem an eine Klinik. Und irgendwann werde ich den Facharzt machen.«

»Und welche Fachrichtung? Haben Sie eine im Kopf?«

»Noch keine bestimmte.«

Persönliches Interesse oder Spezialisten-Fanatismus – sie wußte nicht, was es war, doch Vollmers gab nicht auf. Sie mochte diesen Dr. Vollmers. Sie mochte nicht nur sein umwerfendes Können, auch die Art, wie lässig und bescheiden er damit manipulierte, mochte seinen Humor, seine Selbstironie, sicher – doch nun? Das war ein anderer Vollmers! »In der medizinischen Grundlagenforschung«, dozierte er gerade, »kann man möglicherweise viel mehr Menschen helfen als in einem Klinikum. Das muß Ihnen doch klar sein, Christa? Ich weiß, im Labor ist man einsam. Man hat keinen Kontakt mit den Patienten. Der Effekt aber ist immer größer. Zumal, ein analytisches Genie wie Sie...«

Sie wurde rot. Sie hob die Hand: »Nun mal...«

»Nein, nicht langsam. Das ist es doch: Sie haben es einfach. Die anderen kriegen's nie. – Und das ist eine Gnade, verstehen Sie?«

»Danke.«

»Also?«

»Lieber Doktor!« Sie beugte sich nach vorne, berührte kurz seine Hand und zog sie wieder zurück. Ihr Blick war jetzt gerade und offen. »Dr. Vollmers, glauben Sie mir, das alles nehme ich nicht leicht. Im Gegenteil. Aber ich will zurück zu meinem Mann. Ich muß in die Schwarzwald-Klinik. Ich habe zu lange dort gearbeitet. Und es gefällt mir.«

Er nickte, drehte sein Glas und schloß halb die Augen. »Ist ja auch eine herrliche Gegend.«

»Sehen Sie!«

»Nur müssen Sie damit rechnen, Christa, daß ich Sie manchmal besuche. Eine Schwester von mir wohnt übrigens ganz in Ihrer Nähe... Oder darf ich das vielleicht nicht?«

Sie spürte die Spannung. Also doch nicht allein »das Genie«, nicht fachliches Interesse und die »zwillingshafte Reaktion«, wie er sagte – doch das andere? ...Sie fühlte etwas wie Enttäuschung.

»Aber sicher dürfen Sie das«, lächelte sie. Und dann mit Betonung: »Zumal mein Mann Sie sehr schätzt. Er kennt eine Menge Ihrer Veröffentlichungen. Er freut sich, daß Sie einer meiner Lehrer sind.«

Das half. Die Augen wurden wieder klar. Und Vollmers' Lächeln war wieder da. »Na, was glauben Sie, wie ich mich freue, daß Sie meine Schülerin sind! Müssen Sie denn wirklich jetzt gehen?«

Sie erhob sich. »Ja, wirklich. Wir müssen.«

*

Christa schnupperte: Zwiebeln! In Butter geschmelzte Zwiebeln. Der Duft wehte ihr entgegen. Er verteilte sich im ganzen Treppenhaus.

Sie schickte den Lift nicht in die Tiefe, damit kein Knacken zu vernehmen war, und drehte ganz leise, als dringe sie in eine fremde Wohnung ein, den Schlüssel im Schloß.

Aus dem kleinen Wohn-Schlafzimmer drang Schummerlicht. Hat er doch tatsächlich eine Kerze aufgestellt? Und in der Küche brennt die Neonröhre! Sie stellte die Tasche sanft auf den Boden, ging auf Zehenspitzen – tip-tap-tip-tap...

»Verdammter Mist! So 'ne Scheiße!«

Aha! Ein Chirurg in Not. War wohl zu nah an den heißen Pfannenrand gekommen? Und wie das qualmte und stank... Er aber ohne Schürze, klar, selbst die Anzugjacke und Weste hatte er noch an! Christa hielt die Nase in den Wind: Muskat, analysierte sie. Knoblauch und Provençalgewürz. Alles in friedlicher Eintracht aufs Rührei gepfeffert!

Sie stand und beobachtete. Und in ihr wuchs ein Gefühl von Rührung, das ganz heiß machte. Dann küßte sie ihn auf den Nacken, vorsichtig, wie er's mochte.

Etwas klapperte, klirrte, brach... Ein Gewürzglas! Provençal oder Knoblauch? Egal. Nicht egal war, daß er so schnell herumwirbelte, daß auch noch die Pfanne ins Rutschen kam. Im letzten Moment, ehe sie zu Boden krachte, konnte sie sie erwischen.

»So nicht!« sagte sie. »Und überhaupt...«

Er hielt sie fest.

»Und überhaupt«, verkündete sie, »du stinkst nach Knoblauch! Dein Mund. Dein Hals. Von der Zunge gar nicht zu reden.«

»Ach, Zunge! – Wo kommst du denn her, o Gott?«

»Das ist vielleicht 'ne Frage! Und du? Einfach reindonnern. Einer armen Studentin die letzten Eier klauen, sie in die Pfanne kloppen...«

»Was sollte ich sonst tun?« Er ließ sich auf den Küchenhocker sinken, packte sie an den Händen, zog sie auf den Schoß und streichelte zärtlich und versonnen über ihre Schenkel.

»Da qualmt es ja immer noch!«

Mit einem Satz machte sich Christa frei und schaltete die Heizplatte ab.

»Wieso mußt du auch Eier...«

»Wieso? Herrgott, was weiß ich, wo du dich rumtreibst?«

»Richtig.«

Er blickte mißtrauisch. »Siehst du! Was sollte ich sonst tun? In die Kneipe wollte ich nicht. Ich dachte, ich könnte dich verpassen. Umgekehrt hatte ich Hunger. Eine scheußliche Alternative... Und die Lösung«, er schnupperte, »riecht wohl ziemlich angebrannt.«

»Vielleicht läßt sich's essen.«

Es ließ sich essen, tatsächlich, es schmeckte gar nicht so übel. Sie fand noch eine Büchse Schinkenwurst, ein halbes Glas saure Gurken, eine angebrochene Flasche Chianti und Senf. Das Brot war etwas hart, was machte es? Da saßen sie nun, sahen sich an, schoben Gabeln in den Mund ohne so richtig zu wissen, was sie da kauten, und waren sehr zufrieden.

Es blieb stets dasselbe: Dieses anfängliche Fremdeln, dieses Schweigen, dieses Abtasten mit Blicken und das Gewahrwerden des Körpers, feine Spannung, die sich ausbreitete, anschwoll, bis sie das Bewußtsein erfaßte – und ein Gefühl, von dem sie wußten, daß sie es teilten.

»Wie sieht's denn aus in Offingen? Ärger?«

»Nicht mehr als den üblichen.«

Er wischte mit einem Stück Brot den Teller sauber. Sie wußte, daß er log. Es war zwar stets derselbe Satz, aber er hatte verschiedene Nuancen der Betonung.

»Komm doch!«

»Ach, laß mich. Nicht jetzt.«

»Wann dann?«

Er schob den Teller weg, kam zu ihr, legte die Hand auf ihre Schulter, strich über ihre Haare: »Später.«

Ein breiter Streifen Licht, der aus der nächtlichen Straße ins Zimmer fiel. Hansis freundliches Gesicht, das vom Bücherbord lächelte. Hansi war die Puppe, die Käte ihr mitgegeben hatte. Ihr Lieblings-Hansi!

Klaus' Zigarette und Hansis Knopfaugen wurden im Dunkeln zu Orientierungsmarken. Es waren nicht einmal die schlechtesten.

»Dann hat dich also Vollmers zum Abendessen eingeladen?« fragte seine Stimme.

»So kann man nicht sagen.«

»Sag's trotzdem: Du wärst mit ihm gegangen?«

Sie lächelte in sich hinein. »Na, klar...« Eine der Lügen, die wohltaten. Eifersüchtig war er. Und wie!

»Ich kenne Vollmers von Fotos. Verdammt gut aussehender Bursche. Wenn man sich's genau überlegt; so schlecht paßt ihr gar nicht zusammen...«

»Oh, komm! Laß doch deine Tricks. Sie sind zu durchsichtig.«

»Er ist in dich verknallt?«

»Vielleicht«, kokettierte sie weiter. »Würde dich das stören?«

»Stören? Ich bringe ihn um, den Kerl!«

»Kannst du. Er will uns besuchen.«

»Soweit seid ihr also?«

»Er will, daß ich seine Assistentin bleibe. Du, er macht mir die tollsten Angebote«, steigerte sie sich. »Er würde mir hier sogar 'ne Wohnung...«

»Jetzt aber Schluß! Und was hast du geantwortet?«

»Na, was wohl? Bei so einem Mann, wie ich ihn zu Hause rumhängen habe, könnte das Angebot vielleicht ganz attraktiv...«

Sie kam nicht weiter, seine Hand drückte ihr die Lippen zu. Sie zerrte sie von ihrem Mund und lachte: »Ach, Klaus! Was bist du doof!«

»Ich bin...«

»Unschlagbar! Stimmt. Und jetzt wirklich müde. Außerdem, wie ist das denn: Wolltest du nicht noch deinen Frust abladen?«

»Hab' doch keinen. Wie eigentlich? Wo ich in vier Wochen noch eine zusätzliche Kraft wie dich bekomme? Promoviert, mit allem was dazugehört. Flieg mir bloß nicht durch die letzten Examen.«

»Den Spaß gönn' ich dir nicht.« Sie zwickte ihn in seine Nase. »Aber mal was anderes: Wie geht's denn den Udos?« Das Paar Katharina Gessner und Udo Brinkmann hatte sie »die Udos« getauft. Wenn sie es genau betrachtete, war dies eine ziemlich abwegige, zumindest nicht sehr zutreffende Bezeichnung. »Die Katharinas« wäre vielleicht besser gewesen... Denn den Udo von einst, der in seiner frechen Überheblichkeit manchmal durchaus seinen Charme entfalten konnte, gab es nicht mehr. Und der neue, der sich da herausmauserte, fuhr ganz eindeutig in Katharina Gessners Schlepptau. Kein Wunder eigentlich; sie war reifer als er. Reifer und geschieden, vor allem auch reicher. Gegen die nonchalante Art, wie sie mit diesen beiden Sicherheitsfaktoren umging, hatte Udo noch kein Rezept gefunden. Dem stolzen Vater diese Theorie zu unterbreiten, davor hütete Christa sich. Sie kannte seine Reaktion. »Weißt du was?« sagte sie. »Eines steht fest: Udo war noch nie so ruhig wie jetzt. Und vielleicht auch noch nie so glücklich...«

Er gab keine Antwort. Sie wandte alarmiert den Kopf. Da lag er, die Knie angezogen und hatte die Augen geschlossen. An was dachte er? Eine große Zärtlichkeit war in ihr. Sie kannte doch diesen Gesichtsausdruck. Er erschien, wenn seine Sorgen um einen Punkt kreisten, für den er keine Lösung fand. Er litt also? Wieso eigentlich? Katharina? Hatte er von Katharina Gessner nicht immer in den höchsten Tönen gesprochen? Schätzte er sie nicht auch fachlich? Und wenn sie heirateten, war es nicht von ihm gefördert worden?

Sie ließ die Beine auf den Boden gleiten, wickelte sich ein Handtuch um die Hüften, ging zum Fenster und stieß es auf.

Die Kerze auf dem Rauchtisch wirkte wie ein verlorener, zitternder, kleiner Lichtmond. Was machte er sich wegen Udo verrückt? Das Paulus-Syndrom: Ein aufgeregter, fast neurotischer Playboy, der sich zum hingebungsvollen Ehemann entwickelt – ja zum Vater: dieses magere, kleine Geschöpf mit den riesigen Kulleraugen, das Katharina mitgebracht hatte und an dem Udo seine Erzieherqualitäten übte, schien er wirklich über alles zu lieben. Nun hatten sie auch noch ein eigenes Haus. Haus? Nein, Villa. Rosengarten, Terrassen, Weingärten, sogar ein Schwimmbad.

Sie sah Katharina wieder auf ihrer neuen Terrasse stehen, Udo neben sich: »Ist doch hübsch? Hab' ich mir gestern gekauft.« Damals hatte es Christa die Sprache vor der Selbstverständlichkeit verschlagen, mit der eine Katharina Gessner solche Erwerbungen kommentierte. Als handle es sich um die Anschaffung einer neuen Handtasche! »Ist doch viel angenehmer als 'ne Mietwohnung, nicht?«

Klaus' Schweigen alarmierte sie nun doch. Sie nahm seine Hand: »Also, was ist denn?«

»Weiß nicht. Gar nichts.«

»Nun komm schon raus mit der Sprache. Er hat sich doch nicht etwa ein neues Gspusi zugelegt?«

Er schüttelte den Kopf. »Weißt du, so verrückt es klingt, manchmal wäre es mir sogar ganz lieb, wenn er noch einen Blick für andere Frauen hätte. Aber das ist ja schon beinahe eine sklavische…«

»Nicht sklavische Abhängigkeit, mein Lieber«, unterbrach sie. »Ich glaube, er hat das gefunden, was er immer suchte.«

»Und was wäre das?«

»Eine mütterliche und starke Frau.«

»Vielleicht hat er das gesucht. Aber gefunden bestimmt nicht. Katharina ist eine Persönlichkeit, zweifellos. Aber nicht der Partner für einen Udo. Er ist nicht weit genug, verstehst du? Das ist es, worüber ich mir Gedanken mache.«

»Den beiden geht's gut«, bestand sie. »Sie mögen sich. Und bevor du Krisen in sie hineinprojizierst, faß dich mal lieber an die eigene Nase und kümmere dich um deine Frau…«

*

Vielleicht ist es genetisch verankert, schlummert in irgendeinem DNA-Molekül, ein winziges Teilchen Ribonucleinsäure – und plötzlich bricht dann so was aus, überschwemmt dich, macht dich halb hilflos, halb selig…

So was!

»So was« war unter dem Begriff »Sympathie« nicht abzulegen. Auch nicht als »Vaterliebe«, schließlich: Angie hatte einen anderen Erzeuger. Was dann? Wieso knöpfte sich seine Seele auf, wurde es ihm so warm ums

Herz, wann immer er die Kleine um sich hatte?! Angie! Angie-Baby... Gut, dieses fünfjährige Stück Weiblichkeit machte es allen einfach, sich in sie zu verlieben. Eine Göre, die nur aus Augen, Beinen und wildem Haar bestand. Und wie diese Augen gucken, die Beine rennen und das Haar flattern konnten! Und wie sie ihn mit ihren Fragen löchern und mit ihrer ewigen Bettelei um neue Gute-Nacht-Geschichten nervte...

»Was ist denn ein Milchkrug?« fragte sie doch tatsächlich, kniete sich in ihrem Bettchen auf und starrte ihn an.

»Ein Milchkrug?« Das kippte Udo nun doch aus den Pantinen. »Wieso? Ein Milchkrug ist ein Milchkrug. Ein Krug, in den die Milch reinkommt.«

»Na gut«, machte sie gnädig, »bei uns kommt sie immer in Kartons.«

»Das sind halt die modernen Zeiten. Aber damals, da fiel also der eine Frosch, das Fritzchen, in die Milch. Hilfe, schrie das Fritzchen...«

»Hiilfee!« schrie auch Angie. »Und dann? Der andere Frosch, das Karlchen, ist nicht reingefallen?«

»Nein, der nicht. Der saß oben auf dem Rand und guckte.«

»Und dann?«

»Und dann hatte der Karl eine Idee. Fritzchen, schrie er, passiert doch nichts. Du mußt nur strampeln, feste strampeln. Strampel doch, Fritzchen!«

»Wieso soll der denn strampeln?«

»Na, wieso? – Paß auf, das Fritzchen strampelte und strampelte, und das Karlchen gab ihm immer weiter gute Tips und sagte ihm, er müsse durchhalten. Und dann, dann wurde die Milch plötzlich Schlagsahne. Jetzt ging das Strampeln schon schwerer, aber schließlich, das Fritzchen strampelte doch um sein Leben. Und er strampelte und strampelte, bis die richtige feste Butter da war.«

»Au ja!« Augen rund, Daumen in einem runden Mund. Auf der Stirn Mitleidsfalten. »O ja, und dann konnte er die Butter sogar essen. Ich mag Butter!«

»Vor allem aber«, schloß Udo seine Gute-Nacht-Geschichte, »das Fritzchen hatte wieder festen Grund unter den Füßen, konnte ab und aus dem Krug rausspringen.«

Angie nickte befriedigt. Das Gesicht wurde schläfrig. Sie zog die Knie hoch und drehte sich zur Wand. Und Udo nahm den Schnuller und schob ihn ihr in den Mund, damit sie sich nicht den Daumen wundmümmelte.

»Gute Nacht, Madame!«

Doch Angie gab schon keine Antwort mehr. Nachdenklich, in sich ein sehr gutes Gefühl, stieg Udo die Treppe hinab in den großen Wohnraum. Katharina saß vor dem Kamin und betrachtete die blauen kleinen Flammen, die am verkohlten Rest eines Buchenscheites auf und ab kletterten.

Er zog einen Sessel heran, streckte die langen Beine auf die Kaminbrüstung und lächelte sie an. Doch in sein Lächeln mischte sich etwas Wehmut, ein Gefühl wie ein winziger Schmerz: »Wo soll eigentlich Angie bleiben, wenn du in Amerika bist?«

»Ich habe mit ihrem Vater gesprochen. Der nimmt sie mit auf seinen Landsitz.«

»Auf seinen Landsitz? Junge, Junge, das ist aber toll!«

»Was soll das wieder?«

»Was das wieder soll? Ich frage mich, ob Angie das will? Ich meine: Hat sie sich nicht auch auf den Urlaub mit uns gefreut?«

»Nun fang' nicht schon wieder damit an, Udo. Bitte... Ich muß den Kurs hinter mich bringen, das weißt du genau.«

»Natürlich. Du mußt.« Er starrte in die Glut. Sie

mußte, weil sie Katharina war. Und weil es für Anästhesisten natürlich nur in New York ein Fortbildungsangebot von dieser Qualität zu holen gab. Vielleicht auch, weil sie die Insel Sardinien als Urlaubsort nicht so interessant finden konnte, da sie sie ja nicht nur einmal, sondern bereits dreimal besucht hatte...

»Ich hab' mich sehr auf Sardinien gefreut.«

»Weiß ich doch. Meinst du, ich nicht?«

»Und Angie!«

Sie drehte sich um. Sie war ganz gelassen. Sie sah ihn voll Verständnis an. »Sieh mal, für Angie ist es bei Frederick auch schön. Ich werde es ihr so schmackhaft wie nur möglich machen. Aber jetzt, sei lieb und fall' mir nicht in den Rücken.«

»In den Rücken... Die Frage ist doch einfach, ob sie nicht lieber bei mir bleiben sollte?«

»Bei dir?« Sie richtete sich auf, überlegte es sich, kam dann zu ihm herüber und nahm seine rechte Hand und legte die andere auf sein Haar. »Sicher bleibt sie lieber bei dir, Udo. Jedes Kind würde lieber bei dir als bei Frederick bleiben. Freddy ist vollkommen langweilig, ich meine, er ist so humorlos, und du, du bist ein ewiger alberner Kindskopf. Ich habe nur nicht zu hoffen gewagt, daß du damit einverstanden wärst.«

»Zu hoffen gewagt...« Er schüttelte den Kopf. »Natürlich bin ich.«

»Mensch, das ist prima!« Sie freute sich ehrlich. »Und wenn es dir mal zuviel wird, die Käti ist ja auch ganz verrückt nach der Angie.«

»Mach dir mal da keine Gedanken.«

»Mach ich mir aber.«

Er nahm ihre Hand und führte sie an seinen Mund. Seine Lippen ertasteten jeden Knöchel. »Wirklich? Na, dann mach sie dir! Wenn du in New York bist, denk daran, daß sich ein fanatischer Hilfsvater und ein kleines Kind nach dir sehnen werden...«

*

»Gegenfassen, Sager! Herrgott, das kommt von fassen – nicht von ziehen!«

Eine Operationsmaske läßt nur einen schmalen Streifen Gesicht frei. Gerade deshalb vermag sie die Ausdruckskraft der Augen so dramatisch zu steigern: Was immer an Reaktionen, Gefühlsmomenten oder Gedanken ein winziges Zwinkern auslöst, ein Zusammenziehen der Lider, eine Vergrößerung der Pupillen, ein starrer, zorniger Blick – in solchen Momenten wird er durch die Sprache der Augen deutlich.

So auch an diesem Morgen. Es war die dritte Operation: Die Entfernung einer Milz, des Hauptblutfilters des Körpers. Auf die Schnelligkeit kam's an. Bei Unfällen wie diesem war es wichtig, daß sich der Operateur nach der Öffnung der Bauchhöhle vor allem einen raschen Überblick in dem roten Sumpf des wie Gelee geronnenen Blutes verschaffte. Die Blutung stand, die Klemmen saßen, nun ging es darum, noch einige Gefäße zu versorgen und den Milzstiel zu umnähen.

Doch dieser junge Sager! Herrgott noch mal! Gewiß: Blut floß reichlich bei Milzoperationen! Was hatte er denn sonst erwartet? Pfefferminztee? Wann endlich würde er sich daran gewöhnen? – Und was zitterte er da wieder rum?!

»Tupfen, Menschenskind! Machen Sie doch schneller.«

Es war das erste Mal, daß das Team erlebte, wie Brinkmann bei einer Operation die Haltung verlor: »Nicht hier! Am Stiel. Herrgott noch mal! Sie Idiot! – Lassen Sie das Udo machen.«

Udo übernahm. – Gut, einem Hochschulabgänger, der seine Lehrzeit ableistete, konnte manches passieren, aber soviel Ungeschicklichkeit...

Brinkmann richtete sich auf. Seine Augen zwinkerten verlegen: »Stehen Sie nicht so belämmert rum, Sager. Und für den Idioten entschuldige ich mich. Tut mir leid. Sie sind kein Idiot, Herr Sager. Aber wissen Sie, was Sie sind? Sie sind auf der Flucht.«

»Wie bitte, Herr Professor?«

Der Baumwollstoff der Masken filterte die Konsonanten, die Stimmen klangen gleichmäßg, bedrückt, wie Gebetsgemurmel.

»Auf der Flucht.« Das kam sehr deutlich. »Chirurgen müssen stehen, Sager. Kapieren Sie das? Chirurgen verteidigen jeden Zentimeter, wie das beim Militär so schön heißt. Aber Sie können noch nicht mal hinsehen, wenn mal Blut fließt. Sie müssen das lernen. Sie müssen sich nur gewöhnen.«

»Jawohl, Herr Professor.« Was sollte er auch sonst antworten. Die schmalen Schultern sackten noch mehr nach vorne: Sie müssen das lernen! – Um dem Tisch war jedem klar, daß Werner Sager diesen Satz nicht zum erstenmal hörte.

Udo begann mit den Nähten. Katharina kam ihm in den Sinn: »Dieser Sager baut noch mal ganz großen Mist...« Auch sie hatte es geahnt. Wie alle. Und wenn es keiner aussprach, vor allem wohl deshalb, weil die unerschütterliche Geduld des Alten ihnen Respekt abnötigte. Sein unermüdliches Erklären, Vormachen und Demonstrieren – hatte er nicht jeden schon mal an die Hand genommen? Und wenn's dann nicht klappte, wieder und wieder eingebleut. Wer hätte sich nicht einen solchen Lehrer gewünscht?

»Jeder hat schließlich mal angefangen«, das war Brinkmanns Satz. Brinkmann sagte es bei jeder Gelegenheit. Und alle hatten sich schon darauf berufen.

Aber jetzt...

Wenn's drauf ankam unter dem gnadenlosen Licht der Operationslampe, stieß jedes Verständnis auf seine Grenze.

Zwölf Uhr zehn. Endlich!

Der Patient war hinausgekarrt, die Mäntel lagen auf dem Boden. Sie nahmen die Masken ab und verließen wie sie waren, in ihren Turnleibchen und blutbefleckten Hosen, den Raum.

»Zigarette?« fragte Walter Renz.

Udo schüttelte den Kopf. Er sah den Korridor entlang. Dort unten auf der Bank, neben dem kleinen Keramikbrunnen, den sein Großvater, der Medizinalrat Brinkmann, einst installieren ließ, hockte Werner Sager, den Kopf eingezogen, ein Bild des Elends.

»Tut mir fast leid«, sagte Renz. »Was heißt fast? Tut mir leid.«

Udo nickte. »Ein Unglücksrabe. Und leider nicht mal ein liebenswerter, was?«

Renz nickte. »Wie ist das, gehen wir essen?«

»Viel zu heiß.«

»Na gut, dann trinken wir doch im Garten ein Bier?«

Vielleicht hatte Sager sie beobachtet. Er stand auf und schlich um die Ecke. Wahrscheinlich schwang er sich jetzt wieder auf sein Rennrad und strampelte sich, wie er das immer zu tun pflegte, auf irgendeinem Waldweg den Frust von der Seele. Was sollte er sonst? Die Schwestern kicherten über ihn. Nur bei der Oberschwester hatte er einen Stein im Brett: »Höflich ist er, der Herr Sager«, hatte sie verkündet. »Und Höflichkeit hat hier schließlich Seltenheitswert...«

Udo dachte an den Satz und grinste. Dann verschwand sein Lächeln. Renz hatte nach Katharina gefragt: »Was gibt's denn so Neues aus den USA?« Ja, was wohl? Postkarten waren gekommen. Die Freiheitsstatue. Museum of Modern Art. 7th Avenue... Postkartensätze standen hinten drauf. Die Arme. Was konnte er erwarten. Geriet nicht auch er jedesmal ins Schwitzen, wenn er eine solche Flaschenpost irgendwo einwarf?

»Es scheint ihr ganz gut zu gefallen. Sie hat dort eine Freundin, und die schleppte sie nach dem Lehrgang durch Kunstgalerien und Partys.«

»Nicht schlecht. New York würde mir auch mal Spaß machen.«

»Und mir! Was glaubst du? Verdammt noch mal, was schinde ich mich ab? Warum haben wir bloß nichts Vernünftiges gelernt, Walter, was?«

»Wenn du es gelernt hättest, würdest du wahrscheinlich doch hierher zurückgekommen sein.«

Das konnte stimmen. Udo war zu müde, sich darüber den Kopf zu zerbrechen. Zu müde – vielleicht auch ein wenig traurig. Außerdem, es war so heiß...

*

Sie saßen bequem in die Liegestühle zurückgelehnt, die Beine verschränkt und hatten vor sich den flachen Tisch mit dem Silberkühler und der halb angebrochenen Flasche.

Udo und Walter Renz genossen diesen Samstag, den ersten, an dem sich die Dämmerung im Freien genießen ließ. Schatten, die langsam die Talmulden füllten. Eine schmale, blasse Mondsichel, die wie an einem Silberfaden über dem Feldberg hing, und der sterbende Tag – ein einziges smaragdfarbenes Leuchten.

Sie redeten leise und tranken wenig. Zwei Chirurgen am Feierabend. Gespräche, die sich meist, irgendeinem unerklärlichen Gesetz ihrer Gilde folgend, um Arbeit und Klinik drehten.

Das ließ sie nicht los, so sehr sie auch selber darüber witzeln mochten.

»Die Klinik, Achse unserer Existenz«, frotzelte Udo. Vielleicht. Vielleicht war es tatsächlich Provinzverengung, gepaart mit Spezialistenwahn. Trotzdem, man konnte sich auch darin einrichten.

»Und wann kommt Christa zurück? Wenn ich an die Arme denke, läuft's mir kalt über den Rücken...«

In Freiburg war die Prüfung in vollem Gang. Und für beide brauchte es keine Phantasie, um sich auszumalen, was das bedeutete. Trotz aller Anekdoten, die Kandidatenangst kannten sie noch zu gut...

»Keine Ahnung. Der Alte ist ganz schön nervös.«

»Aber sie schafft es doch?«

»Klar. Und ob! Aber nicht mit der linken Hand. Du, die legen die Meßlatte immer höher.«

Renz griff nach seinem Glas und hob es gegen das türkisgrüne Licht, das von dem kleinen Schwimmbad heraufstrahlte. Als er gekommen war, hatte Udo die Beleuchtung eingeschaltet. Hell wurden Büsche und Wasser, und Renz fragte sich, ob Udo ihn damit im Ernst beeindrucken wollte? Nein, das war nun wirklich ungerecht. Schließlich war das nicht Udos, sondern Katharinas Haus. Und wie er vorhin oben in der komfortablen Wohnhalle herumstand, war ihm Udo wie ein Junge erschienen, der sich verirrt hatte. Über die Errungenschaften, die er sich dank Katharinas Bankkonto nun leisten konnte, wurde in der Klinik genug gelästert. Aber hatte er sich wirklich verändert? Kaum. Es war etwas anderes: Vielleicht hatte sich ein Udo, den keiner zuvor kannte, herausgeschält, die verrückten, manchmal sympathischen, manchmal neurotischen Flips waren über Bord gegangen und die Stelle des alten Udos nahm jetzt ein gesetzter Ersatzpapi und Villenbewohner ein – aber auch eine Eins im OP. Ein Mann, der in seine Stiefel hineingewachsen war.

»Was guckst du eigentlich so? An was denkst du?«

»An Schuhnummern«, grinste Renz und betrachtete melancholisch seine Füße. Die steckten in Sandalen und erschienen ihm groß, weiß und häßlich. Wer hatte dir die Schuhe angepaßt? Nummer zwei zu bleiben für alle Zeiten – dein Schicksal?

»Trinkst du nichts mehr?«

Walter Renz schüttelte den Kopf.

»Soll ich dir sagen, an was du gedacht hast? Soll ich dir einen Beweis meiner einzigartigen telepathischen Begabung liefern?«

Udo hatte sich aufgerichtet. Die Terrassenbeleuchtung warf harte Schatten auf sein Gesicht. »Willst du? Du hast doch ein paar Fragen, nicht?«

»Wieso?«

»O doch.« Udo lächelte sanft. »Gut, Walter, wir sind Freunde. Wir waren es eigentlich von Anfang an. Deshalb um eines ein für allemal aus der Welt zu schaffen, wenigstens zwischen uns beiden: – was die anderen so quatschen, ist mir völlig gleichgültig! – Ich bin glücklich mit Katharina. Und ich bin auch glücklich in diesem Haus. Obwohl es mir weder gehört noch gefällt. Ich hätte es vielleicht ein bißchen anders eingerichtet.«

»Entschuldige, ich wollte nicht...«

»Natürlich wolltest du. So was hast du doch gedacht. Stimmt's, Walter?«

Nun brauchte Renz sein Glas. »Telepathie? Alle Achtung.« In Verlegenheit war er nicht. Aber der Wein half.

»Sie ist älter als ich«, hörte er Udo in die grünlich durchflossene, von Schatten bewegte Dämmerung sprechen. »Und natürlich haben wir manchmal Schwierigkeiten. Aber wenn ich an die Zeiten von einst denke, an all die Frauen... Sie ist reif, selbstbewußt. Komm, Walter, du weißt doch genau, auf was ich raus will: Sie hat Persönlichkeit! Und sie hat all das, was mir gefehlt hat. Nicht Geld, davon rede ich nicht. Ich meine ein Konzept, eine Art, das Leben zu sehen. Die Perspektive. Du verstehst doch?«

Renz nickte. Ja, er verstand. Aber ihm kam Udos Ausbruch zu schnell und zu heftig. Zuviel Gefühle und zu wenig Klarheit. Außerdem, dies war doch nicht die

Stunde der Bekenntnisse. Vielleicht litt Udo an Strohwitwerfrust? Gut. Er selbst hatte keine Lust, Probleme zu diskutieren, die nicht die seinen waren. Und schon gar nicht das Problem, wie sich Udos Ehe in den Augen anderer Leute ausnehmen mochte.

»Und weißt du noch was, Walter?«

»Was denn?«

»Um auch das mal endgültig vom Tisch zu kriegen: Die Geschichte mit Christa habe ich längst verdaut. Sie liebt den Alten. Und wie ich mich mit meinem Vater seit ein oder zwei Jahren verstehe, wie gut wir zusammenarbeiten, du hast es ja erlebt. Jetzt sind wir tatsächlich ein Team. Und eine Familie.«

Renz nickte friedlich. Soviel Worte? Zu was?! – Er goß sich etwas Wein ein, und gerade als er damit fertig war, kam die Kleine aus dem Haus gerannt.

»Hab' alles gegessen, Daddy!«

»Glaub' ich dir nicht, Angielein.«

»Hab' wirklich alles aufgegessen. Bis zum letzten... letzten Teller.«

Sie kletterte Udo auf das Knie, rutschte in seinen Schoß. Er hob sie hoch und als sie ihn küßte, war etwas in Udos Gesicht, ein Strahlen in seinen Augen, eine glückliche Gelöstheit, die Renz beeindruckte. Was krittelte er eigentlich im geheimen herum? Wieso hatte er Zweifel? Eine Familie, eine Einheit, hatte Udo gesagt. Sie waren es wohl.

»Krieg ich jetzt meine Gute-Nacht-Geschichte?«

»Sofort.«

»Nein, jetzt! Das ist gemein, wenn du immer sofort sagst. Dann klappt es nie.«

Udo lachte, stand auf und nahm sie auf den Arm. Und Renz hörte den Schritten nach, wie sie verklangen. Sehr still war es nun. Die Zweige knisterten, und vom Schwimmbad kam das leise Summen der Umwälzanlage.

Das perfekte Glück! dachte er und empfand etwas wie Neid.

Na, hoffentlich...

*

Vielleicht gibt es etwas wie einen schöpferischen Zufall? Und wenn der zuschlägt, können Komödienschreiber vor Neid erblassen. So ähnlich jedenfalls empfand es Walter Renz.

Vom Gartentor war der melodische Dreiklang einer Hausglocke heraufgeweht. Und hinter den schwarzen Eisenstäben schimmerte ein Gesicht.

Eine Frau...

Eine Frau, jetzt? Was wollte die?

Renz löste sich widerstrebend aus dem Liegestuhl und ging über die Platten des Weges der Türe entgegen.

»Guten Abend!«

Und was für ein Weib: Weite Männerbluse. Hautenge, schwarze Satinhosen, silberbeschlagener Gürtel auch noch. Dazu ein Lächeln, das das Schmiedeeisen zwischen ihnen zum Schmelzen bringen konnte. Und Locken! Und breite Backenknochen. Und ein abwägender Blick unter langen Wimpern. »Sie sind's aber nicht?«

Renz, der in derartigen Situationen meist einen roten Kopf bekam, reagierte mit einem überraschend lockeren: »Wirklich? Das sagen Sie... Außerdem, wer soll ich denn sein?«

Nun lachte auch sie. Es klang wie feines Sandpapier, das über einen Resonanzboden streicht.

»Richtig. Ich benehme mich wohl ziemlich komisch, nicht?«

»Das hab' ich nicht gesagt.«

»Mein Name ist Ronn. Ursula Ronn. Wissen Sie, ich habe etwas abzugeben. Hier wohnt doch der Dr. Brinkmann?«

»Und ob! Kommen Sie doch herein.«

Er öffnete, ging vor, zeigte den Weg ins Haus, und als sie nun zögerte, erkannte er auch, was sie in der Hand hielt: eine Plastiktüte, aus der sie eine Kindertasche zog.

»Die gehört nämlich seiner kleinen Tochter.«

»Ach, der Angie? Ja nun, er ist gerade oben und bringt sie ins Bett. Aber er muß gleich kommen. In der Zwischenzeit...«

In der Zwischenzeit sah sie sich um und war offensichtlich ziemlich beeindruckt. Dann endlich hörte er im Haus eine Türe schlagen. »Du, Udo!« rief Renz ins Dunkle. »Besuch!«

»Was?« Im Licht auf der Treppe erschienen Udos lange Beine. Er nahm wie immer zwei Stufen auf einmal. Dann, als er sah, wer da stand, bremste er heftig.

»Guten Abend«, kam es gepreßt. »Kennen wir uns nicht von irgendwoher?«

»O ja!« Sie hatte die Situation vollkommen in der Hand. Renz mußte es zugeben. Sie ließ es beide spüren und genoß es: »Natürlich kennen wir uns. Wirklich nett, daß Sie sich erinnern. Wir trafen uns bei den Wildschweinen.«

»Bei den was? Wildschweinen? Ach so, natürlich... Die Angie, damals als wir den kleinen Frischling...«

»Richtig, als wir den kleinen Frischling....«

Sie lächelte. »Und dort im Café haben Sie die Tasche liegenlassen. Ich kam gerade zufällig hier vorbei, und so habe ich mir erlaubt, sie gleich mitzubringen. Hat sie Ihre Tochter noch nicht vermißt?«

Er schüttelte den Kopf und drehte verlegen schimmerndes Plastik mit roten Plastikentchen in den Händen. Rührend, nur Udo wußte offensichtlich nicht so recht, was damit anzufangen.

»Angie!« Es klang wie ein Hilferuf. Nach einer Minute kam die Antwort: »Was is'n?«

»Deine Tasche! Die Tasche, die du im Tierpark verloren hast.«

»Ach, die olle Tasche!« Die dünne Kinderstimme hing wie ein flatterndes Fädchen in der Nachtluft.

»Kommen Sie, Frau Ronn. Das ist nun wirklich sehr freundlich. Gehen wir doch vielleicht nach oben...«

Ursula Ronn nickte bereitwillig. »Oben« stand auch bereits Angie: mager, klein, aber voll großäugigem, federndem Mißtrauen.

»Hier!« Ursula Ronn kniete sich mit einem gewissen Sinn für Dramatik auf den Boden. »Willst du nicht?«

»Danke. Was ist denn drin?«

»Na, immerhin, dreiundsiebzig Pfennig, zwei Walnüsse, eine Mickeymaus und drei Kaugummis. Ist das nichts?«

Angie schien es kaum zu beeindrucken. Sie verschwand. Udo warf bedrückte Blicke um sich. »Sieht ein bißchen wild aus. Wissen Sie, meine Frau ist gerade in Amerika. Angie und ich sind...«

»Aber das macht doch nichts!«

»Darf ich ein Glas Wein anbieten?«

»Ein Glas Wein nehme ich gerne.«

Was für ein Auftritt! Renz verfolgte ihn, schwankend zwischen Mitleid und ungläubiger Belustigung. Der alte Udo ist das nicht. Bei Gott nicht! ...

»Sie sind also in der Schwarzwald-Klinik hier?« hörte er gerade.

»Ja. Und Sie?«

»Ich habe eine Boutique.« Vorbei der Schwung. Soviel Mühe schafft Beklemmung... Und auch Udo kriegte jetzt einen roten Kopf. Leicht machte er es ihr wirklich nicht.

»Wirklich, ganz reizend ist Ihre Tochter...«

Das Gespräch erstarb endgültig. Sie stand auf. Ihr

Lächeln behielt sie tapfer bei und jetzt, im honigfarbenen Schein der Kerzen auf dem Tisch, erschien sie Renz noch hübscher als zuvor.

»Ich muß leider wieder gehen.«

»Ich bringe Sie zur Tür.«

Renz verabschiedete sich auf halbem Weg. Er flüchtete in seinen Sessel. Unten klappte eine Autotür. Eine helle Stimme brach in die Stille: ein Stimmchen, das aus einer anderen Welt zu kommen schien; aber laut war und vernehmlich, wie eine Trompete:

»Iss sie endlich weg? – Na, Gott sei Dank! So 'ne Zimtzicke...«

*

Ja, Juli! – Breitflächige Wolkengebirge am Himmel, zitternde, unbewegte Luft, eine Schwüle, die die Gefäße weit machte und die Müdigkeit wie eine Stahlhaube über die vom Operieren erschöpften Köpfe stülpte.

Mühlmann hatte zwar eine Klimaanlage im Chefzimmer installieren lassen, doch was nutzte die schon? Der Alte riß sowieso meistens die Fenster auf. So wurde das Ding dann wieder abgeschaltet. Ein Rätsel, woher Brinkmann seine Reserven nahm. Er war der einzige, der die Klinik in Schwung hielt, den dies alles nicht zu berühren schien.

Um zwei Uhr standen sie bereits wieder am Leuchtschirm im Chefzimmer. Sechs Aufnahmen waren daraufgeklammert.

»Ein Desaster!« Udo war der erste, der den Mund aufmachte.

»Stimmt. Flächendeckend.«

Sie schwiegen. Da gab's nichts zu sagen. Ihre Augen nahmen auf, die Gehirne sondierten, wogen ab, verglichen, bis dann die Erfahrung das Urteil sprach: Hoffnungslos...

Schäfer räusperte sich. »Mit dem, was ich bisher versuchte, hab' ich wohl nicht viel Glück gehabt. Und eine Reposition...« Er ließ den Satz offen. Doch die Stimme wirkte deprimiert. Brinkmann lächelte ihn an. Er mochte das an Schäfer – seine Selbstkritik, die nichts und nie etwas zu beschönigen versuchte. Er mochte so viel an ihm. Er mochte den ganzen Mann. Vor allem die Art, wie er sich seiner persönlichen Situation stellte. Nie sprach er darüber. Und doch wußte jeder, wie sehr ihm seine eigene Krankheit zu schaffen machte. Tag um Tag und Grad um Grad würde sie seine Fähigkeiten als Chirurg weiter reduzieren. Es gab keinen Ausweg, keine Hoffnung...

Er nahm es hin. Er kannte seine Grenzen. Er blieb auch in diesem Punkt seiner Verantwortung bewußt. Nein, Schäfer hatte sich nie überschätzt, im Gegenteil – doch was nun am Ende stehen würde, war ein von dem eigenen unbarmherzigen Leiden gequälter, aber auch daran gereifter Arzt. Kein Chirurg vielleicht. Doch noch immer Schäfer; besonnen, als Diagnostiker genial. Nein, Brinkmann war sich klar darüber, auf Schäfer würde er nie verzichten.

Jetzt lächelte er ihn an: »Ich hätte es auch nicht anders hingekriegt, mein Lieber. Sehen Sie! Ich halte eine Kniescheibenverschraubung bei diesen Frakturen für völlig ausgeschlossen. Außerdem: Poser leidet an einer Wundinfektion. Und ein solches Emphysem am Kniegelenk ist eine Schmerzenshölle. Ehe wir etwas unternehmen, und es wird am Ende doch auf eine Versteifungsoperation hinauslaufen, müßten wir die Entzündung mit Antibiotika abzufangen versuchen..., der arme Kerl – ich hätte ihm so gerne geholfen..«.

Udo betrachtete seine Fußspitzen. Er kannte den Gesichtsausdruck seines Vaters. Manchmal fühlte er sich dabei beschämt. Er wußte, der Alte mochte es nicht, wenn man ihm ansah, daß er mit andern litt.

»Würden Sie amputieren, Schäfer?«

»Ja nun... Schwer zu sagen. Ich glaube, es wird nicht zu umgehen sein.«

»Der Mann ist Artist, Schäfer. Stuntman.«

»Aber Professor, in diesem Beruf kann er sowieso nicht mehr arbeiten.«

Brinkmann setzte sich in seinen Sessel. Die Hände spielten mit der Pfeife. »Sie haben recht Schäfer: Es wird nicht mehr zu umgehen sein. Ich wollte es ihm sagen, aber ich war zu feige.« Der Pfeifenkopf trommelte einen trockenen Wirbel auf den Aschenbecher. »Ein Stuntman. Und immer so flotte Sprüche drauf. Tut, als wäre er der geborene Optimist. Läßt nichts an sich herankommen. Es ist, als würde er sich mit Witzchen vor der Wirklichkeit schützen wollen. Bisher habe ich es ihm erlaubt. Vielleicht können wir das Spiel auch noch ein wenig weitertreiben. So lange zumindest, bis ich mich mit Professor Richard in Freiburg über den Fall noch mal beraten habe.«

»Das sollte möglichst bald geschehen. Ich hab' da auch eine Überlegung angestellt...«

Sie erfuhren sie nicht. Mühlmann stand in der Tür, leicht gerötet, in luftiges Popelin gehüllt, aber die unvermeidliche Krawatte umgebunden.

Brinkmann hob die Hand: »Gut, daß Sie da sind. – Was wollte ich gleich von Ihnen? – Ach so, ja... Kommen Sie, Mühlmann, setzen Sie sich doch. Ich seh' gerade, Schäfer hat seinen Tee nicht getrunken. Darf ich Ihnen eine Tasse...?«

»Was Kühles wäre mir lieber.«

Mühlmann lächelte zwar entspannt, doch die Augen hatten den konzentrierten Ausdruck eines Tennisspielers, der den gefährlichen Aufschlag seines Gegners erwartet.

»Ja, was ich sagen wollte: Sie erinnern sich doch noch an Mischa, unseren Wehrdienstverweigerer? Er studiert jetzt in Karlsruhe. Außerdem hat er noch ein Mädchen am Hals. Was heißt Mädchen? – Mutter. Mädchen-Mutter nebst Kind. Und bei uns auch noch entbunden. Sie erinnern sich doch? Sie sind im Bilde, nicht?«

»In etwa.« Mühlmann rückte an seiner Brille. Und ob er im Bilde war! Franziska. Neunzehn Jahre. Schmaler, langer Hals, dunkelblonde Locken, sprühende Augen. Und ein hochgetrimmtes Selbstbewußtsein. Ein Mädchen, das wußte, wo's langging. Zuletzt hatte er sie bei Brinkmanns Hochzeit erlebt. Und wenn sein Bild von ihr so präzise geblieben war, dann lag das weniger an den Ratenzahlungen, mit denen sie noch immer die Klinikkosten abstotterte, sondern an dem Eindruck, den ihre Schönheit bei ihm hinterlassen hatte.

»Die beiden wollen zurück nach Offingen. Das heißt; er will es. Ich habe Mischa auf einem Kurkonzert getroffen. Spielt eine beachtliche Trompete. Na, jedenfalls, das Trompetespielen und Studieren und die ganze Musik erscheint ihm trotz allen Talents ein bißchen unsicher. Vielleicht daß er auch seine Passion für die Medizin entdeckte. Jedenfalls...«

»Sie wissen doch, Herr Professor«, unterbrach Mühlmann rasch, »daß wir von achtundzwanzig Bewerbern für Pflegerstellen nur fünf auswählen konnten.«

Nun schob sich Brinkmann im Sessel hoch.

Die Hände parallel auf dem Schreibtisch, nahm er die Chefhaltung ein: »Wollen Sie damit sagen, daß Mischa nicht dabei war? Ein Mann, der anderthalb Jahre hier in diesem Haus gearbeitet hat?! Und das zur Zufriedenheit aller. Eine Vollkraft.«

»Ich habe dieses Argument auch vorgetragen, Herr Professor. Aber Oberschwester Hildegard...«

Mühlmann brauchte nicht weiterzureden. Brinkmann winkte ab. Er hatte begriffen: Das alte Kreuz mit Personaleinstellungen! Nach den Klinikstatuten blieb dieses Ressort weitgehend in der Entscheidungsgewalt der Oberschwester. Wie oft hatte er den Punkt schon zur Diskussion stellen wollen! Und es nicht getan – aus Schwäche, Diplomatie, vielleicht auch aus einer Art Mitgefühl mit Hildegard. Na, das hatte man davon!

Mühlmann bekam seinen Verschwörerblick: »Heute habe ich eine Absage bekommen, Herr Professor. Ein Antragsteller hatte sich auch noch in einem anderen Haus beworben.«

»Und?«

»Nun, ich meine«, Mühlmann grinste hintergründig, »vielleicht läßt sich im Fall Mischa dann doch noch etwas machen...«

*

Die verspannten Schultern, sein zögernder, nein, verzweifelter, in Unsicherheit gefangener Blick – es war schlimmer als die ganzen Fehler, die der junge Assistenzarzt gemacht hatte. Eine Arterie mit einer Vene zu verwechseln?! – Lieber Himmel! Nicht einmal einem Kandidaten im ersten Semester dürfte so etwas passieren. An was lag es? Woher kam diese innere Panik, die all seine Auftritte im OP begleitete? Natürlich konnte er einem leid tun, ein armes Schwein war er im Grunde. Aber solche Bedenken führten nicht weiter. Nein, sagte sich Brinkmann, diese Arbeit kennt keine Sentimentalität. Und die Verantwortung, die sie auflädt, noch weniger. Du mußt mit Sager reden. Das bist du nicht nur der Klinik, das bist du dem Jungen selbst schuldig...

Er holte tief Atem, drehte mit Molli eine letzte Runde durch den Garten, schickte dann eine beleidigte kleine Hündin zu Käte nach Hause und betrat entschlossen das Ärztezimmer im ersten Stock. Dort saß nun ausgerechnet Christa und blätterte in Büchern und Kollegheften. Sie brauchte nicht mal aufzuschauen, ihre Antennen meldeten, um was es ging.

»Könntest du mich und Herrn Sager für eine Minute allein lassen, Christa?«

»Aber natürlich.«

Weg war sie. Brinkmann nahm ihren Platz auf dem harten Hocker am Fenster ein, faltete die Hände und bemühte sich um ein sanftes, ja väterliches Lächeln, von dem er sofort wußte, daß es falsch am Platz war.

Was mußte ihn dieser Junge auch so anstarren? Wie im OP. Ahnte wohl, was auf ihn zukam? Sensibel zumindest war Sager – zu sensibel.

»Lieber Sager...« Brinkmann versuchte einen Umweg: »Haben Sie Probleme? Sie wirken immer so unkonzentriert.«

»Nein.«

»Wirklich nicht?«

Sager schüttelte den schmalen Kopf. Und Brinkmann sah das winzige Funkeln der kleinen Schweißperlen an seinem Haaransatz. »Wann – ich meine, wenn der Herr Professor mir vielleicht sagen könnte, in welcher Situation ich unkonzentriert bin?«

»Aber das wissen Sie doch genau, Sager. Vielleicht trifft der Ausdruck unkonzentriert auch nicht das, was ich meine. Doch nehmen wir mal die Situation im OP: Sobald Blut fließt, und das ist ja nicht zu vermeiden, schauen Sie weg. Wir haben schon mal darüber gesprochen. Macht es Ihnen solche Mühe, eine Wunde anzusehen?«

»Nein.«

»Herr Sager, mit ihrem Nein können Sie die Dinge doch nicht ändern.«

Wieder dieses Liderflattern. »Vielleicht... vielleicht haben Sie recht. Ich meine, eigentlich wollte ich ja Internist werden.«

»Da kommen Sie aber auch nicht ganz ohne Blut davon.«

Sager schwieg.

»Außerdem: Eine große Begabung für Diagnostik, Herr Sager, habe ich nicht bei Ihnen festgestellt.«

Er meinte es nicht ironisch – es war die Wahrheit. Armer Junge! Sagers Gesicht wurde noch um einen Schatten heller. Er wirkte vollkommen weiß. Zwei rote Flecken standen auf seiner Stirn.

»Ich hoffe, aus meinen Fehlern zu lernen, Herr Professor.«

Na, was denn sonst, dachte Brinkmann. »Das tun wir alle, lieber Freund. Auch ich. Die Frage ist nur, wie die Patienten Ihre Fehler verschmerzen? Über kurz oder lang werden Sie sich einmal allein entscheiden müssen. Und dann wird kein Brinkmann neben Ihnen stehen. Und niemand, der sagt, das ist das verkehrte Medikament, die verkehrte Therapie, das verkehrte Gerät oder die verkehrte Dosis.«

Sager nickte. Eine Antwort hatte er nicht.

Brinkmann erhob sich, ging zum Fenster, starrte hinaus. Dieses weiße, leidende Gesicht ertrug er nicht länger.

»Wenn Sie sich keine Mühe geben, Sager«, er sprach über die Schulter in den Raum, »wenn Sie sich nicht ändern, kommen Sie nicht durch. Das steht für mich fest. Ich will gerne Geduld haben mit Ihnen, das ist es nicht. Schon weil man mit mir selbst am Anfang meiner Ausbildung soviel Geduld haben mußte. Aber dann sollten Sie auch bei der Sache sein. Das zumindest kann ich verlangen. Und der Unterschied zwischen einer Arterie und einer Vene...«

»Ich kenne das ja auch. Ich meine theoretisch.«

»Theoretisch! Was nützt das?«

Er drehte sich um, und unter seinem Blick erhob sich Sager von seinem Stuhl. »Sagen Sie, mein Junge, warum wollen Sie Arzt werden?«

»Um den Menschen zu helfen.«

Natürlich. Das war ihm nicht nur eingebleut worden, das hat er sich selbst hundertmal vor dem Spiegel wiederholt.

»Ihr Vater ist auch Arzt, nicht wahr?«

»Gewesen. Er ist seit zehn Jahren im Ruhestand.«

»Ah so?«

Brinkmann fühlte sich hilflos. So wie die Dinge standen und er Sagers Gemütszustand einschätzte, war es wohl besser, das Gespräch abzubrechen. Er ging zur Tür. Dort blieb er noch einmal stehen: »Ich wollte Sie nicht im unklaren lassen, lieber Sager, daß es einer größeren Anstrengung bedarf, und zwar einer erheblich größeren, wenn Sie über die Runden kommen wollen. Ich sage es deshalb, damit Sie mir nicht vorwerfen, ich hätte Sie nicht gewarnt, wenn es mal zu spät ist.«

*

Rosen standen auf dem Tisch in Harrys Zimmer. Und ein Strauß gelber Tulpen.

Regisseure oder Regieassistenten bringen Blumen. Manchmal sogar Produzenten. Die bringen sie, dachte Harry, weil ihnen kein anderer Trick einfällt, ihr schlechtes Gewissen zu beruhigen.

Monika aber hatte nur einen Hauch Parfüm hinterlassen – und die Erinnerung an ihr Küßchen und die Hand, die von der Türe herwinkte: »Tschau, mein Alter! Bleib brav. Du machst das schon…«

»Tschau, Monika.«

Dann war die Türe zugeklappt.

Na und! Sentimentalitäten entfielen. Was war schon zu machen? The show must go on! Für Monika lief die Vorstellung weiter. Monika mußte nach Hamburg. Den Film abdrehen.

Harry schloß die Lider. Und hatte auch damit Probleme, denn waren die Augen zu, fing der Apparat hinter seiner Stirn an zu ticken. Öffnete er sie und betrachtete die Türe dort drüben oder lauschte, wie jetzt, in die Stille des riesigen fremden Hauses hinein, in diese verdammte Klinikstille, war da eine Stimme, die ihm sagte, daß es auch andere gab, viele andere, die genauso zu kämpfen und zu leiden hatten wie er. – Mehr noch vielleicht... Wie konnte man das Denken abstellen? Dabei gab's gar nicht so viel zu überlegen. Eines stand fest: Diesmal hat's dich erwischt! Mach dir nichts vor, Knallkopp! Drück dich nicht: Diesmal ist's ernst. Immer, wenn du bisher mit gebrochenen Knochen in einem Bett aufgewacht bist, wenn sie dir mit irgendwelchen Schläuchen den Saft wieder in Schwung zu bringen versuchten, hast du dir gesagt: Nicht weich werden! Gegen den »inneren Schweinehund« angehen!

Der berühmte »innere Schweinehund«... Komisch, Frauen redeten nie davon. Nur Männer. Solche, die wußten, daß sie was Bescheuertes taten und dafür eine Ausrede brauchten.

Er versuchte den Kopf zu drehen. Ging schon besser. Die Schulter schmerzte noch immer, auch das Atmen machte Schwierigkeiten, am schlimmsten war's wohl mit dem Knie, dieses dämliche Gefühl, ein Bein aus Beton zu haben. Dabei warteten am Boden seine alten Turnlatschen. Würden sie wohl noch lange tun. Wahrscheinlich ist es zu oft gutgegangen. Das ist das Fatale, dann vergißt man zum Beispiel, daß so ein Scheißding von Gurtverschluß nicht zwei-, sondern zwanzigmal kontrolliert gehört.

Aber es mußte ja so kommen. Irgendwo. Und irgendwann. Auch das wußte Harry. Daß man nicht daran glauben will, gehört zum lebensnotwendigen Selbstbetrug. – Ramon fiel ihm ein: »Wir werden nie erwachsen, Harry«, hatte Ramon gesagt. »Wir werden gleich alt. Und dann ist's vorbei...«

Acht Jahre hatte Ramon bei den »Drei Rosas« als Fänger gearbeitet. Als Stuntman wurde er später ein As, wie man es nicht mal in den USA so leicht findet. Doch er hatte den Job immer verachtet: »Stunt? Was ist das schon? Was für kleine Jungen. Vor allem für solche, die Jungen bleiben wollen und deshalb vor dem Erwachsenwerden davonlaufen.«

Gut. So hatte Ramon in Madrid dann eine Abbruchfirma gegründet. Das war vor drei Jahren. Und Ramon konnte sich gerade noch den Mercedes kaufen, auf den er so stolz war, ehe ihn ein durchgerosteter T-Träger erschlug, der von einer Hausruine heruntersegelte.

Ein Erwachsener mehr auf dem Friedhof, dachte Harry, so ist's nun mal. Ramon, mich gibt's noch! Noch immer...

Die Benommenheit kam zurück. Es war ein dünnes Rieseln wie Schnee, das ihn an den Rand des Schlafes trug.

Doch nur bis zum Rand.

Am Waschtisch klapperte ein Glas. Schritte, Türeklappern, Stimmen, selbst Staubsaugergeräusche waren interessant für ihn geworden.

Vorsichtig hob er das rechte Augenlid und registrierte: Schwesternkleid! Blondes Haar. Süße Taille. Deshalb so süß, weil daraus Rundungen hervorsprangen.

Elke also? Sein Herz machte einen kleinen Sprung. Auf los geht's los: In einem herzergreifenden Stöhnen testete Harry sein schauspielerisches Talent.

Gleich war sie bei ihm. »Was ist?«

»Alles... Alles tut weh!«

Seine gesunde Hand suchte den Aufschlag des Mantels und erwischte ihn.

»Was fehlt denn?«

»Streicheleinheiten. Der wesentliche Genesungsfaktor... Wußten Sie das nicht?«

In diesen unglaublichen Augen flimmerte der Schimmer eines Lächelns.

Harry grinste zurück: »So geht's schon besser.«

Elke hatte sich aufgerichtet. Sie verschränkte die Arme über dem Busen. Und über was für einem Busen!

»Das Pflegepersonal«, so verkündete sie, »ist zu Freundlichkeit, aber auch zu Zurückhaltung gegenüber den Patienten angehalten.«

Jetzt lächelte sie wieder: »Eindeutige Verstöße der Patienten gegen Anstand und Sittlichkeit sind der Oberschwester zu melden.«

»Ist ja schrecklich. Und das hast du auswendig gelernt.«

»Muß ich. Steht in unseren Dienstvorschriften.«

»Und Sittlichkeit?... Was ist das denn für die Oberschwester? Ein Kuß zum Beispiel?«

»Nicht, wenn Sie ihn Ihrer Freundin geben.«

»Aha?« Er nickte hoffnungsfroh. Dabei war Nikken nun wirklich schwierig. »Und wenn die weg ist?«

»Wie viele haben Sie denn? Sicher noch mehr?«

»Na ja, seitdem ich hier so rumliege... Nicht mal Monika spielt mehr mit... Wissen Sie, wie das bei uns heißt: Fällt der Stuntman von der Brücke, bleibt als Freundin ihm die Krücke.«

Sie verzog das Gesicht, sah ihn an, schüttelte, wie sie das meist tat, bedächtig den Kopf, ging zum Waschbecken. Und dann ging's los: Desinfektionspulver, scheuern, spülen, wieder scheuern, heftiger denn je. »Wie ist das eigentlich?« Er stellte die Frage laut und deutlich gegen soviel blinden Aktionsdrang: »Soll ich du oder muß ich Sie sagen, bei so 'ner Schwester?«

Da drehte sie sich nun doch um: »Das kannst du machen, wie du willst.«

Sein Gesicht leuchtete auf. Aber als der Schmerz kam, war es, als falle Asche darüber. Er wandte den Kopf von ihr und starrte zur Decke.

Elke aber nahm dieses steinerne, traurige Gesicht mit auf ihren langen Weg durch die Station.

*

Die Türe zum Zimmer der Oberschwester stand offen. Brinkmann schloß sie vorsichtig. Sie hatte ihn nicht gehört. Da saß sie nun, schmal, aufrecht, selbst beim Schreiben ihres Berichtes ein Denkmal, nicht nur der Kragen, auch die Seele täglich neu gestärkt, alles an seinem Platz, so wie die grauen Haare, die sie nach hinten striegelte, die beiden Kämme, die Klammern für die Haube: Ein Gehege von Grundsätzen, dachte er, der ganze Mensch ein einziges Prinzip! Doch was ging dahinter vor? Auch eine Oberschwester ist ein Mensch. Wie vertrug sich das alles? Wie lebte man als Hildegard?

Sie schrieb, das Gesicht zur Wand. Noch immer hatte sie ihn nicht gehört.

Brinkmann ging zu den Blumen, die sie am Fenster züchtete: Immerhin, Blumen...

»Also diese Veilchen!...« Er verwandte den weichsten, einfühlsamsten Bariton, über den er verfügte: »Schwester Hildegard, wie machen Sie das bloß? Eine Blühkraft haben die ja!«

Sie drehte sich auf dem Hocker um. Sie schien nicht im geringsten überrascht. Sie nahm die Brille ab und sagte: »Flüssigdünger.«

»Ah, so? Mit Flüssigdünger...«

Die Brille war wieder an ihrem Platz. Ein blaßblauer, scharfer Habichtsblick blitzte dahinter hervor: »Herr Professor, um was geht's denn?«

»Wie bitte?«

»Es geht doch wohl darum, daß Sie mir wieder mal meine Kompetenzen untergraben wollen?«

»Ja nun...«

»So liebenswürdig interessieren Sie sich doch nur für meine Blumen, wenn Sie von mir was wollen, was Sie per Anordnung nicht erreichen können.«

Das brachte Brinkmann nun doch aus dem Konzept. »Ich dachte eigentlich, ich bin meistens liebenswürdig. Der Mensch ist eitel, nicht wahr?« Er hüstelte nervös. Sie starrte.

»Na gut«, fuhr er fort, »es geht um Mischa. Und ich will Ihre Kompetenzen natürlich nicht untergraben, Schwester Hildegard. Aber schließlich: Es gibt nun mal Bereiche, in denen Ausbildungsfragen und Patientenpflege sich berühren, nicht wahr?«

Die Augen der Oberschwester fixierten irgendeinen Punkt hinter Brinkmanns Kopf. »Ich habe mit bestem Wissen und Gewissen entschieden, Herr Professor. Übrigens in Übereinstimmung mit Herrn Mühlmann und dem Verwaltungsrat. Wir haben uns leiten lassen von den Zeugnissen, dem Leumund und...«

»Aber das bezweifle ich doch gar nicht. Von den fünf Bewerbern, die Sie ausgesucht haben, Schwester Hildegard, will ich ja keinem absagen.«

»Sondern?«

»Einer hat von sich aus abgesagt, Schwester Hildegard. Und für ihn hätte ich nun mal gerne Mischa. Aus fachlichen Gründen. Weil er schon soviel kann, was andere noch lernen müssen.«

»So?« Sie kämpfte um Zeit. »Da hat einer abgesagt?«

Selbst diese Situation hatte Brinkmann vorausgesehen. Er griff in die Tasche und überreichte ihr den Brief: »Bitte! Wenn Sie sich selbst überzeugen wollen...«

Sie warf nur einen einzigen Blick darauf. »Mischa ist aufsässig«, bestand sie. »Und vorlaut.«

»Aha... Sicher. Zu Ihnen vielleicht, zu mir. Aber nicht zu Patienten. Und worauf kommt's denn schließlich an? Wäre es besser, wenn er die Patienten schlecht behandelte, dafür aber den Vorgesetzten um den Bart ginge?«

»Ich habe keinen Bart.«

Nun hatte Brinkmann doch etwas Mühe mit seinen Gesichtsmuskeln. Er nahm sich zusammen. »Symbolisch gesagt natürlich. Außerdem, da ist noch ein Punkt...«

»Bitte?«

»Meinen Sie nicht, Schwester Hildegard, daß man uns unterstellen könnte, gewisse persönliche Animositäten würden bei sachlichen Entscheidungen vorrangig behandelt?«

Hildegards Rücken wurde noch steifer. »Reden wir doch im Klartext: Sie wollen mich überrumpeln! Sie zaubern diese Absage hervor, und dann soll ich nur noch ›Jawohl, Herr Professor‹ sagen. Ich aber sage Ihnen eines, und ich bleibe dabei: Mischa ist ungehorsam, respektlos und...« Sie suchte nach einem Ausdruck. »Selbständig.«

Ein Fehler! – Selbst sie mußte es wohl erkannt haben. Doch nun war es heraus, zurücknehmen konnte sie das Wort nicht. Vielleicht etwas abmildern: »Ich meine damit, er entscheidet dort selbständig, wo er rückfragen sollte.«

Es war nur eine kleine Blöße, die sie ihm bot. Doch es war die einzige. Brinkmann hatte sich entschlossen, sie zu nutzen.

Die Hände auf dem Rücken blickte er sie an. Dann machte er drei Schritte nach vorne und drei Schritte zurück. Er legte den Kopf schief und das Gesicht in nachdenkliche Falten.

»Schwester Hildegard, ganz ehrlich; tun wir das nicht alle mal? Etwas selbständig vorgehen, meine ich. So von Fall zu Fall... Natürlich gehört das zu Ihren Aufgaben, Schwester Hildegard. Aber auch da liefern Sie manchmal – nun, sagen wir – Überraschungen.«

»Ich verstehe Sie nicht.«

»Nein? Nun, nehmen wir doch den Wäschereiauftrag bei Maier. Da haben Sie auch nicht rückgefragt, ob der verlängert werden sollte. Obwohl Mühlmann schließlich mitzureden gehabt hätte. Stimmt's?«

Der Mund der Oberschwester bewegte sich. Auch eine flüchtige Röte auf der Stirn konnte Brinkmann feststellen. Er hatte sie aus dem Konzept gebracht. Doch nur für eine Sekunde. Schon wurde der Blick wieder fest und trotzig. Er wollte ihr keine Chance zu einer Ausflucht geben. Und so stellte er in weichem, fast pastoralem Ton die Frage: »War das falsch?«

Keine Antwort.

»Nein, es war richtig«, gab er sie selbst. »Mühlmann hatte mit anderen Dingen den Kopf voll. Sie aber, Schwester Hildegard, haben selbständig, schnell und richtig entschieden. Von so was lassen wir uns doch nicht beirren, nicht wahr?«

Sie sah ihn an. Etwas wie Furcht stieg in ihren Augen auf. Brinkmann holte Atem. Sollte er ihr noch eins draufgeben? Sie hatte es schließlich verdient. »Auch nicht durch solche lächerlichen Gerüchte lassen wir uns irritieren, wonach der Maier angeblich ihre Privatwäsche kostenlos reinigt. Aus Entgegenkommen, wird da behauptet. Na ja, so was nehme ich nicht ernst. Es war allein eine vernunftgesteuerte Entscheidung. Und so entscheidet eben ein Mann wie Mischa auch manchmal nicht nur nach Vorschriften, sondern nach gesundem Menschenverstand. Wie Sie, Schwester Hildegard. Diese Form von Selbständigkeit, wollen wir sie ihm wirklich vorwerfen?«

Ihr Blick war nicht mehr forsch, er war nicht einmal mehr auf Brinkmann gerichtet. Sie betrachtete die Hände, die sie in ihrem Schoß faltete.

Brinkmann wartete.

Dann endlich war er am Ziel.

»Ich hab' ja auch nicht direkt nein gesagt, Herr Professor. Ich meine, jetzt nach dieser Absage hätte ich wahrscheinlich selbst...«

»Sie hätten mit ziemlicher Sicherheit gesagt: Nehmen wir doch den Mischa! Nicht wahr, Schwester Hildegard? Und so gesehen, renne ich ja hier offene Türen ein.«

Ein letzter gerührter Blick auf die Veilchen am Fensterbrett:

»Wirklich wunderschön, dieses Violett! Was die Natur so hervorbringt, nicht wahr? Ach ja, sehen Sie, Schwester Hildegard, Sie treffen die richtigen Entscheidungen. Nicht nur bei Veilchen. Und ich habe daran nie gezweifelt. Übrigens, entschuldigen Sie die Störung, aber es macht nun mal Spaß, mit Ihnen zu plaudern...«

Draußen war Brinkmann, den Gang ging er entlang, die Hände in den Taschen des Mantels, ein stilles Lächeln auf dem Gesicht und im Herzen. Was für ein Spiel! Herrgott – welches Talent ging doch an ihm verloren...

*

In die Terrassenstille, die nur kurze, schläfrige Gespräche unterbrachen, mischte sich das Singen der Grillen. Ein sanfter Sommer war es, vielleicht ohne Höhepunkte, dafür auch ohne Dramen, ein fast unmerkliches Gleiten von Tag zu Tag, der Wind kam aus der Ebene, strich über den Hang, ein lauer Wind, der kleine Wärmeinseln im Park bildete und mit Blättern spielte und den Schatten. Es wurde viel gelesen in der Klinik. Und die Leute lächelten sich an.

Eine gute Zeit, so empfand es auch Klaus Brinkmann, wenn er abends mit Käte zusammensaß, oder, Molli neben sich, durch den Garten ging, die Postmappe unter dem Arm, begleitet von den Blicken seiner Patienten sich auf eine Bank niederließ und unter dem angenehmen Schattengeriesel die Post durchsah: Offizielles. Unangenehmes. Die Kassen-, Kollegen-, Patientenbriefe. Einmal eine Postkarte von Katharina: Die Stalagmitenform der Skyline von Manhattan unter einem roten Abendhimmel sah man darauf. »Das mag die Zukunft sein«, stand auf der Karte. »Aber unmöglich ist es, darin zu leben. Was bin ich froh, wenn ich zurück kann!«

»Hat das Mami geschickt?« Angie drehte die Karte in den kleinen Händen. »Und sind das Häuser? Können da Menschen drin wohnen?«

»Sie müssen wohl«, lächelte Brinkmann und bestaunte ehrfürchtig die Gabe der Kinder, mit einer einzigen Frage den Kern der Dinge bloßzulegen. Dieses Kind, die kleine Angie, gehörte nun auch schon zur Familie. Unversehens, in jedem Fall von allen unbemerkt, hatten Udo und Katharina vor einigen Wochen geheiratet: Eine perfekt inszenierte Geheimoperation! Renz und jemand, dessen Namen Brinkmann noch nicht einmal kannte, hatten Trauzeugen gespielt. Und als die Tatsachen geschaffen und alles vorüber war, setzten Udo und Katharina gegen alle Familienproteste ihre unschuldig-beleidigten Gesichter, so, als hätten sie sich ja nur einen Spaß geleistet und könnten nicht begreifen, warum man ihnen die Freude daran verderben wolle.

So hatte er also eine Schwiegertochter. Und wen noch? Christa! Die arme Christa, die nichts von den Blumen hier, nichts von Wolken und nichts von Stille mitbekam, sondern in Freiburg büffelte. Er selbst... Unter dem Dach der Klinik war eine Dynastie am Heranwachsen: Der »Clan der Brinkmanns«! Hast du das gewollt, es dir vielleicht gewünscht? Sei es nur in geheimen Verstecken deines Unterbewußtseins? Wirklich nicht? Nein, es war gekommen ohne Eingriff und Überlegung, man könnte auch sagen, es war gereift, denn nun erfüllte ihn Zufriedenheit, das gute Gefühl, das ein Bauer haben mochte, der die Ernte unter Dach brachte: Eine Familie! Käti, Christa – das Kind hier, das da zwischen seinen Knien hin und her rutschte, auch es gehörte dazu. Und die Klinik! Trotz des ewigen Wehgeschreis Mühlmanns hatte sie sich zu einer der besten der Region entwickelt. Nicht die Apparate-Klinik war daraus geworden, die Marker stets ein Dorn im Auge war. Seliger Ignaz! Er verhielt bei dem Namen mit einem fast zornigen Schmerz: Dir konnte ich es nicht beweisen. Du gabst mir keine Chance dazu! Warum, Herrgott, bist du auch nicht gekommen, ehe der Infarkt dich erwürgte? Wie lange ist das nun her? Sechs Wochen... Ignaz, alter Freund!... Brinkmann berührte salutierend seine Schläfe und hatte das ganz präzise Gefühl, daß Ignaz Marker ihm zusehe, aus den Büschen heraus, aus der sich wiegenden sepiafarbenen Dunkelheit zwischen den Ästen des Holunderstrauchs dort drüben, sein grimmiges, wachsames Marker-Lächeln in den Augen.

»Was hast du denn, Opi?«

Opi! dachte er. Na klar! »Was soll ich denn haben?«

»Du machst so ein komisches Gesicht.«

Er ließ die Post liegen, nahm Angie hoch und drückte sie an sich. »So, ich mach ein komisches Gesicht?«

»Und hast Heule-Augen«, flüsterte Angie.

»Das auch noch? Weißt du, ich hab' an was gedacht.«

»Was denn?«

»An einen Freund...«

*

An einem Freitag war alles überstanden.

Die Feier fand in der kleinen Aula der Universität statt. Stechpalmen standen neben dem Pult. Die Herren Redner trugen silbergraue Krawatten, das Kammerorchester spielte Brahms, es gab Küßchen, Umarmungen, Händeschütteln, Glückwünsche – und dazwischen eine blasse, seltsam zerstreut wirkende Christa im blauen Kleid mit weißem Kragen. »Wie ein Schulmädchen!« fand Brinkmann. »Na, sagen wir, eher wie 'ne Abiturientin«, verbesserte sie ihn. Auch so kam sie sich ziemlich seltsam vor, diese mit den Länderwappen verzierte Urkunde in den Händen, der sie entnehmen konnte, daß sie nun den Titel »Doktor der Medizin« führen durfte und somit in den hehren Stand der akademischen Heiler erhoben war.

Aus den Augenwinkeln musterte Brinkmann die Kollegen aus Freiburg. Und auch sie beobachteten ihn, jenes nachsichtig-wissende Lächeln auf den Lippen, das er so haßte, weil er ihm immer begegnete, wenn er in ihren Kreisen mit Christa aufkreuzte. Verdammte Heuchler! Sind ja nur neidisch. Und der hochgewachsene Kerl mit vorspringendem Kinn und Hornbrille, der immer herüberstarrte?

Christa machte eine Handbewegung: »Darf ich vorstellen: Mein Mann! – Herr Dr. Vollmers.«

Brinkmann schaltete sofort auf Angriff: »Das Wundertier!« Er wippte etwas nach vorne. »Da seh' ich Sie ja endlich mal. Christa behauptet, sie hätte es nur durch Sie geschafft. Völlig aus dem Häuschen ist sie, wenn der Name Vollmers fällt.«

»Ach nein?« Der Kerl ließ sich nicht aus der Fassung bringen. »Freut mich aber. Und wie! Mir gegenüber schwärmt sie allerdings immer von Ihnen.«

»Und was würden Sie daraus schließen, Herr Kollege?«

Nun schluckte Vollmers doch. Eine Antwort kam nicht. Brinkmann übernahm es, sie zu finden: »Also ich würde meinen, daß das vollkommen in Ordnung ist. Schließlich: Sie ist ja meine Frau!«

Christa lachte. Doch das wahre Fest, den großen Triumph erlebte sie bei der Heimkehr nach Offingen. Die halbe Klinik kam angelaufen. Essen stand bereit: Speckknödel und Sauerbraten. Nicht einmal auf die Girlanden wollte Käte verzichten, weiße und rote Rosen, geradezu österreichisch sah das aus. Drei Beete hatte Käte geplündert. Niemand konnte sie von ihrem Rosenmord abhalten. Beeindruckend war es doch.

»Herzlich willkommen, Frau Doktor!«

Frau Doktor! Und Mischa, der die Trompete blies, als Brinkmann den Mercedes vor der Haustür stoppte. Der Halbkreis lächelnder Gesichter. Das Team ganz vorne. Schau sie dir an, dachte Brinkmann, als er ausstieg. Deine Truppe. Bloß dieser komische Neue paßt nicht richtig rein. Aber vielleicht wird aus Sager auch noch mal so was wie ein Arzt. Die anderen aber? Erstklassig. Alle! Provinz? Sollen die mir noch einmal damit kommen...

Wolters war es, der Christa mit übertriebener Grandezza aus dem Wagen half. Sogar einen formvollendeten Handkuß plazierte er. Das runde Gesicht des ersten Anästhesisten leuchtete in inbrünstigem Ernst: »Frau Kollegin! Wie uns das alle freut!«

Christas »Danke« war kaum zu hören.

Diesmal war sie nun wirklich gerührt.

Am Abend saßen sie dann um den Terrassentisch, der harte Kern mit der Familie, Käte in der Ecke, zufrieden mit einer ihrer Puppen beschäftigt. Man nippte am Wein. Man war einsilbig geworden. Wieso auch reden? Die Bäume flüsterten miteinander, und zwischen ihren Zweigen leuchteten die Fenster der Klinik herüber.

Brinkmann aber hatte die Hand auf Christas Knie. Er beugte sich nach vorne, er sah sie an. Sie lächelte zurück. Dieser Blick, sein Blick, ihr Klaus...

»Na, wir zwei!« flüsterte er, als habe er ihre Gedanken erraten.

Sie schwieg. Doch ihre Fingerspitzen zogen eine feine Linie über seine Nase.

»Was ist denn?«

»Was soll schon sein? Sag du es.«

»Wir sind glücklich.« Sie sprach es nicht nur aus, sie meinte es. Und es war auch so...

*

Er quälte sich nur selbst damit, Elke hatte vollkommen recht, aber Harry konnte es nicht ändern; wie die Perlen einer Gebetskette glitten die Szenen durch seine Erinnerung, in einer Art perverser Mechanik sah er es wieder und immer wieder. Damals vor sieben Jahren zum Beispiel. Was hatte dieser Idiot von französischem Piloten die Alouette genau in der entscheidenden Zehntelsekunde verreißen müssen?! Als er sprang, war dann die Strickleiter ausgeschwungen, die an den Hubschraubkufen befestigt war. Das Dach des dahinrasenden Güterzugs! – Es würde ihn immer begleiten. So wie die ganzen Jahre: dieses verdammte gewölbte Stahldach des Waggons! So nah – und doch unerreichbar... Auf dem Schotter hatte er eine Rolle versucht. Der Zug donnerte an seinem Kopf vorbei. Aber Schwein hatte er gehabt. Auch dabei. Das branchenberühmte Harry-Schwein. Mit einem Schulterbruch und einem Riß im Becken war er davongekommen. Sieben Monate Krankenhaus. Na gut! – Das nächste Mal? Hamburg. Der Motorradsprung im Hafen. Sie hatten Holzbohlen über die Kohlenhalde gelegt. Schwere Bohlen – und doch nicht schwer genug. Die dritte rutschte, als er die Kawasaki für den Sprung beschleunigte. Rippenbrüche! Dieses Mal das Schienbein dazu. Auch das Knie war lädiert. All die anderen Unfälle und Stürze, ob beim Training oder der Arbeit. Darüber konnte man hinwegsehen. Kleinvieh, das seinen Mist gemacht hatte. Dann der Unfall auf der Jersey-Insel…

Und jetzt?

Eine Scheißbrücke im Schwarzwald!

Sie gab ihm den Rest…

Das Knie war kein Knie mehr… Harry verfluchte es voll Haß, wenn ihn die Schmerzen in der Nacht aus dem Schlaf hochtrieben, ein Schlaf, den er sich mühsam mit Tabletten erobert hatte. Der Teufel saß im Knie. Ein Dämon! Das stach wie mit Messern, hämmerte, bohrte dich noch zum Wahnsinn! Wie soll einer die Nerven behalten? Schmerzen – einst hatte er darüber gelacht. Kein Stöhnen beim Stunt, no, Sir! Paßte nicht ins Berufsbild, schon gar nicht in das Bild, das er sich von sich selbst gemacht hatte. Doch was da in seinem Knie tobte und hämmerte, ließ sich nicht mehr Schmerz nennen. Wenn beim Schließen einer Zimmertür sich selbst die Schallwellen zu einer Explosion sammelten, wenn jede Berührung, jede Bewegung, jedes Husten, ja, ein Atemzug zur Qual wurde, was soll man denn tun?

Harry heulte.

Die Tränen sah niemand.

»Sie haben eine Infektion, Herr Poser.«

Na gut. War auch nicht gerade neu. Alles schon gehabt, alles erlebt, in besorgte Gesichter gestarrt, darauf gewartet, bis die Antibiotika wirkten, die Schmerzen auflösten, Hitze und Schwellung zurücktrieben.

Aber dieses Mal…

»Elke, weißt du: Das ist schon ein bißchen komisch...«

»Was denn?« Sie nahm seine Hand.

Er hatte die Zähne zusammengebissen. Er dachte an den Ratschlag, den ihm ein japanischer Karatekämpfer über die Techniken der Schmerzbeherrschung gegeben hatte: Konzentrier dich auf den einzigen Punkt! Stell dir vor, er wird ganz kühl...

Er wurde nicht kühl, der Punkt!

»Du, es ist komisch, wenn du so langsam zerbrökkelst...«

*

Elke ging noch einmal in den Waschraum zurück, schloß sogar die Türe. Nervös? Nein, das war sie eigentlich nicht. Trotzdem...

Vor dem Spiegel schob sie sich ein paar Haare unter die Schwesternhaube zurück, befestigte sie erneut mit den Klammern, prüfte den Sitz mit beiden Händen, überlegte sich, ob sie vielleicht den Augenstift? – Nein. Dafür zog sie sich das weiße Band der Tracht noch enger um die Taille.

»Schwester Elke, zum Chef!«

Vielleicht hat die Hildegard wieder gepetzt?

Elke konnte sich das nicht vorstellen, doch wer konnte schon? Der Oberschwester fielen ständig Gründe ein, die ein normaler Mensch sich nicht einmal erträumte. Bei dem Professor brachte das nichts, der mochte sie, und Elke mochte ihn. Nein, vor Brinkmann braucht man keine Angst zu haben, wenn man nicht wirklich was ausgefressen hat. Aber trotzdem, man weiß ja nie...

Sie verließ den Waschraum, ging hinüber zum Lift, um in das nächste Stockwerk hochzufahren.

PROFESSOR BRINKMANN. Sie klopfte. Und da

war wieder dieses kurze, heftige und völlig überflüssige Herzhämmern.

»Verzeihung, Fräulein Meis... aber der Chef wollte...«

Sie hatte ihn gar nicht gesehen. Dort drüben neben dem Aktenschrank hockte er, eine Tasse Kaffee in der Hand, und lächelte.

»Genau, Schwester Elke! Der Chef wollte... Und der Chef ist froh, Sie zu sehen. Wissen Sie das?«

»Warum?«

»Warum? Weil Ihr Anblick sein Herz erfrischt.«

»Auch jetzt?«

»Ja. Jetzt zum Beispiel.« Er trank den Kaffee aus und stellte die Tasse weg. »Das sind so die Momente, da muß ich normale Leute um mich sehen oder mich selbst an der Nase fassen. Oder mir überlegen, ob man der Klinik nicht besser noch eine psychiatrische Abteilung angliedern sollte.«

»Wieso? Was ist denn, Herr Professor?«

»Ich wollte es gerade der Meisin erzählen. Sie kennen doch den Herrn Schröder, nicht?«

»Sie meinen, der Patient mit dem Nierenstein auf Zimmer 34?«

»Richtig. Nierensteine. Und klein, rund, dick und vollgefressen. Seine Frau war gerade da. Ein Ozean von Tränen! Totaler Zusammenbruch. Heulte wie ein Schloßhund. Und wissen Sie warum?«

»Nein.«

»Erraten Sie auch nicht. Weil ihr Mann darauf besteht, daß ich ihren Busen korrigieren soll. Einen gesunden, runden, wirklich noch hübschen Busen. Dem Dicken paßt er nicht. Der will einen kleinen. Einen Schulmädchenbusen!«

Sie merkte, wie sie rot wurde.

Aber er hatte sie gar nicht angesehen, holte sich wieder seine Tasse, rührte darin, schüttelte noch immer den Kopf, war noch immer nicht darüber hinweg. Und sie hatte immer noch nicht genau verstanden...

»Ja wieso...«

»Das fragen Sie mich? Teenys sind sein Ideal! Rennt hinter jedem Schulmädchen her, macht den Freundinnen seiner Tochter schöne Augen.«

»Was haben Sie denn gesagt, Herr Professor?«

»Ich? Nur im Krankheitsfall würde ich an dem Busen der Frau Schröder das Messer ansetzen. Der sei völlig in Ordnung. Aber wenn sie Lust hätte, könne sie ihren Mann ja zum Schönheits-Chirurgen schicken, damit der endlich mal sein Doppelkinn wegkriege.«

Er stand auf, schüttelte noch immer den Kopf. Dann wurden seine Augen nachdenklich: »Sehen Sie! Männer und Frauen. Das alte Thema, nicht wahr? Na dann kommen Sie gleich mal mit...«

Die Tür schloß sich hinter ihnen. Brinkmann setzte sich an seinen Tisch. Heiter, entspannt betrachtete er sie. Männer und Frauen? dachte Elke. Irgendwo aus der Ecke wird was kommen. Und da war es auch schon: »Es geht um Harry.«

»Sie meinen Herrn Poser?«

»Ich meine Harry. Und ich meine vielleicht auch ein bißchen Ihren Harry. Denn daß so etwas wie Sympathie zwischen...«

»Männer und Frauen ist heute das Thema?« Sie errötete wegen ihrer Bemerkung. Aber es war raus und das war richtig so.

»Ja, vielleicht. Setzen Sie sich doch. Ich will es kurz machen, Elke. Schauen Sie mich nicht so an. Es geht mir nicht darum, daß Sie eine besondere Schwäche für Poser haben. Das verstehe ich sehr gut... Außerdem, für diesbezügliche Ermahnungen wäre ja die Oberschwester zuständig, nicht ich. Aber sehen Sie, gerade Ihre Sympathie kommt uns jetzt zugute. Sie könnten ihm einiges besser beibringen, als ich das kann. Er ist zwar immer gut gelaunt, ist witzig und macht seine Sprüche. Aber ich fürchte, das ist Tarnung.«

Sie nickte. »Ja, das ist auch Tarnung.«

»Sehen Sie!« Seine Stimme klang ernst: »Ich habe außerdem die Sorge, und Dr. Schäfer teilt sie, daß diese gute Stimmung in Depression umschlagen kann. Ich meine, daß er um so tiefer fallen wird, wenn ihm klar wird... Sie verstehen?«

Sie schüttelte den Kopf.

»Nun, um es rundheraus zu sagen: Mit dem Bein wird es nichts mehr. Wir können ihm nicht helfen. Bei einer Hüftgelenkverletzung wäre es etwas anderes. Da kann man eine vollständige Gelenkprothese einsetzen. Doch am Knie sind die Aussichten ganz schlecht. Dazu kommt noch die Infektion. Wir haben schon Glück gehabt, daß wir das Bein retten konnten.«

»Sie meinen...?«

»Ich meine, daß die einzige Lösung eine Versteifungsoperation sein wird. Er wird ewig ein steifes Bein haben. Das bedeutet, daß er seinen Beruf nie mehr ausüben kann.«

Sie nickte. Sie hatte es die ganze Zeit geahnt. Nun wußte sie.

»Es mag ja sein, daß Ihre Zuneigung aus Mitleid kommt, eine Art Therapie ist...«

Er machte eine Pause. Er wartete. Gut, dann sollte er die Antwort haben. Sie war sogar froh darum, daß man sie forderte.

»Es ist keine Therapie.«

»Verzeihung.« Er nahm den trotzigen Blick auf. Ein Lächeln entstand in seinen Augen. »Dann ist es ja gut. Ich dachte nur, weil er soviel älter ist als Sie...«

»Etwa soviel älter, Herr Professor, wie Sie älter sind als Ihre Frau.«

Das brachte ihn nun doch aus dem Konzept, das Lächeln aber blieb, ein Lachen wurde sogar daraus:

»Gut, Elke! Sie haben recht. Sicher habe ich das verdient. Aber lassen wir mal die privaten Dinge beiseite und kommen wir wieder zum Sachlichen. Ich sehe das so: Normalerweise würde die Operationsvorbereitung in den Händen des Anästhesisten liegen. Auf der technischen Seite belassen wir's auch so. Die übernimmt Herr Dr. Wolters. Aber es gibt auch noch einen seelischen Aspekt. Und der obliegt von nun an gewissermaßen Ihnen. Haben Sie mich verstanden?«

»Ja. Aber nur, wenn ich ihm versichern kann, daß eine Amputation nicht noch hinterher kommt.«

»Das können Sie auch. Nach menschlichem Ermessen nicht. Und nach medizinischem auch nicht. Sind wir uns einig?«

»Ja. Darf ich jetzt gehen?«

»Sicher. Können Sie.« Er stand auf und gab ihr die Hand: »Ich danke Ihnen, Schwester Elke. Wußten Sie schon, daß wir sehr froh um Sie sind? Ich meine, habe ich Ihnen das in letzter Zeit mal gesagt?«

»Das brauchen Sie nicht zu sagen, Herr Professor. Und es geht uns anderen ja auch so, wir sind auch froh...«

»Wie bitte?«

»Ich meine...«, sie wurde schon wieder rot, »wir sind alle froh um Sie.«

*

So einfach ist es.

Man zieht die Bettdecke über den Kopf und die Welt erlischt! Keine Krankenhaustapete. Kein Krankenhausschrank. Keine Klinikschälchen, Tabletten, keine Schläuche, nicht einmal Laute, weder die Stimmen der Schwestern, der Ärzte, noch das Geplärr der Radios oder das Murmeln der anderen Patienten. – Nichts. Nur Dahintreiben, manchmal auch Absinken in die Vergangenheit, man konnte wieder Junge sein, Zigaretten aus dem Automaten plündern, um das erste Fahrrad zu kriegen, mit dem Fahrrad abhauen, wie damals, als der Alte dich verprügelte... So vieles war geschehen, so lang ist ein Leben, so viele Bilder blättert es dir auf. Und am Ende, nach der ganzen Mühe und allem Hin und Her das Schlußwort: Umsonst! For nothing. Vergeblich...

Wirklich?!

Auch unter der Decke, den Körper zusammengekrümmt, blieb es das gleiche: Es gab weder Flucht noch Ausweg. Die Welt ließ sich nicht ausschließen. Das Hämmern, dieses pochende, heiße Gefühl im Knie erinnerte Harry daran.

Harry Poser versuchte sich hochzuschieben. Wenn wenigstens Elke da wäre. Das dämliche Kissen. Wie bekam er's unters Kreuz?

Das Buch lag in Reichweite: »Die Hauptbedeutung der modernen Kapitalgesellschaften liegt in der Tatsache, daß...«

Zum Teufel mit den modernen Kapitalgesellschaften! Zum Teufel auch mit dem »Modernen Rechnungswesen«. Vierundzwanzig Seiten hatte er durch. Dreihundertsechzig betrug der Umfang. Na gut, er würde auch das schaffen. Wieso auch nicht? Und ob sie ihm das verdammte Bein nun absäbelten oder er in Zukunft auf zwei Krücken durch die Gegend hinkte, war egal. Im Hamburger Studio würde es für ihn einen Platz geben, da war er sich sicher. Er bekam einen Job. Auch einen, bei dem es nicht darauf ankam, ob er im Rollstuhl geschoben wurde, mit einem abgesäbelten Bein daherkam oder mit steifem Knie und zwei Krücken.

Hundert-, nein, tausendmal hatte sich Harry sich dies gesagt. War es ihm gelungen, sich zu überzeugen? Vielleicht...

Das Buch glitt aus seiner Hand. Der Kopf neigte sich zur Seite. Die Augen schmerzten. Das verdammte Lesen! Verdammtes »Rechnungswesen«!

Auch als Harry erwachte, glaubte er noch für Sekunden Gefangener eines Alptraums zu sein, in dem ein wahnsinnig gewordener Regisseur ihn das Stahlgerüst eines Hochspannungsmastes hochjagte, ohne darauf zu achten, daß sein Knie kaputt war und die ganze Anlage unter Strom stand.

Aber da war ein Schatten in der Ecke.

Gehörte er auch dazu?

Nein... Der Schatten regte sich, bekam Stimme. Kaum hatte Harry sie vernommen, waren alle Ängste gebannt.

»Mensch, Elke! Was machst du denn hier?«

»Ja, was wohl?« Sie erhob sich vom Stuhl und kam auf ihn zu. Er sah an ihr hoch. Es war zu überraschend.

»Wie spät ist es denn? Und wo hast du deine Schwesterntracht?«

»Ein bißchen viel auf einmal. Es ist jetzt dreiundzwanzig Uhr dreißig. Und meine Schwesterntracht hängt im Schrank.«

»Im Schrank? Das heißt...«

»Das heißt, daß ich privat hier bin.«

Ihre Augen. Der lächelnde Mund! Diesmal war die Freude stärker. Der kurze Impuls, der das Rückgrat hochfloß, ihn die Hände ausstrecken, seine Augen leuchten ließ, kämpfte die Schmerzen nieder.

»Freunde! Dann laßt die Korken knallen. – Und mitten in der Nacht?«

Sie nickte. »Und mitten in der Nacht liest du ›Modernes Rechnungswesen‹?«

»Ja nun, ich sag mir halt: Wenn die Rechnung nicht aufgeht, weiß ich wenigstens was über Rechnungswesen.« Sein Mund verzog sich. »Quatsch! Vergiß es. Vielleicht bin ich nicht in Form.«

»Na endlich. Ich meine, man muß ja nicht immer Sprüche klopfen.«

»Recht hast du! Nur, dein feierliches Gesicht gefällt mir nicht. Fehlt nur noch, daß du mir bloß gestehen willst, daß dein Freund aus dem Priesterseminar ausgebüxt ist, um dich zu heiraten.«

»Halt endlich mal die Klappe.«

»Ist doch das letzte, was ich habe.«

Sie nahm seine Hand. »Komm, Harry!«

Er schloß die Augen und nickte. »Wie willst du's denn sonst haben? Ist doch klar, daß ich meinen Job verliere... Und dann, was dann?!«

»Wir werden was finden.«

»So?« Er schwieg lange, bis es endlich aus ihm herausbrach: »Keiner sagt was klares. Immer nur Andeutungen. Aber ich seh's ihren Gesichtern an! Ja nun, vielleicht hab' ich's so gewollt... Irgendwann mußte es kommen.«

Ihr Blick gab ihm den Mut weiterzureden: »Ich hatte mal einen alten Freund, der war gescheiter als ich. Dem war klar, daß Stunt was für unreife Jungen ist... Aber vielleicht hat auch einer mit fünfzig noch die Chance, erwachsen zu werden? Das Buch hier – meinst du, es ist Zufall, daß ich da drin rumschmökere?«

»Rechnungswesen?! – Wieso?«

»Wieso? Elke, ich übe. Ich trainiere. Das mußte ich mein Leben lang. Daran bin ich gewöhnt. Wenn ich rauskomme, werde ich mich wohl als Produktionsleiter versuchen. – Nur...«

»Nur was?« fragte sie leise.

»Den Beruf zu verlieren und dich...«, er atmete tief durch, »das wäre ein bißchen viel auf einmal.«

»Wer sagt denn, daß du mich verlierst?« Jetzt streichelte sie die Hand. Sie streichelte jeden einzelnen Finger. »Das einzige, Harry, was du verlierst, ist ein funktionierendes Knie.«

»Hast du...?«

»Ja. Ich hab' mit Brinkmann gesprochen. Es bleibt steif.«

Er hob die Schultern hoch. »Es gibt wohl Schlimmeres. Das heißt: Würde es dich stören?«

»Nein.«

»Sieh mal, dann ist es nur halb so wild.«

»Ach, Harry...«

So einfach war es. Und sie hatte solche Angst davor gehabt. Jetzt – jetzt war sie glücklich, unendlich froh, daß es heraus war. Und so beugte sie sich zu ihm, hielt still, als seine Hand sie suchte, seine Lippen ihre Augen küßten, war glücklich, ja – und hätte sie realisiert, daß sie nicht länger alleine waren, wäre es Elke auch nicht wichtig gewesen. Nichts mehr war wichtig. Wie auch? – Eine Stimme? Irgend jemand sagte etwas... Schritte im Zimmer? Na und?

Als sie sich endlich dazu entschloß, die Welt wieder wahrzunehmen, sich sogar umdrehte – und unter allen Möglichkeiten ausgerechnet diese erlebte, blieb sie ganz ruhig: Schwester Hildegard!

Eine Oberschwester, weiß, aufrecht und flammend, ein in Spitalweiß gekleideter Zornesengel!

Elke schüttelte ungläubig den Kopf. Später glaubte sie sich sogar daran zu erinnern, daß sie gelacht hatte. Der Hildegard ins Gesicht. Ausgerechnet der Hildegard.

Eine Anwandlung, die schnell vorüberging. »Sich lustig machen!« hörte sie. »Sich amüsieren! Über was amüsieren Sie sich? Über Ihren nächtlichen Besuch? – Über mich?!«

Elke schwieg. Soviel war klar: eine Antwort erübrigte sich.

»Elke! Das wird mit Gewißheit disziplinarische Folgen für Sie haben. Und nun, Schwester, nehmen Sie sofort Ihren Nachtdienst auf!«

Auf eine merkwürdige, wohltuende Weise fühlte sich Elke gelöst, frei, überlegen. »Ich habe heute keinen Nachtdienst, Oberschwester.«

»Das interessiert mich nicht. Beziehungsweise, es ist für Ihr Verhalten unmaßgeblich, ob Sie Dienst oder Freizeit haben! Also – bitte! Raus hier!«

Auch Harry hatte sich langsam von seinem Schock erholt. »Bitte, verehrte Oberschwester! Wenn ich auch vielleicht ein Wörtlein sagen...«

Sie warf ihm nur einen einzigen Blick zu. Der war vernichtend. »Morgen, Herr Poser! Morgen, wenn darüber entschieden wird, ob Sie weiter hier stationär behandelt werden können.«

In dieser Nacht schienen die Schatten die Fähigkeit zu besitzen, sich in Menschen zu verwandeln. Wie aus dem Nichts gewachsen erschien noch eine dritte Person im Zimmer. Ein ziemlich verstörter Oberarzt, dessen Blick ratsuchend von Hildegard zu Elke pendelte. »Was ist denn hier passiert?«

»Nichts weiter«, meinte Elke. »Nichts weiter, als daß...«

»Verlassen Sie sofort das Krankenhaus!«

Schäfer sammelte mit Mühe Klarheit und Vorgesetztenwürde: »Vielleicht sollten wir das Gespräch draußen fortsetzen. Das ist hier ein Patientenzimmer. Patienten brauchen ihre Ruhe, nicht wahr? Also bitte...«

»Ja, bitte!« wiederholte die Oberin Schäfers letzte Worte. Die Türe zu Harrys Zimmer hatte sich inzwischen geschlossen. Sie standen im Gang. »Ich bitte nur um eines! Und das tue ich vorsorglich, damit Sie es zur Kenntnis nehmen, Dr. Schäfer: die Personalbefugnis habe allein ich!«

»Nicht in medizinischen Bereichen«, schnappte Schäfer zurück. »Und darum geht es jetzt.« Dann, ganz offensichtlich mit dem Bemühen, Elke weiteren Attakken zu entziehen: »Nun kommen Sie mit mir, Schwester Elke! Erzählen Sie mal, was sich da zugetragen hat.«

Hildegards Zorn erreichte Elke und Schäfer doch. Noch keine zehn Schritte hatten sie zurückgelegt, als ihre Stimme schmetterte: »Machen Sie ruhig so weiter! Aber das sag' ich Ihnen: Eine Klinik ist kein Bordell!«

*

Natürlich nicht. Wie auch? Eine Klinik ist eine Einrichtung, die wie alle übrigen menschlichen Einrichtungen nach mehr oder weniger vernünftigen Regeln funktioniert. Wie diese wiederum auszulegen sind, darüber konnte man verschiedener Meinung sein. Man war es auch.

Szene und Zeit hatten gewechselt. Kein nächtliches Patientenzimmer mit abgedunkelter Nachttischlampe, klarer, heller, kühler Tag war es. Ein verregneter Frühherbsttag dazu. Drei Herren saßen um den runden Besuchertisch in Brinkmanns Arbeitszimmer: Der Chef. Ein nervöser, ständig an seiner Brille rüttelnder Verwaltungsdirektor und Schäfer – die Enden des schmalen Mundes zu einem sardonischen Lächeln hochgezogen.

Dazu kam noch eine junge Frau: Schwester Elke.

Über dem korrekten weißen, steifen Schwesternkragen leuchtete ihr Gesicht rot und erregt. Die Augen blitzten: Diskutieren will Elke überhaupt nicht. Wieso auch? Sie gibt ja alles zu. Mag auch sein, daß die Oberschwester eine Patiententröstung und Vorbereitungstherapie dieser Art nicht kennt. Aber sich entschuldigen? Nachdem der Professor sie ausdrücklich darum gebeten hat? Und auch der Oberarzt, der Herr Dr. Schäfer, hat sich doch gestern nacht noch mit ähnlichen Worten für sie eingesetzt: »Ein pflegerischer Auftrag, haben Sie gesagt, nicht wahr, Herr Doktor?«

Was sollte Schäfer schon tun? Er nickte. Das war ja das Verteufelte: Die Fragwürdigkeit der Wahrheit. Auf seine Weise hatte jeder recht. Und so lief die Diskussion im Kreise. Das tat sie bereits seit einer Stunde.

Brinkmann stand auf und öffnete seufzend das Fenster. »Sie wären also kompromißbereit, Elke, nicht?«

»Das bin ich immer. Aber ich bin nicht bereit, mich bei ihr zu entschuldigen.«

»Na gut... Danke, Schwester Elke.«

Sie warf einen letzten Blick in die Runde. Sie hatte noch soviel auf dem Herzen. Der kleine Seufzer reichte da nicht aus. Aber trotzdem, sie wandte sich um und ging.

Hinter der weißen Tür aber sahen sich drei Männer an: etwas mitgenommen. Ziemlich ratlos.

»Ist sie jetzt da?«

Mühlmann: »Ja, sie ist da. Sie sitzt draußen. Soll ich sie rufen, Herr Professor?«

»Was bleibt uns schon? Das sind so Veranstaltungen, wie ich sie liebe: Undurchsichtig, zeitraubend und menschenunwürdig. Da hacke ich lieber Holz!«

»Eine Brücke müssen wir der Hildegard schon bauen. Schließlich, sie ist seit dreißig Jahren in diesem Haus. So was hat Gewicht.«

»Wissen Sie, Herr Mühlmann, was für mich Gewicht hat? Daß sie in anderthalb Jahren ihre Rente kriegt.« Dr. Schäfer sah sich im Kreis der Hildegard-Geschädigten um. Brinkmann wiederum war noch immer dabei, sich mit dem rechten Zeigefinger die Nase zu massieren: »Den Bock habe schließlich ich geschossen... Schwester umarmt Patienten! Na gut. Aber wenn er gleichzeitig ihr Freund ist und sie gleichzeitig noch den Chefauftrag hat, ihn seelisch zu stabilisieren? Das war ja gut gemeint. Und auch gut konzipiert, verdammt noch mal! Nur...«

»Stabilisieren!« Mühlmann nahm das nicht hin: »Muß sie ihn mitten in der Nacht stabilisieren? Und dann noch in Zivil? Das ist es ja, was ihr Hildegard zum Vorwurf macht: Daß es nachts war und im Patientenzimmer. Und daß Schwester Elke sozusagen gegen Berufsehre und die selbstverständliche Würde...«

»O Gott! Jetzt hören Sie doch damit auf! Läuft so was nachmittags um vier denn viel anders als um elf in der Nacht? Und ist es für Sie in Schwesterntracht etwas anderes als im Sommerkleid, Herr Mühlmann?« Diesmal leistete sich Schäfer sogar ein leises Lachen. Mühlmann bekam zwar einen roten Kopf, doch seine Position räumte er nicht: »Ich kann jedenfalls nicht umhin, der Oberschwester disziplinarisch mein Verständnis auszudrücken.«

»Dann drücken Sie mal. Ich drück' es Schwester Elke aus. Und daß Kollege Schäfer der Kleinen spontan zu Hilfe gekommen ist, das billige ich auch. Und zwar hundertprozentig.«

Kurz, knapp und hart war das, wie es sich gehörte. Brinkmann war zufrieden.

Er öffnete die Türe und winkte: »Nun kommen Sie mal, Oberschwester!«

Sie brauchte keine Aufforderung. Den Kopf im Nacken, den Blick voll Empörung schritt sie herein. Noch im Gehen startete sie den Angriff: »Gerade kam Elke vorbei. Und hat nicht einmal gegrüßt! Sehen Sie, so ist das: Nicht mal gegrüßt wird man mehr! Und noch etwas: Ich find's auch gar nicht gut, daß Elke vor mir gehört wird.«

Brinkmann rückte strahlend den Stuhl zurecht, jovial drückte er sie in den Polstersitz. »Sie sollen eben das letzte Wort haben, Schwester Hildegard.«

»Wie meinen Sie das, Herr Professor?«

»Wie soll ich's denn meinen? Genau so.«

Weiterlächeln, befahl sich Brinkmann, immer nur

lächeln! Von seinem Schreibtisch nahm er ein längliches Kuvert und überreichte es mit ausgesuchter Höflichkeit.

Die Oberschwester bekam schmale Augen: »Ist ja mein Kündigungsschreiben. Was soll ich damit?«

»Da ist ein Papierkorb! Sehr praktisch. – Da können Sie es reinschmeißen.«

Doch mit dieser Form subtilen Humors prallte Brinkmann auf Eisen. Es war nicht die Zeit des Brükkenschlagens. Noch nicht. »Dr. Schäfer«, beharrte die Oberschwester und reckte ihr Kinn wieder hoch, »Dr. Schäfer ist mir in den Rücken gefallen.«

»Jawohl!« bestätigte Schäfer mit Genuß.

»Und das ist Ihr hauptsächlicher Kündigungsgrund? Oder gibt es noch etwas anderes?«

»Natürlich ist das mein hauptsächlicher Kündigungsgrund. Wo bleibt denn da meine Autorität, wenn er Elke tröstet und tätschelt, nachdem ich sie vom Dienst suspendiert habe?«

»Oh, ich sehe da kein Problem. Dr. Schäfer wird sich bei Ihnen entschuldigen. – Wird er das? Nicht wahr, das wird er doch?«

»Ja.« Schäfer verbeugte sich aus der Taille wie ein Herrenreiter: »Entschuldigung!«

Sie blickte mißtrauisch. Alles war zu überraschend. Vor allem ging es ihr zu schnell. Und es war nicht nur überraschend, verwirrend war es auch. »So ruck, zuck kann ich nicht... Was wird mit Schwester Elke?«

»Die? – Die heiratet den Patienten. Ich meine, sobald er wieder laufen kann.«

»Gut. Das ist ihre Privatsache. Aber auf meinen Stationen wird nicht geknutscht.«

»Warum eigentlich nicht?« verkündete Schäfer. »Und was heißt knutschen? In Deutschland gibt es etliche Privatstationen, da dürfen die Patienten sogar von innen abschließen, wenn sie Besuch haben. Natürlich, wenn es sich nicht gerade um Schwerkranke handelt.«

»So etwas würde ich niemals billigen!«

Sie war nicht nur stur, sie war eisern. Sie war eine Festung und von keiner Seite zu knacken.

Brinkmann zerrte an seinem Kragen. »Hören Sie mal, Hildegard! Sie wissen doch: der Patient ist Stuntman. Das ist also einer, der ständig von Brücken oder Flugzeugen springt oder sich unter Autos wirft, damit Sie's im Fernsehen interessant haben. So einer braucht seine Knochen. Und wenn die nicht mehr funktionieren, verfällt er in Depressionen. Deshalb hielten der Kollege Schäfer und ich es für angebracht, daß Schwester Elke ihm schonend beibringt, daß sein Knie steif bleibt. Und wenn Sie ihn dabei ein wenig streichelte...«

»...hätte ich zuerst informiert werden müssen!«

»Wieso eigentlich? – Falls ja, war's eine Unterlassungssünde meinerseits. Das können Sie Elke nicht ankreiden. Und mir, so hoffe ich, können Sie noch verzeihen?«

»Ihnen schon. Aber was Elke angeht...«

Brinkmann schluckte. Diese Frau schafft mich! Wirklich. Sie ist unglaublich.

Er breitete die Hände zur Pilatus-Geste und genoß seinen Einfall, ehe er ihn als letzten Triumph ins Gefecht warf: »Nun, was die Schwester Elke angeht, brauchen Sie sich wirklich nicht zu entschuldigen! Ich werde mit ihr reden. Elke ist ja nicht so. Nein, die ist eigentlich ganz vernünftig.«

Hildegard schluckte, war sprachlos, wirkte, das dachte sich Schäfer, als sei sie mit einem Starkstromkabel in Kontakt gekommen.

Der Alte aber strahlte, hob segnend beide Arme: »Nun, es braucht sich also niemand mehr zu entschuldigen? Dann kann's ja weitergehen wie bisher. Zum

Wohle der Patienten, Schwester Hildegard! Da sind wir uns doch alle einig: Für die sind wir da. Nicht um Grabenkriege auszutragen. – So! Der Papierkorb... Jetzt zerreißen Sie schon Ihre Kündigung.«

Alle starrten. Keiner glaubte es. Sie zerriß die Kündigung! Weiße Schnitzel, ein kleines Papiergestöber, das sich über Brinkmanns Papierkorb senkte.

»Na also«, seufzte er zufrieden. »Dann können wir ja endlich zum Tagesprogramm übergehen.«

*

Morgen!

Nach dem Aufflammen der Infektion war das Urteil gesprochen. Ein Zurück gab es nicht. Weitermarschieren, lautete es. Mit steifem Knie! Er würde der beste Krückenläufer aller Zeiten werden! Darüber war sich Harry klar. Das Leben hatte schließlich noch was zu bieten. Auch mit steifem Knie. Sogar wenn sie amputieren mußten. Selbst im Rollstuhl...

»Brauchst keine Angst zu haben, Harry. Du hast doch mich.«

Er nickte und versuchte es sich vorzustellen: Elke, die den Rollstuhl schiebt? Sie würde es tun... Sei dankbar, Harry! Mach dir nichts draus. Alles geht vorbei. Morgen hatten sie ihn als ersten auf dem Programm.

Eine ganz schöne Arbeit nahmen die sich vor, bei Gott! Der Professor, den Zeichenblock in der Hand auf Harrys Bettkante hockend, hatte es erklärt, Stück für Stück: Die Zerstörung, die der verdammte Sturz an seinem Knie angerichtet hatte, die Folgen der Infektion, Operationsaussichten, die Röntgenaufnahmen. Und wenn Harry mal was nicht kapierte, hatte er geduldig wiederholt. Ein feiner Typ, dieser Brinkmann. Und besser war's ja auch zu wissen, wo man dran war. Das nahm auch die Angst, dieses dämliche Gefühl, wie ein

Schlachtkalb zum Metzger geschoben zu werden... Metzger waren das nicht. Leute waren es, die sich Sorgen um ihn machten. Und sich alle Mühe geben würden.

Darüber war sich Harry nun sicher. Und es half. Selbst jetzt. Auch wenn die Schmerzen wieder seinen Verstand berannten. Und seine Selbstachtung.

Am Abend vor der Operation hatte Brinkmann das Team noch einmal zur Besprechung gebeten. Da saßen sie: Schäfer, der die erste Assistenz übernehmen würde. War wichtig, schon um Schäfers Position und Selbstvertrauen zu erhalten. Er operierte noch immer hervorragend, etwas langsamer vielleicht, doch dafür methodisch und mit einer großen Übersicht und Ruhe. Dann Wolters, die beiden Brinkmanns, Christa zum Einlernen, Renz, ja, selbst Sager hatte er aufgeboten. Nicht aus der Überzeugung, daß Sager aus der Teilnahme irgendeinen Nutzen ziehen könnte, aber doch immerhin in der Hoffnung, daß sich der Kerl irgendwann und irgendwie zu einer professionellen Haltung entschließen würde, ehe er vollends zum Problemfall degenerierte.

»Nun, Herr Sager! Jetzt haben wir bei Harry als Verletzungsfolge zu einer zertrümmerten Kniescheibe auch noch diese Gelenkentzündung.« Brinkmann blätterte in der Krankenakte: »Ein Emphysem verursacht gewaltige Schmerzen. Und es ist noch gar nicht lange her, im letzten Krieg, ja, noch anfangs der fünfziger Jahre, daß man bei einer solchen Anzeigenstellung selbst einen tödlichen Ausgang in Betracht ziehen mußte. Warum wohl?«

»Keine Antibiotika.«

»Schon. Aber was war das Gefährliche daran? Was meinen Sie wohl!«

Sager meinte nichts. Seine Ohren hatten sich rot gefärbt. Auch die anderen blieben still. Nicht einmal

Christa, die doch so gern mit ihren neu erworbenen Kenntnissen brillierte, kam zu Hilfe. Müde waren sie. Zu müde von diesem Tag.

Brinkmann betrachtete die gekurvten, flachen Hügel der Brille: Die Brille war neu. Er war weitsichtig geworden. Das Alter... Dabei war er doch immer so stolz auf sein Sehvermögen gewesen. In diese kurzen melancholischen Gedanken drang die Erinnerung an all die Erfahrungen, die ihn bewogen hatten, das Thema »Operation am offenen Gelenk« aufzugreifen.

Solche Eingriffe galten zu Brinkmanns Ausbildungszeit als Hochseilakt der Chirurgen, für die Patienten bedeuteten sie oft die Hölle, das in Jahrhunderten erworbene Wissen um die Infektionsgefahr, der Respekt vor dem Leiden der Betroffenen schienen plötzlich vergessen. Brüche ohne Eröffnung der Bruchstelle einzurichten galt nun als altmodisch und ängstlich, die Offen-Methode setzte sich durch. Die Schweizer waren es, die nicht nur neue Techniken, sondern vor allem Materialien und Instrumente entwickelt hatten und nun anboten. So machte man riesige Schnitte, legte das Bruchgebiet frei, dann wurde verschraubt, verbunden, ersetzt, genagelt. Gut, es gab Virtuosen auf dem Gebiet, und bei einer perfekten Operationshygiene konnte man Meisterwerke der Frakturbehandlung bestaunen, und wie immer leisteten die Antibiotika der Kühnheit der Chirurgen ihre Hilfestellung.

Doch dann kamen die Rückschläge: Wie so oft in der Medizin waren es die Nachahmer und dilettantischen Kopisten, die für Unheil sorgten, die Schneider, Alleskönner von Orthopäden, unfähige Allgemein-Chirurgen, jeder war für die Eröffnung! Ganze Arsenale von Schrauben, Scharnieren, Ersatzprothesen und Ersatzgelenken versuchten sie einzubringen, ohne die Flurschäden zu überlegen, ohne daran zu denken, wie wichtig bei so hochgradiger Infektionsgefahr die Schonung von Blutgefäßen und Nerven wird. Die »Lust am Operieren« triumphierte wie so oft über die Interessen der Patienten und den Respekt vor dem Leiden.

Wieviel Elend, wieviel Hoffnung, die zu Scherben wurde. Welche Unsummen wurden für Jahre des Martyriums verschleudert! Und am Ende war bei Knieoperationen gerade noch die Wackelbeweglichkeit erreicht, ein schreckliches, schmerzhaftes Knieschlingern. Nein, auch in diesem Fall war die Vollversteifung des Gelenkes vorzuziehen. Poser zumindest hatte dann für alle Zeiten seine Schmerzen hinter sich.

Brinkmann blickte in ihre Gesichter. Die Augen waren voll Aufmerksamkeit, die Blicke hingen an seinem Mund. Er hatte so kurz als möglich diese Erfahrungen dargestellt und damit ihre Müdigkeit verscheucht und ihre Aufmerksamkeit zurückgewonnen.

»Welche Anästhesiemethode würden Sie für diesen Fall vorschlagen, Herr Sager?«

»Die psycho-sedierte Lumbalanästhesie. Selbstredend.«

Brinkmann behielt sein Lächeln: »Selbstredend?« – Er hatte ja recht. Aber Sager wußte, daß der Chef für alle größeren orthopädischen Eingriffe, auch für seine Hüftgelenk-Ersatzplastiken, diese Methode wählte. Nicht nur, weil sie die Nachwirkungen und Risiken der Vollnarkose ausschaltete, sondern weil sie die Möglichkeit gab, während der Arbeit mit dem Patienten zu sprechen und ihm damit über die schwierigen Stunden hinwegzuhelfen.

*

Ein winziges Juckgefühl, als der Strahl aus dem Dermo-Jet die Einstichstelle dicht oberhalb des Dornfortsatzes traf. Dr. Wolters hatte den Punkt zwischen dem ersten Kreuz- und dem fünften Lendenwirbel mit einem Stift markiert. Nun nahm er die Spritze mit der feinen Einserkanüle.

»Fühlen Sie was, Harry?«

»Nö, Doktor!«

Harry schüttelte den Kopf. Da lag er nun, um sich bläulich funkelnde Helligkeit, die ihn an das Lichtbad aus den Spots und Spiegeln des Filmteams erinnerte. Ja, so abwegig das klingen mochte: Irgendwie lief es ähnlich ab, wenn sie eine Aufnahme vorbereiteten. Kaum einer, der was sagte, kurze Anordnungen, die Geräte, die Griffe der Profis. Nur daß man beim Film keine grünen Mäntel umhängte und sich die Gesichter nicht mit grünen Tüchern zudeckte, die nur die Augen freiließen.

Ein paar Augen hatte er schon entdeckt. Die einzigen, auf die es ihm ankam: Elkes Augen!

Jetzt lächelte sie. Er sah es am Ausdruck und an der Bewegung ihrer Lider.

Unter diesem komischen Tuch lächelte ihr Mund.

Er hob die Hand.

»Ist was, Harry?«

Was sich der Professor bloß für Sorgen machte. Nichts war.

»Und jetzt?«

Jetzt? – Es war die Sekunde, in der Wolters die Kanülenspitze einstach. Eine 5-ml-Spritze mit einprozentiger Prokainlösung. Die dünne Nadel suchte sich ihren Weg, der Flüssigkeitsstrahl, den sie dabei aussandte, garantierte, daß dies ein schmerzloser Weg sein würde.

Langsam, vorsichtig führte Wolters sein Instrument schräg nach oben. Jetzt ein Widerstand: das kräftige Zwischenbogenband, das an Harrys Wirbelsäule entlanglief. – Es war soweit! Spritzenwechsel.

Der neue Kolben enthielt vierprozentige Skandicain-Lösung. Die drei L-Milliliter würden ausreichen, auch einen athletischen, kräftigen Mann wie Harry für die nächsten zwei Stunden vom Nabel an zu betäuben.

Mit einer winzigen, zarten Bewegung zog Wolters den Spritzenkolben zurück. Seine Bewegung, in den letzten Jahren wohl zwei- bis dreitausendmal wiederholt und jedesmal von der gleichen erwartungsvollen Spannung begleitet: Hatte er das Mark, den geheimnisvollen Strang, der gleich einem Bündel aus Kommandokabeln alles Geschehen im Körper eines Menschen steuert, hatte er den Tresor des Lebens erreicht?

Ja! In der wäßrigen Anästhesielösung, die den Spritzenkolben füllte, drehte sich ein winziges schlieriges Gebilde: Rückenmarksflüssigkeit!

Die Spritzenöffnung lag genau im Liquor.

»Wie steht's denn mit uns? Was macht das Knie? Spüren Sie was? Hätten Sie jetzt Lust, Fußball zu spielen?«

»Abzuhauen hätt' ich Lust.«

Sie lachten. Doch der Professor hatte ja recht: Die Schmerzen hatten sich aufgelöst, verwehten wie ein letzter leiser Ton.

Und Elke lächelte ihm zu.

»Nachher...«

»Wie bitte?«

»Oh, ich sprach nicht mit Ihnen, Herr Professor.«

»So? Mit wem denn sonst?«

»Dreimal dürfen Sie raten.«

»Brauch' ich gar nicht. – So, den legen wir mal auf die Vakuummatratze. Wissen Sie, die Matratze kriegen Sie sogar mit Musik. Elke, was haben Sie denn ausgesucht?«

»New Orleans.«

»Mögen Sie das?«

»O ja.«

»When the saints go marching in...?«

»Zum Beispiel.«

Sie hoben ihn hoch, lagerten ihn auf der Matratze, deren winzige Kunststoffkugeln seinen Körper festhielten, ohne unbequem zu sein, aber auch ohne daß er sich bewegen konnte. Da war Elke wieder, ein Kopfhörer senkte sich über die beiden Ohren.

Tatsächlich: When the saints go marching in... bliesen die Trompeten.

Harry summte mit. Wohl fühlte er sich, richtig glücklich war er. Du bist bestimmt der erste, dachte er, der es gut findet, wenn aus seinem Knie ein Holzstock wird. Aber die Schmerzen sind weg.

Und sie werden hoffentlich nie mehr wiederkommen. Hoffentlich. Garantiert! Brinkmann hatte das gesagt.

Und Brinkmann ist ein Typ, dem kannst du alles glauben...

*

Der Bach hatte einige tausend Jahre gebraucht, um sich seinen tiefen Einschnitt zu graben. Farn wuchs hier. Die Felsen waren mit gelbem Moos überwachsen, und aus der Tiefe schwebte mit dem Rauschen des Wassers feuchter, kühler Hauch heran.

»Dort unten wohnt der Wolf!«

Angie war stehengeblieben. Die Augen hatte sie aufgerissen, ehrfürchtig, in einer Art schaudernder Faszination.

Christa konnte nicht anders, sie beugte sich und nahm den kleinen Körper, zog ihn hoch. In ihr war ein unbestimmtes Gefühl von Sehnsucht: Ein fünfjähriges Kind. Sie hatte ein fünfzigjähriges. – Nicht nur, daß sie bereit war, sich damit abzufinden, manchmal fühlte sie diese Rührung wie jetzt.

»Da unten wohnt höchstens eine Nixe«, lenkte sie ab.

»Eine was?«

Auch das war ein wenig schwierig. Umständlich setzte sie auseinander, zu was eine Nixe zu gebrauchen sei und daß sie lange goldene Haare habe und vor allem kleine Mädchen möge. Da war auch schon Klaus. Hinter ihm schnürte Udo durchs Laub. Käte hockte noch immer weiter oben auf einem Baumstumpf, eine throhnende Glucke, die Plastiktasche in der linken Hand, um das weiße Haar das Kopftuch, rundum glücklich, denn da gab's nun endlich, was sie sich den ganzen Spätsommer ersehnt hatte: Pilze! Ein Nest von Pilzen, ein Traum von Pilzen. Pilze wo man hinsah!

»He, Angie! Na, komm mal…«

Wie glücklich Brinkmann sein konnte! Wie man's ihm ansah, und wie er's zeigte. »Waldspaziergänge und Hütte, ist alles was ich brauche.« Christa hatte daran gezweifelt. Doch nun, die Augen verklärt, Sonnenbräune und Lufttröte im Gesicht, die Füße in Bergstiefeln, der Rest in Bundhose und Pulli, dazu ein Kind im roten Kleidchen auf dem Arm, wuchs er zu einer Art Monument Brinkmannscher Zufriedenheit.

»Du, Opa! Da unten, da ist doch der Bach. Und da wohnt eine Nixe. Und haben die Nixen wirklich goldene Haare?«

»Na, es gibt auch schwarze«, behauptete Brinkmann forsch.

»Ja?« Angie bekam Murmelaugen. »Wenn du das sagst… Aber bist du denn wirklich mein Opa?«

»Klar.«

»Siehst du, und ich find' dich auch schön.«

»Ich bin wirklich dein Opa. Und ich bin schön!« Brinkmann verkündete es voll klingender Überzeugung.

»Und dann ist die Christa meine Oma?«

Er sonnte sich in seinem Lächeln: »Das ist deine Oma! Und die ist auch schön.«

»Moment mal!« Nun blieb Christa doch die Luft weg: »Oma? Hör mal. Paß bloß auf, was du da sagst.«

»Was bist du dann?« Angie blieb hartnäckig.

»Ich? Na ja. – Also... Der Sohn meines Mannes, also gewissermaßen mein Stiefsohn, hat deine Mama geheiratet. Weil aber Udo wiederum dein Stiefvater ist, dann wäre ich...«

Christa brachte es nicht zusammen.

Gott sei Dank kam Udo. »Du, Udo!«

»Ja?«

»Ist Katharina meine Stiefschwiegertochter?«

Er studierte sie von Kopf bis Fuß. Todernster Diagnoseblick. »Nein. Das heißt, wieso?«

Nun mußte auch noch Käte sich einmischen. »Die Schwägerin!« trompetete sie.

»Also das ist ja nun wirklich Unsinn. Katharina ist ja schließlich meine Schwiegertochter.«

»Das will doch niemand wissen, Klaus! Was ich für Angie bin, darum geht's.«

»Oma bist du.« Udo brachte es im Ton eines Sachverständigen, der ein endgültiges Urteil abschließt. Und das bereitete ganz offensichtlich Genuß. Eine tiefe Genugtuung schwang in seiner Stimme.

Abends waren sie dann beschäftigt, Angie ins Bett zu kriegen. Udo hatte sich gedrückt. Draußen auf der Terrasse saßen die beiden Männer, betrachteten bläulichen Dunst über Waldkuppen, ferne Lichter und den Abendstern.

Schließlich wandte Brinkmann doch den Kopf. Der Blick, der seinen Sohn erreichte, war liebevoll, doch ein wenig besorgt: »Mit Katharina und dir geht's ja bestens, nicht?«

»Bestens? Na hör mal, wo sie nicht da ist...«

»Das mein' ich ja. Wenn sie dir so fehlt, ist ja alles gut.«

Er nickte. »Sie ruft zwei-, dreimal in der Woche an.

Für mich heißt das, daß sie genausoviel Sehnsucht hat wie ich.«

Brinkmann besah sich seine Pfeife. »Hätte ich dir gar nicht zugetraut. Ich meine, diese Beständigkeit. Wenn ich so an früher denke...«

»Ein Mensch kann sich doch ändern? Wenn ich zum Beispiel an früher denke. – Und heute? Der Familien-Papi aus dem Bilderbuch bin ich geworden. Häuslich, leichter Fettansatz und ein ungeheurer Hang zur Gemütlichkeit.«

»Und treu natürlich.«

»Na, hör mal!«

Die Empörung in Udos Augen war echt.

»Es ist nur, weil sich da ein paarmal eine Dame nach dir erkundigte. Die Zentrale hatte es wieder mal verwechselt und den Anruf zu mir durchgestellt.«

»Eine Dame?«

»Eine gewisse Ursula Ronn oder Bonn oder so was Ähnliches.«

»Wer?«

Brinkmann wiederholte.

»Ach so... Ja, richtig. Diese Boutiquentante. Die haben wir, ich meine, Angie und ich haben sie im Tierpark kennengelernt. Und weil Angie ihre Tasche liegenließ, hat sie die uns ins Haus gebracht.«

»Ah so...« Brinkmann blinzelte entspannt zum Himmel. »Ich hab' sowieso nicht angenommen, daß du rückfällig werden könntest.«

Eine Zeitlang blieb es zwischen den beiden Brinkmanns still. Schließlich raffte sich Udo doch noch auf: »Du, Vater, mit Katharina geht das gut. Sie bedeutet für mich alles, was ich gesucht habe. Und überhaupt...«

Was da überhaupt noch zu sagen war, behielt Udo für sich. Denn eine leidende, ja beleidigte Käte Marek hatte die Terrasse betreten: »Also, ich weiß nicht, die Kleine, die will einfach nicht.«

»Was will sie nicht?«

»Ins Bett.«

»Und wieso?«

»Sie sagt, das müsse Udo besorgen.«

Der stand auf, wuchs buchstäblich an sich selbst: »Klar! Der Witz ist, daß sie Geschichten braucht. Und gute Geschichten. Und wo gibt's die? Bei mir!«

Tiefernst klopfte er sich an die Brust: »Udos Storys sind noch immer die besten...«

*

Ablauf, Handreichung, jedes Gerät, die Therapieformen wie die Diskussionen darüber, sie kannte doch alles. – Was eigentlich sollte noch neu für Christa sein? Und dennoch, oft genug beschlich sie das Gefühl, es sei gar nicht sie selbst, die da von Zimmer zu Zimmer wanderte, mit Leuten redete, Anordnungen traf, Operationswunden besah, Verbände wechseln half, sondern irgend jemand anderes, dem man einen weißen Kittel angezogen, ein Namensschild ans Revers gepiekt und ein Stethoskop um den Hals gehängt hatte. Wo früher selbstverständliches Einvernehmen herrschte, traf sie nun auf respektvolles Lächeln, endlose Klagen oder gläubige Hoffnung: »Die Frau Doktor kommt!« Schlimmer noch: »Die Frau vom Chef...« Na und, was hatte sich schon geändert? Es war derselbe Mantel, den sie trug. Sie hatte eine Menge dazugelernt, richtig, aber so neu war ihr das auch nicht, nur vieles war klarer geworden. Die beiden winzigen Buchstaben »Dr.« mit dem Punkt aber übten einen sonderbaren Zauber aus. Soziale Rangordnung, Berufshierarchie, wie nennt man so etwas eigentlich? Sie fragte es sich oft, wobei sie bisweilen eine völlig unvermittelte und unerklärliche Sehnsucht nach ihrer kleinen Studierbude in Freiburg überkam, Sehnsucht nach dem Büffeln, den stillen

Stunden im Institut, bei denen nur die Arbeit zählte und die Fakten, die man aus ihr herausfiltern konnte.

Sie hatte sich doch so nach der Schwarzwald-Klinik gesehnt! Jetzt? Ja, jetzt, Respektsperson war sie: Arzt, Heiler, Zielpunkt von Hoffnungen, die sich oft genug nicht erfüllen ließen, und wenn, schon gar nicht von ihr – doch dies schien keine Rolle zu spielen, nichts an dieser ergebenen Gläubigkeit zu ändern.

»Beim Glauben fängt die Heilung an!« Klaus hatte für alles sein mildes Lächeln: »Das wissen die Medizinmänner wie die Pfarrer. Der psychosomatische Faktor. Medizin-Frau bist du jetzt. Und ich sag' dir: Wenn da ein philippinischer Wunderheiler kommt und besser ist als ich, oder einem Patienten mehr bringt, zieh' ich gerne meinen Hut.« – Vielleicht. Sie selbst mußte sich erst daran gewöhnen, in einem Haus, in dem sie jede Ecke kannte, den Zimmern, die ihr seit Jahren vertraut waren, als eine Art Wunderwesen zu gelten.

Frau Doktor! Die Frau vom Chef!... »Ein bißchen Respekt find' ich doch ganz angenehm«, sagte Klaus. Sie nicht. Wie auch? Wenn selbst eine Elke, Kollegin, Freundin aus tausend gemeinsam bestandenen Situationen, damit anfing, sie zu siezen?

»Jetzt hör mal, Elke! Hast du eigentlich noch alle?«

»Zu einer Ärztin sagt man doch Sie?«

»So? Man sagt... Und wer ist das denn, man? Du, Elke, es gibt Kliniken, da duzen sich alle. Das wär mir noch am liebsten.«

Die Vorstellung schien Elke zu gefallen. »Und Hildegard? Ich glaube, die würde der Schlag treffen.«

Wahrscheinlich hatte sie damit sogar recht. Die Oberschwester schoß ohnehin den Vogel ab. Aus einem Autoritätsdrachen hatte sie sich Christa gegenüber in eine Art Hosianna singenden Engel verwandelt.

Auch an diesem Nachmittag war es wieder soweit. Man konnte sie nicht bremsen.

»Einen guten Tag, Frau Doktor! Einen schönen guten Tag wünsch' ich Ihnen.« Dann, nach einem mahnenden Blick über die vier Patientinnen in Zimmer 18: »Sehen Sie sich die Damen an! Sie sind alle ganz hingerissen von der neuen Assistenzärztin. Vier Wochen erst hier und schon die Herzen im Sturm erobert! Na ja, wen kann das schon wundern? Sie waren ja schon als Stationsschwester besser als alle anderen.«

Aus der Ecke, wo Elke Teetassen und Tabletts einsammelte, drang ein dumpfer Schmerzenslaut.

»Ist Ihnen etwa nicht gut, Schwester Elke?«

»Im Dienst immer.«

Auf dem Gang nahm Elke Christa beiseite: »Du, hör mal, Frau Doktor! Ich hätte da ein Problem zu lösen. Könntest du mir nicht eine Stunde freigeben. Es ist ja sowieso nichts los. Weißt du, da läuft ein Film, den hätte ich gerne angeguckt.«

»Was für ein Film?«

»Komm doch auch. Kennst du die Fernsehserie ›Wen der Teufel ruft‹? – Nein. Na, macht nichts. Jedenfalls, heute zeigen sie die Aufnahmen, wie das alles passiert ist. Oben an der Höfacher Brücke wurde gedreht. Man sieht, wie Harry runterknallt. Man sieht alles...«

Elke gab sich alle Mühe, es beiläufig klingen zu lassen, doch ihr Gesicht sah aus wie das eines kleinen Mädchens, das sich vor der Geisterbahn fürchtet.

Kurz nach halb fünf zog Christa die Tür des Aufenthaltsraums hinter sich zu. Das TV-Gerät war eingeschaltet. Zigarettenrauch qualmte vor der bläulich schimmernden Scheibe. Die Stühle waren alle besetzt. Sie glaubte Harry und Elke hinten an der Wand zu erkennen. Dann wurde ihre Aufmerksamkeit von der Szene gefangen.

»Bleib doch stehen, Lukas! Es gibt doch keinen Grund zur Panik.«

Eine Mädchenstimme. Ein Mädchengesicht.

Sie rannte, dieses Mädchen.

Christa sah das Stahlgeländer der Höfacher Brücke. Die Anstrengung hatte den Mund des Mädchens geöffnet, die Haare waren verschwitzt. Wieder rief sie irgend etwas. Und nun, in derselben Straßenperspektive, weiter vorne erkannte sie einen Mann. Auch er am Ende seiner Kräfte.

»Lukas!«

Er rannte weiter, hatte die Brücke erreicht, warf sich in einen Wagen. Der Motor brüllte auf. Das Gesicht hinter der Scheibe war nicht zu erkennen.

Christas Hände zogen sich in den Taschen zusammen.

Lukas? Ein »Lukas«, der nun von Harry gespielt wurde...

Soviel wußte sie. Und hatte es auch schon wieder vergessen. Es war zu unglaublich. Der Wagen fuhr an, und der Mann saß drin, ein Trick war nicht möglich. Der Wagen raste jetzt, der Fahrer riß das Steuer herum, das konnte man noch erkennen. Dann Glassplitter. Geländerteile, die durch die Luft wirbelten. Nun der Wagen! Eine dunkle Form, für einen Herzschlag lang im Nichts. Man sah ihn wieder, von unten, sah, wie er sich überschlug, gegen die Felsen knallte – und ins Wasser sank...

Von irgendwo kam ein Laut. Eine Frauenstimme. Ein Stöhnen. Elke war das. – Und dann begannen auch die anderen zu sprechen. Der Film lief weiter, niemand interessierte sich dafür. Alle Köpfe hatten sich dem Mann an der Wand zugedreht. Und auch der Ton war jetzt leiser gedreht. Wann immer der Teufel ruft, wen interessierte das schon? Wie Harry das geschafft hatte, das wollten sie jetzt wissen.

»War doch 'ne Puppe! Der war doch gar nicht drin. Also Harry, ich hab' dich nicht gesehen.«

»Der Walensky hat recht. Ich auch nicht. Und außerdem, der da im Auto saß, das war ja schließlich dieser Lukas, oder?«

Elke hatte sich erhoben. »Komm, Harry!« Sie war sauer.

»Was heißt Lukas?! Kapiert ihr nicht, Harry war das Double.«

»Was war er?«

»Ihr Knallköpfe! Wißt ihr wirklich nicht, was ein Double ist? Der Schauspieler hat nur so getan, als würde er im Auto sitzen. Aber der, der die Knochen hinhielt, war Harry.«

»Hinhielt? – Brach!«

Da lachten sie, und Harry lachte sogar mit. Dann sah Christa, wie er seine Krücken aufnahm und Elke folgte. Zuerst stützte er sich schwer auf seinen Stock, schließlich auf Elke. Christa nickte. Es tat gut zu sehen, wie zart er sie um die Schultern nahm.

*

So viele Muster hatte er sich schon angesehen. Wie viele Playbacks studiert. Doch nie hat es ihn so gepackt.

In seinem Zimmer stellte Harry die Krücken in den Schrank. Er hüpfte zum Sessel und schob das Bein von sich. Den Knöchel würden sie auch noch nachoperieren müssen. Das hatte ihm Schäfer heute morgen eröffnet.

Na, sollten sie ... Hoffentlich blieb er einigermaßen beweglich. Dieser Knöchel war sowieso aus einem anderen Leben übriggeblieben.

»Was ist, Harry? Was hast du denn?«

Elke. Sie! Das Gesicht, das er so mochte, an das er sich so gefährlich gewöhnt hatte.

»Na?« Sein Grinsen kam mühsam. »Hat's dir gefallen, Elke?«

»Gefallen? Wenn du so etwas weitermachen würdest, würde ich durchdrehen. Ich schwör's dir, verrückt würde ich werden. Mit deinem steifen Bein bist du mir lieber.«

Er schwieg.

»Nimmst mir's doch nicht übel?« sagte sie schüchtern. »Du weißt doch, wie ich's meine?«

»Na klar...« Er zog ihre Hand an den Mund und küßte andächtig die Fingerspitzen. Er zog die ganze Elke an sich, wollte sie fühlen, streicheln.

Was war jetzt schon wieder?

Das gab's doch nicht!

Als ob sie es wittern, ja riechen könnte, stand die Oberschwester im Zimmer.

Und lächelte. – Ja, lächelte! Harry konnte es nicht glauben. Ein Wunder war geschehen: Hildegard lächelte tatsächlich, strahlte geradezu.

»Große Klasse, Herr Poser! Ich hab' den Film in meinem Büro gesehen. Also wirklich... Gratuliere!«

Harry senkte den Kopf. Elke brachte keinen Ton heraus... Schwester Hildegard indessen sprach unentwegt weiter, kam sogar noch ein paar Schritte näher, machte eine Bewegung, als wolle sie Elke die Hand auf die Schulter legen, ließ es dann doch. »Vielleicht ist es ganz gut, Herr Poser, daß es jetzt mit allem vorbei ist. Meinen Sie nicht?«

Harry blinkerte verblüfft.

»Ich meine, dann kann unsere Elke ruhiger schlafen.«

»Unsere Elke!« Und zu allem noch ein freundliches Lächeln und eine fast segnende Handbewegung: »Dann geh' ich wohl lieber. Sie wollen sicher allein sein. Nichts für ungut...«

»Sag mal«, Elke ließ sich aufs Bett sinken, »hast du dasselbe gesehen wie ich?«

»Mhm.«

»Dann habe ich also nicht geträumt?«

»Vielleicht?« Harry streichelte sie sanft. »Träumen wir doch weiter.«

Sie sah zu ihm hoch: »Wenn du jetzt entlassen wirst, Harry, wo gehst du dann hin? Nach Hamburg?«

»Was soll ich dort?«

»Du kannst bei mir wohnen, Harry. Ich hab' allerdings nur ein Zimmer mit Küche und Bad. Könnte vielleicht 'n bißchen eng werden...«

Er setzte sich neben sie und schob die Hand unter ihren Mantel, schob sie an die Stelle, wo sich die Hand so wohl fühlte.

»Harry, nun laß mal!«

»Wieso denn?«

»Harry, mir ist's ernst.«

»Na gut, ein Zimmer mit Küche und Bad ist ja auch was Feines. Aber falls es ein bißchen größer sein soll, an mir wird's nicht liegen.«

»Wie?«

»Baby... Ich hab' doch immer ganz gut verdient. Und was wichtiger ist: Ich war auch immer sparsam. Ich hab' fast alles auf die hohe Kante gelegt. Dazu kommt die Rente von der Berufsversicherung. Also sieh mal, was Passendes wird sich für uns zwei immer finden. Im Moment denke ich an ein Häuschen...«

Sie räusperte sich die Kehle frei. »An ein...?«

»Häuschen«, wiederholte er.

»Ich glaub', ich träum' tatsächlich...«

»Dann leg' dich doch zu mir ins Bett. Ich hab' das noch gar nicht realisiert: so ein Bett hat auch seine guten Seiten. So ein Bett ist sogar was Fabelhaftes.«

»Hast du dir gedacht!« Sie zerrte an seinem Handgelenk und bekam ihren entschlossenen Blick: »Nach der Operation beginnt die Bewegungstherapie. Hier wird nicht gefaulenzt! Hier wird gearbeitet!«

*

Noch glühte der Abend über der Ebene, in der kleinen Stadt aber flammte die Straßenbeleuchtung auf, und die Lichter standen wie Eiskristalle vor den schwarzen Bergen. Gasthäuser und Kneipen leerten sich. Bald war es acht: Zeit für Abendessen und Tagesschau. Die Nacht senkte sich über Offingen.

In der Notaufnahme der Schwarzwald-Klinik hatte sich Mischa von Werner Sager eine Revanche aufdrängen lassen. Bauerneröffnung. Dann der Zug mit den Springern. Der ging Sager schief. Na, wenn schon! Er hatte sowieso keine Lust.

Wieder blickte Sager auf die Uhr. Von Schäfer war noch immer nichts zu sehen. »So ein Mist! Und wenn jetzt einer hier hereinstolpert...«

Vielleicht, daß in seiner Furcht Ahnung mitschwang...

Zur selben Zeit nämlich, als er feststellte, daß es gleich acht war, läutete in der Wohnung des praktischen Arztes Dr. Alfons Ketterer das Telefon: Eine Frau Schütz. Anneliese Schütz... Nein, es handle sich nicht um sie, es gehe um ihren kleinen zweijährigen Jungen. Er habe so komische Atembeschwerden. »Das macht mir angst, Herr Doktor. Wenn Sie vielleicht kommen könnten? Schlehdornstraße 12...«

Dr. Ketterer hatte bereits gegessen. Eine letzte Besuchsrunde stand ohnehin auf seinem Programm: Ein Kind mit Fieber und komischen Atembeschwerden? Da sieht man besser gleich mal nach. Und Anneliese Schütz? Dr. Ketterer konnte sich nur schwach an eine junge, etwas pummelige, sehr resolute Frau erinnern, die ihn vor einigen Wochen wegen irgendwelcher hormoneller Störungen aufgesucht hatte. Frisch nach Offingen zugezogen, das wußte er auch noch.

Ketterer steuerte seinen Wagen durch die stillen Straßen.

Hier: Schlehdornstraße 12! Ein weißes Reihenhaus

nebst Vorgarten. Im Schein der Hausbeleuchtung erkannte er zwischen zwei Reihen beschnittener Johannisbeersträucher eine Frau. Aufgeregt hob sie die Hand und winkte.

Er fuhr den Wagen zum Bordstein, griff auf den Rücksitz, nahm sein Köfferchen und stieg aus.

»Guten Abend.«

»Guten Abend, Herr Doktor! Ich bin raus, damit Sie's finden. Wissen Sie, mein Kleiner, der kriegt einfach keine Luft. Manchmal wirkt er richtig blau.«

»Na, dann schauen wir doch mal. Haben Sie Fieber gemessen?«

»Ja. Aber das ist ziemlich normal.«

Ketterer ging an einem Steingarten vorbei, in dem Kakteen wuchsen. Sie öffnete die Tür zur Wohnung. Ein Kinderzimmer. Die Fenster waren abgedunkelt. Als das Deckenlicht aufflammte, verzog sich das winzige blasse Gesicht dort im Bettchen zu einem kläglichen Greinen.

Dr. Ketterer holte sein Stethoskop heraus, vorsichtig setzte er die Membrane auf eine weiße feuchte Kinderbrust. Der Kleine schrie.

»Ja, ja, mein Lieber! Da kommt so ein wildfremder Kerl hier reingeschneit und macht an dir rum. So… Und nun schauen wir mal in den Mund. Könnten Sie mir vielleicht mal helfen, Frau Schütz?«

Sie tat es, und der Lichtfleck der Lampe tanzte über rosafarbene feuchte Schleimhäute. Ein bißchen Rötung. – Sonst? Nichts…

»Mit dem Hals hat er's schon mal gehabt«, sagte Frau Schütz. »Ob's 'ne Mandelentzündung ist? Ich finde, irgendwie schluckt er nicht richtig.«

Ketterer schüttelte den Kopf: »Die Mandeln sind nicht entzündet. Aber dieser Atemton… Hat er schon vorher so geröchelt?«

»Ja.«

Noch einmal hörte Ketterer den Brustraum ab, stieß auf Nebengeräusche, die ihm nicht gefielen, vernahm das Kämpfen der Lungen.

»Hier kann ich das schwer diagnostizieren. Er muß in die Klinik. Falls eine Intensivbehandlung notwendig sein sollte, wäre es ja sowieso besser.«

Ihr Gesicht wurde furchtsam. »Es ist also doch etwas Ernstes?«

»Das ist nicht gesagt. Ich weiß es nicht. Wirklich nicht. Ich treffe hier nur eine vorbeugende Maßnahme. Können Sie den Kleinen hinfahren? Oder vielleicht Ihr Mann?«

Sie drehte sich ihm zu. Sie hatte ein hübsches Gesicht, und ein kampfbereites Lächeln lag darauf. Sie hatte wohl einiges hinter sich gebracht in ihren jungen Jahren. Man sah es ihr an. Man sah ihr auch an, daß sie gewohnt war, sich zu verteidigen.

»Wir leben allein. – Ich nehme ein Taxi.«

»Aber ja! Das können Sie auch später mit der Kasse abrechnen...«

In der Schlehdornstraße hatte sich Dr. Ketterer gerade verabschiedet, als Sager sich zu einer Rochade entschloß, um seine Königin zu retten. Im Nebenzimmer wiederum war Elke dabei, das Wasser für den Tee aufzusetzen, der an solchen Abenden meist literweise getrunken wurde.

»Wie ist das denn? Ist Schäfer noch immer nicht da?«

»Wieso? Ist doch erst kurz nach acht.«

»Wieso, wieso?« Sager blickte trübsinnig auf das Schachbrett. Er verlor schon wieder. Er hatte ohnehin keine Lust mehr zu spielen.

Elke war die erste, die durch ein Seitenfenster der Ambulanz das Taxi heranrollen sah. Nun erloschen die Scheinwerfer. Sie ging zur Tür, warf einen Blick auf die beiden Spieler und ging hinaus.

Eine Frau. Sie hielt ein Kind im Arm.

»Unfall?« fragte Elke.

»Nein, ich weiß nicht, was es ist. So was wie Erstikkungsanfälle.«

»Kommen Sie bitte mit.«

Elke durchquerte den Warteraum und öffnete die Türe: »Da ist ein Notfall.«

Sager sprang auf: »Na also.« Hatte er es nicht gewußt! Mit dem Unterarm warf er die Figuren um. Das war reiner Zufall, gewiß, doch es wirkte, als wolle er damit seinen Zorn entladen.

Du Flasche! Elke dachte es und brachte trotzdem ein aufmunterndes Nicken zuwege: »Der Oberarzt muß jeden Augenblick kommen.«

Dieser Sager! Sie ging zur Tür. Wer hat den bloß engagiert? Was muß er sich immer benehmen wie ein Baby? Wann fiel ihm endlich ein, daß er zwei Beine zum Laufen hatte?

»Kommen Sie jetzt, Herr Sager? Oder nicht?«

»Ist ja gut... Bin ja schon da.«

Draußen im Warteraum zeigte Sager sein sachliches Dienstgesicht. »Was hat denn der Kleine?«

»Sehen Sie denn nicht, wie er ausschaut?« Anneliese Schütz starrte Sager an. Sie war mit ihren Nerven am Ende. Und das sollte ein Arzt sein? Hatte die Hände in den Manteltaschen, stopfte sie so rein, als wollte er sie nie wieder rausnehmen. »Wollen Sie nichts unternehmen?«

»Ja, ja, natürlich. Dann kommen Sie mal. – Hier!«

Im Untersuchungsraum deutete Sager auf den Tisch: »Da setzen Sie ihn erst mal hin. – Also, was ist?«

»Martin kann kaum schlucken. Und mit dem Atem hat er auch Schwierigkeiten.«

»Aha? Mit dem Atem? Da machen wir mal den Mund auf.«

Das tat der Kleine auch. Er schien irgendwie

benommen, sah wirklich ganz schlecht aus. Diese blasse Haut, die eingefallenen Augen! Der Mund öffnete sich, und Elke reichte Sager die Taschenlampe. Der runzelte die Stirne, blickte Martin in den Mund und drehte sich wieder um. »Wo ist denn der Einweisungsschein?«

Anneliese Schütz holte das Papier, das Dr. Ketterer ihr mitgegeben hatte, aus der Handtasche: »Hier!«

»Hm... Akuter Hals, das ist auch 'ne Diagnose.«

Mund- und Rachenraum sahen ziemlich normal aus. Diphtherie? Mandeln? Eine Stomatitis? Eine Entzündung der Schleimhaut oder ein Rachenkatarrh schieden aus. Was dann, Himmelherrgott?

Und zu allem noch die Blicke von Elke und Mischa. Als ob ihm die Frau hier nicht reichen würde!

Sager versuchte es mit einer Spiegelung. Es war schwierig. Das Kind blieb unruhig. Nun schrie es in einem fort, schrie mit einer solchen Heftigkeit, daß das Gesichtchen dunkel anlief.

»Ich kann nichts feststellen.«

»Warum brüllt es dann so?«

»Vor Aufregung vielleicht«, sagte Sager und kam sich selbst ein wenig dämlich dabei vor.

»Vor Aufregung? Und das Sabbern, hat das nichts zu bedeuten? Und Martins Lippen! Sehen Sie doch: sie werden ganz blau!«

»Ja, ja... Natürlich habe ich das gesehen. Irgendwas ist das schon.«

Sager versuchte seiner Stimme Festigkeit zu verleihen. »Aber wissen Sie, der Herr Oberarzt wird ja jeden Augenblick eintreffen. – Elke! Nehmen wir doch noch mal die Temperatur.« – Zeit gewinnen, es war das einzige, was Werner Sager einfiel. Und der ohnmächtige Stoßseufzer: Herrgott! Wieso passiert so was eigentlich immer an den Wochenenden? Und wieso mir? Warum schafft mir keiner diese Frau vom Hals?... Daß sie sich so aufregte, gut, konnte man ja verstehen, doch was mußte sie unentwegt damit anfangen, ob in einem solchen Krankenhaus nicht noch ein anderer Arzt aufzutreiben sei?!

»Ja nun, liebe Frau«, räusperte er sich, »ich bin der einzige. Leider.«

Auch damit gab sie sich nicht zufrieden.

»Am Wochenende«, erklärte Elke eilig, »am Wochenende, wissen Sie, haben wir nur wechselnde Bereitschaften. Aber der Dr. Schäfer wird ja gleich hier sein.«

Der Dr. Schäfer! Damit endete jedes Gespräch. Und begann alle Hoffnung. Ein Name, der an diesem Abend in der Bereitschaft wie eine Beschwörung hergebetet wurde.

Schäfer erreichte sie nicht.

In dieser Minute, Schäfers Armbanduhr zeigte acht Uhr achtzehn, stand er unterhalb eines langes Hanges, der die dunklen Werkgebäude seines Schwiegervaters trug. Er stand vor seinem alten BMW. In einem letzten Versuch, den Motor doch noch in Schwung zu bringen, hatte Schäfer sogar die Kühlerhaube geöffnet: Schwarze Kabelbündel sah er. Geruch von heißem Öl stieg ihm in die Nase. Er riß die Hand hoch. Wieder war ein Wagen vorbeigeprescht. Keiner, der ihn kannte, keiner, der anhielt.

Oben an der Amselsteige in Schäfers Haus klingelte das Telefon.

Ellen Schäfer hob ab: »Sie sind das, Schwester Elke? Mein Mann... Nein, der ist längst weg! Wieso? – Eine Besorgung? Aber Elke, Sie kennen ihn doch: Er würde so was nie tun. Er ist pünktlich wie die Eisenbahn.«

Elke legte auf. Die Blicke der Frau, das leidende Kind waren noch zu ertragen, dieses schreckliche hilflose Herumgefummel Sagers wurde zuviel!

Deshalb hatte Elke aus dem Nebenraum telefoniert. Nur deshalb. Ehe sie zurückging, holte sie erst mal tief Luft. Frau Schäfer hatte ja recht: Seit sie ihn kannte, hatte sich der Ober nicht ein einziges Mal verspätet. Was war bloß los mit ihm? Heute wurde er doch gebraucht. Wirklich gebraucht! Und noch von einem Kind. So was ging mehr an die Nieren, als jede andere Katastrophe unter ähnlichen Bedingungen.

Als Elke wieder die Ambulanz betrat, ging Anneliese Schütz endgültig zum Angriff über. Sie schrie. Wo ein Arzt sei, schrie sie. »Um Himmels willen, einen anderen Arzt! Ich kann den Kerl nicht mehr sehen!«

Sager stürzte zur Tür herein. Inzwischen hatte er wohl in seinem klugen Buch geblättert. Auch Mischa war wieder da, Gott sei Dank.

»Ich geb' ihm was für die Atmung«, verkündete Sager. Was er in der Hand hielt, konnte Elke nicht erkennen. Nur daß seine Hände zitterten. Und wie schrecklich ungeschickt er sich nun anstellte, um dem armen, keuchenden, schreienden Wurm das Zeug einzuflößen! Die Hälfte spuckte das Kind wieder aus.

»Medranol!« rief er über die Schulter.

Elke glaubte sich verhört zu haben. »Wie bitte? – Medranol?«

»Wissen Sie was Besseres? Machen wir Nullkommafünf.«

Na schön, dies war sein Fall. Doch was wollte er mit einer solchen Bombe von Beruhigungsmittel?

Sie reichte ihm die Spritze. Mischa starrte fassungslos. Wieso unternahm der nicht wenigstens was, dachte Elke: Wieso sah er zu, wie Sager an diesem winzigen Ärmchen mit der Kanüle herumstocherte? Käsebleich war Sager nun, die Lider zitterten, das Geschrei war kaum zu ertragen, und die Vene hatte er noch immer nicht gefunden. Blut floß.

»Machen Sie das, Elke?«

»Das darf nur ein Arzt, Herr Sager.« Sie hörte ihrer eigenen Antwort nach und schämte sich. Ihre Sorge wuchs zur Angst. Sie blickte zu der Mutter hinüber. Sie war zitternd auf ihrem Stuhl zusammengesunken.

»Warum rufen Sie nicht Professor Brinkmann?« Mischa preßte es zwischen geschlossenen Zähnen heraus.

»Dann bin ich bei dem ja vollends untendurch.«

Und weil Sager sich der fassungslosen Blicke der anderen nun doch bewußt wurde, setzte er eilig hinzu: »Schäfer muß doch gleich kommen! Meint ihr nicht?«

Meint ihr nicht...

Was für eine Jammerfigur!

Die arme Frau dort schien völlig in Apathie versunken. – Auch Mischa?... Nein – Elke registrierte es mit grenzenloser Erleichterung: Mischa hatte die Nase voll, schüttelte nicht mehr nur den Kopf, hob jetzt die Hand, um Sager zu unterbrechen, der gerade weitschweifig der Mutter auseinandersetzte, daß er ohne Diagnose keine Therapie einleiten könne.

»Was haben Sie, Mischa?«

»Was ich habe? – Ich rufe den Professor.«

»Das tust du nicht, Mischa.«

»O doch... Und ob ich das tue!«

*

Seit dem Augenblick, da Anneliese Schütz, ihr Kind auf dem Arm, den Anbau der Notaufnahme betreten hatte, waren vierzig Minuten vergangen: Verschleuderte, unwiderruflich verlorene Zeit! Jede einzelne weitere Minute konnte dem hilflosen, von Krämpfen geschüttelten kleinen Körper auf dem Tisch das Ende bringen.

Und in diesen vierzig Minuten war nichts, aber auch gar nichts geschehen, das ehrliche Hilfe bedeutete.

Im Eßzimmer, drüben in der Villa hinter den Bäumen des Parks, ließ Brinkmann sein Abendessen stehen. Was hatte Mischa da gerade durchs Telefon geschrien: Sager drehe durch? Ein Kind...

Brinkmann rannte durch den Garten. Als er zur Notaufnahme kam, traf er Schäfer.

»Wo kommen Sie denn her?«

»Mein Wagen blieb stehen. Keinen Mucks. Bisher hat die Karre mich nie im Stich gelassen. – Was steht denn an?«

»Eine Noteinweisung. Ein zweijähriges Kind anscheinend.«

»Im Ernst?«

Brinkmann sah ihn an und Schäfer wußte, was dieser Blick bedeutete: Stell keine dämlichen Fragen! Denk' daran, Sager ist da drin.

Da rannte Schäfer zur Tür, riß sich im Laufen den Mantel von den Schultern und war vor Brinkmann im Untersuchungsraum der Ambulanz. Mit einem einzigen Blick nahm er die Situation in sich auf: Dort die junge Frau auf dem Stuhl, die Mutter anscheinend. Ein entsetztes Gesicht, verzweifelte Augen, ein Finger, der sich hob, halb drohend, halb flehend auf ihn zeigte. Mischa. Sager. Auf dem Tisch aber der kollabierende, um Atem ringende Körper eines kleinen Kindes.

»Die Spritze!« rief die Frau. »Es war die Spritze, Herr Doktor! Das Kind stirbt mir weg. Mein Martin stirbt doch...«

Schäfer stellte keine Fragen. Er nahm die Spritzenpackung, die auf dem Medikamententisch lag. Dann sah er Sager an. In seinem Blick war so viel gnadenlose Härte, daß der junge Arzt zusammenfuhr.

»Bringen Sie den Kleinen auf die Intensivstation, Mischa.«

»Sie kommen mit, Sager«, ergänzte Brinkmann, der nun neben ihm auftauchte. »Und Elke, Sie sagen auch meiner Frau, daß wir oben sind.«

»Jawohl, Herr Professor.«

»Herr Professor«, flüsterte Anneliese Schütz, als Brinkmann an ihr vorbeiging. Sie hatte nun beide Hände halb erhoben, und Brinkmann fiel nicht mehr ein, als ein tröstliches: »Machen Sie sich nicht soviel Sorgen, wir kriegen das schon hin...«

»Hoffentlich.«

Ja, dachte Brinkmann mit Inbrunst, hoffentlich!

Es war wie immer in solchen Situationen: Ein Körper in der letzten Rebellion gegen die Vernichtung, doch diesmal so winzig, so zart, so klein... Das bißchen Leben, das sich darin hielt, kämpfte. Sauerstoff. Kreislaufunterstützung. Wiederbelebung. Das Abtasten unter dem Handballen, nun der Druck, der Widerstand, eine sanfte und zugleich unerbittliche Massage. Nachlassen – hoch, wieder...

Der Mund des Kleinen stand weit offen. Und das schreckliche Blau in seinem Gesicht wollte sich nicht aufhellen. Warum kriegt er bloß keine Luft? dachte Schäfer. Herrgott noch mal: Der Sauerstoff läuft doch!

Er nahm den Kopf hoch und sah Sager. Die Augen des jungen Arztes waren weit aufgerissen. Ein Zucken lief um seine Mundwinkel: Das verkörperte schlechte Gewissen, nein, die Verkörperung von Panik und Unfähigkeit.

»Wie ist das passiert?« stieß Schäfer hervor.

Sager suchte eine Antwort. Zweimal setzte er an. Nichts kam. Nicht einmal zu seinen Fehlern stand er. Nun drehte er sich doch tatsächlich um und rannte hinaus.

Der Alte schüttelte nur den Kopf.

»Können wir den Sauerstoff nicht steigern, Brinkmann?«

»Wir liegen an der Höchstgrenze. Und er nimmt nichts auf.«

»Kehlkopf?«

»Wahrscheinlich. Sicher. Das ist die einzige Erklärung.«

Eine Erklärung, die nicht viel weiterhalf, sondern unabweislich auf einen einzigen Schritt zulief: Eine Tracheotomie? – Den Kehlkopfschnitt, die Öffnung mit dem Messer, die dem lebensspendenden und lebensrettenden Sauerstoff den Eingang in die Lungen und damit ins Blut ermöglichte.

»Wo ist Sager hin?« hörte er Brinkmann.

»Keine Ahnung.«

»Ich muß mit ihm reden. Vielleicht krieg' ich was raus. Zuerst Medranol geben, dann wegrennen. Der ist ja wahnsinnig!«

Zwei, drei, vier Minuten brauchte Schäfer noch, diese Zeit konnte er sich geben, um abzuwarten, ob die Reanimation doch noch einen Erfolg brachte. Brinkmann verließ den mit Kabel und Geräten vollgepackten Raum. Er traf auf Elke. »Sager?« Sie deutete zum Personalzimmer auf der anderen Seite des Korridors. Und dort saß er nun, zwei schmale Schultern, hochgezogen, über den Schreibtisch geworfen, eine Haltung so demütiger Verzweiflung, daß es Brinkmann ans Herz rührte.

Wie ein geprügelter Hund! dachte er und blickte auf Sagers Schatten, den die Lampe dramatisch verzerrt an die Wand warf. Dann sah er das Glas Wasser in Sagers Hand. Und die Tabletten...

»Hören Sie, Sager! Was soll denn das? Was machen Sie da?«

Ja, was sollte es noch? War es noch wichtig, was für Zeug er schluckte?

Er legte die Hand auf eine knochige Schulter und zog sie hoch. Er sah in ein ausgehöhltes, schweißnasses, panikerfülltes Gesicht.

»Sager! Hören Sie, Sager! Was gaben Sie dem Kind?«

»Medranol.«

»Was sonst? Na, los schon!«

»Nichts. Ich schwör's.«

»Das Schwören können Sie sich sparen. Medranol reicht ja auch. Und die Vene haben Sie auch nicht erwischt.«

»Er war ja nicht da«, stammelte Sager.

»Wer war nicht da?«

»Schäfer«, flüsterte er...

*

Eine Tracheotomie also? – Kehlkopfschnitt?

Doch täuschten sie sich nicht? Ging es dem Kleinen nicht schon besser? Noch immer waren die Fäuste verkrampft, noch immer wölbte sich der kleine Brustkorb hoch, schüttelte eine krampfhafte Welle das Kind bis zu den Fußspitzen.

Brinkmann streichelt über den kleinen Körper, prüft den Muskeltonus. »Wie ist das, habt ihr eine Spiegelung gemacht, Christa?«

»Ja, hab' ich. Gerade. Und es handelt sich zweifellos um eine akute Epiglottitis. Das stimmt auch mit den Symptomen überein, die Frau Schütz genannt hatte.«

»Dann kann sich die Erstickungsgefahr also jederzeit wiederholen?«

»Na, jetzt geht's ihm ja besser. Aber begleitend würde ich ihm schon Kalk oder Magnesium spritzen. Gib mir doch mal die Tüte, Elke.«

Sie stülpte eine Plastiktüte über den Kopf des Kindes. »Das steigert den Kohlensäuregehalt des Blutes. In dieser Situation stabilisiert das.«

»Gut. Aber der Kreislauf gefällt mir nicht.«

Sie blickten wieder hoch, und der Ticker untermalte jedes ihrer Worte. Die Leuchtkurve, die Anzeige, die Zahlen, die sich dort abspulten...

»Medranol?« flüsterte Christa. »Der hat wirklich nicht alle!«

Doch Sager war kein Thema mehr.

»Christa! Du hast doch diese Arbeit über Spasmofolie geschrieben? Also?«

»Wenn wir die Blutkalziumwerte haben und streng kontrollieren, können wir Parathorm geben.«

»Und auf den Kehlkopfschnitt verzichten?«

»Ja. – Ich würde sagen ja.«

»Na schön...« Er drehte sich um: »Elke, holen Sie schon mal eine Ampulle Magnesium.«

Christa blickte auf: »Und inzwischen gehe ich die Mutter noch ein bißchen beruhigen.«

*

In dem rechteckigen, langgestreckten Raum, der die Intensivstation mit der Chirurgischen verband, gab es drei Fenster. Anneliese Schütz stand am mittleren, das Gesicht zum Garten. Die Hände waren auf das Fensterbrett gepreßt, der Rücken eingekrümmt, als habe er dem Gewicht der Last keinen Widerstand mehr entgegenzusetzen.

So einsam wirkte sie, daß Christa Mut brauchte, um sie anzusprechen. »Frau Schütz?« sagte sie leise.

Anneliese Schütz bewegte sich nicht.

Christa ging näher und berührte ihre Schulter: »Entschuldigen Sie, Frau Schütz...« Die Augen schienen sie nicht zu sehen, zwischen den Lidern sammelten sich Tränen. Anneliese Schütz wischte sie mit den Fingerknöcheln fort.

»Ist er... ist Martin...?«

»Aber nein. Im Gegenteil, Frau Schütz.«

»Geht's ihm besser?«

Christa nickte und beobachtete, wie das blasse runde Gesicht um Hoffnung rang.

»Wissen Sie: wenn Martin etwas passieren würde... Was dann mit mir würde... Das würde ich nicht auch noch durchstehen! Das nicht. Sie wissen ja gar nicht, wie einem da zumute...«

»O doch.«

»Nein... Sie nicht. Niemand... Mein Mann – ich bin geschieden, und seitdem gab es nur noch uns zwei. Aber allein, ohne Martin, schaff' ich's nicht. Das ist unmöglich.«

»Natürlich, Frau Schütz.«

»Das kann keiner von mir verlangen!«

Sie sprach zu sich selbst. Sie hätte auch weitergesprochen, doch Christa nahm ihre Hand: »Diese Gedanken brauchen Sie sich gar nicht zu machen, Frau Schütz. Das ist jetzt vorbei.«

»Wird er wieder gesund?«

»Aber sicher!«

»Als ich den jungen Mann sah, diesen ersten Arzt – also wissen Sie, wie der sich anstellte. Es ist aus, hab' ich gedacht. Es ist aus mit mir und mit Martin...«

»Es ist aber nicht aus. Weder mit Ihnen noch mit ihm.«

»Was hat er denn?«

»Wir glauben, eine rachitische Spasmofolie. Auf deutsch einen Kehlkopfkrampf, Frau Schütz. Das ist nämlich so: Wenn sich die beiden Stimmbänder plötzlich krampfartig aneinanderpressen, kann es zur Atemnot kommen. Aber wir haben ihn dann künstlich beatmet und haben alles wieder unter Kontrolle.«

»Wirklich?«

Christa nickte. In ihr blitzte das Wort »hoffentlich« auf. Aber sie wiederholte ruhig und lächelnd: »Ganz wirklich. Sie können sich beruhigen. – Doch jetzt noch ein paar Fragen. Hatte Ihr Sohn in letzter Zeit öfters Krämpfe? Es können auch Muskelkrämpfe in Frage kommen.«

Anneliese Schütz hatte Mühe, zu verstehen. Dann nahm sie sich zusammen, ihr Blick wurde klar: »Vielleicht ... Er war mal so komisch.«

»Bekommt er genug Vitamine?«

»Wie bitte?«

»Obst«, erklärte Christa geduldig. »Fruchtsäfte zum Beispiel.«

»Da macht er sich eigentlich nicht viel draus. Außerdem, das Zeug ist so teuer. Hat's denn damit was zu tun?«

»Vielleicht. Haben Sie oder der Überweisungsarzt erhöhte Temperatur festgestellt?«

Sie schüttelte den Kopf. »Nein. Martin hatte kein Fieber. Den ganzen Tag nicht. Aber das habe ich schon dem Doktor gesagt. – Dem Doktor da!«

Christa war ihrem Blick gefolgt und sah Sager draußen im Gang vor dem Kontrollraum. Nun drehte er sich um und ging hastig ins Ärztezimmer zurück.

»Entschuldigen Sie, Frau Schütz, ich muß zurück. Jetzt setzen Sie sich mal ruhig hin. Es wird alles getan. Und es wird alles gut werden. Ich habe noch zu tun.«

»Danke, Frau Doktor. Vielen Dank... War das der Chefarzt, der da mit reinging?«

»Ja«, lächelte Christa. »Das war der Chefarzt. Und nun müssen Sie mich entschuldigen.«

Die Tür war nur angelehnt. Sager stand in der Mitte des Raumes, das magere Gesicht ihr zugewandt, in der Haltung, den gesenkten Schultern, in dem verkrampften Jungengesicht lag soviel Hoffnungslosigkeit, daß ihr Zorn versickerte.

Endlich nahm er den Kopf hoch: Ob das Kind außer Lebensgefahr sei?

Sie nickte und hoffte, daß sie recht hatte. Wie zuvor bei der Mutter... »Sagen Sie, Herr Sager, wie lief das vorhin ab? Die Frau hat sich schrecklich aufgeregt. Was waren das für Komplikationen?«

»Komplikationen? Das Kind hat ja alles wieder rausgespuckt. Und dann...«

»Was dann?«

»Dann habe ich die Vene nicht gefunden.«

»Aber Medranol injiziert, nicht wahr?«

»Doch ja. Medranol.«

»Wieviel?«

»Nullkommafünf.«

»Und die Vene nicht gefunden?«

»Zuerst nicht, dann schon.«

Christa holte Luft: »Glauben Sie mir, es wäre besser, Sie hätten sie auch beim zweiten Mal nicht gefunden!«

»Noch besser wäre es wahrscheinlich gewesen, wenn der Oberarzt sich nicht verspätet hätte. Ich hatte schließlich schon dienstfrei, als das Kind eingeliefert wurde und...«

Christa hob nur die Hand. Er verstummte.

Sie schüttelte den Kopf. Dann drehte sie sich um und ging. Beinahe wären ihr die Sicherungen durchgebrannt. Ein solcher Ignorant! Unglaublich. Mit dem Mitleid ist es schon so eine Sache... Doch was regte sie sich auf?

In der Intensivstation kämpften sie noch immer um das Kind. Besser ging es ihm, aber die Furcht vor einem neuen Anfall stand Schäfer wie Klaus im Gesicht geschrieben.

Sie beugte sich über den kleinen Körper.

»Martin«, flüsterte sie.

Als habe das Kind es gehört, den Namen wie ein Signal aufgenommen, schlug es die Augen auf.

Es lächelte...

Christa gab ihm einen Kuß, fühlte über die runde, schweißnasse Form des Kopfes, löste sich nur schwer von diesen beiden dunklen, sonderbar wissenden Augen und sah ihren Mann an.

»Einen Kehlkopfschnitt auf keinen Fall. Und Angst haben braucht ihr auch nicht. Der kriegt keinen Anfall mehr. Den päppeln wir jetzt hoch. Und wie! Was, Martin?«

Sie nickten beide. Und beide hatten sie dasselbe Lächeln, andächtig, halb gerührt und halb verlegen.

*

Brinkmann hatte sich viel vorgenommen. Ruhig würde er sein, schonend mit dem Jungen umgehen, sich an den Kern von Sagers Versagen herantasten. Schließlich, was gestern geschah, war ja nur ein Symptom, die Spitze des Eisbergs. Auf was es ankam, war etwas anderes: Die Einstellung, die innere Haltung, die Antwort auf die Frage, ob Sager, dieser Versager, je eine Chance hatte zu praktizieren?

Negativ! dachte er. Das »Nein« ist nicht länger zu umgehen. Mit Gebrüll fand man trotzdem nichts heraus. Und die Entscheidung stand. Er mußte sie treffen. Heute. Jetzt.

Auch Brinkmanns fromme Absicht drohte zu Zorn zu gerinnen, als er sich anhören mußte, was Sager da zusammenstotterte, um die Schuld anderen zuzuschieben.

Ruhe, bloß Ruhe! mahnte sich Brinkmann und versuchte es statt dessen ein letztes Mal mit einem väterlich-suggestiven: »Sie fühlten sich also überfordert, nicht wahr?«

»Ich war es doch.«

»Und Sie hatten Angst?«

»Angst... Ich war in Panik. Weil Dr. Schäfer nicht kam.«

»Jetzt lassen Sie endlich mal Schäfer aus dem Spiel, verdammt noch mal! Sie haben sechs Jahre Ausbildung hinter sich. Deshalb mußten Sie wissen, daß Sie so ziemlich alles tun konnten, nur kein Medranol verabreichen. Sie waren dazu da, um die Lunge des Kleinen mit Sauerstoff zu versorgen und eine Herzmassage einzuleiten. Und falls Sie nicht mal das schafften, hätten Sie Renz in die Klinik rufen können. Oder mich. Oder Dr. Schulz, meine Frau... Herrgott, so viele Optionen hatten Sie.«

Nichts. Keine Reaktion.

Brinkmann warf den Füller, mit dem er gespielt hatte, auf den Schreibtisch. Das machte einen ziemlichen Krach. Auch daß seine Stimme jetzt laut wurde, war ihm egal: »Gehen Sie! – Wissen Sie, was Sie jetzt zu tun haben?«

»Nein, Herr Professor.«

»Beten! Ja, beten werden Sie, daß der Junge keinen Hirnschaden zurückbehält!«

»Ist... ist das vielleicht möglich?«

»Hat Ihnen noch niemand gesagt, daß das Gehirn Sauerstoff braucht? – Ach, was red' ich mit Ihnen? Verziehen Sie sich. Ich muß mir das alles nochmals überlegen. Ich laß es Sie dann wissen.«

*

Aber es gab nichts zu überlegen.

Nicht mehr. Es gab auch keine Entscheidung zu treffen. Die war längst gefallen. Und sie hatte mit ihm im Grunde nichts zu tun. Das Urteil hatte Sager selbst über sich gesprochen. Nichts war an ihm, das zu der Hoffnung Anlaß geben konnte, aus ihm werde doch noch ein Arzt. Nicht nur die berufliche, auch die menschliche Substanz fehlte, die man, selbst wenn die Anforderungen noch so tief angesetzt wurden, zur Ausübung dieses Berufes benötigte. Darüber zumindest gab es keine Diskussion.

»Was willst du tun, Klaus?«

Ja, was? Das blieb die Frage.

In wenigen Minuten würde die Morgenbesprechung beginnen. Das Thema mit dem kliniküblichen Wortspiel »Sager gleich Versager« zu erledigen, schien Brinkmann zu billig. Nein, der Fall war kein Anlaß zu Witzchen. Umgekehrt hatten seine Leute Anspruch darauf, daß er sie vor unfähigen Mitarbeitern bewahrte, sie nicht zu aller Arbeit noch der Furcht auslieferte, ein Kollege sei jederzeit imstande, Katastrophen auszulösen.

Brinkmann nahm am runden Tisch Platz und wartete, bis sich die Tür geschlossen hatte. Er blickte sich um. Sager fehlte. Na, Gott sei Dank...

»Was immer der Kollege Sager da gestern anrichtete«, begann er – und wurde schon geblockt.

»Mit der Bitte um Vergebung, Herr Professor«, muckte Schäfer auf, »aber das Wort Kollege halte ich in bezug auf diesen Herrn für deplaziert.«

»Na gut, na gut!« Brinkmann spürte wenig Lust, sich jetzt auch noch mit Standesempfindlichkeiten zu beschäftigen. Ein Protokoll mußte her! Als erster hatte er am Morgen Martins Zustand kontrolliert. Der Kleine war putzmunter, Gott sei Dank, die Reflexe schienen tadellos, Nachwirkungen der Anfälle waren nicht festzustellen. Bisher wenigstens nicht... Aber bei aller grenzenlosen Erleichterung, Spätschäden waren nicht auszuschließen. Es würde Wochen, Monate, ja Jahre dauern, bis sich, was Gott verhüten mochte, irgend etwas herausbildete.

Dies aber mußte, schon aus Rechtsgründen, festgehalten werden. Also war es notwendig, sich alles noch einmal vor Augen zu rufen, was gestern geschehen war.

»Fräulein Meis, Sie schreiben doch mit?«

Die Meis saß bereits an ihrem Platz, den Stenoblock auf den Knien. Sie nickte eifrig.

»Nur die wesentlichen Punkte. Und vorher holen Sie doch bitte noch Elke herein.«

Da kam sie nun, eine blasse Elke, Schatten unter den Augen, auch sie übernächtigt und bedrückt von dem, was hinter ihr lag.

»Schwester Elke! Wir wollen doch noch einmal durchgehen, was da gestern abend geschah. Als der Kleine eingeliefert wurde, haben Sie zunächst nochmals rückgefragt? Sozusagen mit Skepsis haben Sie gefragt: Medranol?«

»Ja.«

»Und?«

»Herr Sager hat mich dann angefaucht: Wissen Sie vielleicht was Besseres? Was hätte ich da antworten sollen? Es kommt mir schließlich nicht zu...«

»Aber schon diese Frage!« regte sich Schäfer auf.

»Weiter, Elke.«

»Dann kam er mit der Spritze nicht zurecht. Er hatte mich aufgefordert, die Injektion zu geben. Aber das durfte ich ja nicht. Das habe ich ihm auch gesagt. Na ja, und dann hat er es doch selber gemacht.«

Brinkmann winkte ihr zu: »Danke, Schwester Elke.«

Doch sie war noch nicht fertig: »Tut mir leid – ich meine, wenn ich mit meiner Aussage Herrn Sager belastet haben sollte. Aber...«

»Sie konnten nur die Wahrheit sagen. Danke, Schwester.«

Sie ging.

Mischa war nun an der Reihe. Er begann mit einer Beobachtung, die Brinkmann selbst in den Sinn gekommen war, als er Stichworte für die Konferenz aufschrieb: Sager am Schreibtisch! Das Glas Wasser? Die Tabletten? – Mischa hatte also ein ähnliches Erlebnis?

»Wann war das, als Sie sahen, daß Sager Medikamente schluckte?«

»Gleich nach der ersten Untersuchung, Herr Professor. Das Kind war kurz vor einem Kollaps. Ich suchte Herrn Sager. Ich fand ihn im Nebenzimmer. Na ja, da hatte er eine Tasse in der Hand und irgend 'ne Pille. Was das für eine war, weiß ich natürlich nicht.«

»Sonst?«

»Herr Professor! Das wissen Sie doch selbst. Ich will da nicht urteilen. Ich bin Pfleger.«

»Richtig, Mischa. Danke. Das war's dann.«

Mischa zögerte, er hatte sich zwar erhoben, doch nun blieb er mitten im Raum stehen und sah jeden einzelnen an: »Mir geht das irgendwie nahe. Ich weiß nicht. Ich meine, seine Angst... Es ist immer, als suche er Trost bei mir. Und zur selben Zeit weiß er ja, daß ich nicht die richtige Adresse für ihn bin. Schließlich: Ich bin ein Pfleger. Aber nahe geht mir das schon.«

»Uns auch.«

Es ging ihnen nahe, gewiß. Die Tage, die folgten, wurden für das Team zur Belastung. In einem anderen Haus vielleicht wäre die ganze Geschichte mit einem Verwaltungsakt zu erledigen. Hier jedoch, in der Schwarzwald-Klinik? Was blieb ihnen schon, als zu nicken, wann immer Sager irgendwo auftauchte, seinen bedrückten Gruß zu erwidern, zu tun, als sei nichts, zumindest nicht sehr viel geschehen... Doch meist machte sich Sager unsichtbar, und die anderen waren ihm dankbar dafür. Zum Schlußakt hatte sich Brinkmann noch immer nicht aufgerafft. Um so mehr kümmerte er sich um den Kleinen, der beinahe Sagers Hilflosigkeit zum Opfer gefallen wäre. Martin machte rapide Fortschritte, es war ein Genuß, ihm zuzusehen. Am fünften Tag konnten sie ihn bereits aus der Intensivstation nehmen. Am sechsten Tag saß er dann quietschfidel mit rosigem Gesicht auf dem Schoß seiner Mutter. Christa stand daneben, als Brinkmann das Zimmer betrat: »Na, prima, Martin! – Und wie geht's?«

»Das Auwa ist futsch!« verkündete der Kleine.

Sie lachten.

Brinkmann nahm ihn hoch und drückte ihn an sich. »Das Auwa ist futsch? Und ob! Wir wollen auch hoffen, daß es futsch bleibt, nicht?«

Er gab ihn der Mutter zurück: »Frau Schütz, heute können wir ihn noch nicht entlassen.«

»Und ich dachte doch...«

»Auch nicht nächste Woche. Erst wenn die Aufbautherapie zu Ende ist, von der ich mit Ihnen ja schon gesprochen habe.«

Anneliese Schütz nickte.

»Außerdem haben wir einen ziemlich umfangreichen Reaktionstest durchgeführt. Christa, wie ist das mit den Ergebnissen? Sind sie schon da?«

»Ja.« Sie lächelte. »Ich habe ihn vorhin durchgesehen. Es ist nichts. Nichts, was Bedeutung hätte.«

Der runde, dunkle Kopf des Kindes drehte sich zu ihr: »Nichts!« schrie Martin. »Nichts!«

Vielleicht war es dieses Kindergesicht oder der ergebene, dankbare Blick der Mutter? – Nichts... Na, hoffentlich würde nicht noch etwas nachkommen! dachte Brinkmann. Aber wie es aussah, war es noch mal gutgegangen. Um Haaresbreite...

Davon wußte Anneliese Schütz nichts. Was sich in dieser Nacht wirklich abspielte, haben wir ihr verheimlicht. Nein, sagte sich Brinkmann, wir haben sie belogen. Zu ihrem Besten? Vielleicht... Vielleicht hätte sie es wirklich nicht durchgestanden. Aber auch diese Überlegung gehörte zu den vielen bequemen Ausreden, die solche Situationen begleiten. Ehrlichkeit war manchmal schwer. – In einem anderen Fall wurde sie nun gefordert: Sager! Keine Sekunde würde er länger warten.

Er hob die Hand: »Entschuldigen Sie mich. Ich habe noch etwas Dringendes zu tun.«

Er entdeckte Sager im Labor. Was er dort trieb, mochte der Teufel wissen. Als Brinkmann eintrat, hatte sich Sager erhoben. Der flehende Blick konnte ihn nicht länger beeindrucken.

»Setzen Sie sich.«

Doch Sager blieb stehen. Er starrte auf seine Fußspitzen. Er schien zu ahnen, was kam.

»Herr Sager! Falls Sie inzwischen wissen sollten, was Sie verkehrt gemacht haben, können wir auf eine umständliche Rekonstruktion verzichten.«

»Ja.«

»Was ja!« fragte Brinkmann mißtrauisch.

»Alles. Ich habe alles verkehrt gemacht. Sie haben es mir ja schon gesagt.«

»Gut, Herr Sager. Nun etwas anderes: Nehmen Sie Medikamente?«

»Wieso? Nein... Normalerweise nicht. Nur in Streßsituationen.

»Aha!« Er betrachtete Sagers Gesicht. Und sah plötzlich all die anderen Gesichter vor sich, die sich ihm in ähnlichen Szenen eingeprägt hatten: Studenten, Kandidaten, Assistenzärzte, die, wie dieser Junge hier, an ihre Grenze gestoßen waren, sich der Forderung nicht gewachsen zeigten, die der Beruf an sie stellte. Und es waren nicht nur die Jungen. Es waren so viele erfahrene Kollegen darunter. Eine endlose Kette...

»Herr Sager! Ich habe Sie schon mal gefragt, warum Sie Arzt werden wollen. Damals sagten Sie, um den Menschen zu helfen. Sager, ehrlich: Glauben Sie, es kommt jemals soweit? Sieht es nicht eher so aus, daß Sie als Arzt die Menschen gefährden? Halten Sie das für eine Hilfe, was Sie bis jetzt auf die Beine stellten?«

Er hatte graue Augen. Es war das erste Mal, daß sich sein Blick ruhig, fast herausfordernd auf Brinkmann richtete.

»Es ist ja auch nicht gerade witzig, wenn man ständig Versager genannt wird.«

»Das glaube ich. Aber das passierte ja erst, nachdem Sie tatsächlich versagt hatten. Oder?«

Schweigen. Dann kam doch eine Antwort. Es war die Antwort, die Brinkmann längst ahnte, obwohl ihm die Gründe nicht klar waren.

»Ich wollte es ja gar nicht. Ich wollte kein Arzt werden.«

»Ach nein? – Wer denn?«

»Mein Vater...«

Unter all den Möglichkeiten hatte er an die naheliegendste nicht gedacht. Wieder war es still. Eines der Geräte tickte. Er sah sich um: Chrom, Glas, Elektronik und Optik, Reagenzschälchen, Tupfer, Porzellangefäße, der Aktenschrank. Und da drüben auf dem flachen Glastisch tatsächlich ein blaues Plastikkörbchen mit Weintrauben! – Brinkmann brach ein paar Beeren. Es waren kleine Trauben, fast ohne Kerne, so wie er sie mochte, zuckersüß. Wem immer sie gehörten, er war dankbar: Es war etwas Gutes, ja Tröstliches um diese Trauben.

»Und wenn Ihr Vater sagt, Sie sollen in Turnschuhen aufs Matterhorn, tun Sie's auch?«

Es war ein idiotischer Vergleich, sicher, und doch lag darin ein fast pathetischer Kern Wahrheit: Für einen Jungen wie ihn glich schon das Erreichen eines mittleren beruflichen Standards dem Aufstieg zum Matterhorn. Wahrscheinlich wußte er das auch.

Brinkmann wollte dieses Gespräch beenden, das Schweigen nicht länger ertragen.

»Wenn Sie Ihre Bestallung von selbst zurückgeben, ersparen Sie mir und sich viele Unannehmlichkeiten.«

Das traf. Sagers Gesicht verspannte sich. Die Augen waren weit aufgerissen.

»Soweit ist es also?«

»Was dachten Sie denn?«

Der Junge holte tief Luft, ehe er antwortete: »Ich gebe die Bestallung zurück, ja. Aber erst, wenn mein Vater tot ist.«

»Wie? – Würden Sie das bitte wiederholen?«

»Er würde es nicht überleben...«

»Hab' ich richtig verstanden? Sie geben die Zulassung zurück, Sager, wenn Ihr Vater tot ist? Weil er es nicht überleben würde, wenn Sie die Zulassung als Arzt verlieren? Das meinen Sie doch?«

»Ja.«

»Und wenn er nun noch zwanzig Jahre weiterlebt? Wollen Sie dann in diesen zwanzig Jahren einen Patienten nach dem anderen...«

»Ich könnte doch suspendiert werden, Herr Professor? Und nach außen Arzt bleiben. Formal, meine ich. Ohne Bezahlung vielleicht...«

Nun brauchte Brinkmann doch wieder den Stuhl. Was ging hinter Sagers Stirne vor? Und wie sollte er mit all diesem Durcheinander fertig werden?

»Sager, wie stellen Sie sich das denn vor? Die Rückgabe ihrer Approbation geht an die Gesundheitsbehörde. Wir haben doch kein Kabarett in diesem Beruf.«

»Mein Vater ist...«

Schon wieder unterbrach er sich.

»Bitte, Sie wollten etwas sagen?«

»Mein Vater ist in einem Zustand, der ein langes Weiterleben unwahrscheinlich macht.«

»Ich hoffe, im Interesse Ihres Vaters, daß die Diagnose so fehlerhaft ist wie Ihre übrigen medizinischen Fähigkeiten... Außerdem: Wenn Ihr Vater Arzt ist, dann sollte er doch eigentlich...«

Brinkmann ließ den Satz offen. Sollte eigentlich was? Was wollte er denn sagen?... Sollte dein Vater als erster darauf achten, daß du das Zeug zum Mediziner hast. Ein schöner, ein feierlicher Satz, getränkt von beruflichem Ethos. Und wie war das bei dir? War es nicht klar, daß Udo den weißen Kittel anziehen würde? Von Anfang an klar! Hast du dich damals je nach seinem Talent gefragt?

»Ganz am Anfang, Herr Professor, hoffte ich ja immer, daß ich es schaffen würde. Ihm zuliebe. Und daß das Können mit dem Wollen kommt. Auch das habe ich gehofft. Aber wie ist es gelaufen? Mit Ach und Krach bin ich durchs Examen geschlittert. Die Promotion habe ich nicht mehr geschafft. Und so fragte er immer: Wie ist das mit der Promotion? Er glaubt, daß ich zur Zeit mit größter Energie daran arbeite. – Und wenn er jetzt erfährt, daß ich...«

Gescheitert bin! dachte Brinkmann. Sein Hals war eng. Aber der Junge sagte noch Schlimmeres: »Sein Großvater war schon Arzt, Herr Professor. Dann sein Vater. Er war Arzt. Also muß ich auch Arzt sein. So sieht er es.«

Brinkmann nickte. Wie bei uns. Nur nicht bis ins dritte Glied...

»Ich, ich bin zu Gehorsam erzogen worden. Und ich wurde auch dafür belohnt. Ich hatte es immer gut bei ihm.«

»So...« Brinkmann fühlte sich niedergeschlagen. Die Zweifel kamen zurück. Stets waren es die Zwischentöne, die das Bild verwischten. Klarheit, was ist das schon? Kaum kratzt du ein bißchen an der Oberfläche, wirst du mit der Erkenntnis konfrontiert, daß nur Glück dir half, derselben Situation zu entgehen.

»Wissen Sie was, Sager? Kompromisse, wie Sie sie vorschlagen, mögen möglich sein. Aber sie sind faul und mir in tiefster Seele zuwider. Ich werde etwas anderes tun. Ich werde mit Ihrem Vater sprechen.«

Sagers Unterlippe zitterte. Laß sie zittern! Doch daß er den Mut fand, ihn an der Hand zu fassen, hätte

Brinkmann nicht gedacht. Verzweiflung war es. Und Verzweiflung war es auch, die seine Stimme hochschraubte:

»Herr Professor, tun Sie das nicht! Ich liebe ihn doch! Ich kann ihn einfach nicht enttäuschen.«

»Und damit sitzt die Maus in der Falle.«

»Ja. Ohne ihn wäre ich Architekt geworden. Und wenn er tot ist, schmeiße ich sowieso alles hin. Architekt – das wollte ich immer werden. Aber auch meine Mutter hat es nicht geschafft, ihn umzustimmen... Sie wird mir helfen. Ich meine, wenn er nicht mehr ist, fange ich nochmals an.«

»Ich will Ihnen was sagen: Dieses Wenn-er-nicht-mehr-ist, Wenn-Papi-tot-ist, geht mir mächtig an die Nerven!«

Sagers Blick war nun ruhig. Auch die Stimme war es: »Wie soll ich es denn sonst ausdrücken? Ich hab' doch keine andere Chance.«

Eine mutige Antwort. Brinkmann sah den Weg, besser: es fiel ihm kein anderer ein, und sinnlos blieb es, ihn aufzuschieben. »Ihr Vater wohnt in Hinterzarten, nicht? Das ist ja nicht weit. Hören Sie zu: Ich werde ihn besuchen. Keine Sorge, besuchen – nicht überfallen. Ich werde das Problem mit ihm durchsprechen. Vorsichtig. Ob Sie's glauben oder nicht: auch ich kann sensibel sein. Sie aber, Sager, packen Ihre Sachen zusammen und fahren nach Hause. Ab heute sind Sie suspendiert.«

*

»Dr. med. Beowulf Sager, Facharzt für innere Medizin«. Der Briefkopf war in einer schwungvollen, wenngleich etwas altmodischen Schrift gehalten. An die Schrift und den sonderbaren Vornamen erinnerte sich Brinkmann: Beowulf. Was war das nur? Normannisch, keltisch, germanisch? – Wie auch immer: Sagers Vater mochte zwar inzwischen achtzig sein, der Brief, mit dem er sich damals für die Bewerbung seines Sohnes eingesetzt hatte, war nicht nur intelligent, ja humorvoll geschrieben, sondern bewies auch, daß er Brinkmanns wissenschaftliche Publikationen kannte und sich auch sonst als Arzt auf dem laufenden hielt.

Daran dachte Brinkmann, als er die Garagentüre öffnete, um den Mercedes ins Freie zu steuern. Seit dem Gespräch mit Sager war beinahe eine Woche vergangen. Immer wieder hatte er den Besuch in Hinterzarten aufgeschoben. Zuviel am Hals! Vielleicht war es besser so. Vielleicht hatte der junge Sager inzwischen seinen Schatten übersprungen und mit dem Alten gesprochen?

Brinkmann zweifelte daran.

Aus der Garagenausfahrt kam er. Doch nicht vorbei an Käte.

Da stand sie, die Harke in der Hand, den alten Gärtnerhut mit einem rot-weiß karierten Tuch festgebunden. »Wo willst du denn hin?«

»Nach Hinterzarten.«

»Hinterzarten? Warum?«

Er erklärte es ihr. Ihre Augen konnte er unter dem verdammten Strohhut nicht sehen. Der Schwung, mit dem sie die Harke ins Gras warf, sagte genug.

»Wie alt ist er, der Vater vom jungen Sager?«

»Anfang achtzig, glaube ich.«

»Und da willst du ihm sagen, nun seien Sie mal vernünftig?!«

»So ungefähr. Wieso denn nicht? Von Mediziner zu Mediziner...«

Sie lachte.

»Was soll das?« fragte er gereizt.

»Was das soll? Ich versuch mir vorzustellen, daß ein Mediziner zu dir sagt: Jetzt stellen Sie endlich das Rauchen ein! Wäre doch auch was Vernünftiges. – Und?... Stellst du es ein?«

»Das ist doch völlig an den Haaren herbeigezogen, Käti. Unter meinem Tabakkonsum leide schließlich nur ich. Wenn aber der junge Sager tatsächlich weitermacht...«

»O nein! Auch ich leide. Die Gardinen, die Möbel, alles.«

Wenn Käte in diesen Ton verfiel, war nichts zu wollen.

Brinkmann ließ den Motor wieder an. »Jedenfalls kann ein Vater seinen Sohn nicht zwingen, Arzt zu werden.«

»Aha! Du mußt es ja wissen. Du hast ja Erfahrung.«

»Sehr richtig. Die habe ich. Und da ich zufällig noch weiß, daß der alte Sager nicht nur meine Arbeiten kennt, sondern mich auch sonst schätzt und Wert auf mein Urteil legt, werde ich ihn ins Gebet nehmen. Mit dem nötigen Respekt, versteht sich, aber doch gründlich.«

»So?«

»Ja. Es ist nämlich nicht einzusehen, wie jemand, der vielleicht ein guter Architekt werden könnte, durch die Halsstarrigkeit eines alten Mannes ein schlechter Arzt werden muß. Auf Wiedersehn, Käti!«

Im Rückspiegel sah er sie dort im Beet stehen. Sah auch, wie sie den Kopf schüttelte. Gedanken sieht man nicht, doch Brinkmann wußte genau, was sie dachte: Halsstarrigkeit! Die muß er auch noch anderen vorwerfen...

Es war kurz vor vier, als Brinkmann sein Ziel erreichte: eine stille Hangstraße. Birken, die der Herbst in ein tiefgoldenes Braun hüllte. Astern in den Gärten. Sechs Häuser hatte die Eichendorffstraße in Hinterzarten aufzuweisen. Das dritte und größte trug die Nummer fünf: eine Jugendstilvilla mit zwei runden Erkern und einer Terrasse. Ein schönes Haus. Efeu rankte sich um weiße Sprossenfenster. Auf der Terrasse standen Gartenmöbel. Gleich neben dem kunstvoll geschmiedeten, blendend weißen Tor zog sich ein Steingarten. Dies alles, die Stille, die Blumen, das Haus, rief den Eindruck einer abgesonderten Welt hervor, einer Art Insel im hastigen Strom der Zeit. Es paßte gut in die Atmosphäre des idyllisch verschlafenen Ortes über dem Höllental, wenig aber zu Brinkmanns eigener Verfassung, einer unbehaglichen Unruhe, die all die schönen Vorsätze wieder in Frage zu stellen drohte.

»Achtzig Jahre?« hatte Käte gesagt. »Was willst du einem Mann mit achtzig noch beibringen?«

DR. SAGER stand auf einem peinlich blankpolierten Messingschild. Der Himmel spiegelte sich darin.

Brinkmann läutete. Er hatte kaum die Hand von der Klingel, als die Türe aufging. Dort oben, an den Stufen, standen zwei Männer. Der eine untersetzt, die Hornbrille im runden Gesicht. In der Hand hielt er einen Koffer – einen Arztkoffer, erkannte Brinkmann. Der hagere Junge neben ihm war Sager. Er winkte zum Gartentor und sprach wieder auf den Mann ein.

Zusammen kamen sie den Weg herab. Brinkmann trat zur Seite. Dem Mienenspiel des jungen Sager war zu entnehmen, daß er erneut in tiefen Konflikten steckte. War es so schwierig, den Hausarzt dem Chef der Schwarzwald-Klinik vorzustellen?

Der Mann mit dem Köfferchen löste das Problem. Er nickte flüchtig zu Brinkmann herüber, bestieg den roten Opel, der vor der Türe parkte, und fuhr davon.

Sager gab Brinkmann die Hand: »Guten Tag, Herr Professor. Vater hatte wieder einen Herzanfall.«

»Das tut mir leid.« Es war die pure Wahrheit. Da hatte er die Reise also umsonst gemacht. »Unter diesen Umständen ist es sicher besser, wenn ich wieder gehe.«

Doch der Junge schüttelte den Kopf. »Nein. Bitte nicht. – Er freut sich auf Ihren Besuch.«

»Warum haben Sie mich nicht telefonisch benachrichtigt?«

»Ich versuchte es. Aber ich konnte Sie nicht mehr erreichen. – Bitte, treten Sie doch ein.«

Das Innere des Hauses war von einer eleganten, etwas kühlen Harmonie. An den Wänden hingen Gemälde, auf dem großen Flügel in der Mitte der Halle stand die Fotografie einer Frau. Alles gediegen, so wohlgeordnet. Arzt war man seit Generationen, aber auch dem Schönen und Guten zugewandt, eine Welt, dargestellt in Tausenden ähnlicher Haushalte. Seine eigene, ja, auch die Brinkmannsche Welt war so gewesen, seit er denken konnte. Einschließlich Flügel und Fotografie...

»Guten Tag!«

Die Frau, die Brinkmann entgegenkam, hatte dasselbe Lächeln, dieselben warmherzigen braunen Augen wie auf dem Foto. Nur die Haare waren grau geworden.

»Meine Mutter«, stellte Sager vor.

»Ich bin so froh, daß Sie gekommen sind. Ich darf das ja wohl auch im Namen meines Mannes sagen, Herr Professor.«

Sagers Mutter war schlank und feingliedrig wie ihr Sohn. Sie mochte an die sechzig sein. Ein spätes, ein Wunschkind war der Junge also. Und alles, was das Leben dieser beiden Menschen bestimmt haben mochte, entschlüsselte sich in dem zärtlichen Blick, den sie austauschten: Er, das umhegte Einzelkind und damit zwangsläufig zum Einzelgänger programmiert, sie, die Mutter, mit dem Verständnis für alles Musische. So gerne hätte sie auch gesehen, daß er einen entsprechenden Beruf ergriffen hätte. Architekt, Komponist, Maler vielleicht... Aber leider, es gab Beowulf. Und ER wollte es nicht. Denn schließlich, nicht wahr: In dieser Familie ist man Arzt seit Generationen!

Das also war es!

Und ein Fehler war es auch, hierherzukommen. Das Gefühl hatte Brinkmann die ganze Fahrt schon begleitet. Nun war es zur Gewißheit geworden. Und nun war's auch zu spät...

»Bitte, Herr Professor!« Sie lächelte, die Frau mit den braunen Augen. Sie mußte eine Schönheit gewesen sein. Sie war es noch. »Bitte, mein Mann erwartet Sie. Wenn Sie mir folgen wollen...«

*

Er saß in einem bequem gepolsterten Sessel, die Hände auf einer Wolldecke gekreuzt und blickte Brinkmann entgegen. Er war achtzig. Er sah aus wie hundert. Der Kopf ein Totenschädel, dünne Haut, die sich pergamentweiß an die Knochenstruktur legte, die Lippen bläulich verfärbt. Was immer ihm dieser Hausarzt gegeben hatte, die Wirkung schien auf sich warten zu lassen. Doch die Augen, trotz der milchigen Färbung des Alters, waren lebendig. Der Wille dahinter war es.

»Wie schön, daß Sie zu mir gekommen sind, Herr Professor!« Nichts an ihm rührte sich, die Stimme aber war überraschend volltönend und kräftig. Jetzt lächelte er. Ein Lächeln, das weh tat...

»Nun nehmen Sie doch Platz. Darf ich Ihnen etwas bringen lassen?«

»Zu liebenswürdig. Besten Dank.«

Da saß Brinkmann nun in der Falle: Einleitung, Floskeln, der Appell von Vater zu Vater, Mediziner zu Mediziner – alles vergessen.

Er hätte sich so verdammt gerne seine Pfeife angesteckt. Oder eine Zigarette geraucht. Auch das ging nicht.

»Es widerstrebt mir sehr, Herr Professor, Platz zu behalten. – O doch, das widerstrebt mir. Sie müssen meine Entschuldigung akzeptieren. Die Pumpe! Eine

Insuffizienz, seit Jahren schon... Ich werde durch Glykoside am Leben gehalten. Eben war der Kollege wieder da. Behandelt mich immer, als hätte ich gerade eine leichte Mandelentzündung überstanden. Na ja, ich mache sein Spielchen mit... Wirklich nichts zu trinken? Einen Tee, Kaffee oder einen Sherry?«

»Danke. Einen Tee.«

»Mach dem Professor einen Tee, Eda. Ich selber... verehrter Herr Professor, wenn ich daran denke, daß ich diese menschenunwürdigen Mixturen, den dünnen Aufguß irgendeines herzschonenden Gesöffs früher meinen Patienten verordnete, dann habe ich noch heute ein schlechtes Gewissen.« Er lachte leise. Es klang wie Papierrascheln. Dann kam der Husten, kurz und würgend. Eine Träne rann aus seinem rechten Auge.

Brinkmann hatte sich halb erhoben, doch der alte Mann wehrte ab.

»Wir brauchen uns ja nichts vorzumachen. Die Lunge... Dazu eine Pumpe ohne Leistung. Sie kennen das doch?«

Brinkmann nickte bedrückt.

Beowulf Sager wischte mit einer unendlich langsamen Bewegung die Träne von der Wange. Er schien nun sehr weit weg, eingehüllt in jene sonderbare Leere, die Brinkmann bei alten Menschen so oft erlebt hatte.

Dann sagte er: »Werner! Bitte, laß mich mit deinem Chef allein.«

Der Junge nickte gehorsam und ging.

»Ich freue mich, Herr Brinkmann, daß Werner eine Kapazität wie Sie als Lehrer hat.«

Den Abwehrversuch Brinkmanns ließ er nicht gelten, die Stimme war leiser geworden, die Atempausen länger, aber es ging eine Bestimmtheit von ihr aus, die keinen Widerstand zuließ: »O doch, es erfüllt mich mit

Stolz. Und Werner auch. Es ist ja so wichtig, daß Sie mit ihm zufrieden sind. Schließlich, zu erhoffen war es ja nicht unbedingt, nachdem er sich an der Universität so schwer getan hat. Vierzehn Semester bis zum Staatsexamen...«

»Mancher braucht länger, Herr Sager. Andere schaffen es gar nicht.«

Der alte Mann nickte. »Schauen Sie einmal. Da!« Sein Kinn deutete zur Wand. Dort hingen vier Fotografien, gleich gerahmt, eine Art Galerie! Die Fotografien zeigten Männer. Die älteste war vergilbt. Sie mußte im vergangenen Jahrhundert aufgenommen worden sein. Und das letzte Foto, tatsächlich: Sager!

»Großvater, Vater, ich. Und nun Werner. Genaugenommen gehört er ja da noch nicht hin. Er hat schließlich noch nicht promoviert. Aber wie er mir sagte, arbeitet er mit Nachdruck an seinem Doktor. Er wird es doch schaffen, nicht wahr? Er ist doch fleißig?«

Brinkmann schluckte. Und dann hörte er sich sagen: »Ja. Er bemüht sich sehr. Die Frage ist...«

»Die Fachrichtung?«

»Ja. Als Chirurg fehlt ihm eine gewisse Kompaktheit im Zugriff. Als Internist wiederum würde ich sagen, fehlt mir die Kompetenz, um...«

»Sie sind zu bescheiden. Die Kompetenz fehlt Ihnen nun gewiß nicht. Aber wissen Sie, hier in meinem Stuhl, ich meine, wenn Sie mich so ansehen, dann weiß ich ja, was Sie denken.«

»Aber Herr Dr. Sager!«

»Nein, lassen Sie das. Doch selbst in diesem Zustand hat man noch seine Träume.«

Wieder der Husten, diesmal dauerte er länger. Und wieder wehrte er ab, als sich Brinkmann erheben wollte.

»Träume hat man...« Er räusperte sich die Kehle frei. Er war nun entsetzlich blaß. Brinkmann sagte sich, daß es Unsinn sei, ihn länger aufzuhalten. Unsinn? Kaum zu verantworten! – Der alte Sager aber sprach noch immer von seinem Traum.

»Mein Traum, Herr Professor, ist, in der Tageszeitung unter den Promotionen Werners Namen zu finden. Das wäre wichtig... So wichtig wäre es für mich. Dann könnte ich sterben. Falls Sie verstehen, was ich meine?«

»Natürlich...«

Eine lange Pause. Auch die Augen hatten nun Mühe. Die Lider waren halb gesenkt. Er legte den Kopf auf die Lehne zurück. »Ihr Sohn... Ihr Sohn ist auch Arzt? Werner sagte das.«

»Ja.«

»Dann verstehen Sie mich doch? – Das Sprechen... heute ist es sehr anstrengend. Na gut, ich wollte ja nur von Ihnen hören, daß er es schafft. Das können Sie mir ja nun auch versichern.«

»Gewiß.« Brinkmann schluckte, seine Stimme war fremd, aber er nickte nochmals, als habe er Furcht, Sager hätte das Wort nicht verstanden. Und dann setzte er hinzu: »Zweifel sind wirklich nicht angebracht.«

»Das... das wollte ich nur von Ihnen...«

Das »hören« sprach er nicht aus. Die Augen waren nun ganz geschlossen. Der Kopf lag entspannt an der Lehne.

Brinkmann sah sich unbehaglich um. Er griff nach der Teetasse, nahm sie hoch und stellte sie zurück.

Ein Schwächeanfall? Nein, der alte Sager schlief... Der Tee war heiß und würzig. In der Ecke tickte eine Standuhr. Das Metallscharren des Räderwerks war zu hören, ehe sie die Zeit anschlug: Vier silberreine Töne, hell und klar abgezirkelt schwebten sie heran. Beowulf Sager erreichten sie nicht. Er schien noch immer in seinen Träumen gefangen. Die Hände lagen völlig entspannt.

Brinkmann erhob sich nun doch.

Zunächst war es eine Ahnung, unbestimmbar wie ein Hauch. Zwei Schritte genügten, nun meldeten Instinkt und Erfahrung: der schläft ja nicht! Verdammt noch mal, das kann doch nicht sein? Das darf doch nicht so plötzlich kommen...

Er beugte sich über die reglose Gestalt. Es war die alte Bewegung: Daumen am Lid ansetzen. Das Lid hochziehen. Keine Pupillenreaktion. Nicht die geringste!

Puls. Halsschlagader. Herz. Feuchte, kühler werdende Haut. – Beowulf Sager war tot...

*

Sie hatte die braunen Zöpfe zu einer Art Korb hochgeflochten. Jung und freundlich war sie obendrein. Sie hatte wirklich nicht verdient, daß er sie nicht beachtete.

»Also bitte, was darf's denn sein?«

Sie mußte dreimal fragen, bis Brinkmann endlich von ihr Kenntnis nahm. Er wünschte Kaffee – nein, Mokka. »Das heißt, lassen wir's lieber doch beim Kaffee... Und dazu einen Wodka. Einen doppelten, bitte!«

Brinkmann hatte seine Zweifel, ob der Kaffee seinen Kopf klären, der Alkohol den Aufruhr dämpfen konnte, der in ihm herrschte. Es war zuviel gewesen. Eine halbe Stunde war er kreuz und quer gefahren, ohne richtig zu wissen, wo er sich befand. Das Café, in das er sich schließlich gerettet hatte, stand am Ortseingang von Neukirch, klein und gemütlich hinter Tannen versteckt.

»...Ich freue mich, daß mein Sohn eine Kapazität wie Sie zum Lehrer hat. – Und wissen Sie: Auch in meinem Zustand hat man noch seine Träume...«

Jawohl, mein Lieber! Brinkmann hob das Glas. Er trank auf ihn, Beowulf Sager. Dann auf sich. Er wünschte sich und ihm alles Gute und hatte seine Zweifel, ob das irgend etwas bewirkte. Ein einziger Gedanke nur half ihm über den Anfall verzweifelter und ungläubiger Hilflosigkeit hinweg: die Erinnerung an die Abschiedsszene dort in dem schönen Haus in Hinterzarten.

»Es tut mir so leid, Herr Professor...«

Die Frau hatte seinen Tod erwartet. Und nach allem war dieser Tod der gnädigste, den sich ein Mensch erhoffen kann. Außerdem hatte sie ihr Küken wieder. Sie hielten sich beide umklammert.

»Ich hoffe, daß Sie diese Stunde nicht zu sehr belastet.«

Da war er dann doch herausgeplatzt: »Belasten, gnädige Frau? Belasten würde mich nur, wenn der junge Mann hier tatsächlich Arzt werden würde.«

»Da kann ich Sie beruhigen. Er wird Architektur studieren.«

Die beiden hatten voreinander keine Geheimnisse. Sollte er Architekt werden! – Brinkmann hatte auch dem jungen Sager alles Gute gewünscht und die Hoffnung ausgesprochen, daß seinen Kunden einst nicht die Häuser über dem Kopf zusammenbrechen würden. Wenn er die Architektur genauso anpackt wie die Medizin, hatte er gesagt, wäre das wohl kaum zu vermeiden.

Er trank den Wodka aus, winkte dem Mädchen und bezahlte.

Am Küchenbuffet stand ein junger Mann und verbeugte sich tief. Hinter dem Jungen war noch ein zweiter, älterer Mann aufgebaut. Sie ähnelten sich. Und sicher würde es irgendwo in der Bude auch noch das Porträt des Großvaters geben. Brinkmann verzichtete darauf, sich danach umzutun.

Doch als er den Mercedes endlich auf die Straße lenkte, kamen die Fragen zurück, die ihn die ganze Zeit beschäftigt hatten: Was geschieht eigentlich? Der Junge würde Café und Geschäft übernehmen. Beowulf Sager wiederum konnte erst in Frieden sterben, nachdem er sicher war, daß in der vierten Generation sein Sohn zum Zuge kam. Du selbst? All deine Jugendträume, wo sind sie? Verweht, ohne eine Spur zu hinterlassen... Selbst der Erinnerung macht es Mühe, ihnen Gestalt und Form zu verleihen, nie hatten sie Bestand gegen die Selbstverständlichkeit, mit der du auf der Straße deines Vaters weitermarschiertest. Arzt werden. »In die Fußstapfen zu treten.« Und als ob das nicht ausreichte, hatte er selbst noch die Klinik übernommen! Ja, was geschieht? War es bürgerliches Denken, das in erstarrte Traditionen mündete, Weitergabe und Sicherung von Werten, Sorge um die Kinder, um sozialen Besitz? Oder vermehren sich Ärzte in den Arztfamilien wie Bakterienstämme auf dem Weg der Zellteilung? Wo blieb dabei die Selbstverwirklichung, von der sie heute alle reden?

»... Sie haben doch auch einen Sohn, der Arzt ist?«

Habe ich, Herr Sager! Arzt aus Trotz vielleicht. Arzt aus Passion? Kaum... Aber er hat das Zeug dazu, erblich belastet, durch seine Entwicklung vorkonditioniert. Vielleicht braucht es tatsächlich Generationen, um gute Ärzte herauszubilden? Und wissen Sie noch etwas, Herr Sager: Er mußte ausgerechnet auch noch eine Ärztin heiraten!

Armer Udo... Welche andere Chance, welche Möglichkeiten, Perspektiven hatte er wohl gehabt? Was war ihm verlorengegangen, welche Begabungen waren erstickt und unterdrückt worden? Nie hatte er ihn das gefragt. Selten sich selbst...

Morgen würde Katharina aus den USA zurückkommen.

Vielleicht sollten sie sich einmal darüber unterhalten. Oder auch nicht? Besser vielleicht nicht...

*

Sie war da. Gelandet in Frankfurt. Es war vorüber...

Fünfzig Meter trennten sie – ja, Udo konnte Katharina beobachten, ohne von ihr gesehen zu werden. Und wenn er jetzt ehrlich zu sich war, mußte er gestehen, daß es etwas wie eine Schrecksekunde gegeben hatte: Sie hatte sich verändert! Was war schon anderes zu erwarten? Jede Stunde ändern wir uns! Doch die elegante Frau dort, etwas Aufwendiges, Großflächiges von Mantel um sich, dieses Wesen in herbstfarbenen Flanelltönen, soll der Zielpunkt all seiner Wünsche, Träume, Sehnsüchte, Hoffnungen gewesen sein? Weil es sie nicht gab, hatte er sich so verloren gefühlt?

Sonderbar, das anzunehmen. Noch merkwürdiger, daß es auch noch der Wahrheit entsprach...

Die Paßabfertigung hatte sie passiert. Das Transportkarussell drehte sich, umlagert von Menschen, die um ihre Koffer kämpften. Udo fragte sich, wie Katharina es eigentlich fertig brachte, sich stets etwas abseits zu halten und doch präsent zu sein.

Nun griff sie zu. Es schien ziemlich viel Gepäck. Es gab kaum Träger in dem großen Raum. Die Leute hatten sich daran gewöhnt, ihren Kram selbst zu besorgen. Doch der einzige kleine Italiener, den Udo herumlungern sah, schoß bereits auf sie zu.

Jetzt hatte Katharina Udo bemerkt. Sie hob die Hand und lachte.

Er winkte zurück. Noch nicht einmal einen Blumenstrauß hielt er in der Hand. Nichts brachte er mit als sich selbst – ein Typ mit durchnäßten Turnschuhen und Jeans. Mußte ausreichen, sicher, würde es auch, doch in die leichte Beklemmung über sein Aussehen mischte sich Zorn: Wenn schon keine Blumen, Himmelherrgott, warum hatte er bloß nicht Angie mitgebracht?!

Der Gepäckkarren mit Katharinas Koffern setzte sich in Bewegung. Sie folgte, dem Ausgang zu.

Jetzt riß sie die Hände hoch, lachte wieder, so unbefangen, so herzlich, daß sein Herz schlug. Sich über die Hürde zu werfen, darauf kam es an! Udo rannte los, überrannte ein älteres Ehepaar, das ihn entsetzt anstarrte, war bei ihr, hielt sie in den Armen, die Zigarette, die Katharina zwischen den Fingern hielt, segelte zu Boden, Leute drehten die Köpfe – er aber hielt sie, spürte unter all dem parfümduftenden Flanell ihren Körper.

»Du Spinner!« Sie rang nach Atem. Da waren die Augen, der warme Goldton mit den winzigen grünen Inseln darin. Und ihr Lächeln. Wie eine Heimkehr war es. Ja, es war eine Heimkehr!

»Oh, Mensch... Oh, Udo!«

Er nickte.

»Na, jetzt gibt's uns zwei wieder, was?«

Und ob! Er hatte seine Nase in ihrem Haar versteckt und drückte seinen Mund an ihr Ohr. Um sie Lautsprecheransagen. Eilige Menschen, Beton, Glas: Frankfurt, BRD – Na und? Wir haben uns wieder!

»Mein Gott«, hörte er, »du hast mir vielleicht gefehlt.«

Auch das schon Vergangenheit. Er dirigierte den Italiener mit ihrem Gepäck hinaus ins Freie, wo der alte Mercedes seines Vaters wartete. Sie luden ein – und ab! Er knüppelte den Wagen über all die Schleifen, Unterführungen und Kurven, die sich über das flache Land legen. Und dann nach Süden, über die Autobahn, die Hand an der Lichthupe. Eilig hatte er es. Warum, er wußte es nicht. Es war dieses Gefühl, die Welt habe sich verändert, trotz Regen und Lkw-Kolonnen. Daran vorbei, lachen, die Hand auf ihrer Schulter, auf ihrem Knie, ihrem Schenkel. Katharina Gessner, nein – Brinkmann!

Sie drehte sich Udo zu: »Hast du's vielleicht eilig.«

»Und ob!«

»Wieso?«

»Dreimal darfst du raten.«

Sie lachte und lehnte sich zurück und fuhr ihm spielerisch über die Haare. Udo aber kurbelte den Fensterspalt zu, durch den der Fahrtwind hereinjaulte, um ihre Stimme besser zu verstehen: Kleine Geschichten, Reisegeschichten. Der vertrottelte Hotelportier, der ihre Rechnung nicht fand und sie nicht nur den letzten Nerv, sondern beinahe noch den Abflug gekostet hatte. Der amerikanische Kollege, den sie – »muß man sich mal vorstellen!« – kurz vor dem Start in der Cafeteria getroffen hatte und der sie auch prompt auf sein Boot in die Bahamas einlud. Schwarzwald? Wo das liegt, wußte der gar nicht... Geschichtchen. Die Freundinnen. Theateraufführungen. Greenwich-Village, die Künstlerkolonie New Yorks, Galerieeröffnungen – und immer wieder dieses leise Lachen. Daß er sich im Durcheinander der Namen nicht mehr zurechtfinden konnte, schien sie in Kauf zu nehmen. Schließlich, war es wichtig? Nein...

»Wie fühlt man sich denn, wenn man so vom Mond kommt?«

»Das fragt man besser einen Astronauten.« Sie wandte ihm den Kopf zu. »Es ist eine andere Welt.« Sie schien es todernst zu nehmen. Und wahrscheinlich verhielt es sich auch so. »Eine andere Welt? Mehr noch: ein anderer Stern!«

»Ein schöner Stern?«

»Ich bin viel zu durcheinander, um dir darauf eine Antwort geben zu können.«

Udo brauchte sie nicht. Hauptsache: Sie war gelandet! Darauf allein kam es an.

Die Fahrt nach Offingen schaffte er in knapp zwei Stunden. Vermutlich hatte er damit einen Rekord geboten. Fühlte er sich jetzt müde? Nein, ganz im Gegenteil. Als er die Haustüre aufstieß und sah, wie sie sich umblickte, gerührt, ein wenig spöttisch über all die Unordnung, die sich angehäuft hatte – Gott, warum mußte auch ausgerechnet die Putzfrau krank werden! – in dieser Sekunde jedenfalls fühlte er sich stark genug, sie auf die Arme zu nehmen und hoch ins Schlafzimmer zu tragen.

»Na, hör mal! Wo sind wir denn?«

»Nicht in New York. In Offingen! Schwarzwald.«

»Und Angie?«

»Moment mal...«

Udo rannte die Treppe wieder hinunter, steckte den Schlüssel ins Schloß und drehte ihn um. Er war froh. Die ganze Raserei hatte ihm einen weiteren, nun unschätzbaren, dramatischen Gewinn gebracht: Zeit! – »Mit dem Abendessen braucht ihr nicht auf uns zu warten«, hatte er Käte gesagt, als er Angie in der Villa ablieferte. »Bis wir zurück sind, das dauert. Wahrscheinlich werden wir irgendwo unterwegs oder in Frankfurt zu Abend essen.«

Unterwegs oder in Frankfurt? – Er war zu Hause! Und Abendessen? Es war kurz nach halb fünf.

Als Udo das Zimmer wieder betrat, hörte er im Bad das Wasser rauschen. Er nahm sein Feuerzeug und zündete drei Kerzen des Silberleuchters an, den Katharina auf ihrem Frisiertisch stehen hatte. Er strich über das Bett. Er öffnete das Fenster, um es gleich wieder gegen den Schwall kühlfeuchter Luft zu schließen, der hereinbrechen wollte. Er zog die Vorhänge zu, ließ sogar die Jalousien herab. Er steckte ihre Lieblingskassette in das Tonbandgerät und rückte die Aschenbecher auf dem Nachttisch zurecht.

Dann versuchte er die Badezimmertür zu öffnen. Doch sie war verschlossen. Er legte sein Ohr gegen das Holz und rief: »Wie fühlt man sich?«

»Wie ich mich fühle?« kam es erstickt zurück. »Das fragst du? Nach acht Stunden Flug...«

»Und zwei Stunden Autofahrt!«

»Ja! Und zwei Stunden Autofahrt. Und Zeitverschiebung. – Wie würdest du dich da fühlen?«

»Prima!« schrie er, rannte wieder hinunter, holte die Flasche Champagner aus dem Eisschrank, packte Aufschnitt, Brot und Äpfel auf das Tablett. Und als er das alles hochbrachte, öffnete sie gerade die Türe. Da stand sie, nackt, leuchtend, wannenfeucht, ein Handtuch um die dunklen Haare geschlungen, die großen Augen weit geöffnet und lächelnd.

Er schob das Tablett auf den ersten Platz, den er fand, ging zu ihr, nahm sie in die Arme, hob sie hoch und trug sie zum Bett...

*

DONG...DONG...DONG...

Der Hahn tropfte noch immer. Storch hatte ihn mit Lappen umwickelt. Sogar Dichtungsschmiere hatte er gefunden. Aber das nützte ja nichts. Einfach einen Holzpfropfen reinschlagen? Wenn er sich nur nicht so verdammt elend fühlen würde...

Storch schob sich aus dem alten Lehnsessel hoch.

Sebastian Storch war ein langer, dünner Mann mit eingesackten, knochigen Schultern, denen man nicht ansah, was sie schon alles über die Straßen und Dörfer geschleppt hatten, damals, als Storch noch auf Achse war. So viele Jahre lag es zurück. Manchmal erschien es ihm selbst wie ein Traum. Die Märkte. Mittwochs und samstags. An den übrigen Tagen die endlosen Straßen seiner Wanderungen über das Land in die Dörfer, von Haus zu Haus. Geschäfte hatte er gemacht, o ja! Die Menschen brauchten immer was, und er hatte es ihnen verkauft, vom Schnürsenkel bis zur Brandsalbe. War nicht so wie heute, wo an jeder Ecke ein Supermarkt steht und den Leuten all das

Zeug, mit dem sie nichts anfangen können, schon zu den Ohren rauskommt.

Er ging zum Fenster. Kalt war es in der niederen Stube. Der Regen kam noch immer durchs Dach.

Na, wenn schon!... Heizen, wieso?

Er stieß die Fensterflügel auf. Unten, vom Schutthaufen neben den Brennesseln, flog eine Krähe auf und schwang sich krächzend über den nassen Hang hin. Ein Hund begann zu bellen, sein Hund, der Beppo. Jetzt trommelte er mit beiden Pfoten gegen die Türe.

Doch Storch fühlte sich zu elend, ihm zu öffnen.

Er betrachtete die Brennesseln, Königskerzen gab es auch dort, Lupinen, ja auch Kamille. Wie ein Garten sah es aus, mit der viereckigen Mauer. Als sein Alter noch lebte, hatte hier der Stall gestanden. Und im Stall die Kühe. Vierzehn Stück, die Kälber nicht mitgerechnet. Ein guter Hof war das. Schon in der Vorkriegszeit mit hunderttausend Mark brandversichert.

Aber dann gab's den Krach mit dem Alten, und Storch ging auf die Walz, als Hausierer. Dann kam auch noch der Krieg. Und als sein Vater tot war, hatte er den Stall für die Ware genommen: Alteisen, Trödelkram statt Kühen. Der Stall war abgebrannt. Er brauchte ihn auch nicht mehr. Zu was? Zu was Kühe, zu was Trödel, zu was alles? dachte Storch. Der Mensch braucht so wenig. Er hatte drei Ziegen, die Hühner und den Hund. Und das war noch zuviel. Im Grunde sollte man darauf verzichten. Machte nur Scherereien! Sah man ja, wenn's einem mal nicht so ging, so wie jetzt...

Die Übelkeit kam wieder. Sie stieg vom Magen hoch. Er hielt die Luft an, um mit diesem würgenden Gefühl fertig zu werden, das ihm den Schweiß auf die Stirne trieb.

Er hatte den Ketterer angerufen, den Marker gab's ja nicht mehr. Tot der Alte, und der Ketterer hatte seine ganze Kundschaft übernommen. Doch der Ketterer war

Storch sowieso lieber. Der alte Marker? So verbissen und hart wie ein Viech-Doktor war der zuletzt gewesen. Vielleicht konnte man es ihm nicht verübeln? Maria und Josef, den Landdoktor zu machen, war auch kein Zukkerschlecken.

Storch preßte die Hand auf den Magen. Er wollte gerade das Fenster wieder schließen, als er den Wagen sah, drüben am Bach. Jetzt fuhr er über die Brücke. Auch noch ein neues Auto, ein Japaner oder so was. Hatte wohl ziemlich viel Geld gemacht, der Ketterer, in letzter Zeit.

Storch beobachtete den Wagen. Fünf Minuten. Da war Ketterer, fuhr das Auto in die Einfahrt, stieg aus, schob den Hut in den Nacken, überlegte es sich anders, warf den Hut auf den Fahrersitz und griff nach seinem Koffer.

Storch fühlte trotz seiner schlechten Laune eine Welle der Erleichterung. Sicher hat ihn der Ketterer schon am Fenster gesehen. Aber tat so, als sei er blind!

Und der Beppo sprang ihm jetzt auch noch gegen die Hose!

»Faß!« schrie Storch.

Nun nahm der Ketterer doch die Augen hoch. »Faß?! – Soll ich wieder gehen?«

Dabei war Storchs Beppo nicht ernst zu nehmen. Er benahm sich zwar wie ein wildgewordener Gummiball, aber er war auch nicht viel größer.

»Morgen«, sagte Storch.

»Morgen, Sebastian! Dein Hund wird dir immer ähnlicher.«

»Richtig. Aber mich versucht auch keiner mehr zu dressieren. Sonst noch ein paar Gemeinheiten?«

Ketterer öffnete die Tür, kam die Treppe hoch und betrachtete Storch, der ihn mit grauem, bösartig verzogenem Gesicht, die schmutzigen Hände auf das Geländer gestemmt, erwartete.

»Ja, du kannst dir mal ein Paar neue Hosenträger kaufen.«

»Die hab' ich. Für sonntags. Können wir jetzt zur Sache kommen?«

»Sicher«, sagte Ketterer. »Setz' dich mal wieder auf deinen Stuhl. Und scheuch' die Katz weg. Dein Beppo reicht mir schon... Warum nimmst du nicht auch noch deine Ziegen hier rauf?«

»Das geht dich doch nichts an, oder?«

»Nee. Aber jetzt mach mal dein Hemd auf. So – zurücklehnen! Atem anhalten, loslassen. Hier, der Bruch, ha? Huste mal. Tut das weh?«

Die Untersuchung dauerte keine drei Minuten. Warum auch länger! Als ihm dieser Verrückte seine Beschwerden durchs Telefon gebellt hatte, war Dr. Alfons Ketterer der Befund klar: Storch hatte oder würde sich seinen Leistenbruch einklemmen! So wie Storch mit sich selbst umging, war dies ja auch nicht überraschend.

»Also, Sebastian? Erbrechen mußtest du?«

Storch nickte.

»Und zum Klo kannst du auch nicht?«

Storch nickte wieder.

»Dann benutz' halt dein Bruchband als Ersatzhosenträger und laß dich operieren, Mensch!«

Auch darauf bekommt Ketterer keine Anwort. Dafür klopft Storch zweimal seinen schmutzigen Daumennagel gegens Hirn und zeigt dem Arzt den Vogel.

»Na gut, wenn du unbedingt eine Bauchfellentzündung haben willst...«

»Bauchfellentzündung? Was ist das schon wieder?«

»Etwas, wo man sich hinterher beerdigen lassen kann.«

»Ich war noch nie im Krankenhaus.«

»Ich auch nicht. Jedenfalls nicht als Patient. Aber mit dem Leistenbruch ginge ich hin.«

»Du – du natürlich!« Sebastian Storch schob sich sein graugestreiftes Hemd in den Hosenbund. Seine Hand lag wieder auf dem schmerzenden Bauch. »Du hast auch Personal, Doktor.«

»Was heißt hier Personal. Irgend jemand gibt's doch immer, der für dein Viechzeug sorgt. Und wenn's nur ein Junge vom Dorf ist.«

»Ausgerechnet! Die kommen hierher zu klauen, nicht um zu helfen.«

»So? Du spinnst ja. Was soll man dir schon klauen, Sebastian?«

Dr. Ketterer schob die Lederschlaufe seines Köfferchens ins Schloß.

»Macht fünfzig Mark, Sebastian. Benzingeld eingerechnet...«

Sebastian Storch sah ihn an, blickte aus wäßrigen, schlehdornfarbigen Augen, überlegte, nickte dann doch und ging langsam durch den Raum, öffnete die Tür zum Nebenzimmer. Dort waren die Läden zwar zugezogen, aber im Licht, das durch die Türe fiel, konnte Ketterer erkennen, daß der Raum bis zur Decke mit Gerümpel vollgestopft sein mußte: Möbel. Kisten. Wer weiß, was sonst? – Irgend etwas schepperte. Er hörte Storch fluchen und weiterkramen. Dann kam er zurück. Er trug eine hübsche, mit Bauernmalerei verzierte Fußbank und stellte sie auf den Tisch.

Ketterer sah ihn an: »Fünfzig Mark, hab' ich gesagt. Ich bin kein Trödler.«

»Dann kriegst du gar nichts.«

Ketterer zuckte mit den Schultern, ging zur Tür.

»Jetzt wart doch mal, du Leuteschinder!«

Ketterer blieb stehen.

»Was kostet das denn, so eine Operation?«

»Ein paar Tausender, schätz' ich. Mit allem Drum und Dran. Wenn du denen allerdings Fußschemel anbietest, überweisen sie dich in die Klapsmühle.«

»Was anderes fällt dir wohl nicht ein? Redest du immer so mit deinen Kranken?«

»Ich red' so, daß du mich verstehst.«

Storch nickte. »Na gut, dann laß ich mich halt aufschlitzen. Bleibt die Frage, wer mein Viehzeug versorgt.«

»Wer keine Freunde hat, wenn's ihm gutgeht, hat auch keine in der Not.«

Storch drehte den Kopf zum Fenster. »Einen hab' ich ja…«

»Dann ist's ja gut.«

»Ich red' von dir.«

Nun mußte Dr. Ketterer doch grinsen. Er rieb sich das Kinn. »Das hab' ich befürchtet, Sebastian. Drum wollte ich ja so schnell weg.«

»Einmal am Tag genügt doch.« Storchs Gesicht teilten gewinnend-freundliche Falten, auch seine Stimme war plötzlich lebendig geworden: »Was ist es schon, 'ne Ziege melken und Geflügel füttern? Du kommst doch sowieso dauernd durch die Gegend. Und daß sich hier kein Gesindel herumtreibt, dafür sorgt schon der Hund.«

»Ich bin tief gerührt, Sebastian. Wirklich.«

»Machst halt einen kleinen Umweg bei deinen Patientenbesuchen. Die Ziegenmilch darfst du selbst trinken, die ist gesund.«

»Ich dachte schon, ich müßte sie dir in die Klinik bringen.«

Sebastian Storchs Heiterkeit war wie fortgeblasen. Er schob den abgekauten Stumpenrest im Aschenbecher hin und her: »Und ich dachte, du wirst mich mal besuchen?«

»Was?«

»Na, dann nicht…«

Die zusammengekrümmte Gestalt dort im Stuhl, dieses Zimmer, dessen Mauern der Schimmel zersetzte, der Geruch – er lebt wie ein Dachs in seiner Höhle, dachte Ketterer und empfand etwas wie Rührung, ja wie Sympathie dabei. Er ging zurück zum Tisch, öffnete wieder seinen Koffer, um die Formulare herauszunehmen. Die ganze Zeit über fühlte er Storchs Blick auf sich. Er schrieb den Einweisungsschein, schob den Füllhalter zusammen und lächelte Storch an: »Gut, Sebastian, versprochen. Ich besuch dich mal im Krankenhaus. Warum weiß ich zwar nicht, aber ich tu's.«

Storch nickte, als wäre dies völlig selbstverständlich.

Nach einer Weile fragte er: »Was sag' ich denn da eigentlich?«

»Wo?«

»In der Klinik. Wenn ich ankomme. Was sag' ich da?«

»Gib das ab und sag dem Brinkmann einen schönen Gruß von mir. Und noch was: Wasch dich gründlich, ehe du hingehst.«

»Was stört dich denn daran wieder.«

»Der Geruch. Dieser Ziegengestank.«

»Ich mag ihn…«

Dr. Ketterer stand entschlossen auf. Doch dann konnte er nicht anders, er legte Storch die Hand auf die knochige Schulter: »Laß dich bloß nicht umbringen von denen, Sebastian. Es wäre wirklich ein Verlust für die Menschheit…«

*

Am Dienstag vormittag war Ketterer auf den Hof gekommen, es war Donnerstag, als Storch den Hof verließ. Er hatte seinen besten Anzug angezogen und sich unter viel Fluchen eine Krawatte umgebunden. Er trug einen kleinen, verbeulten Koffer in der rechten Hand. Um den Koffer zu finden, hatte sich Storch ziemlich viel Mühe gemacht. Koffer gab es zwar genug im Haus, auf dem Speicher, in den Zimmern, die er »das Depot« nannte, überall standen oder lagen sie herum, Dutzende von Koffern. Und natürlich war er auch der Versuchung nicht gewachsen, zu kontrollieren, was in den Koffern noch so alles drinsteckte. Stunden hatte Storch in Briefen gewühlt, die vor urlanger Zeit fremde Menschen einander geschrieben hatten. Er hatte über die Geschichten den Kopf geschüttelt. Um Geld ging es, um Erbe, Liebe oder Krankheit, war überall und immer das gleiche. Er hatte auch ein ganzes Paket vergilbter Postkarten gefunden. In einem anderen Koffer steckten Unterhosen. Es gab Briefmarken und Fotoalben, eine vorsintflutliche Kamera, selbst ein Fernglas hatte er entdeckt, das sogar noch funktionierte. Und am Ende hatte er diesen kleinen Koffer ausgewählt. Stabil war der, Preßpappe mit Blechrahmen. Und drum herum noch zwei Weidenbänder. Selbst die Schlösser funktionierten.

Den Koffer in der Hand, den Kragenknopf offen, die Krawatte schief, humpelte Storch den Hang hinab. Wenn er hinkte, tat's weniger weh.

Einmal hielt er an. Oben auf dem Hof heulte Beppo. Ein wimmernder, trauriger, schrecklicher Ton, der langgezogen in der Luft hing und ihn begleitete, bis er durch die Senke kam und die Höfacher Straße erreichte.

Nein, Storch drehte sich nicht mehr um. Die alte Bea würde sich schon um Beppo kümmern. Den mochte sie. Und um die anderen Viecher auch, selbst wenn sie nicht mehr so gut bei Fuß war.

Storch stellte den Koffer auf das verwitterte Holzpodest, das einst die Kannen getragen hatte, die sein Vater vom Hof herunterkarrte, damit das Molkereiauto sie mitnehmen konnte. Sogar der Name des Alten stand noch da: A.S., Alfred Storch. Mit dem Brenneisen ins

Holz gedrückt. Doch das Holz war verfault, und zwei Pfeiler, die die Bretter trugen, fehlten.

Er blickte auf seine Uhr. Zehn Uhr zwanzig kam der Bus. Zehn Uhr vierzig würden sie in Offingen sein.

Und dann? dachte er. Was dann...

Er war froh um die Hupe. Sie schreckte ihn aus seinen Gedanken hoch. Der Bus kam. Jetzt war Storch auch nicht länger allein. Drei Arbeiter traten aus dem Wald und liefen über die Straße. Storch kannte sie nicht. Sie nickten zu ihm herüber. Er nahm sie nicht zur Kenntnis. Wieso auch? Und warum, verdammt, mußte immer irgendwo gebaut und alles ruiniert werden?

Der Bus stoppte. Preßluft fauchte, Türen flogen auf. Die drei Arbeiter stiegen vorne ein – nicht Storch. Er wählte die Türe, wo »Ausstieg« stand. Er wußte warum.

Vorne beim Fahrer lachte einer. Geld wurde gewechselt. Storch ließ sich auf seinen Platz sinken und schaute angestrengt zum Fenster hinaus. Die Felder flogen vorbei. Er hatte es geschafft. Oder? Was mußte der Fahrer so blöd herüberstieren? Sollte er auf die Straße aufpassen!

Die nächste Haltestelle: WASSERWERK. Da stand niemand.

Warum hielt der Kerl dann an?

Storch betrachtete angestrengt seine gefalteten Hände. Er hatte sie auf den aufgeschrammten Kofferdeckel gelegt.

»Der Herr mit dem Koffer auf dem Schoß!« hörte er. »Wie ist das? Haben Sie einen Fahrausweis?«

»Ja.«

»Dann kommen Sie doch bitte mal her und zeigen ihn.«

Was war da schon zu machen? Storch zögerte.

»Bitte!« kam es zum zweiten Mal.

Da stand er doch auf, nahm seinen Koffer, ging nach vorne.

Der Fahrer war jung, kaum fünfundzwanzig. Einen blonden Schnurrbart hatte er auch und das übliche entschlossene Dienstgesicht: »Also wie ist das mit dem Fahrschein?«

»Den hab' ich vergessen.«

»Dann lösen Sie einen Einzelfahrschein.«

Storch schüttelte den Kopf. »Mein Geld habe ich auch vergessen.«

Der Fahrer warf ihm einen einzigen, langen Blick zu. Er verzog nicht das Gesicht, er antwortete nicht, er drückte auf einen der vielen Knöpfe auf seinem Armaturenbrett. Die Tür schob sich auf.

»Dann steigen Sie aus.«

Storch hustete unter der schwarzen Dieselfahne, die ihm der abfahrende Bus ins Gesicht spuckte. Hatte nicht geklappt. Wenn schon, der nächste Bus, der aus Triberg, würde in zehn Minuten vorbeifahren.

Es war nicht der Bus, es war ein staubbedeckter silbergrauer Toyota, der da plötzlich vor Storch anhielt. Die Scheibe wurde herabgekurbelt. Im Fensterausschnitt hing das rotverbrannte, erstaunte Gesicht des Dr. Ketterer.

»Was machst du hier?«

»Siehst du doch. Auf den Bus warten.«

»Aber hier?«

»Ist doch wurst, wo.«

»Warum, verdammt noch mal, nimmst du kein Taxi?«

»Das fragst du mich?«

»Ja, das frag' ich dich.«

»Bin ich verrückt? Bin ich ein Verschwender?«

Wieder dieser lange, prüfende Blick. »Und 'ne Krawatte hast du auch um... Hör mal, tut mir leid, Sebastian, aber ich muß zum Stemmle-Hof, sonst würde ich dich jetzt mitnehmen. Kann ein bißchen dauern. Aber wenn ich zurückkomme...«

»Da mach dir mal keine Sorgen. In fünf Minuten kommt der Bus.«

»Na dann... Und alles Gute! Ruf mich an.«

Storch nickte. Sein Bauch tat jetzt weh. Wenn man den Atem anhielt, ging es noch. Aber sobald man mal tief Luft holte oder sich bücken mußte, wie jetzt, dann... Herrgott, da kam schon der Bus aus Triberg! – Doch diesmal klappte es nicht mit dem Hinteneinsteigen. Der Fahrer hatte so ein Mikrophon. Wie in der Kirche donnerte es über Storchs Kopf: »Wo wollen Sie denn hin? – He, Sie! Eingestiegen wird vorne!«

Na gut. Der Diesel tuckerte.

Dieser Fahrer war nicht jung. Er hatte auch keinen blonden Schnurrbart. Er hatte graue Haare wie Storch. Anscheinend war er auch so mißtrauisch. Denn während Storch nach seinem Geld suchte, lehnte er sich gemütlich zurück und legte die Hände auf die Knie.

»Was ist denn?«

»Sehen Sie doch«, seufzte Storch. Die Jackentaschen hatte er durch. Nun kam die Hose. »Ich such mein Geld.«

»So?«

»Ja.«

»Und was ist nun? Bevor Sie nicht bezahlt haben, fahr' ich nicht.«

Also suchte Storch weiter und zeigte sein verzweifeltes Gesicht.

»Da Sie kein Geld haben«, sagte der Mann, »steigen Sie mal wieder aus.«

Storch ließ die Hände sinken. Die Frau in der zweiten Sitzreihe hatte er wahrgenommen. Eine feine Weißhaarige war es, eine mit 'ner Brosche am Hals. Und eine Krokodilledertasche hatte sie auch. Er dreht sich ihr zu. Er sagt nichts. Er sieht sie nur an.

»Herr Chauffeur!« Sie hatte bereits die Hand hoch.

Der hörte nicht.

»Herr Chauffeur? Sie können doch nicht den armen alten Mann auf der Straße stehenlassen! Sie sehen ja, wie es ihm geht. – Wo wollen Sie denn hinfahren?«

»Zur Schwarzwald-Klinik«, sagte Storch.

»Habe ich mir doch gleich gedacht, daß Sie krank sind. Sie sind ja ganz blaß. Also gut, ich übernehme das schon. Ich zahle.«

Der Fahrer zuckte mit den Schultern und streckte die Hand aus.

»Was ist nur aus uns Menschen geworden?« sagte die alte Dame. »Niemand hilft mehr dem anderen. Eine herzlose Zeit ist das...«

»Das ist wahr.« Storch nickte mit Inbrunst. »Vergelt's Gott, gute Frau!«

*

Lena Meis ließ sich selten überraschen. An merkwürdige menschliche Erscheinungsformen hatte sie sich gewöhnt. Das brachte schon ihre Arbeit im Vorzimmer des Chefs mit sich. Eine Art resignierte, aber unerschütterliche Höflichkeit gehörte zu ihrem Charakter.

Diesmal aber war sie in Schwierigkeiten. Wer kam denn da?! Ein Mann mit einem Koffer!

Und was für ein Mann und welcher Koffer! Uralt das Ding, von Holzleisten zusammengehalten, verbeult und verschrammt. Dazu stellte er ihn ihr einfach vor die Füße. Der Mann selbst: ein verfleckter Nadelstreifenanzug, viel zu weit, aber von unleugbarer Eleganz. In den dreißiger Jahren mußte das Kleidungsstück seine besseren Tage gesehen haben. Darüber, über einer speckigen Krawatte, ein leidendes, ausgehöhltes Gesicht. Der dünne, zu einem entschlossenen Strich zusammengepreßte Mund wollte so gar nicht zu dem flehenden, ratlosen Ausdruck seiner Augen passen.

Unwillkürlich hatte sich Lena Meis erhoben. Ihr »Bitte?« klang diesmal sehr knapp.

»Dr. Ketterer schickt mich. Mit einem Gruß an den Brinkmann.«

»Den Herrn Professor?« Lena Meis rang um Luft.

»Ob der Professor ist, weiß ich doch nicht.«

»Kommen Sie als Patient?«

»Ja.«

»Dann zeigen Sie mir doch bitte mal Ihren Einweisungsschein.«

Den hatte er. Lena Meis legte ihn auf den Schreibtisch. »Und der Krankenschein?«

»Ich bin in keiner Kasse. Mein Leistenbruch soll operiert werden. Zu was brauche ich da 'ne Kasse?«

»So?« Lena Meis deutete mit einer gewissen Überwindung auf den Stuhl an der Wand: »Wenn Sie sich mal setzen wollen...«

Sie griff zum Telefon und wählte die Nummer 14: »Herr Mühlmann, hätten Sie vielleicht Zeit, einen Sprung rüberzukommen? Hier ist eine Einweisung. Ohne Krankenschein. – Wie? Nein, nicht in der Verwaltung. Der Herr ist einfach hier reinmarschiert. Beim Chef.«

Es dauerte keine zwei Minuten. Mühlmann erschien, betrachtete, was sich bot, hob kurz die Brauen und entschied sich für Diplomatie. »Sie sind also Privatpatient?«

Sebastian Storch nickte.

»Können Sie sich ausweisen?«

Auch das konnte Sebastian Storch. Nicht ganz zur Zufriedenheit Mühlmanns, der die speckig-braunen Reste einer Identitätskarte unentschlossen in der Hand hin und her wendete. »Das Ding ist ja seit zwölf Jahren abgelaufen!«

»Wann brauch ich schon mal einen Ausweis? Ist denn dieser Professor Brinkmann nicht da? Zu dem will ich doch.«

Mühlmann lächelte leidgewohnt. »Zuerst muß schließlich das Verwaltungsmäßige in Ordnung gebracht werden, nicht?«

»Was ist das denn?«

»Was das ist? Na, die Sicherstellung der Honorarabrechnung zum Beispiel.«

Der Mann schob die Krawatte etwas höher. Er sagte nichts. Vielleicht hatte er nicht begriffen?

»Daß Sie bezahlen können«, erläuterte Mühlmann, »auch wenn Sie in keiner Kasse sind.«

»Kann ich. Geht's um einen Vorschuß?«

Mühlmann spitzte überrascht den Mund. »Hören Sie, Herr...«

»Storch. Sebastian.«

»Verehrter Herr Storch, eine Krankenhauseinweisung ist ein Verwaltungsakt. Da können wir nun mal nicht verfahren wie auf dem Gemüsemarkt.«

»Na, dann sagen Sie mir doch, was es kostet.«

»Wie soll ich das denn wissen, Herr Storch? So was weiß man erst hinterher. Das kommt doch ganz auf die Behandlung an, die Unterbringung, die Pflegesätze...«

»Ich zahl bar.« Nun war das eine ganz normale Erwiderung, dem Verwaltungsdirektor schien sie dennoch Kopfzerbrechen zu bereiten. Er zögerte zwischen höflichem Lächeln und ablehnender Entschlossenheit. »Haben Sie vielleicht ein Scheckheft bei sich? Oder einen Ausweis Ihrer Bank?«

Der sonderbare Besucher richtete sich auf, die Augen waren nicht mehr bedrückt, sie wurden hart, entschlossen, ja, stählern. »Eine Bank, sagen Sie? Seh' ich so aus?«

»Wie bitte?«

»Glauben Sie, ich bin so blöd, daß ich das Geld zur Bank trage? Und überhaupt, was ist denn hier los? Erst machen Sie ein Theater... nein, nein, geben Sie's ruhig zu, erst machen Sie ein Theater, weil Sie glauben, daß ich gar kein Geld habe. Und dann paßt es Ihnen nicht, daß ich es bei mir habe.«

»Sie haben es bei sich? Entschuldigen Sie! – Aber es ist schließlich nicht üblich, daß jemand einen so großen Betrag ins Krankenhaus bringt. Wer soll denn dafür haften?«

»Ich paß schon auf.«

Mühlmann nickte. Daran hatte er keine Zweifel. Das sah man. »Dann kommen Sie vielleicht erst mal mit zur Anmeldung.«

Über den Schreibtisch hinweg schickte er einen Blick zur Meis, die ihn von Herzen erwiderte. Ihre verständnisinnige Teilnahme half Mühlmann nicht aus seiner Ratlosigkeit. Nicht viel anders erging es Brinkmann, als er eine Stunde später von Udo in den Untersuchungsraum C gerufen wurde. »Hast du einen Moment Zeit? Ein Leistenbruch. Mit Grüßen von Ketterer...«

Brinkmann legte auf. Ketterer? Hielt sich gut, der Alfons. Reiste auch über die Dörfer, ein zweiter Marker würde er trotzdem nicht werden... Mit einem melancholischen Gefühl machte sich Brinkmann auf den Weg.

Unten, im C-Raum, traf er auf einen grinsenden Udo und einen älteren Patienten, der in einem Turnleibchen und einer unförmigen Unterhose auf dem Untersuchungstisch saß und zwei weiße magere Beine baumeln ließ. Die Fußspitzen deuteten auf einen Koffer. Der Koffer sah aus, als hätte er eine Weltreise, zumindest die Flucht aus Ostpreußen hinter sich. Der Mann, dachte Brinkmann, im Grunde auch...

»Sie sind also der Professor?« sagte er.

Brinkmann nickte, lächelte und hörte Udo zu, der in Stenogramm-Geschwindigkeit seinen Spruch aufsagte.

»Der Ketterer«, klagte der Patient, »was muß er mich wegen all dem Zeug hierherschicken?«

»Sie sollten dankbar sein.« Udo warf ihm einen strafenden Blick zu. »Die Gefahr der Einklemmung ist nämlich wirklich groß. Übrigens, Vater, die Verwaltung hat Probleme mit Herrn Storch.«

»Mit Ihnen?«

»Ja. Der Storch bin ich.«

»Und welche Probleme hat die Verwaltung?«

»Ich will bar bezahlen.«

»Na ja, ist ja schließlich...«

Doch nun mischte sich Udo ein: »Herr Storch hat, wenn ich Herrn Mühlmann richtig verstanden habe, sein ganzes Vermögen bei sich.«

»Stimmt! Achtundvierzigtausendsiebenhundertzwanzig Mark.«

Brinkmann blickte auf zwei weiße Füße mit langen, schmutzigen, verwachsenen Nägeln. Die Nägel stützten sich nun auf den Koffer.

»Da drin? Dann geb' ich Ihnen aber den Rat, das Geld vor der Operation noch bei einer Bank zu deponieren.«

»Ich traue keiner Bank.«

Brinkmann zog die Mundwinkel hoch: »Vielleicht haben Sie da gar nicht so unrecht.«

»Natürlich nicht. Meinen Vater haben sie bei der Inflation ruiniert. Der brauchte Jahre, bis er wieder eine Kuh im Stall hatte. Und ich, ich hatte dann die Währungsreform.«

»Herr Storch, Sie werden ja Ihre achtundvierzigtausendundsiebenundzwanzig Mark schließlich...«

»Achtundvierzigtausendsiebenhundertzwanzig Mark!«

»Na gut, Sie werden soviel Geld doch nicht im Spind auf der Station aufbewahren wollen?«

»Tu ich auch nicht. Ich schlaf' drauf.«

»Wie bitte?«

Brinkmann hatte Udo selten so fassungslos erlebt. Auch er schluckte. »Sie schlafen drauf?«

»Ja, sicher.«

»Und während der Operation? Wie soll das denn passieren?«

»Geht das vielleicht nicht?«

»Nein!« erwiderte Brinkmann entschlossen. »Das geht nicht.«

Storch zupfte an seinem Leibchen herum. Die Selbstsicherheit war aus seinem Gesicht gewichen. Nun hatte er ein Problem. Und man sah's ihm an.

Doch nun hellten sich die Züge wieder auf. Er bewegte den Mund, sah zögernd Udo und sehr entschlossen Brinkmann an: »Ich weiß nicht... ich glaube, Ihnen täte ich's anvertrauen.«

Mit Brinkmanns Beherrschung war's endgültig vorbei. Er lachte. »Na gut, das freut mich. Und jetzt lassen Sie sich mal einweisen, Herr Storch. Und dann reden wir nochmals über Ihr Geld. Aber vorher kriegen Sie Bettwäsche, Nachthemd, Bademantel, Eßbesteck und alles, was es so gibt, nicht?«

Storch nickte ergeben – ein Mann, der sich nach reiflicher Überlegung zu einem Entschluß durchgerungen hat. Er würde sich daran halten. Nur eines gab es noch zu klären.

»Was ich noch sagen wollte: Wird das auch ordentlich gemacht bei Ihnen, so eine Operation?«

»Na ja«, grinste Udo, »das glaub' ich schon.«

Sebastian Storch beachtete ihn nicht. Die Frage galt Brinkmann. Der nickte. Auf ihn allein kam's schließlich an...

*

Noch herrschte Dämmerung: Ein transparentes grünes, fast meeresfarbenes Leuchten – doch das Taxi, das Udo am Bahnhof aufnahm, hatte bereits die Scheinwerfer eingeschaltet, und als es über die Serpentinen hoch zum Haus fuhr, sogen sich die Berge mit Dunkelheit voll.

Udo bezahlte und stieg aus. Kein Wagen, kein Mensch, keine Katze zu sehen.

Ein kühler Wind warf vergilbte Blätter auf den braunen Sandstein.

Die Tür des Garagenbaus stand weit offen, und aus dem Schatten schimmerten die Chromleisten seines alten Alfa. Der Platz daneben, an dem sonst Katharinas neuer, schwarzer Porsche parkte, war leer. Sie war also weggefahren? In die Klinik? Aber Herrgott noch mal, sie wußte doch, daß er kommen würde! Es war keine Enttäuschung, die er spürte, eher eine jähe Anwandlung von Trauer, die gut zu der Stimmung paßte, die ihn die letzten beiden Tage begleitete: Das endlose Aussitzen auf Nebenbahnen – dabei haßte er Zugfahren, seit er denken konnte –, die Gedanken an Katharina, die Frage, was eigentlich zwischen ihnen schieflief und welche Fehler er machte… Dann der Tag in dem hessischen Kaff, in dem sich das Herstellungswerk befand, und das endlose Technologie-Chinesisch zweier Elektronik-Ingenieure, die ihn in die Handhabung des neuen Ultraschall-Computers einweisen wollten. Für die Katz die ganze Fahrt! Von dem, was man ihm erklärte, hatte Udo ohnehin nur die Hälfte verstanden. Die Hälfte? Dreißig Prozent…

Er nahm die Tasche. Das Gartentor war offen, und als er nun die Treppen hochging, am leeren Schwimmbad vorbei, sah er hinter dem Schattengeflecht der Büsche das Licht. Es waren die Wohnzimmerfenster.

Sein Herz machte einen kleinen Sprung. Er rannte.

Sie war also doch zu Hause! Sicher mußte der Porsche in die Reparatur. Außer Atem streckte er die Hand nach der Tür – doch die ging schon auf.

»Guten Abend! Ich hab' den Wagen gehört.«

Eine Frau – nein, ein Mädchen!

Der Schein, der aus der Halle fiel, hüllte sie ein. Sie war ziemlich groß, sehr schlank. Sie hatte dunkles Haar und ein hübsches ovales Gesicht.

»So – und wer sind Sie?«

»Ich bin Claudia Becker. Das neue Kindermädchen.«

»Aha?«

»Hat Ihre Frau nicht gesagt, daß ich am Ersten anfange?«

Sie hatte. Udo glaubte sich daran zu erinnern. Mit Sicherheit entsann er sich eines Stapels von Bewerbungsschreiben: Briefe, oft in unbeholfener Schrift, andere sauber mit der Maschine getippt. An die meisten waren mit Heftklammern Fotografien angeklemmt: Junge oder verbrauchte Gesichter. Bei einem Glas Wein, zwischen Hoffnung und Pleitenfurcht pendelnd, hatte Katharina sortiert: »Wenn wir endlich ein Mädchen im Haus haben, wird vieles besser...«

Drei waren damals in die engere Wahl gekommen.

Claudia Becker also? Eine gute Entscheidung war sie wohl in jedem Fall. Udo hatte sich in einen der Sessel in der Halle geworfen, und da stand sie nun, sehr schlank, khakifarbene Kordjeans, ein zitronengelbes Hemd und junge, wachsame Augen, die auf ihn herabsahen: Ein Gesicht, ein Mädchen, das ihm auf Anhieb gefallen hätte – in jeder anderen Situation...

Jetzt hatte er Mühe damit, seinen Ärger niederzukämpfen.

»Ist Katharina, ich meine, ist meine Frau in der Klinik?«

»Nein.«

»Nein? Wo dann?«

»In Baden-Baden.«

»Hat sie nichts hinterlassen?«

»Sie nahm wohl an, ich könnte Ihnen was zum Abendessen machen. Ich habe es auch bereits vorbereitet.«

»Und sonst?«

»Nichts.«

Sie nahm wohl an?! – Natürlich. Was zum Essen sollte er kriegen! Katharinas Rechnung hatte nur einen kleinen Fehler: Ihm hatte es den Appetit verschlagen. Und vielleicht war nicht mal Katharina und am allerwenigsten die Kleine hier schuld, vielleicht waren es die ganzen letzten Wochen...

In seinen Ohren klang ein fernes summendes Sausen: Abfallender Blutdruck. Beginnendes Alter. Vegetatives Erschöpfungssyndrom. Zum Teufel mit allem!

»Es ist alles vorbereitet. Die Suppe kann ich Ihnen in fünf Minuten servieren.«

»Danke.« Er versuchte zu lächeln, aber auch das ging wohl schief. »Nein, ich will nicht. Ich habe im Zug gegessen. Vielen Dank... Schläft Angie?«

»Ja.«

So nahm er seine Tasche nebst Zahnbürste, Pyjama und Ersatzhemd wieder auf und stieg ins obere Stockwerk, vorbei an all den Bildern, die seit Katharinas Rückkehr aus New York hier aufgehängt waren: Große Flächen in grell kontrastierenden Tönen, Farben, die weh tun konnten, wenn man sie zu lange ansah, Formen, die man nicht verstand – es sei denn, man beschäftigte sich wie Katharina Brinkmann, geschiedene Gessner, mit der »Bestandsaufnahme zeitgenössischer Malerei«. Vor allem mit den Arbeiten des Multitalents Herbert Broich, die man natürlich sammelte, egal was sie kosteten. Doch wenn man keine Zeit dazu hatte? Oder nicht das notwendige Kleingeld?

Oder diese Art von Kunst entsetzlich fand? – Was dann?!

Vorsichtig stellte er die Tasche auf einen Stuhl. Ganz leise öffnete er die Tür zum Kinderzimmer. Auf dem kleinen Spieltisch lag ein Stapel von Märchenbüchern. Geschichten hatte diese Claudia also nicht erfunden, die blieben noch immer sein Monopol.

Udo rührte sich nicht. Er hielt den Atem an, um Angies Atem zu lauschen. Durch einen Vorhangspalt fiel der Schein der Außenbeleuchtung über den Kopfteil des Bettchens. Angie hatte beide Hände zusammengelegt und den Kopf daraufgebettet. Das kleine, vom Schlaf in selige Entspannung getauchte Gesicht war von einer solchen Unschuld, daß es schmerzte. Was wußte sie von all den Spielen der Erwachsenen? Was wußte sie von ihm, von ihrer Mutter? Noch gehörte ihr die Welt, noch unterlag sie den Gesetzen ihrer Phantasie, war von den Wesen ihrer Träume bevölkert.

Irgendwann würde es ein Erwachen aus diesen Träumen geben. Sie würde die Realität erkennen. Sie würde sich anpassen müssen.

Es tat weh, das zu denken.

Er beugte sich über Angie und drückte einen sanften Kuß auf das Haar.

Sie bewegte die Hand, so als wolle sie nach etwas greifen, und zog sie dann wieder unter die Wange zurück. Udo aber schloß leise die Tür, nahm seine Tasche und ging in sein Zimmer: Mein Zimmer? Unser Zimmer! – Heute so ausschließlich seines, daß er unter dem Ansturm einer jähen, zornigen Ohnmacht das Fluchen begann.

Was glaubte Katharina eigentlich? Was zum Teufel suchte sie in Baden-Baden?! – Da fiel es ihm ein. Sie hatte doch die ganze Zeit nur davon geredet: Herbert Broich und seine Ausstellungseröffnung! »Eine einzigartige Retrospektive, Udo! Er ist auf dem Sprung ins internationale Geschäft. Er hat nun wirklich Weltstandard.«

Gut für Broich! Daß sich bereits New Yorker Galerien für ihn interessierten, auch das wußte Katharina. Schließlich, telefonierte sie nicht ständig mit Elisabeth Goldberg, der Kunstkritikerin der »New York Times«, fühlte sie sich nicht bereits in der Fifth Avenue zu Hause? Und war nicht neben Britt auch der berühmte Josh Netherland hundertprozentig von Broichs Talent überzeugt? – Ein Mann mit Zukunft? Aber sicher!

Udo brauchte nicht lange zu wühlen, aus der Schreibtischecke leuchtete der Galerieprospekt. Da war er nun, der Mann mit Zukunft: Wildes Haar! Man ist schließlich Rebell. Kein Stylist kann daran was ändern. – Der Blick in sich gekehrt, offensichtlich angeekelt von der Welt und ihren Zumutungen, auf die Fingerknöchel der geballten Faust gerichtet. Offener Hemdkragen. An den Schultern sogar aufgenähte Flikken, na bitte! Der biographische Text mit den kleinen Buchstaben in Sperrdruck las sich entsprechend. Von »kosmischem Vibrieren« war die Rede, von der »geballten Ausdruckskraft einer tiefen, beinahe metaphysisch zu nennenden Erschütterung«, die sich »bildnerisch wie in einem Ur-Schrei entlud.«

Und unter dem ganzen unsäglichen Mumpitz in zwei langen Kolonnen all die Plätze, Städte, Museumshallen und Ausstellungen, die der Ehre teilhaftig geworden waren, Bilder von Herbert Broich einem staunenden Publikum zu präsentieren.

Udo drehte das Blatt um. Der schwermütig-wissende Blick des Herrn Broich war ihm zuviel.

Hier! Da stand, was er wissen wollte: GALERIE VERA VON GREIFENBERG. Und: Die einleitenden Worte spricht Professor Albert Fritsche. Eröffnung: Siebzehn Uhr.

Vor dreieinhalb Stunden also?

Er spürte einen unangenehmen Geschmack auf den Lippen: Vernissagen! In München, während des Studiums, hatte er sie erlebt. Zu kalten Häppchen, lauwarmem Wein oder Champagner bekam man den letzten Klatsch geliefert. Und was immer an Kunst und Künstlern geboten wurde, ging meist unter in der zwanghaften Lust, darzustellen, wie wichtig, reich oder schön man doch war, wie gut der Schneider gearbeitet oder der Chirurg die letzten Fältchen wegoperiert hatte.

O ja! – Und Katharina nun mittendrin!

Die kenntnisreiche, kunstbeseelte Katharina, die dazu noch einen Hauch New York in die Baden-Badener Provinzveranstaltung trug.

Hauch? Sagt man nicht »Touch« dazu? Katharina Gessner – nicht Katharina Brinkmann...

Udo nahm das Telefon auf die Knie und wählte die Nummer, die der Prospekt angab. – Drei Stunden? Was sind schon drei Stunden, wenn um Kunst gequatscht wird?

Endlich! Eine Frauenstimme. Eine sehr energische, etwas rauhe Frauenstimme: »Galerie Greifenberg! – Bitte, was wünschen Sie?«

Im Hintergrund ein Tonbrei von gedämpften Stimmen und gelegentlichem Lachen.

Er sagte, was und wen er wünschte.

»Tut mir leid, tut mir sehr leid. Wer sind Sie?«

»Brinkmann. Udo Brinkmann.«

»Ja, Ihre Frau? Sicher. Ich habe sie, glaub' ich, gesehen. Ich weiß nicht, vorhin wurde mir eine Dame vorgestellt, die so aussieht, wie Sie sie mir beschrieben haben. Aber Brinkmann...?«

»Vielleicht Gessner«, half er rasch.

»Gessner? Ja nun, es sind so viele Leute hier. Es tut mir außerordentlich leid, aber abzuchecken, ob sich die Dame hier befindet, ist fast ausgeschlossen.«

»Sie könnten sie vielleicht ausrufen lassen?«

»Aber ich bitte Sie! Dies ist doch eine Vernissage und keine Hotelhalle. Unmöglich! – Tut mir wirklich leid...«

Udo legte auf. Ihm tat es auch leid. Er saß in einem Zimmer mit gestreiften Biedermeiertapeten. Die hatte er zwar nicht ausgesucht, aber inzwischen genügend kennengelernt. Nun war es ihm, als hätte er all die zitronenfarbenen Röschen nie gesehen.

Er stand auf, öffnete das Fenster, doch der böige, harte, tückische Wind, der gegen das Haus schlug, riß so heftig an den Vorhängen, daß er es schleunigst wieder schloß. Vom Erdgeschoß kam leise dramatische Musik. Dann irgendwelche Dialogfetzen, die er nicht verstand. Dort unten saß Claudia vor dem Fernseher, ein nettes, freundliches Mädchen, das sich immerhin danach erkundigt hatte, ob er hungrig war.

Er war es nicht. Durst hatte er!

In der Ecke stand der Kühlschrank.

Udo öffnete. Bis auf zwei einsame Mineralwasserflaschen war der Eisschrank leer. Der »Sekt für die besonderen Gelegenheiten« war ausgetrunken. Die letzte Flasche kurz nach Katharinas Ankunft – nein, am Tag ihrer Ankunft. Und inzwischen hatte sich niemand bemüßigt gesehen, den Eisschrank wieder aufzufüllen.

Er legte sich aufs Bett.

Du warst ein Idiot! überlegte er. Es wäre doch so einfach gewesen. Warum bloß hast du nicht gesagt: »Hier ist die Schwarzwald-Klinik! Wir benötigen dringend Frau Dr. Brinkmann. Sie wird im Operationssaal gebraucht...«

Auch dies eine Komödie. Sein Bedarf an Farcen war gedeckt.

Er hatte jetzt die Hände unter dem Kopf gefaltet und blickte zur Decke. Was bloß hatte sich geändert? Wie würde es weitergehen? Mit einem Ehekrach? Mit

Nichtverstehen, gegenseitigem Aufrechnen und dem verzweifelten Versuch, sich wieder zu finden... Doch sie würde ihm nicht zuhören, das war es ja: Die Art, wie sie jeden Einwand weglächelte, als sei er nicht wert, besprochen zu werden. Ein Lächeln kann gefährlicher sein als jedes noch so dramatische Gebrüll. Die stillen Entwicklungen, dachte er, sind stets die gefährlichen. Die verändern, und man spürt die Veränderung nicht. Unsichtbar bleiben sie, unsichtbar und unhörbar wie der Staub, der aus den Balkenlöchern rinnt, die die Holzwürmer in ein Gerüst bohren. Katharina!... Selbst der Name schmerzte. Und es wäre doch so einfach mit uns. Nein, auch das nur eine Illusion. Im Grunde sind wir alle Verlierer, Katharina, ich, mein Vater, Christa, jeder Mensch. Und wer weiß das besser als du selbst? Die Arbeit beweist es dir täglich. Wir sind Verlierer von Geburt an. Zum Tode bestimmt. Leben heißt verlieren...

Und dort drüben im nächsten Zimmer liegt ein kleines Mädchen.

Sie weiß nichts. Sie schläft...

*

Helle braune Sandsteinquader, duftendes Fichtenholz, große Glasflächen, alles neu, alles schick und erst im vergangenen Jahr mit Pomp eingeweiht. Doch nun war von den acht Tennisplätzen nur ein einziger besetzt. Auch das Clubrestaurant von Rot-Weiß Offingen war bis auf drei Teenager, die vorne am Fenster ihre Cola tranken, leer. Selbst im Sommer waren die Touristen ausgeblieben. »Solange es im Schwarzwald noch Bäume gibt«, hatte die »Offinger Post« melancholisch gespottet, »scheinen unsere Sommergäste die Wanderstiefel den Tennisschuhen vorzuziehen.« Es gab noch Bäume im Schwarzwald – aber für Udo keinen Tennispartner. Katharina hatte abgesagt. Und statt daran zu denken, wie sie nun im OP stand, unerwartet von einer Unfalloperation gefordert, hatte er sich über ihre Absage wie über einen Liebesentzug geärgert. Ja, statt Mitleid zu haben, hatte er sie sogar insgeheim angeklagt. Wieso eigentlich? Was entwickelte sich hier? Eine Art psychischer Allergie gegen alles nicht Voraussagbare und Unerklärliche an ihr, schon lange schleichend-unbemerkt in ihm vorhanden, aufgeflammt nach Katharinas Baden-Badener Ausflug? Eifersucht? Nein, eher die Furcht zu verlieren, was ihm an ihr noch vertraut war. Was zum Teufel war eigentlich los?

Udo ging an die Theke, um sich ein Bier zu bestellen.

Vorne, an der offenen Pergola, die zu den Plätzen führte, erkannte er eine vertraute Silhouette.

Wolters! Den untersetzten runden Körper in schneeweißes Tenniszeug gepreßt, die Haare feucht und zurückgekämmt. Na, wenigstens Wolters...

Udo nahm Schläger, Handtuch und Bälle und lief zu ihm hinüber. Richtig froh war er um das freundliche, aufgeplusterte Gesicht.

»Mensch, was machst denn du hier?«

»Auch 'ne Frage. Und du?«

»Ich such einen Partner. Katharina hat abgesagt.«

»Da muß ich dich enttäuschen. Ich habe schon zwei Matchs hinter mir. Und beide verloren. Und geduscht hab' ich auch schon. Und mich schön gemacht.«

»Man sieht's.« Udo setzte sich neben ihn auf einen der kleinen Plastikstühle. Aus den Umkleidekabinen löste sich ein blonder, schlaksiger Mann. Er erkannte ihn: Frischner, einer der Offinger Anwälte.

»Vielleicht läßt sich Max Frischner erweichen?«

»Ich will spielen, keinen Unterricht geben. Und mit Juristen habe ich schon seit der Uni nichts am Hut. – Komm, sei nicht so fad!«

Doch Wolters schüttelte den Kopf: »Nichts zu

machen. Ich trink noch meinen Martini aus, dann leg' ich mich auf die faule Haut. Dies ist mein Tag!«

»Katharina hat's erwischt«, sagte Udo trübsinnig. »Die steht schon wieder im OP.«

»Ja, hab' ich gehört. So 'ne Sägewerkgeschichte. Heute abend wird irgendein armes Schwein einen Arm weniger haben. Und noch was kann ich dir sagen...«

Doch Wolters sagte es nicht. Hans Wolters wandte den Kopf und blickte zu den drei Stufen, die zu den Umkleidekabinen führten. Eine Frau kam dort, kam auf sie zu. Tiefgebräunte Haut hatte sie, einen schlanken Körper, wunderbar gewachsene Beine, und um das dunkle Haar ein Stirnband aus roter Seide. So auffallend wie das Stirnband war auch das Tennisröckchen, drei Volants, die bei jedem ihrer Schritte ausschwangen.

Am Tisch blieb sie stehen. Sie hatte grünbraune Augen, die Udo an Katharina erinnerten. Nein, die er kannte.

Natürlich...

Sie lächelte. »Wie ist das, Hans, hast du eine Zigarette?«

Udo war aufgestanden.

Wolters grinste an ihm hoch: »Wenn ich bekannt machen darf, mein Kollege Udo Brinkmann. – Frau Ursula Ronn.«

»Mich brauchst du nicht bekannt zu machen.«

»Stimmt«, nickte die Frau. »Wir kennen uns.«

»Ach ja?« wunderte sich Wolters.

»Vom Tierpark, nicht?« sagte Udo und ärgerte sich, daß seine Ohren heiß wurden.

»Ja, vom Tierpark«, lächelte sie. »Durch Zufall.«

»Aber daß wir uns hier noch nie getroffen haben...«

»Ach, wissen Sie, ich bin erst seit letzter Woche Club-Mitglied. Eine schöne Anlage, nicht?«

Udo stellte erst jetzt fest, daß neben Wolters' Martiniglas noch ein anderes, halb ausgetrunkenes stand. Kannten sie sich? Saßen schon vorher hier zusammen? – Na, um so besser. Nicht einmal die Mühe, sie zu einem Match einzuladen, brauchte er sich zu machen. Das übernahm Wolters: »Ich mußte Udo gerade absagen. Ich will wirklich weg. Aber wie wär's denn mit dir, Ursi?«

Ihr Lächeln blieb. Ihm schien es um ein Grad zu spöttisch. Vielleicht die Anrufe? Womöglich war sie sauer, weil er sich stets hatte verleugnen lassen.

»Wissen Sie, ich war mit meiner Frau verabredet...«

Sie lächelte wieder. Noch ein taktischer Fehler. Er hielt ihn tapfer durch. »Sie hat eine Operation. Sie kann nicht kommen.«

»Soll das nun eine Einladung zum Match sein?«

»So könnte man sagen. Ich meine, es wäre wirklich unheimlich nett, wenn Sie mit mir spielen würden.«

Sie nickte. »Na gut, dann kommen Sie mal, Partner. Ich hol nur meinen Schläger. Dann wollen wir sehen, ob Sie in Form sind.«

Sie jedenfalls war es. Mehr noch: Sie war unglaublich! Sie begann verhalten, ihr Start war so schonend, daß sich Udo Chancen ausrechnete, ja, sich überlegen fühlte. War das nun Zögern oder Koketterie, das alte Spiel zwischen Katz und Maus? Der erste Satz machte Udo wirklich Hoffnung.

Aber dann ging's los. Da jagte sie ihn von einer Linie zur anderen, erschien plötzlich am Netz, schmetterte, war schon wieder zurück oder brachte mit einer unglaublichen Gelassenheit und Übersicht ihr Stellungsspiel, während er über den Sand flitzte, daß ihm der Schweiß in Bächen unterm Hemd davonlief.

Sein Herz raste, die Lungen stachen. Sich fertigmachen lassen? Von einer Ursula Ronn?!

Er wurde fertiggemacht.

Irgendwann in diesen zwei Stunden sahen sie sich in die Augen, drei Schritte entfernt, vom Netz getrennt, das heißt, soweit Udo noch sehen konnte. Seine Augen brannten, der Brustkorb pumpte nach Luft.

Sie aber lächelte. Kaum daß sich eine Strähne ihrer Haare gelockert hatte. Die Haut war trocken und seidig und ihr Lächeln distanziert und zufrieden.

»Nehmen Sie sich das bloß nicht zu Herzen, Doktor!«

»Tu ich aber.«

»Wirklich? Dann denken Sie daran: Ich war mal badische Landesmeisterin. Vielleicht hilft Ihnen das.«

Udo schluckte.

Sie aber lächelte wieder. »Revanche können Sie jederzeit haben. Nur leider, jetzt muß ich weg. Ich hab' ein bißchen Kreuzschmerzen. – Also, tschüs!«

So ließ sie Udo stehen: Verschwitzt, zerschlagen, deprimiert.

Als er aus der Duschkabine kam, sah er sie in ihren Wagen steigen. Über den Zaun hinweg erwischte er noch einen Blick und das Winken einer Hand...

*

Elke sah sich vorsichtig um. Leer der Gang, niemand zu sehen.

Verstohlen zog sie das stanniolumwickelte Stück Nougat aus der Tasche, spürte bereits den schmelzenden Nußgeschmack auf der Zunge, um dann doch in einer letzten, verzweifelten Aufwallung von Disziplin und Selbstverleugnung darauf zu verzichten: Nimm dich bloß zusammen, Mädchen! Auch wenn Harry meint: »Runde Frauen, Baby, sind nicht nur weiblich. Sie sind das Leben selbst! Zumindest für einen Knochenhaufen wie mich...«

So konnte sie ihre Schokolade und er seine Formen

haben. Aber auch da gab's Grenzen. Sobald Harry aus Hamburg zurück war, würde sie mit ihm mal ein paar Takte... Unsinn! Nichts würde sie, nur froh und dankbar sein. Die verdammte Reise! »Meine alten Kumpel werden mir schon weiterhelfen. Einen Harry vergißt man nicht...«

Sicher. Und ob! Vier Tage waren seit seiner Abfahrt vergangen. Vier Tage, an denen Elke sich selbst verkrüppelt, ja amputiert fühlte.

Sie hatte den Vorraum erreicht. Wo steckte die Nina? Überhaupt, es war so still... Auch das gehörte zu Elkes neuen Lebenserfahrungen: Seit sie Stationsschwester geworden war, hatte sich die Klinik für sie auf eine beinahe unmerkliche, aber dramatische Weise geändert: Jedes Geräusch war wichtig geworden. Gemurmel hinter Türen, ein Seufzen oder gar ein Stöhnen, früher lief das mit, gehörte nun mal zur Arbeit. Jetzt? Zeichen einer sich anbahnenden Katastrophe war es für sie, ein Alarmsignal, das man entziffern mußte, um von vornherein Unheil vorzubeugen.

Doch um festzustellen, daß auf Zimmer 18 wieder mal der Teufel los war, brauchte man sich nicht anzustrengen. Denn dort lag Storch, Sebastian Storch, der Mann mit dem Koffer, der Schrecken der Station!

Sie öffnete die Tür. Eine zu Tode genervte Nina sah ihr entgegen.

»Gut, daß du da bist, Elke!«

»Um was geht's denn?«

»Ich sagte zu Herrn Storch, er müsse zum EKG.«

Storch saß auf dem Bett. Das tat er meist. Liegend oder sitzend, aber immer im Bett. Am Tisch jedenfalls hatte Elke ihn noch nie erlebt. Auch nicht im Gespräch mit anderen.

»Die Kleine da faselt so Zeug. Ich will wissen, was das ist.«

»Ein EKG? Das ist ein Elektrokardiogramm. Tut

nicht weh, Herr Storch. Da wird nur gemessen, was Ihre Pumpe macht.«

»Meine Pumpe ist in Ordnung. Ich hab' Leistenbruch. Nichts an der Pumpe.«

Elke blieb todernst. Und das machte bei diesem zuckenden, vorwurfsvollen Gesicht schon einige Mühe. Statt hartem Anordnungston verlegte Elke sich auf's Betteln: »Nun kommen Sie schon, Herr Storch, Sie sind doch ein so netter Mann... Und nun glauben Sie mir, ein EKG tut wirklich nicht weh. Und die Ärzte wissen schon, was sie tun.«

Ihre Offensive der Liebenswürdigkeit wurde begleitet von ihrem sanftesten Ton. Und der schien Storch nun doch zu schaffen zu machen. Er kratzte sich hinter den Ohren, seufzte, rutschte vom Bett, griff sich den Bademantel, schob die Füße in die Pantoffel, bückte sich und zerrte unter dem Bett seinen Koffer hervor.

»Wo wollen Sie denn damit hin?«

»Den laß ich nicht aus den Augen. Wissen Sie doch.«

Elke behielt die Nerven. Der würde sie nicht schaffen – wäre ja gelacht... Sie deutete zu Storchs Zimmerkameraden: »Herr Buttweiler kann doch aufpassen. Nicht wahr, Herr Buttweiler?«

»Kann schon«, kam's aus der Ecke. »Aber ob ich will? Der ist doch verrückt! Der meint ständig, ich könnte mit dem Ding da abhauen. Dabei wollt' ich das Ding da noch nicht mal geschenkt!«

Storchs Gesicht blieb vollkommen ungerührt. Er hatte nicht einmal hingehört. »Also, gehen wir?«

Elke holte tief Luft. »Damit können Sie doch nicht zum EKG! Das EKG ist eine Untersuchung. Was glauben Sie, wenn wir alle mit unseren Koffern...«

Hier rumrennen würden, wollte sie sagen. Doch die Tür hatte sich geöffnet. Und da stand der Chef.

Na, Gott sei Dank!

»Herr Professor, Herr Storch will den Koffer mit zum EKG nehmen.«

Nun erlebte Elke die Überraschung des Tages.

»Na und?« sagte der Alte. »Dann lassen Sie ihn doch.«

Storch strahlte.

Was blieb Elke übrig? »Dann kommen Sie mal...« Sie seufzte, und als sie endlich im Flur anlangten, überwand sie sich sogar zu einem: »Ich kann Ihnen den schon abnehmen.«

»Ne, ne, junge Frau! Den trag ich.«

Er trug ihn nicht weit. Er trug ihn genau bis zur Teeküche. Dort stand Hildegard und versperrte den Weg. Gegen dieses Hindernis würde er nicht ankommen. – Wieder hatte sich Elke getäuscht.

»Wo wollen Sie hin?«

»Schwester, ich muß zum EKG.«

»Aber nicht mit diesem Gegenstand hier.«

»Mit was?«

»Nicht mit...«

»Was habt ihr bloß alle?« krähte Storch. »Machen Sie mal Platz! Der Professor hat mich runtergeschickt. Ich hab' die Erlaubnis vom Herrn Professor.«

Hildegards Lippen wurden schmal. »Stimmt das, Elke?« Und die, die konnte nur nicken...

*

Auch im EKG-Raum hatten sie an diesem Vormittag ihre Freude an Sebastian Storch. Den Auftritt mit dem Koffer konnte Elke erklären: Sondererlaubnis vom Chef! – Na gut. Doch dann stand der Internist Dr. Römer vor der Aufgabe, einen Sebastian Storch mit den Erfordernissen der modernen medizinischen Diagnostik vertraut zu machen.

»So, Herr Storch! Dann machen Sie sich mal frei. Die Unterhose können Sie anbehalten.«

Storch nickte. Ihm sollte es recht sein. Mißtrauisch beäugte er die sich lichtenden Haarwirbel des Internisten. Römer horchte das Herz ab. Was fummelten die bloß rum? Er hatte es doch unterhalb...

»So, und jetzt machen wir ein Belastungs-EKG.«

»Ich hab' ja eigentlich 'nen Leistenbruch«, sagte Storch.

Das überhörte Dr. Römer. Langjährige Klinikerfahrung hatte ihm eingegeben, sich bei komischen Vögeln wie diesem freundlich, aber taubstumm zu zeigen. Und tatsächlich, hilfreich unterstützt von der Assistentin, erkletterte Storch auch brav den Sattel des Ergometers.

»Und nun strampeln Sie mal schön! – Ein bißchen mehr, Herr Storch. Zwanzig sollte der Tacho schon anzeigen. – Ja, so! Und weiter. Schnell!«

»Eigentlich kann ich gar nicht radfahren«, schnaufte Storch.

»Hier fallen Sie ja nicht runter.« Römer warf der Assistentin einen Blick zu. »So, das reicht. Nun legen Sie sich da hin und entspannen sich.«

Sebastian Storch tat es. Seine Augen waren nun nicht mehr mißtrauisch, in ihnen saß die pure Ironie. Man sah es Sebastian Storch an, was er über Ärzte dachte. Er sagte es auch.

»Aha!« sagte Sebastian Storch. »Und damit wissen Sie dann, ob mein Leistenbruch operiert werden muß oder nicht?«

»Nein, Herr Storch. Wir messen hier sozusagen, was man Ihrem Herzen bei der Narkose zumuten kann. Nicht mehr.«

»Das hätt' ich Ihnen auch so sagen können. Mit dem Herzen habe ich bisher nie Schwierigkeiten gehabt.«

»Aber sicher, Herr Storch«, sagte Dr. Römer. »Glaub' ich Ihnen, glaub' ich Ihnen gerne...«

*

Molli hatte es gut. Molli rannte voraus, wie immer die Zeitung zwischen den Zähnen. Paßte man nicht auf, kam man ganz schön ins Schlingern. Die Schuld trug der halbe Zentner Kartoffeln, den Käte quer über den Gepäckträger geschnallt hatte. Dazu ging's aufwärts. Und als ob das nicht genügte, war der Weg hier hinter dem alten Viertel noch mit Steinen gepflastert. Niedere Mauern gab's und die kleinen Gärtchen, die Käte so liebte. Nun blühen rote, gelbe und blaue Astern darin und die Sonnenblumen, der Holunder war reif, und das Laub rieselte von den Bäumen. Schön so zu gehen. Ein Umweg zwar, aber es gab soviel zu sehen. Nur auf das Fahrrad mußte man höllisch aufpassen. Wenigstens bis oben zur Bank... Die Bank stand neben einem Brunnen. Der Trog war aus einem Stück Sandstein gehauen. Neben dem Brunnen wiederum erhob sich ein zweiter, noch höherer Stein. Auf den, das wußte Käte, hatten früher die Bauersfrauen ihre Tragen gestellt, wenn sie vom Markt nach Hause ihren Dörfern zustrebten. Ja, früher, damals, als man alles noch mit der Steige auf dem Buckel schleppte. Schwere Zeiten? Vielleicht. Käte war überzeugt, daß es die besseren gewesen waren. Sie seufzte und blieb stehen.

Die Bank?

Sie hatte sich doch so darauf gefreut – und jetzt? Da saß schon einer und guckte.

Käte Marek hielt den Lenker fest umspannt. Sie tat so, als blicke sie nun selbst über Schiefer- und Ziegeldächer, Fachwerkhäuser, Rathausturm und Stadtmauer. Doch in Wirklichkeit sondierte sie aus den Augenwinkeln gründlich wie stets die Situation: Sich dazusetzen? Ein anständiges Gesicht hatte er ja, also wirklich! Und graue Haare auch. Nein, fast schon weiß. Ein reifer Mann. Dazu blankgeputzte Schuhe, wie sie es mochte, hübsch und ordentlich angezogen, eine Lederjacke zu grauen Hosen, ein weißes Hemd, sogar eine Krawatte trug er, und darüber dieses Gesicht; schmal, Falten drin. Vornehme Falten. – Ein Herr, im Grunde...

Käte Marek schwankte zwischen dem Wunsch sich hinzusetzen – hatte sie schließlich verdient – und einer Hemmung, die sie nur zu gut kannte und über die sie sich oft genug geärgert hatte. Vielleicht quasselte der einfach los? Faselte irgendwelches Zeug? Dann war ihr der Vormittag schon mal verdorben.

Sie machte die nächsten zwanzig Schritte, das Gesicht starr geradeaus gerichtet. Unter allen Umständen mußte der Eindruck verhindert werden, sie sei neugierig oder habe – noch schlimmer – irgendein Interesse.

Sie hatte nicht. Der Herr hatte! ... Der Herr auf der Bank. Denn kaum erreichte sie die, erhob er schon die Stimme. Und was sagte er da?

»Sie sollten mit dem Hund tauschen! Er den Sack und Sie die Zeitung.«

Darauf achtete Käte natürlich nicht. Molli aber tat's. Molli blieb zunächst stehen, setzte sich dann auf den Hintern, nahm den Kopf mit den Wackelohren hoch und starrte ihn an.

»Warum setzen Sie sich nicht auch?« sagte der Herr. »Seh ich so gefährlich aus?«

Käte seufzte. Sonst hatte sie doch immer eine Antwort parat. Warum jetzt nicht. Nicht unter dem Blick dieser großen, freundlichen blauen Augen?

Nein, sie sagte nichts. Doch sie stellte das Rad gegen den Brunnen und ließ sich neben ihm nieder.

Ein Blick von der Seite. Ein Lächeln von der Seite. Ein nettes Lächeln.

»So schwer sollte sich eine ältere Dame aber nicht abschleppen. Warum lassen Sie das Zeug denn nicht ins Haus liefern?«

Da war Käte endlich wieder Käte. »Ins Haus liefern? Na, hören Sie... Wirklich gute, junge Kartoffeln gibt es nur bei Fritsche. Und da muß man hingehen. Der liefert nicht.«

»Aha!«

»Ja.«

Er lächelte wieder. »Ich hab' auch gut reden, was? Ich werde verwöhnt. Und das rund um die Uhr. Ich wohn' im Adlerhorst.«

»Adlerhorst?« dachte Käte. Was sollte das nun wieder.

»Ein Seniorenheim«, erklärte er. »Eines der Luxusklasse, wie man heute so sagt.« Er lachte leise.

»Ich bin noch berufstätig«, sagte Käte.

Er hielt den Kopf etwas schief: »Wollen Sie oder müssen Sie?«

»Na, hören Sie! Ich will natürlich.«

»Hm... Nun ja, ich bin inzwischen mehr für die Beschaulichkeit. Mein Leben brachte Arbeit genug.«

»Kann ja sein. Aber was heißt denn Beschaulichkeit? Bei mir muß das Leben weitergehen. Ich will Leute um mich, ich kann nicht abgeschnitten sein von den anderen. Und in ein Seniorenheim will ich schon gar nicht.«

Wieder dieses Lächeln, wissend, etwas nachsichtig, ein Lächeln, das Käte gefiel und sie zugleich auf die Palme brachte. »Wissen Sie überhaupt, von was Sie reden?« sagte er da noch dazu. »Ich hab' da mein eigenes Reich. Schlafzimmer, Wohnzimmer. Sogar eine eigene kleine Küche. Wenn ich will, werde ich betreut. Und wenn ich nicht will, werde ich in Ruhe gelassen.«

»Aber so was kostet.«

Er hob die Schultern, verschränkte die Hände,

betrachte sie. »Gut. Das ist richtig. Aber ich beziehe auch eine stattliche Rente und hatte Ersparnisse, um mich einzukaufen.«

Darauf schwieg Käte zunächst beeindruckt. Was gab es auch zu sagen? Nur ihren Blick konnte sie nicht richtig beherrschen. Er hatte ihn verstanden. »Ich war Richter am Kammergericht. Bin aber schon seit zwölf Jahren pensioniert.«

»Aha«, sagte Käte.

»Einen schönen Ausblick hat man von hier, nicht?«

»O ja...«

»Sieht so aus, als hätten Sie ihn noch nie in Ruhe genossen.«

Auch da ist eigentlich etwas Wahres dran, dachte Käte und lächelte verlegen. Richter am Kammergericht? Ein Herr – wirklich ein Herr.

»Bis vor vier Jahren wohnte ich zusammen mit meiner Frau. Dort oben im Adlerhorst. Dann ist sie leider verstorben.«

»Ich war nie verheiratet.«

»Nun, das hat auch seinen Vorteil. So müssen Sie auch niemanden vermissen.«

»Ach, wissen Sie, Verluste hat doch jeder... Ich bin Hausangestellte bei Professor Brinkmann. Erst beim Vater, dann beim Sohn. Achtundfünfzig Jahre sind das insgesamt. Das ist auch so was wie eine Ehe.«

»Hm... Na, das weiß ich nun ja nicht.«

Nun drehte sie sich doch zu ihm um. Begriff er denn nicht? Sie sah ihn an. »Ich gehöre zur Familie. Die Familie bin gewissermaßen ich. Ich möchte beinahe sagen, was ich im Hause Brinkmann sage, wird auch gemacht.«

Er lachte. Er sah nett aus, wenn er lachte.

»Ach was? So eine zarte Person wie Sie? – Übrigens«, fuhr er fort, »dieser Professor Brinkmann hat mir vor fünf oder sechs Jahren ein Magengeschwür entfernt. Ein sehr guter Arzt, ein ausgezeichneter Arzt.«

»Worauf Sie sich verlassen können.«

Pause. Es war nicht einmal eine dieser dummen Pausen, die einen verlegen machen können. Nein – einfach so nebeneinandersitzen, über die Stadt gucken, fast so, als würde man sich bereits kennen. Und im Grunde war's ja nun auch so.

Doch da gab's noch Molli. Sie hatte die »Post« fallen lassen. Und da war der Wind, der mit den Blättern der Zeitung spielte.

Käte bückte sich, griff danach, steckte sie Molli wieder zwischen die Zähne und erhob sich. »Na ja, ich muß dann wieder...«

Auch er war aufgestanden.

»Wissen Sie, wenn Professor Brinkmann nach Hause kommt und ich bin nicht da, gibt's immer gleich Theater.«

»Sehen Sie«, sagte er und gab ihr die Hand, »von so was werde ich verschont. Ich kann schalten und walten wie ich will.«

»Das ist sicher auch manchmal langweilig, nicht?«

»Gut.« Wieder dieses Lächeln. »Man braucht ein paar Bücher. Vielleicht ein Hobby.«

Käte nahm die Lenkstange, er zog ihr sorgsam den Kartoffelsack zurecht.

»So, Molli! Komm!«

Anscheinend ging es ihm doch zu schnell. Denn er hob zögernd nochmals die Hand: »Vielleicht sehen wir uns einmal wieder? Wenn Sie nicht so in Eile sind. Ich sitze oft auf dieser Bank.«

Käte nickte und hatte dabei das sonderbare Gefühl, bereits zu weit gegangen zu sein.

»Na gut«, meinte sie knapp. »Also dann, schönen Tag noch, Herr...«

»Taubricht. Konstantin Taubricht.«

»Auf Wiedersehn, Herr Taubricht. – Molli, was machst du da? Man schnuppert doch nicht fremden Herren an den Beinen herum! Nun komm schon...«

Und Molli kam.

*

Das Unabwendbare, Unaufhaltsame war nahe gerückt, stand gewissermaßen im Zimmer, direkt vor Sebastian Storchs Nase. Dazu noch in Gestalt einer schönen, dunkelhaarigen und weiß gewandeten Dame.

»Guten Abend, Herr Storch! Ich bin Katharina Brinkmann, Ihre Anästhesistin.«

»Wer?«

Zeit gewinnen, dachte Storch. Am liebsten hätte er sich jetzt die Decke zur Nase hochgezogen. Eine Brinkmann? Und der Busen! – Und was war sie?...

»Ihr Narkosearzt. Morgen früh um halb elf ist die Operation Ihres Leistenbruchs vorgesehen. Der Chef operiert Sie selbst. Sie bekommen heute abend nur noch einen ungesüßten Tee. Dann dürfen Sie bis zur Operation nichts mehr zu sich nehmen. Auch nicht die kleinste Kleinigkeit. Nichts.«

Sie lächelte.

Storch verzog das Gesicht. »Na und? Hier schmeckt mir sowieso nichts.«

Das interessierte sie nicht. Ging sie wohl auch nichts an. Man sah es.

»Nun zur Operation selbst«, fuhr sie fort: »Diese Bruchoperation gilt als kein schwerer Eingriff. Sie brauchen sich also keine Sorgen zu machen. Die Ergebnisse sind ausgezeichnet. Nur bei Fettleibigkeit und stärkerer Bindegewebsschwäche, die bei Ihnen ja nicht vorliegen, kommt es in zehn von hundert Fällen zu einem nochmaligen Auftreten eines Leistenbruchs.«

Sebastian Storch nickte. Wie die das runterschnurrt! Wie oft die das wohl schon gesagt hat?

»Wenn Sie noch irgendwelche Fragen haben, ich beantworte sie Ihnen gerne.«

Sebastian Storch schüttelte den Kopf.

»Na, wunderbar! Hier, Herr Storch, habe ich Ihre Einverständniserklärung mit der Operation... Wenn Sie das bitte mal durchlesen wollen. Falls Sie keine Einwände haben – hier, der Füller zum Unterschreiben.«

Storch las nicht. Wozu auch? Einverstanden war er. »Machen Sie alles mal so, daß es in Ordnung ist und bleibt.«

Storch unterschrieb.

Kaum war die mit der Einverständniserklärung und dem Superbusen draußen, kam schon wieder eine im weißen Mantel an: Die Elke. Ging zu wie bei so 'ner Schwarzwälder Kuckucksuhr: Sonne – Regen, Regen – Sonne... Elke war Sonne. Schon wie die einen angukken konnte!

»Sie möchten dann noch mal zum Professor kommen, Herr Storch.«

Storch nickte. »Mach ich. Wo ist er denn?«

»In seinem Zimmer. Um die Ecke und dann die zweite Türe rechts.«

Und schon wieder draußen...!

Storch seufzte, entschloß sich nach ein paar Sekunden des Nachdenkens dazu, die Füße aus dem Bett und auf den Boden zu stellen, nahm den Bademantel vom Stuhl, zog ihn über den dürren Leib, verknotete sorgfältig den Frotteegürtel und ließ sich dann ächzend, ohne auf dieses eklige Gefühl im Bauch und schon gar nicht auf das Gelächter seines Bettnachbarn Buttweiler zu achten, in die Hocke.

»Hä-hä!« meckerte Buttweiler.

»Hä-hä!« gab Storch zurück. »Meine Ziege macht das besser.«

»Hä-hä«, machte Buttweiler. »Du mit deiner Koffer-Macke! Was ist denn da drin?«

»Eine Sprengladung«, sagte Storch und hatte endlich den Koffergriff. »Wer den außer mir an sich nimmt, fliegt sofort in die Luft.«

Darüber dachte Buttweiler erst mal nach. Dann kam er mit einem: »Und ich dachte immer, ich lieg' in der Chirurgie. Dabei ist das wohl die Klapsmühle!«

Storch stand auf. Buttweilers Wecker auf dem Tisch zeigte fünfzehn Uhr zwanzig.

Zu dieser Zeit, einige, wenige Meter von Storch entfernt, war Brinkmann gerade dabei, zusammen mit Christa den Operationsplan für morgen durchzusehen. »Ein ruhiger Tag«, resümierte er. »Ein Leistenbruch. Eine Unterarmfraktur. Das ist alles.«

Christa erhob sich und sammelte die Röntgenaufnahmen, die sie ihm zur Begutachtung vorgelegt hatte, wieder ein. Sie wollte gehen. Doch die Türe öffnete sich. Da stand die Meis und daneben der Mann mit dem Koffer.

»Bleib' mal schön da«, hörte sie Klaus flüstern. »Vielleicht brauche ich dich zur psychologischen Unterstützung.«

Das verstand Christa. Das konnte durchaus sein.

Freundlich nickte sie Storch entgegen. Bisher hatte sein Auftritt noch immer einen Farbtupfer in den Klinikalltag gebracht. Storch war bereits Kantinengespräch.

»Sie wollten mich sprechen?« erkundigte sich gerade die verdrossene Knarzstimme.

»Ja, Herr Storch. Gewiß! Nehmen Sie doch bitte mal Platz.«

Das tat Storch auch. Auf der Kante des Stuhls vor dem Schreibtisch des Professors. Den Koffer stellte er vorsichtig zwischen seine Füße.

»Ja nun«, Brinkmann legte die Hände gegeneinander und zeigte sein vertrauengewinnendes Chefgesicht, »morgen werden Sie also operiert. Ich habe mir erlaubt, mit meiner Bank zu telefonieren. Die schicken jemand vorbei, der Ihr Geld abholt. Gegen Quittung, versteht sich.«

Pause. Lange Pause. – Storch sagte noch immer nichts.

»Sie sind doch einverstanden?«

Da schüttelte er endlich den Kopf. »Nein.«

»Wie bitte?«

»Die Bank kriegt mein Geld nicht.«

»Aber Herr Storch, wir haben es doch schon mal besprochen. Wo wollen Sie denn hin damit, während der Operation. Und hinterher, wer soll Sie denn vor Diebstahl schützen?«

Storch behielt seine sturste Miene bei. Er kannte auch ihre Wirkung. Er sagte: »Sie! «

»Wie bitte?«

»Ihnen vertraue ich.«

Brinkmanns Lächeln wirkte etwas gequält: »Na ja, das ehrt mich ja. Aber wo soll ich das Geld denn lassen? Im Nachttisch vielleicht?«

»Sie werden schon einen Weg finden.«

Christa beobachtete Klaus. Er schien nun wirklich geschafft, schlimmer noch, er nahm den Storch und seinen Koffer auch noch ernst! Sie liebte ihn dafür. Der Brinkmannschen Gründlichkeit entging nichts. Von wegen Souveränität! Klaus litt. Ach, er litt ja so gerne. Wie er jetzt die Stirn krauste, wie er sich jetzt nach vorne legte, nachdachte...

»Herr Storch! Da gibt's ja noch eine ganz andere Frage: Wenn gegen jede Erwartung und Wahrscheinlichkeit – na ja, also, wenn Ihnen nun etwas passiert zum Beispiel... Es ist zwar, wie gesagt, wenig wahrscheinlich, daß Komplikationen auftreten, aber immerhin... Was soll ich dann mit Ihrem Geld machen?«

»Mein Mann hat recht«, ergänzte Christa mit Genuß. »Ich an Ihrer Stelle würde für alle Fälle mal an ein Testament...«

»Ich hab' keine Verwandten!« Storch war blaß geworden.

»Aber Sie könnten verfügen, daß eine wohltätige Organisation...«

»Wohltätige Organisation, Frau Doktor? Auch noch wohltätig! Rotes Kreuz? Caritas. Heilsarmee. Winterhilfswerk. Hitler? Ich hab' von wohltätigen Organisationen genug. Ich hab' von denen nie was gekriegt, außer Ärger!«

Brinkmann stemmte die Hände gegen seinen Schreibtisch und schob sich hoch. »Also irgendwie müssen wir das Problem nun ja vom Tisch kriegen, Herr Storch.«

Beide starrten sie Sebastian Storch an. Einen neuen Storch. Keine Sturheit mehr, keine Aufsässigkeit – ein Gesicht, das in Trauer zerfloß.

»Am liebsten würde ich es mitnehmen... na ja, in den Himmel.«

Beide Brinkmanns hatten wieder mal Mühe mit ihren Gesichtsmuskeln. Klaus Brinkmann war der erste, der sich faßte.

»Im Himmel gibt's 'ne andere Währung.«

»Ja? – Woher wollen Sie denn das wissen?«

Storch schob zuerst die Schultern, dann das Kinn hoch. »Also, nehmen Sie es an sich. Sie haben es mir versprochen, Professor. Nach der Operation geben Sie es mir wieder. Und die Operation, die zahl' ich Ihnen auch gleich. Hier. Sofort! Damit Sie später keine Schereien haben.«

Er bückte sich, hatte den Koffer wieder hoch, balancierte ihn auf den Knien, ließ die Verschlüsse schnappen, zog den Deckel auf.

Und dann, über den Deckel hinweg – die Innenseite war, wie Christa feststellte, mit fleckigem, rotgelb kariertem Papier tapeziert, musterten die teefarbenen, wäßrigen Augen das Gesicht Brinkmanns.

»Was macht das denn so?«

Brinkmann ließ sich geschwächt in seinen Sessel fallen. »Das weiß ich doch nicht. Also, das kann doch nicht Ihr Ernst sein…« Er wollte es sagen. Er ersparte es sich. Es war Storchs Ernst.

Resigniert griff er zum Telefon: »Ist Mühlmann noch da? – Schon weg? Gut.«

Klaus Brinkmann schüttelte den Kopf: »Sie machen mir vielleicht Umstände, lieber Herr Storch!«

Storch quittierte den Ausbruch mit einem Grinsen, das zwei Reihen gelber Zähne entblößte. »Vielleicht, Herr Professor. Kann ja sein. Aber vielleicht sollten Sie auch daraus lernen: Ich zahl' immer bar. Das vereinfacht das Leben. Dieser ganze Verwaltungskram ist doch nur unser aller Untergang.«

»Na gut«, nickte Brinkmann geschlagen. »Dann lassen Sie Ihren Koffer mal hier.«

Sebastian Storch klappte den Deckel wieder zu und drückte die Schlösser ein. Den Koffer stellte er Brinkmann auf den Schreibtisch, direkt vor die Nase. Dann stand er auf. Er war zufrieden. »Vielen Dank!« Und dann mit einer anerkennenden Handbewegung: »Mit Ihnen kann man wenigstens reden. – Auf Wiedersehen!«

Er ließ ein erschöpftes Ehepaar zurück, das sich ratlos anstarrte.

»Und wohin damit?« fragte Brinkmann schließlich.

Eine Antwort bekam er nicht. Christa lachte, bis ihr die Tränen aus den Augen traten, und Brinkmann wartete geduldig, bis der Anfall abgeklungen war.

»Das Ding kann man doch mit einem Schraubenzieher aufbrechen! Mühlmann muß her. Der kann ihn in den Safe einschließen.«

»Mühlmann?!« Christa rang nach Luft. »Der? Der würde nie einen Pfennig annehmen, der nicht korrekt verrechnet ist.«

»Dann nehmen wir's mit nach Hause?«

»Klar! War schon immer mein Traum, mit dir mal auf einem Koffer voll Geld zu schlafen. So was macht sinnlich – oder? Außerdem...«

Die weiteren Aussichten zu schildern, ersparte sich Christa. Es klopfte schon wieder. Elke stand in der Tür. Ohne Häubchen und Weiß, eine Elke in einen schicken, wenn auch etwas zu engen, grünen Hosenanzug gezwängt. Der provokative Schnitt allerdings wollte nicht so recht zu ihrem traurigen Gesicht passen.

»Entschuldigung! Aber ich wollte mich nur verabschieden.«

Brinkmann sprang auf, ging ihr um den Schreibtisch entgegen, nahm ihre Hände: »Ach ja, Elkelein... Heute ist es ja soweit. Soll ich dir was sagen? Ich laß dich gar nicht gerne gehen. Ich würde eine Menge dafür tun, wenn ich...«

Elkes Mund bewegte sich. Und für ein paar Augenblicke zitterten ihre Lider. »Nun machen Sie mir den Abschied nicht noch schwerer.«

Auch Christa kam und legte ihr die Hand auf die Schulter. Elke! All die Wochen, die Monate – all diese Situationen... Sie wollte etwas sagen. Sie brachte es nicht heraus.

»Mit deinem Harry kann ich natürlich nicht konkurrieren«, schwadronierte Brinkmann, um seine Rührung zu überspielen, »aber das sag' ich dir: Wenn er nicht so ein prima Typ wäre, würde ich dich nicht weglassen. Ich würde einfach die Kliniktüren verrammeln. Und Christa sicher auch nicht. Stimmt's?«

Christa nickte nur. Ihre Kehle war eng. »Arbeitest du weiter?« sagte sie schließlich.

»Ja. Was denkst du denn? In Hamburg hat es nicht

geklappt. Aber Harry hat ja überall Freunde. Die in Hamburg haben für ihn in München eine Stelle als Produktionsleiter gefunden. Es wird wohl das Krankenhaus rechts der Isar sein.« Sie drehte sich um. »Ach, Christa…«

Nein, es gab nichts zu sagen. Sie umarmten sich. »Rufst du uns mal an, Elkelein?«

»Klar doch.« Elke versicherte es. Doch sie war schon sehr weit weg…

*

Brinkmann war heilfroh, daß sein Mercedes auf dem Parkplatz auf ihn wartete. So war es ihm erspart geblieben, zwischen den verwunderten Blicken seiner Patienten, Storchs verbeulten Koffer in der Hand, ein Spießrutenlaufen durch den Garten zur Villa anzutreten.

»Die Käti, die wird gucken!«

Christa nickte. Nun hielt sie den Koffer auf dem Schoß, die Handflächen um den rauhen, verbeulten, kühlen Karton gekrümmt. Sie dachte an Storch. Sie lächelte und doch befiel sie ein sonderbares Gefühl, so, als befinde sich in dem »Ding« nicht bündelweise Geld, sondern eine Art magischer Zauber, etwas wie ein geheimnisvolles Kraftfeld.

»Na, komm!« Brinkmann hielt vor der Villa. Storchs achtundvierzigtausend Mark waren ihm nicht mehr wichtig. Genußbereit hielt er die Nase in die Höhe gereckt: »Riechst du was?«

»Ich glaube. Irgendwie gut, nicht?«

»Und ob!«

Was da in köstlichen Duftnuancen heranwehte, ließ auf gebratenes Wild, Nelken und in der Pfanne verdunstenden Wein schließen. Käte reagierte auf Brinkmanns Fragen nur mit einem bündigen: »Hase. Neues Rezept.«

Ihr Blick haftete auf Storchs Koffer. »Was ist das denn? Habt ihr Sperrmüll aufgelesen? Na, den bring' mal gleich in den Keller, Klaus.«

»Hast du 'ne Ahnung!«

»Und ob ich 'ne Ahnung habe. Wer weiß, was da für Ungeziefer drin ist?«

Tatsächlich, sie wollte ihm den Koffer aus der Hand nehmen!

Brinkmann riß sich los.

»Halt! Der bleibt hier. Der gehört einem Patienten. – Aber was hast du denn da Feines gebraten?«

»Hab' doch gesagt, Hase. Und was heißt, gehört einem Patienten? Das muß ein armes Luder sein.«

»Im Gegenteil.«

»Was lacht denn die Christa?«

»In dem Koffer ist Geld, Käti.«

»Um Gottes willen!« Ihre Augen waren blank. »Hast du vielleicht – ich meine, hast du den gestohlen?«

Nun war es nicht nur Christa, nun lachten sie beide. »Klar doch, haben wir! Aber im Ernst, Käti. Klaus muß ihn nur aufbewahren. Nun will ich endlich wissen, was du zu dem Hasen...«

»Pilzragout gibt's auch dazu. Und junge Kartoffeln. Wieviel Geld ist da denn drin?«

»An die fünfzigtausend.«

»Ihr wollt mich mal wieder verkohlen, was?«

»Schau doch nach«, sagte Brinkmann.

Das wollte Käte schon die ganze Zeit. Und so ließ sie sich auch nicht ein zweites Mal auffordern. Schon hatte sie den Koffer hoch, klickte die Schlösser auf, faßte hinein, strich über einen Plastiksack, fühlte die harten Kanten der Scheine. Ganze Bündel von Scheinen. Und die meisten auch noch ordentlich mit Banderolen versehen. Es war zuviel. Unglaublich war es! »Großer Gott...« flüsterte sie.

»Eben. – Großer Gott!«

»Und einem Patienten gehört der? Warum läßt der sein Geld denn nicht zu Hause? Oder bringt's zur Bank? Wo willst du denn damit hin, Klaus? Großer Gott, wenn nun Einbrecher kommen?«

»Die blieben die letzten dreißig Jahre aus. Und stell das Ding irgendwo in die Garderobe.«

Brinkmann hatte nun wirklich Hunger. Und genug von dem Koffer. Gründlich genug! »Wenn du weitere Fragen hast, bitte nach dem Dessert.«

Zielbewußt steuerte er die Eßzimmertür an. Dabei führte ihn der Weg an der alten Barockkommode vorbei, eine flämische Arbeit, entsprechend ausladend, seine Mutter hatte sie in die Ehe gebracht. Ein schönes Ding, zweifellos. Der kleine herbstliche Feldblumenstrauß wirkte ärmlich auf all den flammendroten Intarsien.

Brinkmann liebte Blumen. Bei seinen Waldspaziergängen trug er manchmal einen botanischen Führer bei sich. Lernen wollte er endlich, was Gott in seiner Schöpferlaune alles an schönen Dingen hervorbrachte. Das war Knöterich. Wie nannte sich das nur? So ein hübscher Name... Ja, Taubenkröpfchen oder so ähnlich. Hier, ganz eindeutig Kornblumen und Goldrute. – Gut. Aber zum Teufel, wo kam das Zeug her?

»Wo kommt denn das her?«

»Vollmers hat mir die geschenkt.« Der fast andächtige Ton in Christas Stimme, ihr gerührtes Gesicht, überhaupt der Name Vollmers und die Vorstellung, die sich damit verband – schon hatten die Blumen für Brinkmann ihren Reiz eingebüßt.

Trotzdem lächelte er tapfer: »Ja, Vollmers hat auch bei mir angerufen, als du auf dem Gesundheitsamt warst, um die Unterlagen hinzubringen. Ich habe ihm dann gesagt, er könnte dich auf dem Rathaus sehen.«

Sie nickte. Sie ging mit ihm ins Eßzimmer. Da saß er vor ihr, zerbröselte Brot zwischen den Fingern und hatte seine Falte auf der Stirn. Eifersüchtig? Und störrisch wie ein Maulesel! Erklärungen würde er nicht verlangen. Und warum sollte sie ihn nicht ein wenig leiden lassen?

»Wir haben einen Kaffee zusammen getrunken.«

»Aha...«

Ja – aha! Sein »aha« rief Christa wieder die Situation ins Bewußtsein: Die Rathausstufen. Der Nieselregen, nein, der hatte bereits aufgehört, aber auf den großen Steinplatten vor dem Rathaus sammelten sich noch immer Wasserlachen, und da war dann einer, steuerte in ebenso unmöglichem wie unverkennbarem Seemannsgang zwischen den Blumenkübeln über den Platz, lang, hager, die Tweedjacke mit Kram vollgestopft und zu allem noch einen Blumenstrauß in der Hand. Einen Feldblumenstrauß. Einen späten... Mußte Vollmers allerhand Mühe gekostet haben, das bißchen Grünzeug noch auf den Wiesen zu finden.

»Herr Vollmers! – Sie?!«

Ein Vollmers, schmal und leicht gebräunt wie stets. Und wie stets auch etwas gehemmt. Sie hatte sich gefreut, herzlich gefreut.

»Wo kommen Sie denn her?«

Von seiner Schwester, hatte er gesagt. Die wohne doch hier. Ob sie sich nicht erinnern könne? – Natürlich konnte sie. Aber daß er sie ausgerechnet im Rathaus aufspüre? Auch das war ganz einfach: In der Klinik hatte er angerufen.

»Trinken wir doch einen Kaffee! Schließlich, nach so langer Zeit gibt's was zu erzählen.«

»Ich bin mitten im Dienst, Herr Vollmers. Ich habe mir nur für diesen Behördengang kurz freigeben lassen.«

Doch den Kaffee konnte sie ihm ja nicht abschlagen, und die Blumen, die er ihr stumm entgegenstreckte, lieferten das ausschlaggebende Argument. In einer Nische des Rathaus-Cafés nahmen sie auch einen Cognac, sprachen vom Institut, seiner, nein, ihrer gemeinsamen Arbeit, und Christa war es, als würden sie über Dinge reden, die weit zurück in ihrer Schulzeit lagen, ja, als habe sie einen Klassenkameraden getroffen. Sie sagte es nicht, sie wollte ihn nicht verletzen. Und dann mußte sie gehen.

Er nickte ohne Protest. »Ich hoffe, wir sehen uns ohnehin bald wieder.«

Das hatte sie doch verblüfft. Wie kam er darauf? Er wollte es nicht verraten. Es sei zu kompliziert. Er müsse zu weit ausholen. Das nächste Mal dann...

Das nächste Mal?

Ja nun, wenn seine Schwester hier wohnte... Doch was tat er so geheimnisvoll? Was hatte er noch für Gründe?

Sie überlegte es sich, als Käte die Suppe auf den Tisch stellte. Auch Brinkmann schien seinen Hunger verdrängt zu haben. Er beschäftigte sich noch immer mit dem Stückchen Brot. Eifersüchtig war er! Hübsch, das zu erfahren. Richtig aufregend.

»Ihr habt also einen Kaffee zusammen getrunken?«

»Ja.«

»Ist er extra wegen dir gekommen?«

»Seine Schwester wohnt hier. Das weißt du doch.«

»Dann kommt er wohl öfter?«

Sie nickte. Sie nickte mit Nachdruck. »Zu seiner Schwester. Zu wem denn sonst? Überhaupt, warum fragst du?«

»Nur so.«

Er blickte auf seinen Teller, den Käte mit langsamen, sorgsamen Bewegungen füllte. Und er sah plötzlich so bedrückt aus, daß sie laut lachte, aufstand, zu ihm ging und ihn streichelte.

»Eifersüchtig?«

»Bist du wahnsinnig?«

Und dann begann Klaus Brinkmann mit ungemeinem Appetit zu essen…

*

Als er sie so im sterilen Weiß, die Namensplakette am Mantelrevers, im Ärztezimmer stehen sah, war es Udo, als habe er nichts mit Katharina zu tun: Eine Kollegin, Facharzttüchtigkeit im Blick, nicht mehr. Doch an diese befremdende Empfindung drängte sich wie in einem Auskosten der Erinnerung der Augenblick, da sie zum erstenmal das Konferenzzimmer betreten hatte: »Guten Morgen! Mein Name ist Katharina Gessner.«

Mein Name ist Katharina Gessner. Ein Blick in die Runde. Ihr distanziertes, kontrolliertes, vernünftiges Lächeln. Diese Was-habt-ihr-schon-zu-bieten-Miene. Ja, und seine Phantasie, die sich damals, schon von der ersten Sekunde darauf richtete, den Unterschied zwischen der Frau in Weiß und der Frau, die sich hinter diesem Weiß verbarg, zu erfahren, wenn sie nicht nur den Mantel – wenn sie alles ablegte, was kam dann zum Vorschein?! Der Gedanke war ihm erregender erschienen als all die Koketterie, die andere Frauen ihm bisher entgegengetragen hatten.

Daran dachte er nun.

Sie telefonierte noch immer. Und hatte ihn noch immer nicht gesehen. Langsam sprach sie, und die Genauigkeit, mit der sie jeden Konsonanten akzentuierte, verriet die Überlegung hinter den Worten. Das war wohl immer so. Alles wurde zuerst hinter dieser glatten undurchdringlichen Stirn vorformuliert. Ja, das war das Schwierige an Katharina.

Aber was sagte sie nun?

Udo glaubte nicht recht zu hören.

»Gut«, sagte sie. »Ich fahr' dann gleich von hier aus los. Ja, und grüße Mama. Hab' keine Angst, Frederick, es wird schon gutgehen. Sie hatte ja solche Anfälle schon öfter. Wie? – Ja, ich fahr' heute noch. Vermutlich gegen siebzehn Uhr. Bis später dann...«

Bis später dann! Udo wiederholte es sich. Und »Mama«? Für Katharina schien es seit langem nur eine einzige Mama zu geben: Die des Verflossenen, ihre Ex-Schwiegermutter!

Sie sah ihn an. Er zwang sich zu einem Lächeln. Sie schien wirklich Kummer zu haben.

»Ich muß heute weg, Udo.«

»Ach nein?«

»Doch. Es war Angies Vater. Seiner Mutter geht es schlecht.«

»Und da mußt du hin?«

»Muß? Was ist schon müssen? Ich kann doch wohl nicht anders, oder? Sie hat mich immer mehr geliebt als ihre eigenen Töchter.«

»Klar.« Udo lächelte breit. »Na sicher mußt du da hin.«

Sie legte den Kopf leicht zur Seite, betrachtete ihn prüfend. »Udo!«

»Ja?«

»Mir gefällt dein Ton nicht.«

»Dann bitt' ich um Verzeihung.«

»Auch dein ›Verzeihung‹ gefällt mir nicht.«

»Darf ich erfahren, warum?«

Er stand jetzt an der Ablage und blätterte in irgendwelchen Krankenakten. Die Buchstaben zogen vor seinen Augen Mäanderlinien, die ineinander verflossen.

»Weil es eine Mischung von Resignation und Schuldzuweisung bedeutet. Udo – ich will eine Frau besuchen, der ich sehr viel verdanke. Und die morgen vielleicht schon nicht mehr lebt.«

»Dann bitt' ich dich nochmals um Verzeihung. Und zwar ohne Schuldzuweisung. Ich bin wohl für mein

Alter noch sehr unvernünftig und egoistisch, nicht? – Nein, bitte! Kein Widerspruch.«

Doch da war kein Widerspruch. Da war nur eine weiße Wand, weiß, porös und körnig, mit stecknadelkopfgroßen, winzigen Schattenlöchern.

»Hast du doch selbst neulich gesagt, oder? Deshalb führe bitte meinen Mangel an Sozialverhalten darauf zurück, daß ich mich auf einen ungestörten Abend mit meiner eigenen Frau gefreut habe.«

Er legte die Hand auf die Kante des Bords. Er stieß sich förmlich davon ab. Er wollte zur Tür. Doch da stand sie und sah ihn an.

»Laß dich durch mich nicht aufhalten, Katharina. Es kommt ja wohl auf jede Sekunde an.«

Sie nickte nur. Stumm zog sie ihren weißen Mantel aus, stumm wusch sie sich die Hände, trocknete sie ab und hängte dann den Mantel in den Schrank zurück.

Und Udo beobachtete sie mit diesem Gefühl, einer Theaterszene beizuwohnen. Auch dies war nicht neu.

»Ich habe morgen Spätdienst, Udo. Ich übernachte in Rastatt.«

»Sicher. Darf ich Angie etwas bestellen? Zum Beispiel, warum sie nicht mit uns zu dem Laternenumzug gehen darf?«

Wieder dieser Blick. »Mach mir's doch nicht so schwer.«

»Sag' ihr, wie leid es mir tut.«

Er schwieg.

»Udo, es tut mir wirklich leid.«

»Aber sicher, Katharina...«

UDO, ES TUT MIR WIRKLICH LEID. – Ein schöner Satz. Sechs Worte. Wenn man die Augen schloß, wiederholten sie sich, als seien sie auf ein Endlosband gedruckt. Und öffnete er sie, wie jetzt, während er die Treppen zum Haus hochstieg, sah er denselben Satz in der Dämmerung gleich einer schwebenden Leuchtschrift: Das berühmte Zeichen an der Wand. Mir tut's leid – dir tut's leid... Dabei war es auch noch die Wahrheit. An der Aufrichtigkeit ihres Gefühls hatte er keinen Zweifel. Genausowenig wie zu bestreiten war, daß sie nicht daran dachte, ihre Vergangenheitspflege mit irgendwelchen Rücksichten auf ihn zu belasten.

Im Haus war es still. Still und frisch. Drüben im Kamin knisterten zwei Scheite. Claudia hatte sie wohl entzündet, das Mädchen, das an alles dachte, auch daran zum Beispiel, daß Kaminfeuer auf Einsame beruhigend wirkt.

Da kam sie auch schon die Treppe herab, von keinen Sorgen angetastet: Kastanienhaar und dunkle Augen, die anscheinend über all dem, was sie in diesem Haus registrierten, nachdenklich geworden waren.

Kein Wunder, dachte Udo und fragte: »Schläft sie?«

»Ja. Wir waren den ganzen Tag an der frischen Luft. Angie hat so rumgetobt, daß sie vor lauter Müdigkeit den Laternenumzug vergaß.«

»Ein Glück.«

»Nicht wahr?« – Gemeinsam erreichten sie die Küche. Dann, beim Durchgang durch die Türe, gab es einen leichten Zusammenstoß, auf den sie mit einem hellen »Entschuldigen Sie bitte!« reagierte.

»Ich bin doch der Rüpel!«

Sie lächelte. »Wollen Sie vielleicht etwas...«

»Nein.« Er schüttelte energisch den Kopf. »Ich will nichts. Etwas anderes will ich heute. – Moment mal! Da sehen wir doch gleich mal nach, was es so alles gibt.«

Udo wählte eine Flasche Slagrams und zog sich damit an den Kamin zurück. Drüben in der Küche hörte er sie hantieren. Geschirr klirrte. Eine Türe klappte. Nun leises Maschinensummen.

»Wie ist das? Wollen Sie auch ein Glas mit mir trinken?«

Sie hatte es nicht vernommen. Udo ging in die Halle und wiederholte sein Angebot.

»Danke. Ich hab' mir gerade einen Tee aufgesetzt.«

»Dann bringen Sie halt in Teufels Namen ihren Tee herüber.«

Tat sie auch. Und diesmal waren die Augen eher mißbilligend. »Es geht mich ja nichts an, aber auf nüchternen Magen würde ich keinen Whisky trinken.«

Er hob salutierend sein Glas: »Nun, Sie sind ja auch Erzieherin!«

»Nicht für Erwachsene... Vielleicht doch einen Tee?«

Er schüttelte entschlossen den Kopf.

Sie füllte ihre Tasse, rührte langsam und bedächtig. Das Kaminfeuer sandte seine Wärmewellen aus. In Claudias Haar ließ der Schein winzige Lichtnester aufglühen. Sie war ein liebes Mädchen. Und sie dachte nach. Man sah es ihr an. Unter rührenden Stirnfalten hatte sie lange Wimpern und wunderschöne Brauenbögen: lang, dicht und hochgeschwungen.

»Warum sind Sie nicht mitgefahren?« Sie sagte es nicht zu ihm, sie sagte es zu der Tasse.

»Zur Ex-Schwiegermutter meiner Frau?«

»Warum denn nicht? Was heißt Ex-Schwiegermutter, wenn Ihre Frau sie liebt?«

»Aber ich lieb' sie nicht. Was soll ich da? Ich mag die ganze Familie nicht.«

Sie nickte nur. Sie trank. Mit den Wimpern war sie vorsichtig. Die hielt sie gesenkt.

Er spürte, wie der Zorn wiederkam: »Warum fragen Sie das überhaupt?«

»Ich?« Nun blickte sie doch hoch. Vermutlich hatte sie sich ein neues Bild von ihm gemacht und führte es nun der Sammlung ihrer Eindrücke im Hause Brinkmann zu. Paßte ihm zwar nicht, doch was konnte er daran schon ändern?

Nichts! Sie bewies es mit ihrer Antwort: »Weil Sie so elend aussehen.«

Zuerst glaubte er sich verhört zu haben, doch nun setzte sie auch noch hinzu: »Oder soll ich sagen, vernachlässigt?«

Udo goß sich erst mal ein. Bisher hatte er es bei einer bescheidenen Dreifingerhöhe belassen. Diesmal wurde das Glas halbvoll. Er trank es leer. Jetzt konnte er grinsen.

Dieses kleine Mädchen dort hielt ihn für vernachlässigt?

Womöglich hatte sie auch noch recht... Das schlimmste: Er würde eine Antwort geben müssen.

Doch welche?

»Claudia! Sie haben ja keine Ahnung. Wissen Sie, was eine moderne Ehe ist? – Können Sie gar nicht. Dazu sind sie viel zu jung. Eine moderne Ehe ist ein Zweckverband, in dem jeder dem anderen sein eigenes Leben genehmigt.«

Sie nickte nur, sprach keinen Ton, nahm ihre Tasse und stand auf: »Kann ich noch etwas für Sie tun?«

»Was wollen Sie denn für mich tun? Sie sind für Angie da. Und übrigens, Claudia, als ich Sie bat, sich zu mir zu setzen, meinte ich damit nicht, daß Sie meine Betreuung übernehmen sollen.«

Sie hatte einen leicht bräunlichen Gesichtston. Als das Blut nun in ihr Gesicht hochschlug, wurde es dunkel. »So habe ich es auch nicht verstanden.«

Kaum hörbar war das. Sie drehte sich um und ging zur Tür. Udo lehnte sich zurück, hob das Glas, schrie: »He, he! Claudia! Nicht so schnell. Kränken wollte ich Sie auch nicht.«

Sie sah sich um. »Ich bin nicht gekränkt.«

»Anscheinend kann ich niemandem mehr ein Wort sagen, ohne mißverstanden zu werden.«

Das war nun überflüssig. Doch sie hatte es ohnehin

nicht mehr mitbekommen. So ließ Udo Feuer Feuer sein und rettete sich ins Schlafzimmer. Die Flasche Whisky rettete er gleich mit. Er stellte sie auf den Schreibtisch. Womit sie nun neben dem Telefon ihren Platz fand.

Er sah den Apparat an, das Telefon funkelte zurück. Er überlegte. Viele Varianten fielen ihm nicht ein. Katharina? Die Nummer des Landhauses der Familie Gessner hatte er in seinem Telefonbüchlein zwar unter »Privat« verzeichnet, doch die Vorstellung, welche Wirkung ein Anruf haben würde, behagte ihm nicht. Immerhin: Unter »Privat« gab es mehr Buchstaben. Er blätterte sie durch. »R« zum Beispiel. R wie Ronn, Ursula...

Beim erstenmal verwählte er sich. Dann hatte er sie, die vertraute, so angenehm schwingende Stimme: »Ja?«

»Na, mein Tennis-As! Wie geht's?«

»Oh! – Guten Abend.«

»Was macht das Ziehen in der Hüfte? Nein, es war wohl der Rücken, nicht?«

Ihr leises Lachen. Dann: »Warum? Wollen Sie eine Therapie einleiten?«

»Wieso nicht? Ich würde mich vielleicht dazu überreden lassen.«

»Ich überrede niemanden. Ich hielt es auch für angemessener, wenn Sie mich von der Notwendigkeit einer Heilbehandlung überzeugen würden.« Das kam fast zu prompt. Udo schloß die Augen, versuchte nachzudenken. Doch wozu? »Reizend«, sagte er. »Na ja, gut... Gegen einen Notarztdienst ist ja nichts einzuwenden.«

Udo legte auf. Er öffnete erst mal das Fenster. Es brachte ihn nicht weiter. Er griff noch einmal zur Flasche, ein Glas war nicht vorhanden. Wozu auch? Die Flasche hoch! – Udo war kein Whiskytrinker, er konnte nicht einmal von sich behaupten, daß er ihn mochte. Er hatte zwar schon viel Whisky getrunken, doch vermutlich nicht so schnell, nicht auf leeren Magen und mit Sicherheit nie in einer so miesen Stimmung.

»Sie wirken so vernachlässigt...«

Richtig, Claudia. Und Prost! Ich wirke nicht nur vernachlässigt – ich bin es.

Wieviel von der Flasche übrigblieb, wußte er nicht, doch als Udo später versuchte, den Abend zu rekonstruieren, stand für ihn nur eines mit Sicherheit fest: Anstatt den Wagen zur Stadt in die Wohnung einer Dame namens Ursula Ronn zu lenken, erreichte er kurz nach halb neun die Villa seines Vaters, brachte den Alfa mit einiger Mühe, doch ohne Schrammen durch die Toreinfahrt, fand die Haustüre offen und erklomm die Etage zum ersten Stock. Dort brannte Licht. Von dort drangen auch Stimmen.

Und da saß sie nun um den Tisch, die traute Familie! Das heißt, der Alte hatte ihn wohl gehört, denn er kam ihm entgegen. Käte starrte, wie nur Käte starren konnte. Christas Blick wiederum war abschätzend. Also ging er erst mal zu Käte, küßte ihr schwungvoll die Hand, ehe er Christas Mißtrauen wegumarmte und dann verkündete: »Meine Verehrung allerseits! – Hoppla! – Ich wollte sagen, ich bin sehr froh, daß ich euch nicht in den Betten finde. Ihr könnt auch froh sein. Was ihr hier erlebt, ist die Heimkehr des verlorenen Sohnes...«

Sie lachten nicht, vielleicht war es auch nicht witzig. Wie auch? Doch sein Vater, der alte Praktiker, drückte ihn auf einen Stuhl und verlangte von Käte einen starken Kaffee. Christa sah ihn unverwandt an. »Wo ist denn Katharina?«

Richtig, das blieb die Frage, die zu stellen war. »Bei Frederick«, lächelte Udo. »Seine Mama stirbt vielleicht. Und Katharina verdankt dieser Mama sehr viel. Das seht ihr doch ein? Das muß doch schließlich jeder einsehen.«

Brinkmann schob ihm ein Glas Wasser und eine Pille zu. »Schluck das erst mal!«

Udo nahm weder Wasser noch Pille zur Kenntnis. Um so mehr Christas Augen. »Mein Papa ist ein feiner Mensch, was, Christa? Du tatest gut, ihn zu nehmen und nicht mich. Du warst weise.«

Warum sagten sie nichts? Warum fragten sie nicht wenigstens? Vielleicht weil gerade in dieser Sekunde das Telefon anschlug. – Katharina? Nein, der Name paßte ihm nicht. Fremd war er, beinahe unangenehm, zumindest in diesem Augenblick.

Brinkmann hob ab, sprach ein paar Worte und kam zurück.

»Katharina?« sagte Udo.

Er schüttelte den Kopf. »Nicht Katharina. Euer Kindermädchen. Die ist ganz besorgt, ob du hier bist?«

»Wie rührend.« Udo lehnte sich auf seinem Stuhl zurück. »Wie sich alle um mich kümmern, was? Bis auf eine...«

Der Kaffee stand vor ihm. Er möge ihn doch endlich trinken, verlangte Käte. Das Wasser und die Tablette gab es auch noch. War es nicht wahr? Waren sie nicht alle rührend? Udo liebte sie. »Ich liebe euch alle!«

»Wir dich ja auch.« Es war Christa, die es sagte.

Er nickte ihr zu. »Und du wirst lachen, trotzdem bin ich auf der Flucht. Wißt ihr, vor wem? Vor einem Kindermädchen. Und vor einer Dame namens Ronn. Interessiert euch das nicht? Katharina würde es vielleicht interessieren. Sollte sie eigentlich. – Ach, Quatsch! Die sitzt am Bett einer sterbenden Ex-Schwiegermutter...«

Den Blick seines Vaters kannte Udo. Und auch die

Art, wie er seinen gekrümmten Zeigefinger über das Kinn zog. Sorgen hatte er. Zu Recht!

»Tut mir sehr leid, daß ich bei euch so einfach reinplatze.«

»Wie du siehst, hält sich unser Entsetzen in Grenzen.«

Er war duldsam, tolerant, er war der verständnisvolle Vater. Sie alle hatten soviel Verständnis, Udo aber wußte: Dein Auftritt geht zu Ende. Er legte die Hände gegen die Stuhlfläche und schob sich hoch. Klappte auch tadellos. Nur hatte Udo nicht mit Käte gerechnet.

Die war plötzlich vor ihm. Und die alten Käte-Augen, die ihn schon im Sandkasten bewacht hatten. Und der Käte-Ton, gegen den es keinen Widerstand gab.

»Du bleibst!«

»Ich bestell ein Taxi. Ich versprech's dir.«

»Du bleibst. Ich hab' schon dein Bett bezogen.«

Sein Bett? Das gab's also noch immer? Warum auch nicht... Und wieso eigentlich fühlte er diese Welle überwältigender Dankbarkeit? Wurde er wirklich nie erwachsen? Hatte er jetzt nicht die Kraft, die Situation durchzustehen, irgend etwas Besseres zu tun, als sich in der warmen Höhle seiner Vergangenheit zu verkriechen? – Er war sitzen geblieben. Es tat gut, so zu sitzen. Er dachte an die kleine schwarze Katze seiner Jugend, die stundenlang so saß. Er verstand sie plötzlich.

»Wenn du willst, kannst du gleich mitkommen?«

Wollte er?

»Schlaf deinen Rausch aus«, sagte sein Vater. »So wie's aussieht, bist du ja morgen vom Operieren befreit.«

Udo schüttelte langsam den Kopf.

Vergangenheit? Es gab auch die Gegenwart. Beides lief nebeneinander her. Doch die Gegenwart war schneller. Er befühlte die Haut seiner Wangen. Sie war stumpf gewesen wie eine papierene Maske, doch nun kam die Empfindung zurück.

»Da wirst du dich täuschen. Morgen bin ich auf Deck! Und entschuldigt noch mal, daß ich so ausrastete.« Nun stand Udo doch auf. Kätes Gesicht war anzusehen, daß sie am liebsten die Arme ausgebreitet hätte, um ihn an sich zu ziehen. Gott sei Dank unterließ sie es.

»Komm, Udo«, sagte sie nur. »Komm!«

Brinkmann und Christa blickten noch zur Tür, als sie sich längst geschlossen hatte. Sie schwiegen, bis die Schritte auf der Treppe verklungen waren. »Na?« fragte sie in die Stille.

Brinkmann nickte. »Wahrscheinlich hast du recht, das ist keine einmalige Kabbelei, das sieht nach Dauerkrise aus.«

»Ja. Er will Katharina ganz, der Arme. Sie aber gibt ihm immer nur ein bißchen. Und auch nur, wenn sie Lust dazu hat.«

Brinkmann griff nach der Pfeife und entzündete den Rest Tabak, den er noch vorfand. »Schade. Aber ich hatte von Anfang an das Gefühl... Quatsch! Man kommt sich immer so weise vor. Und wird's wohl nie.«

Sie lächelte.

»Weißt du, wo der Haken ist? Die Gefühlsduselei.«

»Liegt wohl in der Familie.«

»Komm, laß mich in Frieden. Aber er ist wirklich zu sentimental. Er rennt sich die Stirn an Katharinas Kühle wund.«

»Oder an ihrer Vernunft.«

»Was ist das schon, Vernunft?«

Wieder lächelte sie. »So vernünftig ist sie übrigens auch nicht.«

»Wie kommst du da drauf?«

»Na, überleg doch mal! Ich engagiere doch nicht ein bildhübsches Kindermädchen, wenn ich sechs Abende in der Woche nicht zu Hause bin.«

»So?« Der Tabak schmeckte ihm nun doch zu bitter. Er legte die Pfeife weg. »Hör mal! Weißt du was? Bei mir könntest du das ruhig machen.«

Sie lachte, stand auf, kam zu ihm, legte ihren Arm um seine Schulter und drückte ihn an sich. »Das könnte dir so passen!«

*

Auf so dummen Kram wie Traumgesichter oder gar Wahrträume hatte Sebastian Storch nie was gegeben. – Mumpitz!

Doch wenn er im Schlaf wieder erleben mußte, wie sein Alter mit erhobenem Wagscheit losstürmte, um ihn vom Hof zu jagen, dann war es etwas anderes. Dann wußte Storch, daß irgend etwas mit ihm geschah. Dann hatte er Furcht, obwohl er doch diesen Traum immer wieder träumte.

So war es auch dieses Mal.

Noch keuchte er. Noch hatte er die Augen geschlossen. Noch rannte er so schnell er konnte vor dem furchterregenden Gebrüll den Hofhang hinab.

Und plötzlich wußte er auch, wieso er solche Angst hatte: Das Geld vergessen!

Dein Geld!

Im Koffer liegt es, oben im Hof, unter dem Bett...

Sebastian Storch fuhr hoch und riß die Augen auf: »Wo ist mein Geld?«

»Das wissen Sie doch genau«, sagte eine Stimme. Es war nicht die Stimme des Alten, der brüllte ja nur, es war die Stimme einer Frau.

Langsam klärten sich die Nebel des Betäubungsmittels. Sebastian Storch nahm die Welt wieder in sich auf: Dies war ein Krankenzimmer! Und dort stand auch nicht der Alte mit dem Wagscheit, sondern ein Mädchen in blütenweiß gestärkter Schwesterntracht. Nina! »Das Geld?« sagte er trotzdem.

»Ihr Geld ist im Koffer. Das weiß doch jeder. Und den Koffer hat der Herr Professor. Das müßten zumindest Sie wissen.«

Storch nickte erschöpft, schloß die Augen und sank in die Kissen zurück. »Dann ist es ja gut.« Und nach einer Weile, als sich ihm nach angestrengtem Nachdenken die Fakten wieder zusammenfügten, setzte er hinzu: »Anscheinend habe ich die Operation überstanden...«

»Das haben Sie.«

Ninas Hand schob sich unter seinen Kopf, hob ihn ein wenig hoch. Er spürte, wie sich der Rand eines Bechers gegen seine Lippen drängte. »Und jetzt trinken Sie das.« Er trank. Es schmeckte scheußlich.

»Pfui Teufel! Was ist das?«

»Das ist was gegen Thrombose. Das gibt's jetzt jeden Tag.«

»Was man alles über sich ergehen lassen muß. Schmeckt wie Gift...«

Aus der Ecke kam die Stimme. Es war die Buttweilers: »Klar doch. Gift für Giftzwerge!«

Buttweilers Bemerkung brachte Sebastian Storch wieder voll an Deck: »Du, halt die Klappe! Der Buttweiler ist vielleicht ein Kotzbrocken.« Er wollte den Kopf drehen und eine Grimasse schneiden. Das ging nicht so gut.

»Ja, ja«, meinte Nina, »und Sie sind ein Engel.«

Darauf brauchte Sebastian Storch keine Antwort zu geben. Denn gerade hatte sich die Türe geöffnet und im Spalt erschien der rotverbrannte, magere Kopf des Dr. Alfons Ketterer.

»Darf man reinkommen?«

»Alfons!« Sebastian Storchs Herz machte einen kleinen Freudenhüpfer. »Du schon. – Nimm dir einen Stuhl. Wie geht's meinem Hund?«

»Der hat mich in die Hand gebissen.«

Storch grinste. »Dann geht's ihm gut. Und der Ziege und dem anderen Viehzeug?«

Ketterer zog sich einen Stuhl ans Bett, setzte sich, griff in seine Jackentasche und zog die Brieftasche hervor. Er sagte: »Ich habe elf Eier und knapp einen Liter Milch mit nach Hause genommen.«

Umständlich klappte er die Brieftasche auf, zog ein Bündel Hundertmarkscheine heraus und zählte sechs davon auf Storchs Nachttisch.

Nun war es an Storch zu staunen. »Was ist das denn?«

»Geld ist das. Ich habe sechshundertfünfzig für deine Fußbank bekommen. Meine Rechnung machte fünfzig.«

Storch schob sich hoch. Er schüttelte den Kopf. In seinem Schädel begann es nun wieder klar und richtig zu ticken. Na, Gott sei Dank. Mißbilligend starrte er in das Gesicht des Arztes: »Du bist vielleicht ein Trottel! Achthundert, ja tausend hättest du heraushandeln können.«

Ketterer blinzelte verblüfft. Er wußte das also?

»Na, hör mal, Alfons! Mit solchem Kram habe ich jahrzehntelang einen schwunghaften Handel getrieben. Steck das Geld weg! Ich darf mich nicht aufregen, ich bin frisch operiert.«

Ketterer nickte bedächtig. Der Storch hatte ja recht. Außerdem, er kannte seine Pappenheimer. Warum also nicht? »Danke«, sagte er nur, packte die Brieftasche ein und war froh, daß das zähe Schweigen, das nun entstanden war, durch das Auftauchen Brinkmanns beendet wurde.

Er erhob sich. Sie schüttelten sich die Hände.

»Renz sagte mir, daß du hier bist«, strahlte Brinkmann. »Grüß dich, Alfons! Da hast du mir ja einen auf den Hals geladen...«

»Ein sturer Kerl, was?« nickte Ketterer.

Sie lachten beide und betrachteten den Mann im Bett. Storch wollte schon wieder hoch, aber Brinkmann drückte ihn zurück: »Hören Sie, Sie sind frisch operiert.«

»Ging alles gut?«

»Na klar. Bei mir schon.«

»Wo haben Sie denn meinen Koffer?«

»Zu Hause.« Das Lächeln auf Brinkmanns Gesicht verschwand und machte einem grimmigen Staunen Platz. »Sagen Sie bloß, Sie wollen...«

»Doch, doch«, versicherte Storch. »Ist mir lieber, wenn ich ihn wieder bei mir habe.«

Brinkmann seufzte: »Hör dir das an! – Na gut, Herr Storch, ich bring' ihn heute nachmittag mit.«

»Aber nicht vergessen. Ich will ja bald nach Hause.«

»Ein paar Tage müssen Sie uns schon noch mit Ihrer Anwesenheit beglücken.«

Storch ächzte, schloß die Augen und zog die Bettdecke übers Kinn. »Siehst du«, murmelte er, »siehst du, Alfons: Du mußt meine Viecher doch noch füttern.«

Brinkmann sah zu Ketterer, dann zu Storch. Er glaubte, sich verhört zu haben. »Was sagen Sie da?«

Doch Storch war eingeschlafen.

»Soll das heißen, daß du, Alfons...?«

Ketterer hob die Schultern: »Was bleibt mir schon übrig?«

*

Sechs Tage später wurde Sebastian Storch entlassen.

Der »Mann mit dem Koffer« war noch während des

Klinikaufenthalts zu seiner eigenen Legende geworden. Nina hatte Schwierigkeiten, die Neugierigen abzuwehren. Eine Frau aus Zimmer 16 bot ihr sogar eine Schachtel Pralinen an, wenn sie einen Blick auf den armen Verrückten werfen dürfe: »Bitte, Schwester! Nur ein einziges Mal. Wissen Sie, ich möchte mal sehen, wie einer auf dem Koffer schläft.«

Dabei schlief Storch ja gar nicht darauf. Der Koffer blieb unter dem Bett. Sobald er sich niederlegte, kam der Plastikbeutel mit dem Geld unters Kopfkissen. Als einmal Evi, eine der Jungschwestern, das Kissen aufschütteln wollte, wäre es beinahe zu einer Katastrophe gekommen.

Nicht nur, daß Storch der zu Tode erschrockenen Evi an den Hals ging, sein durchdringendes Hilfegeschrei rief Hildegard und Udo, zuletzt auch Mühlmann auf den Plan.

»Ich habe ihm schon zum hundertsten Mal angeboten, seine verdammten Moneten im Tresor wegzuschließen!«

Der Verwaltungsdirektor rechtfertigte sich in Brinkmanns Büro, später sogar in der Kantine. Dort müsse er sich auf all den Ärger dringend einen Cognac genehmigen. »Und wissen Sie, was er mir sagte? Ob ich schon mal was von Einbrüchen gehört habe? Und ob ich im Ernst annehmen würde, auf meine Scheiß-Konservendose von Geldschrank sei Verlaß?!«

Auch Buttweiler, Storchs Bettnachbar, kam auf seine Kosten.

Im Aufenthaltsraum oder in der Besucherecke verbreitete er immer haarsträubendere Geschichten. Wer Buttweiler eine Zigarre anbot, konnte vernehmen, welch schreckliche Drohungen Storch nachts ausstieß, wie er im Traum mit den Zähnen knirschte oder was er gesagt hatte, als Buttweiler ihn mal auf dem Klo beim Geldzählen erwischte.

Als es dann soweit war und Storch, in der einen Hand den Koffer, in der anderen einen Einkaufsbeutel mit Frühstücksbrötchen, Zuckerbeutel und Marmeladenbechern, dem Ausgang zuschritt, fühlte nicht nur Udo ein heimliches Bedauern: Schade um den Storch! Was für eine Figur verließ die Klinik! Man hatte doch immer was zu erzählen und zu lachen gehabt.

Hilfreich ging er ihm entgegen: »Kommen Sie! Nun lassen Sie mich mal. Bis zum Ausgang. Einmal wenigstens möchte ich den Koffer tragen.«

Dies war weder Scherz noch Provokation, sondern Udos tiefster Ernst. So schien Storch das Angebot auch anzunehmen. Zu Udos Überraschung nickte er bereitwillig.

»Na ja, du bist der Sohn vom Chef. Dann trag mal.«

Udo trug. Nicht bis zum Ausgang, bis zur Halle. Denn dort klopfte die Scheufelen von der Aufnahme gegen die Scheibe.

»Herr Doktor, das Telefon!«

»Na dann – alles Gute!«

Storch nickte nur und stapfte weiter.

Das Telefon? Udo ließ sich mit der Hallenkabine verbinden und hob ab. Es war nur eine unbestimmte Hoffnung und sie begleitete ihn schon die ganzen Tage. Aber diesmal behielt er recht.

Katharina!

Er brachte zuerst keinen Ton heraus. Er wickelte sich die Telefonschnur um die Hand und zerrte so stark daran, daß sie ins Gelenk schnitt. Auch das merkte er nicht. Was sagte sie da? Fredericks Mutter gestorben? – Er hatte Mühe zu reagieren. »Das tut mir aber leid. Tut mir wirklich leid, Katharina.«

Sein Herz klopfte. Wieso eigentlich? Herrgott, reiß dich zusammen!

»Udo? Udo, bist du noch da?«

»Klar. Aber sicher, Liebling.«

»Du, ich fahr' jetzt zurück.«

»Was?«

»Ja. Ich wollte dir sagen: Vergessen wir doch den komischen Streit, den wir vor meiner Abfahrt gehabt haben.«

»Natürlich.«

»Wir waren beide – na ja, sagen wir, in schlechter Form. Jedenfalls: Es tut mir leid. Ich möchte, daß wir uns wieder vertragen.«

»Das möchte ich auch.«

»Das ist schön. Ist mit Angie alles klar?«

»Ja, natürlich.«

»Gut, ich freue mich auf dich.«

ICH FREUE MICH AUF DICH! – Udo hatte die verdammte Schnur endlich vom Arm, ließ dafür den tutenden Hörer baumeln, lief quer durch die Halle, stieß vor dem Lift ausgerechnet auf Hildegard, erkannte sie zuerst gar nicht, und als er dann sah, wen er da vor sich hatte, griff er der schreckerstarrten Oberin unter die Achseln, hob sie hoch, drehte sie dreimal in der Luft, küßte sie dabei auch noch auf die Nase, ehe er sie absetzte und weiterrannte.

»Na, so was!« Hildegard schluckte. Nicht nur ihr Häubchen, auch die Brille war verrutscht.

Jetzt war der junge Brinkmann also endgültig verrückt geworden! Der auch noch...

*

Bölau hatte seinen zweiten Stumpen zerkaut. Er kurbelte das Fenster des Wagens herunter und warf ihn hinaus.

War ja doch zwecklos...

Wieder musterte er das Schild an dem Haus auf der anderen Straßenseite: TV- UND RADIO-GESCHÄFT

METZNER. Bölau hatte zwanzig Minuten gewartet. Wahrscheinlich war Metzner gar nicht drin. Wahrscheinlich war er auf dem Gericht – oder beim Gerichtsvollzieher...

Er streckte die Hand nach dem Zündschlüssel aus.

In diesem Augenblick öffnete sich drüben der Lieferanteneingang.

Und da war er! Auch noch mit Frau.

Bölau wollte aussteigen – doch nein, das wäre ein taktischer Fehler. Er ließ den Motor anspringen, fuhr einen rasanten Halbbogen und stoppte direkt vor Metzners Füßen.

Metzner zuckte zusammen. Am liebsten wäre er wohl zurück ins Geschäft gerannt.

Die Frau war sauer! – Einen Blumenstrauß hatte sie auch noch in der Hand...

»Hallo, Georg«, sagte Metzner.

»Tag, Alwin! Tag, Frau Metzner.«

Bölau stieg aus. »Na, Blumen? Besuch machen?«

»Ja, Georg. Krankenbesuch. Bei meinem Vater. Der ist in der Klinik. Und du?«

Bölau hielt sich zurück. Schließlich: als Bauunternehmer kennt man solche Situationen, und Metzner war ja auch nicht sein einziger Schuldner. Aber was der sich langsam leistete, wurde zuviel! »Na ja, ich bin auf Tour. Mal nach dem Rechten sehen. Da wir schon dabei sind, paß mal auf: Warum bezahlst du eigentlich deine Schulden nicht?«

Die Frau war weitergegangen. Sie schloß die Wagentür des blauen Mercedes auf, der vor dem Geschäft parkte, und stieg ein. – Mercedes! dachte Bölau. Was sonst?

»Also, was ist?«

»Ich hab' Außenstände, Georg. Ich bezahl' dich ja. Aber du weißt doch, wie das manchmal so ist...«

Bölau wußte, wie es bei Metzner war. Jeder in

Offingen wußte es langsam. Und genau das war auch das Problem.

»Alwin, Mensch! Dreiundzwanzigtausend krieg' ich von dir. Die stecken da drin. In deinem Anbau. Wenn du wenigstens die Hälfte überwiesen hättest, wie du das versprochen hast.«

»Georg, ich könnte dir ja… Zweitausend könnte ich lockermachen. Nächsten Monat.«

Bölau hielt sich für einen geduldigen Menschen, aber nun spürte er, wie ihm der Hals eng wurde. Und in seinen Ohren war so ein Dröhnen.

»Zweitausend, Alwin? Ist das dein Ernst? Ich hab' zufällig Leitmann getroffen. Bei dem stehst du auch mit fünftausend in der Kreide. Alwin! Hast du dich übernommen?«

»Was heißt übernommen? Das Finanzamt hat mir 'ne Nachzahlung aufgebrummt.«

Wenn du ihm zuviel Angst einjagst, sagte sich Bölau, bringt dich das nicht weiter. »Kann denn dein Vater da nicht mal einspringen?«

»Der hat mir schon ein paarmal ausgeholfen. Dem kann ich nicht schon wieder kommen.« Metzners Lippen zitterten. »Aber ich hab' ja einen Großauftrag in der Siedlung. So gut wie sicher hab' ich den in der Tasche. Da klingelt's dann wieder…«

»Na gut, dann laß es mal klingeln.« Bei soviel Traumtänzerei verlor Bölau seine Argumente. Mehr war wohl im Augenblick auch nicht drin.

Nur eines noch sollte Metzner begreifen: »Du, diesmal mein ich's wirklich ernst. Sieh zu, daß du mit meinem Geld rüberkommst. Sonst geh' ich zum Anwalt. Tät mir leid, wirklich, aber auch ich muß meine Arbeiter bezahlen.«

Alwin Metzner nickte stumm.

Bölau hob die Hand. »Na, dann mach's mal gut!«

Mach's mal gut?… Als Alwin Metzner in den

Wagen stieg, erkannte er sofort, daß Annetilde alles mitbekommen hatte. Na, um so besser! Er fuhr an, steuerte den Wagen durch den Verkehr und dachte: Zehntausend, nein, fünfzehn brauch ich sofort! Zehn für Bölau, der Rest für die anderen. Herrgott, wenn das so weitergeht... Ein richtiger Sumpf war das doch schon. Und keiner, der dich rauszieht aus dem Dreck! – Wie war's denn bei den Kollegen in Freiburg? Drüben in Lörrach hatte er auch erst kürzlich mit Hohlmüller gesprochen. Die Regale waren überall voll mit Geräten, auch der Videorecorder-Boom sackte ab – ja, die hatten dieselben Sorgen! Und daß man sich mal übernahm? Er habe den Markt falsch eingeschätzt, warf ihm Annetilde vor. Aber das konnte jedem passieren...

Warum sagte sie nichts? Hockte da neben ihm, klopfte mit den Fingern auf dem Obstkörbchen herum, starrte stur geradeaus.

»Paß doch auf, du Idiot!«

Beinahe hätte er einen Fußgänger überfahren. Metzner sah im Rückspiegel, wie der Mann die Fäuste schüttelte. Er gab wieder Gas. Die Hauptstraße. Die Kreuzung vor der Brücke. Er fuhr jetzt langsamer. »Bölau wird nicht der einzige sein, der zum Anwalt geht.«

Annetilde sagte es nicht zu ihm, sie sagte es zur Scheibe, zur Straße oder in diesen grauen, regnerischen Himmel hinein.

Sie wollte ihn also fertigmachen? Na gut. Er würde Luise entlassen, dann konnte sich Annetilde ja wieder ins Geschäft stellen wie früher, statt in ihrem Bungalow Modezeitschriften zu lesen oder die Blumen zu gießen. Ihren Wagen konnte er auch verkaufen. Einen Zweitwagen? Wieso? Weg! – Der brachte mindestens zehntausend Mark.

Die zehntausend für Bölau... Ihre ganzen Pelzmäntel? Auch damit ließ sich was anfangen! Das überlegte Metzner, und weil die Wut in ihm hochkochte, sagte er es auch. Sie aber schwieg die ganze Zeit, als er auf sie einhackte. Sie hatte nichts als ein weißes steinernes Profil, etwas, das nicht mehr zu ihm gehörte, nein, sie heulte nicht, Annetilde war nicht der Typ, das war sie nie gewesen. Sie hielt ihn für einen armen Irren.

»Sonst noch was?« fragte sie.

Sie hatten die Klinik erreicht.

Er steuerte den Wagen über die Auffahrt hinüber zum Parkplatz. Er hatte sogar Mühe, für den Mercedes eine Lücke zu finden. Besuchsstunde. Wenn man danach ging, wieviel Besucher da angerollt waren, mußte die Klinik bis unters Dach besetzt sein. Die brauchten sich nicht mit unverkauften Geräten rumzuschlagen. Das Geschäft lief! Krank wurde man immer, gestorben wurde auch, ja, und außerdem gab's die Dauerkunden, so wie Vater...

Metzner wollte aussteigen, doch Annetilde griff nach seinem Arm und hielt ihn zurück: »Was du mir da vorhin geboten hast, wollen wir mal vergessen. Aber laß uns das jetzt mal überdenken.«

Er ließ sich in den Sitz zurücksinken, schloß die Augen.

Was gab es schon zu überdenken? Alle Lösungsmöglichkeiten schienen erschöpft. Und als er nun sagte: »Wenn wir wenigstens die Mansarde meines Vaters vermieten könnten, brächte das auch dreihundert...«, kam es ihm selbst hilflos und läppisch vor. »Das ist doch nur ein Tropfen auf den heißen Stein.«

Sie hatte recht. Umgekehrt: Seit drei Jahren war der Alte nur noch in Krankenhäusern und Kliniken zu Hause!

»Selbst wenn er stirbt«, hörte er sie da sagen, »aus dem Sumpf bringt uns das nicht.«

Hatte er dasselbe nicht schon oft genug gedacht? Aber es so einfach und brutal auszusprechen? »Intensivpflege«, sagte sie, »und dieser ganze Gerätepark, den die da aufgezogen haben? Erster Klasse muß er auch noch liegen! Dabei ist er kaum versichert. Und geht's ihm besser? Nein. Das Resultat, rechne es dir doch aus!«

»Es ist sein Geld«, sagte Metzner. »Hat er sich verdient. Mit schwerer Arbeit hat er sich's verdient.«

Nun sah sie ihn doch an. Annetilde hatte hübsche haselnußbraune Augen. In diese Augen hatte sich Metzner einst verliebt. Nun schienen sie ihm hart und flach.

»Dann jammere nicht.«

Er ließ den Atem aus. Sie hatte ja recht: Metzner hatte oft genug dieselbe Kalkulation aufgestellt, flüchtig nur, um sie dann wieder zu verdrängen. Jetzt rechnete sie ihm unerbittlich vor: Dreihundert Mark am Tag! In einem Jahr waren das praktisch hunderttausend. In zwei Jahren das Doppelte. Die Versicherungen? Zehn, höchstens zwanzig Prozent würden sie übernehmen, hatten sie geschrieben. Das Geschäftsgebäude konnte er jetzt schon abschreiben, bedeutete das. Jede Zahl stimmte. Und doch wehrte er sich dagegen.

»So kann ich doch nicht rechnen! Ich kann doch ein Menschenleben, und schon gar nicht das meines Vaters – das kann ich doch nicht nach dem Gesichtspunkt der Rentabilität...«

»Was heißt das schon? Es geht um das Geld, das die in der Klinik mit ihm machen. Wie war das denn früher? Da sind die Menschen still und friedlich gestorben, wenn sie alt und todkrank waren. Und heute? Heute verdienen sich Ärzte und Pharmaindustrie erst mal duslig daran, bis sie einen abtreten lassen.«

Auch das stimmte.

»Es ist sein Geld.«

Doch sie gab nicht auf. »Seines, ja. Im Moment...« Aber was denn werde, wenn das Vermögen aufgebraucht sei? Wenn die Klinik und die Apparate den letzten Groschen verschlungen hätten?

»Was dann, Alwin?«

Sie legte ihre Hand auf seine Schulter. Der Griff tat weh. Sie sah ihn an und ihr Blick war schlimmer als zuvor: »Dann sind wir dran, Alwin! Was willst du dem Bölau sagen? Und den anderen Gläubigern? Willst du sagen, es tut mir leid, aber ich kann die Rechnungen beim besten Willen nicht bezahlen, denn ich finanziere die Krankheit meines Vaters?«

Er schob die Hand von seiner Schulter und stieß die Türe auf. »Jetzt hör bloß auf, ja? Sag's ihm doch. Aber ich will davon nichts wissen. Und schon gar nicht, wenn ich ihn besuche.«

*

Schlank und braun war das Mädchen.

Da lag es nun auf einen Felsen hingestreckt, den Oberkörper zurückgebogen, und ihre kleinen, festen Brüste schimmerten in der Sonne.

Wie zwei Äpfelchen! dachte Friedrich Metzner. Ja, so appetitlich wie Goldparmänen. Doch dort, wo das Mädchen lag, wuchsen wohl keine Goldparmänen? – Palmen sah man, blaues Meer und weiße Häuser...

»Jedes Jahr«, so stand unter dem Zeitungsfoto, »fährt Jutta aus Hamburg nach Ibiza, um Sonne aufzutanken und so einmal richtig sie selbst zu sein.«

Jutta aus Hamburg...

Und einmal so richtig sie selbst zu sein!

Von den Zeitschriften und Fotomagazinen, die Friedrich Metzner in seinem Krankenhausspind sammelte und die er gelegentlich auch in der Nachttischschublade versteckte, kannte er den Namen Ibiza. Ein Paradies wohl?... Schicke Hotels gab es dort und so viele schöne Frauen! Auf Baden und Schwimmen hatte er eigentlich nie was gegeben, Wasser machte ihm angst, aber sonst? – Und so teuer war es auch nicht...

Ja nun, dieses Ibiza würde er wohl kaum mehr erleben. Doch warum sollte er nicht wenigstens an den Fotos seine Freude haben? Jutta zum Beispiel – sie hatte einen so schönen, zarten, jungen Körper. Ein bißchen erinnerte sie Friedrich Metzner sogar an seine Schwiegertochter Annetilde.

»He, Herr Metzner! Jetzt hören wir aber mal mit den Träumen auf.«

Diesmal versteckte Friedrich die Zeitschrift nicht unter der Bettdecke, wie er's manchmal tat, wenn die Schwestern reinkamen. Das war ja Mischa. Vor Mischa gab's keine Geheimnisse. Den mochte er. Und Mischa ging ja auch manchmal für ihn an den Zeitungskiosk. Der hatte für alles Verständnis. Ein netter Junge!

»Na, was sagst du dazu? Heißt Jutta.«

»Superklasse! Wirklich, Herr Metzner.«

»Wie Goldparmänen«, wiederholte Metzner andächtig.

Mischa grinste, schlug Friedrich Metzners Bettdecke zurück und begann, wie Dr. Römer ihn geheißen hatte, den mageren Körper mit einem Entspannungsmittel zu massieren.

»Ich freu mich da immer, Mischa. Ich mein, daß es so was gibt. Es ist wirklich wie mit den Äpfeln oder den Blumen. Ich mag ja Blumen auch gern. Und wenn der liebe Gott Blumen oder so ein hübsches Mädchen erschaffen hat, warum darf man sich dann nicht darüber freuen? Stimmt's?«

»Und ob das stimmt.« Mischa bestätigte es mit Überzeugung.

»Du denkst sicher, was hat der alte Knacker noch mit so Sachen am Hut? Ich will's dir sagen, Mischa: Man liebt immer das, was man nicht hat! Ich les' auch Liebesromane zum Beispiel... na gut, du brauchst das nicht. Du hast's. Ich hab' deine Freundin gesehen.«

Mischa zog zwei energische Daumen über Metzners vorstehendes Schulterblatt. Dann widmete er sich den Unterschenkeln.

»Ich bin verheiratet, Herr Metzner.«

»Ah, verheiratet?«

Das hätte Metzner nicht vermutet. Er hatte sie doch gesehen, die beiden, unten im Garten, Arm in Arm. Das war also Mischas Frau? Dabei sah sie aus wie 'ne Siebzehnjährige. Ja nun, zu seiner Zeit gab's auch welche, die so früh geheiratet hatten... Eine angenehme Überlegung. Und Friedrich Metzner hielt sich gern an angenehmen Überlegungen fest. Doch nun verdüsterten sich seine Gedanken.

»Mischa! Ist es nun raus, wann ich operiert werden soll?«

Mischa schüttelte nur den Kopf, und Metzner ergab sich wieder seiner Hand: Durchblutungsstörungen. Er hatte sie am Bein. Und Dr. Römer hatte gemeint, eine Operation könnte das vielleicht bessern. Er wollte sich aber vorsichtshalber noch mal mit Professor Dr. Brinkmann besprechen. Eine Operation war wohl was Riskantes? Aber wenn's half...

»Weißt du, Mischa, ich leb' halt noch ganz gerne. Aber wenn's dann mal zu Ende ist, sag' ich auch: Dein Wille geschehe...«

»Amen!« meinte Mischa, richtete sich auf und schraubte den Deckel auf den Salbentopf. Er hörte Schritte draußen: Besuch. Gleich würde die Türe aufgehen. Ja, das galt dem Zimmer 32...

Rasch nahm er das Magazin, klappte es zu, sah vorne auch noch 'ne Busenfrau, drehte es um.

Diskret verstaute Mischa die Traumsammlung des alten Metzner im Unterbau des Nachtkästchens neben dem Topf.

Und da waren sie!

»Tag, Vater!«

Annetilde stellte die Blumen in die Vase, kam ans

Bett und küßte den Alten auf die Stirn. »Wir haben dir frisches Obst mitgebracht und deine Lieblingskekse.«

Metzner nickte. Annetildes Stimme klang fröhlich. Und wie sie da auf dem Bett saß, kam wie eine Vision das Wort »Ibiza« und eine in der Sonne schimmernde Annetilde herangeweht. Doch dieses Bild verbot sich nun doch. Schließlich: Annetilde war seine Schwiegertochter!

»Ja«, sagte sein Sohn, »und wir haben auch Post für dich. Bankauszüge und was vom Rentenversicherungsamt.«

Der alte Metzner nickte wieder. Was macht Alwin bloß für ein Gesicht? Stand rum wie ein Holzklotz, die Hände gefaltet, als besuche er eine Beerdigung.

»Vielleicht ist das die bescheinigte Rentennachzahlung«, vermutete Annetilde. Auch die hatte jetzt so einen komischen Ton in der Stimme.

»Das les' ich in Ruhe«, beschied Friedrich Metzner. »Wenn ihr weg seid. Hier muß man sich alles einteilen. Schon wegen der Langeweile. So hab' ich immer was zu tun. Wie ist das, im Geschäft alles klar?«

Wieder eine Pause. Eine ziemlich lange sogar. Und diese Guckerei! Was hatten sie bloß?

Was immer es war, Metzner beschloß, sich nicht mit ihrem Ärger zu belasten. Er hatte selbst genug.

»Vielleicht werde ich operiert. Wenn nicht, bin ich in zwei bis drei Wochen wieder zu Hause.«

»Um dann in ein paar Tagen wieder eingewiesen zu werden.«

Metzner nickte trübsinnig. Ganz schön hart war Annetilde heute. Aber da lächelte sie schon wieder.

»Na ja, das mußt du doch zugeben: Es ist ein ewiges Hin und Her, oder?«

»Andere sind schlimmer dran«, sagte Metzner. »Über große Schmerzen kann ich ja nicht klagen, wenn nicht gerade die Niere verrückt spielt.«

Nun machten sie beide Begräbnisgesichter. Dabei waren sie sehr lieb. Sie hatten Mitleid mit ihm. Zum Teufel, das konnten sie sich an den Hut stecken! Er brauchte es nicht.

»Soll ich dir einen Apfel schälen, Vater?« fragte Annetilde.

»O ja, prima!«

Sie holte ein Messer aus der Tischschublade und begann. Sie machte es sehr genau. Sie sah nicht einmal auf, als sie sagte: »Wir haben gerade den Bölau getroffen. Der droht mit dem Gericht, weil eine Rechnung aussteht. Weißt du, Alwin mußte erst mal das Finanzamt zufriedenstellen...«

Bölau. Finanzamt. Die Post...

»Ist das eine Goldparmäne?«

»Wie bitte?«

»Nein, das ist keine.« Friedrich Metzner schüttelte den Kopf. »Das ist eine Goldreinette. Gib mal her. – Gut. Prima sogar. Weißt du was?«

»Was denn?«

»Meine Geschmacksnerven sind noch völlig in Ordnung!« sagte Friedrich Metzner...

*

»Sie wollten mich sprechen?«

Nein, da ließ sich nichts sagen, wie er ihnen so entgegen kam, machte er 'nen ganz netten Eindruck, dieser Dr. Römer. Braune glatte Haare hatte er, und ein anteilnehmend-freundliches Gesicht.

Annetilde Metzner jedoch war entschlossen, sich von solchen Äußerlichkeiten nicht täuschen zu lassen. Die spielten doch alle dasselbe Spiel. Ihr einziges Interesse lag darin, den Alten so lang wie möglich zu schröpfen. Den Alten? Alwin auch. Sie alle.

»Entschuldigen Sie, wenn wir einfach so auf dem

Gang...« Annetilde zwang sich ein liebenswürdiges Lächeln ab. »Aber mein Mann wollte Sie mal was fragen.«

Das wollte Alwin eigentlich nicht, unmöglich fand er es, den Chef der Inneren ohne Voranmeldung zu überfallen. Das war doch ein hohes Tier, und hohe Tiere haben zu tun.

Doch wenn Annetilde mal was in die Hand nahm, konnte kein Argument, konnten keine zehn Pferde sie stoppen.

»Aber bitte!« sagte Dr. Römer.

Alwin bewegte die Lippen. Sein dickes Gesicht lief rot an. Das kannte sie, das war in letzter Zeit immer so: Stotterei und Verlegenheit.

»Wir verstehen nun mal nichts von Medizin«, begann Alwin. »Deshalb ist es schwierig, Fragen richtig zu formulieren...«

Annetilde hob die Hand. Klarheit war angebracht. »Die Frage ist einfach, Herr Doktor: Wie lange macht er's noch?«

»Wie bitte? Sie meinen...?«

»Ich meine meinen Schwiegervater.«

Römer legte den Kopf schief: »Tja, liebe Frau Metzner, Ihr Schwiegervater ist nun mal fünfundsiebzig und hat starke Durchblutungsstörungen. Die Niere funktioniert nur sporadisch, und der Diabetes ist auch nicht leicht in den Griff zu bekommen. Also zusammengenommen...«

Römer zögerte. Er hatte seine Routineantwort abgespult, aber die Frage beeindruckte ihn nun doch, und die Art, wie sie gestellt wurde – unglaublich!

»Ja, bitte!«

»Wissen Sie, das ist einer jener Fälle, wo es, ehrlich gesagt, morgen zu Ende sein kann. Aber mit etwas Glück auch erst in ein paar Jahren.«

»Glück nennen Sie das?« Laut hatte Annetilde es

nicht gesagt, war ihr ja nur so entfahren. Wie dieser Römer guckte!

»Bitte?«

»Ich meine«, setzte sie hastig hinzu, »es ist doch nur eine ewige Qual für ihn.«

Römer lächelte bedrückt: »Ach, Frau Metzner! Ich will Ihnen gerne mal zwei Kranke zeigen, wo es wirklich eine Qual ist. Ihr Schwiegervater hat ja durchaus noch Lebensfreude. Sie ist seinem Gesicht abzulesen, spricht aus jedem seiner Worte. Und sehen Sie, Lebensfreude gibt einem Kranken manchmal mehr Kräfte als alle unsere Medikamente zusammen.«

Er drehte den Kopf zu einer der Türen, die sich gerade geöffnet hatte. Eine Schwester stand dort. »Herr Doktor!«

»Entschuldigen Sie. Frau Metzner – Herr Metzner, ich muß leider... Ein schönes Wochenende!«

Sie sahen ihm nach. Die Hände in den Taschen segelte er den Gang hinab und verschwand in einem der Krankenzimmer.

Annetilde war wütend. Auf diesen Römer, der sich mit dummen Sprüchen rausredete, auf diesen ganzen Klinikschuppen, auf sich, ja, auch das. Wie lange macht er's noch? – Natürlich war das eine dumme Frage gewesen. Da winden die sich doch immer raus.

»Wir hätten ihn fragen sollen, ob sich der ganze Aufwand überhaupt lohnt.«

Er starrte sie an. »Dann frag' du das doch.«

»Mach ich auch.«

Auf seinem runden Gesicht erschienen schon wieder diese Flecken. Was war bloß aus Alwin geworden?

»Was ist denn dabei? Wir melden uns beim Chefarzt an.«

Annetilde wollte sein Gesicht nicht sehen, sein Getue nicht länger mitmachen. Sie drehte sich um, marschierte, den Kopf erhoben, den Gang entlang, fragte eine Schwester, die ihr entgegen kam: »Wo geht's denn da zu Dr. Brinkmann? – Aha, ein Stock tiefer? Na gut, danke.«

*

Auf der Feldbergkuppe lag angeblich bereits Schnee... Man sah es nicht, wie auch, wenn der Nebel seine weißen, kühlnassen Feuchtigkeitsfahnen bis in die Täler hängte?

Doch es ließ sich nicht leugnen: Der Winter kam! Dabei war es dem Kalender nach noch Herbst.

Ehe die Stürme im Klinikpark die letzten Blätter von den Zweigen rissen und die Welt ihre Farbe gänzlich verlor, griff der Winter auch nach den Herzen der Menschen: Die Zeitungen standen voll schlimmer Nachrichten. Politikerstreit. Krieg der Sterne. Umweltschäden. – Vor den Klinikeingängen reihten sich Regenschirme, und die Besuchergesichter wirkten verdrossen, leidgequält, gleichgültig.

Zwar waren in diesem Oktober in der Klinik nur zwei Todesfälle zu verzeichnen, doch der Allgemeinzustand bei vielen Schwerkranken verschlechterte sich alarmierend, und auf der Frauenstation hatte es sogar einen Suizidversuch gegeben: Ein junges, drogenabhängiges Mädchen aus Neukirch. Es hatte versucht, sich die Pulsader aufzuschneiden.

Nun, es war noch mal gutgegangen.

All diese traurigen Dinge erfuhr Käte am Mittagstisch, wenn die Brinkmanns dasaßen und schweigsam ihre Suppe löffelten, und sie paßten wie Kettenglieder in die düstere Folge dieser Tage. Auch von Udo war nichts zu sehen, nicht mal die Kleine zeigte sich. Die Stimmung oben in der Villa sei muffig, hatte Klaus gesagt.

Nun, muffig war sie auch in der Brinkmann-Villa. Muffig? – Unerträglich seit heute morgen!

Käte saß in ihrer Küche. Den Lehnstuhl hatte sie

ans Fenster geschoben. Man sah ja besser gleich gar nicht raus. Molli hockte neben ihr und himmelte sie an. Auch Molli hatte bei Käte wenig Chancen, gerade daß sie gelegentlich ihren runden, warmen Kopf tätschelte.

Molli knurrte. Ein bedrohliches Geräusch war es nicht. Das Knurren sagte: »He, paß auf! Mich gibt's auch noch!«

Käte nickte traurig: »Entschuldige schon, Molli... Aber weißt du: Manchmal ist's wirklich zum Verrücktwerden!«

Molli wedelte mit dem Schwanz. Käte legte es als Zustimmung aus.

»Was heißt schon werden, Molli?« setzte sie deshalb hinzu. »Ich bin's schon. Verrückt bin ich! Nein, verrückt nicht ganz – alt, Molli! Alt, alt, alt...«

Molli richtete sich auf und legte die Pfoten auf Kätes Knie. Die Hundestirne gerunzelt, ein wenig hechelnd, zeigte ihr Gesicht denselben Ausdruck abgrundtiefer Traurigkeit, den auch Kätes Miene angenommen hatte.

Alt? dachte Käte. Gut, dann bist du's. Wird ja schließlich jeder. Aber müssen sie's dich so merken lassen? Hast du nicht immer für sie gekämpft? Tust du nicht alles, was überhaupt möglich ist? Und überhaupt: Vergessen kann schließlich jeder mal was... Selbst Christa hatte das zugegeben.

»Käti! Vergessen kann jeder mal was.« Dort drüben am Küchenbuffet war sie gestanden, das Gesicht rot vor Ungeduld, die Schubladen wurden von ihr durchwühlt, selbst der Zeitungsständer, bis sie endlich die grünen Überweisungskarten aufgestöbert und triumphierend hochgehalten hatte: VERGESSEN KANN JEDER MAL WAS, KÄTI. – ABER ALLES HAT GRENZEN!

Dieser Ton! Wie sie das sagte! Der Ton macht die Musik, o ja!

Mußte sie sich von einer Christa, die ihre Tochter sein könnte, ins Verhör nehmen lassen? An ihrem eigenen Küchentisch?! DACHDECKER. VERSICHERUNGEN. ÖL-RECHNUNG. DAZU DER LIEFERSCHEIN FÜR DIE NEUEN GARDINEN!

Zu was brauchten die überhaupt neue Gardinen? Und bricht denn die Welt zusammen, wenn ein Brinkmann mal gemahnt wird? Diese dämlichen »Binnen-Briefe«, die hatte Christa alle gefunden und ihr unter die Nase gehalten.

»Warum sind die Überweisungen nicht gemacht? Du hast es doch versprochen, Käti.«

Versprochen, ja. War sie etwa nicht auf der Bank deshalb gewesen? – Und hatte den ganzen Kram dann doch vergessen...

Dieses anklagende Christa-Gesicht! »Ist ja kein Beinbruch, ich wollte dich nicht verletzen.«

Konnte Christa auch nicht. Käte fühlte sich sowieso krank. Genauso krank, wie all die anderen unter dem Dach der Klinik: Altersschwäche, Sklerose! Ein schreckliches Wort... So oft wurde in diesem Haus darüber gesprochen. Nun hat's dich also auch erwischt...

»Geh schon spielen, Molli! Guck' mich nicht so an. Du kriegst ja auch mal die Sklerose.«

Molli winselte Bestätigung.

Jeder kriegt sie, dachte Käte, aber auf mich nimmt keiner Rücksicht. Die quatschen immer über das Alter, doch was das ist, da haben sie keine Ahnung. Als ich so alt war wie die Christa, hat mein Gedächtnis zehnmal besser funktioniert als ihres: »Nichts habe ich vergessen, Molli! Ob im Kirchenchor die Texte, meine Küchenrezepte oder eine Adenauer-Rede, alles konnte ich auswendig. Da gab's nichts, da konnte mich jeder fragen. Aber das ist es ja nicht, Molli. Eine Neue wollen die, eine Junge! – Sollen sie sie haben...«

Und Molli leckte Kätes Hand. Die aber lehnte sich in ihrem Sessel zurück, schloß müde die Augen und war plötzlich wieder am alten Weg, auf der Bank, wo man einen so schönen Ausblick hatte. Und neben ihr nahm der Kammerpräsident Platz und sprach zu ihr, sprach mit dieser leisen, gepflegten, höflichen Stimme: »Wissen Sie, Käti, die Beschaulichkeit, die Distanz zu den Wirrungen des Lebens, das ist das Recht, das man sich im Alter erwirbt.«

Die Distanz zu den Wirrungen des Lebens?

Er hatte so recht gehabt! Und sie, sie war so oft den Weg zwischen den Gartenmauern hochgegangen. Doch sie hatte ihn nicht mehr gesehen.

Jetzt war Käte froh um das Telefon. Es riß sie aus ihren Gedanken heraus. Zuviel trauriger Kram, zuviel Wirrungen, zu viele Schatten...

Sie stand auf und nahm den Hörer ab. Es war nicht Konstantin Taubricht, es war dieser Dr. Vollmers aus Freiburg.

Das zweite Mal heute, dachte sie. Und immer hat er's so schrecklich wichtig.

»Wie?« fragte Käte. »Nein, Herr Dr. Vollmers. Die Frau Doktor ist in der Klinik. – Ja, ja, das glaube ich Ihnen gerne, daß Sie sie noch nicht erreicht haben. Sie wird vielleicht unterwegs gewesen sein. Ja sicher finden Sie Christa in der Klinik.«

Sicher. Sollte er... Sie legte auf.

Vollmers' Anruf erreichte Christa im Ärztezimmer. Und er traf eine verstörte, ja deprimierte Christa. Nicht nur der Auftritt mit Käte war es, der sie nervte, auch der Beginn ihres Nachmittagsdienstes: Herrgott noch mal, der Mann war doch ordentlich anästhesiert gewesen! Was mußte er da so brüllen? Und als sie die Gewebeprobe entnehmen wollte, schlug er sogar nach ihr. Beim zweiten Mal hatte sie auch noch falsch angesetzt...

Christa nahm den Hörer ab: »Brinkmann.«

»Vollmers. – Stör' ich?«

»Na ja, es geht. Ich hatte gerade eine Leberpunktion. Und ich hab' mich dabei wie der erste Mensch angestellt, also wirklich... Aber es ist vorbei. Wie ist das? Sind Sie mal wieder in der Nähe?«

»Diesmal nicht. Ich hocke im Institut. Ich wollte Ihnen nur mitteilen: Unser Forschungsauftrag ist verlängert worden. Und zwar die Reaktionsreihe, an der Sie mitgearbeitet haben. Ihr Beitrag über die Verschiebung der Leukozyten bei allergischen Anfällen hat Beachtung gefunden.«

»Wie schön.«

»Klingt ja nicht gerade begeistert. Interessiert Sie das nicht? Die Arbeit fand sogar Beachtung im Wissenschaftsrat. Nicht nur das, sie soll im Vierteljahresbericht veröffentlicht werden. Ich kann Ihnen also gratulieren.«

»Danke.«

»Nun geht's darum, daß wir die Geschichte hier zu Ende kriegen müssen.«

»Wie bitte?«

»Christa, wollen Sie denn nicht selbst formulieren, was schließlich in erster Linie Ihr Bemühen war? Oder soll ich da einen anderen Namen druntersetzen?«

»Hören Sie, Herr Dr. Vollmers: Ich bin in der Klinik fest eingespannt. Das wissen Sie doch.«

»Klar weiß ich das. Aber für ein, zwei Wochen könnten Sie sich schließlich frei machen?«

»Zwei Wochen?« Sie wiederholte es sich selbst und versuchte zu überlegen, was dies bedeute, sie lauschte dabei Vollmers' Stimme, einer Stimme, die leise und sachlich argumentierte, ohne Druck, versteht sich: ganz der der reinen Lehre verpflichtete Naturwissenschaftler. Freiburg? dachte sie. Die wollen also publizieren? Und auch noch Wissenschaftsrat. Phantastisch eigentlich. Aber wie sollte sie das Klaus beibringen?

»Hören Sie, Herr Vollmers! Ich möchte nicht hinter dem Rücken meines Mannes entscheiden. Kann ich auch gar nicht. Er ist mein Weiterbildungsermächtigter, wie das so schön heißt. Und er ist noch ein bißchen mehr.«

Schweigen.

Dann schien er sich durchgerungen zu haben: »Na gut, ich frage ihn.«

»Wunderbar.« Das war es ja nun auch wirklich, ganz heiß wurde es Christa, und während sie diesem neuen, überraschenden Glücksgefühl nachhorchte, wurde ihr klar: Du hast dich doch infizieren lassen! Beinahe hat er es geschafft. Aber Herrgott, wenn man dich schon ein »analytisches Genie« nennt und darauf erpicht ist, deine Arbeiten zu veröffentlichen, sollst du dich da etwa nicht freuen?

Sie hörte sein leises Lachen: »Jedenfalls werde ich nicht lockerlassen. Er wird schon einsehen müssen, um was es geht.«

Na, hoffentlich, dachte sie.

Doch Lena Meis blockte den Tatendrang des Dr. Vollmers erst mal ab: »Der Chef hat eine Besprechung.«

Es war keine Notlüge, Brinkmann hatte sie: Um ihn rotierten wie in einer überhitzten Dampfturbine die Probleme. Lena Meis, fleischgewordenes Stimmungsbarometer derartiger Situationen, sah schwarz. Zu allem gab es auch noch dieses Ehepaar Metzner. Nicht abweisen ließen die sich. Stumm und erbittert kauerten sie auf ihren Stühlen, starrten sie an, hörten bei den Telefonaten mit, zeigten sich von Minute zu Minute mißgelaunter: »Schließlich, wir haben um diesen Termin gebeten, Fräulein.« Abweisen lassen, nein, kam für die Metzners nicht in Frage. Diesmal nicht.

Und nun erschien auch noch die Frau Doktor im Büro. »Ist mein Mann da?« – Er war es. Er schoß aus dem Zimmer, das Gesicht zorngerötet: »Was ist mit diesen verdammten Aufnahmen von Bergner los? Gibt's denn niemand, der das weiß?«

Bergner? dachte die Meis erleichtert. »Das ist bereits erledigt, Herr Professor. Gingen gestern weg.«

Ehe sie das Ehepaar Metzner vorstellen konnte, hatte Annetilde bereits die Initiative ergriffen: »Herr Professor! Metzner ist mein Name. Der Vater meines Mannes...«

»Warten Sie noch ein paar Minuten, gnädige Frau. Wissen Sie, eigentlich habe ich jetzt überhaupt keine Sprechstunde. Aber trotzdem...«

Da läutete es schon wieder.

Brinkmann nahm den Hörer selbst ab und hörte sich an, was Vollmers vorbrachte. Er sagte »ja«, er sagte »nein«, er sagte »vielleicht«.

Und am Schluß sagte er: »Das muß ich mit meiner Frau besprechen.«

Langsam legte Brinkmann den Hörer auf die Gabel zurück: »Gut, daß du da bist. Könntest du bitte mal zu mir hereinkommen, Christa?«

Drinnen, vor seinem Schreibtisch stehend, bekam Brinkmann Vorwurfsaugen: »Ich wußte nicht, daß ihr bereits Verabredungen – ich meine berufliche Verabredungen – getroffen habt.«

»Wer ihr?« versuchte sie Zeit zu gewinnen.

»Vollmers und du!«

Das überraschte Christa nun doch. »Hör mal, du schreist mich an, als hätte ich eine Verschwörung eingefädelt. Vollmers hat das mißverstanden. Ich habe ihn lediglich gebeten, mit dir über dieses Projekt zu sprechen, weil, wie die Dinge nun mal liegen – Herrgott noch mal! – du mein Chef bist! Ich kann doch da nicht zusagen, ohne bei dir rückzusprechen.«

Brinkmann sah zum Fenster. »Fair find' ich das nicht.«

»Was ist nicht fair?«

Er sprach nicht zu ihr, er sprach zu den zerrissenen Wolkenfetzen dort draußen: »So zu tun, als hinge alles von meiner Zustimmung ab. Als müsse man so etwas mit Taktik und psychologischen Raffinessen angehen. Ich finde es nicht fair, nicht etwa weil ich dein Chef, sondern weil ich dein Mann bin.«

»Jetzt wird's aber kompliziert.«

»Nicht durch mich. Ihr habt es so kompliziert gemacht.«

Sie holte tief Luft. »Was ist eigentlich kompliziert daran, wenn ich möchte, daß du damit einverstanden bist?«

»Es stellt mich in ein falsches Licht. Wie komme ich dazu, dich hier festzuhalten, wenn du gehen möchtest?«

»Gehen?« Sie wußte nicht, ob sie lachen oder traurig sein sollte. »Ich möchte nicht gehen. Es handelt sich um eine befristete Arbeit. Und wenn du meinst...«

»Wenn du sie durchziehen willst, diese Arbeit, sehe ich das ein. Dann will ich auch, daß du's machst. Schließlich: bin ich dein Gefängniswärter?«

Das »Gefängniswärter« war zuviel. Der ganze verdammte Tag war's. Nur Ärger! Und jetzt sein anklagendes Gesicht.

»Klaus! Es könnte sein, daß jedes weitere Wort unser Mißverständnis vergrößert.«

Er zeigte Kummerfalten, aber etwas wie ein halbes Lächeln erschien in seinen Augen. »Ja, das könnte allerdings sein.«

»Klaus! Vielleicht mach' auch ich meine Fehler. Was heißt vielleicht – ich mach' sie. Heute morgen hatte ich zum Beispiel mit Käti eine schreckliche Geschichte.«

Er hatte nur halb zugehört, und so führte sie das Thema auch nicht weiter aus. Den Auftritt mit Käti zu erzählen, nein, im Augenblick war das nicht angebracht. »Jedenfalls, Klaus, ich bitte dich, wenn ich meine Fehler mache, mich mit der erforderlichen Geduld und der notwendigen Einsicht zu ertragen. – Sagen wir mit deiner aus Distanz und Weisheit geborenen Einsicht in die Schwierigkeiten der menschlichen Psyche, lieber Klaus.«

Das schaffte ihn nun doch.

»Entschuldige!« Er gab ihr die Hand. »Damit wollen wir diesen dummen Versuch einer Ehekrise besser beenden. Aber was war mit Käti?«

Weiter kam er nicht.

Die Türe hatte sich geöffnet, das Klopfen mußte er überhört haben. Im Rahmen standen ein Mann und eine Frau. Vier Augen, die ihn vorwurfsvoll musterten.

Brinkmann wunderte sich, wie schnell ihm der Name einfiel: Metzner! Ja natürlich, die Kinder des armen, alten Friedrich, der ihm immer erzählte, wie gern er eigentlich Maler werden wollte: Kunst-, vor allem Aktmaler...

»Guten Tag!« Er brachte Christa zur Tür.

»Guten Tag«, sagte er nochmals und schüttelte zweimal Hände. Die Frauenhand war glatt, kühl und energisch, die des Metzner-Sohns schlaff und feucht. Das hätte Brinkmann schon warnen müssen. Aber er war nun guter Laune, schließlich: Man rettet seine Ehe nicht alle Tage. Wortreich bat er also um Nachsicht, die Herrschaften zeigten Verständnis und nahmen Platz.

Dann – Schweigen.

Die Frau brach es nach quälenden Sekunden. Ein hübsches, glattes Gesicht hatte sie und ausdrucksvoll geschminkte Augen. Nur der Mund wollte Brinkmann nicht so recht gefallen. Auch nicht das Kinn, zumindest nicht die Art, wie sie es vorschob und sagte: »Also, nun fang' schon endlich an! Schließlich, es ist dein Vater.«

Metzner nickte. Blaß war er, blaß mit Schwitzehändchen. »Ja, ja, aber du wolltest doch...«

Brinkmann beschloß einzugreifen: »Ich nehme an, es geht um die Operation Ihres Vaters? Ich habe mich mit dem Gefäßspezialisten in Freiburg in Verbindung gesetzt. Dr. Baumann und ich sind noch zu keinem endgültigen Resultat gekommen. Wissen Sie, eine Gefäßtransplantation in diesem Alter ist nicht ganz risikolos. Und es besteht meines Erachtens nach die Möglichkeit, diese Verengungen auch medikamentös mit einigem Erfolg zu behandeln. Aber das ist eine Frage der Zeit.«

Sie zog die rechte Braue hoch. Und dann nickte sie, nickte heftig, als habe er etwas gesagt, was sie ohnehin erwartet hatte. Ihre Antwort indes versetzte Brinkmann in Ratlosigkeit: »Darum geht es im Moment nicht. Wir wollten eigentlich fragen, welchen Sinn das überhaupt noch alles hat?«

»Wie bitte? Welchen Sinn?«

»Ja nun – heute geht's ihm gut. Vielleicht auch morgen... Und dann muß er wieder auf die Intensivstation, wird an Schläuche und Apparate angeschlossen und ist mehr tot als lebendig.«

Aha! – dachte Brinkmann und war auf der Hut. Er begegnete dem harten, lauernden Blick. Er sagte nichts. Er machte nur eine einladende Handbewegung.

Annetilde Metzner sprach weiter: Das gehe nun schon seit zwei Jahren so: Rein in die Klinik, raus aus der Klinik! Ob so was denn barmherzig sei?

»Barmherzig?« Nun war Brinkmann verblüfft.

Das schweißglänzende Teiggesicht an ihrer Seite hatte anscheinend beschlossen, doch einzugreifen: »Meine Frau meint, ob all diese Maßnahmen das Leiden nicht nur verlängern?«

»Ich weiß nicht, worauf Sie hinauswollen«, seufzte Brinkmann. »Ihr Vater ist ein kranker Mann. An eine hundertprozentige Wiederherstellung der Gesundheit ist gewiß nicht zu denken. Insofern haben Sie vielleicht recht: Mit unserer Behandlung wird außer dem Leben auch das Leiden verlängert.«

»Sehen Sie.«

Doch Brinkmann unterbrach mit einem Kopfschütteln. »Nein, ich halte es für besser, daß jetzt Sie sich Gedanken machen. Dieses Leiden ist nämlich zumutbar. Ihr Vater erträgt es. Und ich muß sagen, er erträgt es mit Bravour. Also wird auch das Leiden von Ihrem Vater als zumutbar empfunden.«

»Sie haben es ja nicht, dieses Leiden«, sagte sie.

Eine Frechheit! Ein Herzchen, diese Frau! Brinkmann richtete den Blick zur Decke.

Da ging's auch schon los, sie hatte nur darauf gewartet, Brinkmann witterte es. »Vielleicht halten Sie nicht soviel vom Recht des Menschen auf einen würdigen Tod?« hob sie an und wie sie es aussprach, klangen die Worte, als rezitiere Annetilde Metzner einen auswendig gelernten Text: »Vielleicht erliegen auch Sie, Herr Professor, der Faszination des technisch Machbaren?«

Einen Augenblick lang glaubte Brinkmann sich verhört zu haben, er war froh um das Lineal, das ihm in die Finger geriet, sonst hätte er die Faust auf den Tisch geknallt.

»Es ist mir nicht bekannt, daß Ihr Schwiegervater einen Behandlungsabbruch gefordert hätte, Frau Metzner. Er zeigt auch keinerlei Ablehnung oder auch nur Unwillen, wegen seiner Niere ans Dialysegerät angeschlossen werden zu müssen. Und wenn Sie mir mit dem technisch Machbaren kommen, dann kann ich Ihnen versichern: Das fasziniert mich nur, wenn es dem Kranken wirklich hilft. Im übrigen: Was verstehen Sie eigentlich davon? Was wissen Sie schon von Gerätemedizin?«

»Zum Beispiel, was sie kostet.«

Brinkmanns Augen wurden schmal. »Damit wir

uns recht verstehen: Sprechen Sie etwa von Ihren Kosten?«

Alwin Metzner richtete beide Handflächen nach außen, als wolle er etwas abwehren, das auf ihn zurollte, sein Lächeln war hilflos, auf der Stirne glänzte Schweiß. »Sehen Sie, Herr Professor, wie soll ich sagen – vielleicht verstehen Sie meine Frau, wenn Ihnen klar wird, in welcher wirtschaftlich schwierigen Lage wir uns zur Zeit befinden.«

Stille, ein mühsam gebändigtes, zitterndes letztes Atemholen, doch nun ging Brinkmann in die Luft: Die ersten Worte kamen leise, dann wurde es laut im Zimmer, Brinkmann saß auch nicht mehr, er war aufgesprungen, die Sätze kamen wie Keulenhiebe, donnerten auf die Metzners, die in ihrem Besuchersessel zusammenschrumpften.

»Und deshalb soll ich die Intensivbehandlung einstellen? Die Beatmungsmaschine vielleicht abkoppeln, wenn er eine Krise hat? Deshalb? Weil Ihr Laden schlecht geht?«

Es hielt Brinkmann nicht länger hinter dem Schreibtisch, er marschierte um das Möbel herum, tauchte neben Alwin Metzner auf, streckte die Hand aus, als wolle er ihn hochzerren: »Kommen Sie doch! Los, kommen Sie, Herr Metzner! Gehen wir doch zusammen zu Ihrem Vater! Tragen wir es ihm vor. Sagen Sie ihm, daß Sie pleitegehen, wenn er sich nicht endlich zum Sterben entschließt! – Was ist denn? Wollen Sie nicht? Ist es so schwierig? Können Sie ihm denn nicht beibringen, daß das Geld, das er sich ersparte, in Ihrem Geschäft besser angelegt ist, weil er ja sowieso über kurz oder lang abkratzt?!«

Alwin Metzner zitterte. Den Professor konnte er nicht ansehen. Der war ja fürchterlich! Aber seine Frau...

»Siehst du!« sagte er. »Siehst du, Annetilde!«

Auch ihr gegenüber kannte Brinkmann keine Gnade. »Sie haben wohl zuviel dummes Zeug über Sterbehilfe gelesen, was? Aber ich sage Ihnen: Ihr Schwiegervater will nicht sterben. Der will leben! Und das ist verdammt noch mal sein gutes Recht.«

Annetilde stand auf: »Wie reden Sie überhaupt mit mir? Was haben Sie für einen Ton? Ich werde mich über Sie beschweren!«

Einen Augenblick schien es, als wolle Brinkmann sie auslachen, die Mundwinkel zogen sich nach oben, doch dann gerann sein Gesicht in Förmlichkeit und er verbeugte sich zuvorkommend: »Tun Sie das! – Ich bitte darum.« Er ging zur Tür und hielt sie auf.

Annetilde Metzner sagte: »Komm, Alwin...«

*

»Na, da sind Sie ja endlich!«

Die Stimme kam aus dem Nirgendwo.

Käte hatte sie so ersehnt, jedesmal, wenn sie sich auf den Weg zur Bank aufmachte, hatte sie darauf gehofft. Und auch diesmal war die Hoffnung bereits wieder am Schwinden, war sie aufgestanden, um zurück nach Hause zu gehen – und da: Zwischen den verwelkten Blättern der Haselnußbüsche, auf dem schmalen, gewundenen Treppchen war er! In grünem Loden, beinahe wie ein Jäger, den Spazierstock schwingend, die strahlenden, leuchtenden Augen auf sie gerichtet, ein bißchen unbeholfen vielleicht, doch über die feuchten Wurzelschlangen dort oben ließ sich ja auch schwer gehen. Und nun...

»Hoppla!« sagte er, machte einen kleinen Sprung und lachte sie an.

Ja, er: Konstantin Taubricht!

»Na, das ist vielleicht eine Freude! Guten Tag. – Oder wollten Sie gerade gehen?«

Käte schüttelte überwältigt den Kopf.

»Na dann, kommen Sie doch.« Er machte eine galante Bewegung zur Bank.

Zögernd nahm Käte Platz.

Er aber sah auf sie herab. »Wissen Sie, daß ich die ganze Woche schon fast jeden Tag so gesessen bin wie Sie jetzt?«

Sie schluckte. Sie auch, aber das konnte sie ja nicht zugeben. »Wann denn?« sagte Käte.

»Vormittags.«

Und ich dumme Gans, setzte sie im geheimen hinzu, ausgerechnet nachmittags!

Er setzte sich neben sie. »Auch heute«, hörte sie ihn. »Ja, gerade bis vor einer halben Stunde. Ich wollte nach Hause zurück, und dann dachte ich mir: Geh' doch noch mal zurück. Vielleicht kommt sie... Und siehe!« Wieder dieser blitzblaue Blick. »Und siehe da, sie kam. Und wie elegant. Wirklich, schmuck sind Sie angezogen, wenn ich so sagen darf.«

Sie blickte noch immer geradeaus. »Ich hatte Ärger. Und da hab' ich mir frei genommen.«

»Wer hat Sie denn geärgert?«

»Die junge Frau Doktor, die Frau vom Professor. Das war schon vor einigen Tagen, aber wissen Sie, so was bohrt, und dann hält man's nicht mehr aus. Dann wird es einem zu eng.«

»Was ist denn passiert?«

»Was soll schon passiert sein? Ich hatte was vergessen. Und sie hielt es für angebracht, mich wie ein dummes Ding zu behandeln.«

Er schwieg. Sie fröstelte ein wenig. Man mußte sich bewegen um diese Zeit. Sie schob den Kragen ihrer Kostümjacke hoch. Unten, hinter den Mauern, lärmten Spatzen zwischen verwelkten Blumen und Kompostbeeten.

»Ich vergesse auch viel«, hörte sie Konstantin

Taubricht sagen. »Aber mich behandelt deshalb noch lange niemand wie einen dummen Jungen. Wissen Sie was...«

»Bitte?« Nun sah sie ihn doch an, sah sein Lächeln und die vielen kleinen Falten um die Augen. »Wissen Sie, ich sage mir immer: zur Würde des Alters gehört auch, daß man sich mal tüttelig benehmen darf. Und zwar ohne gerügt zu werden.«

Sie nickte. »Na ja, vielleicht. Ein bißchen bockig war ich wohl auch.«

»Kann ich mir gar nicht vorstellen. Nein, wirklich nicht. Nun passen Sie mal auf, Frau Käte: Daß Sie nun die Schuld auf sich nehmen, ist gewissermaßen eine psychologische Strategie. Sie wollen nichts auf Ihre Herrschaften kommen lassen, geben Sie's zu.«

Sie schwieg. Wollte sie wirklich nicht? Nein, das stimmte nicht. Es war auch kein Rückzug, wie Konstantin Taubricht ihr jetzt auseinandersetzte. Doch wenn er meinte, daß sie solche Dinge nicht mehr nötig habe, dann mußte sie ihm recht geben.

»Ich habe an Sie gedacht«, beendete sie das Thema.

Er nickte. »Das freut mich.«

»Ja. Als ich in meinem Zimmer hockte und heulte, da hab' ich an Sie gedacht. Ich habe genauso gedacht, wie Sie das eben gesagt haben: Das hab' ich nicht nötig.«

Wieder dieses Nicken, diesmal voll inbrünstiger Überzeugung. »Ein Fortschritt«, sagte Konstantin Taubricht. »Ein großer Fortschritt.«

Doch die Art, wie er das vorbrachte, behagte Käte nun auch wieder nicht. »Eines muß ich allerdings sagen: Klaus, ich meine den Professor, der ist immer nett zu mir. Und immer nachsichtig.«

Taubricht nickte. Trotzdem müsse sie sich fragen, meinte er, ob sie sich nicht einen Lebensabend in Ruhe und Bequemlichkeit verdient habe? – Du meine Güte, der hatte gut reden mit seiner Kammergerichtspension! Man brauchte ja nur die goldenen Manschettenknöpfe anzublicken, massiv, sogar noch rote Steine darin! Solche Knöpfe hatte sie bei Klaus noch nie gesehen. Und jetzt, was sagte er da?...

»Wissen Sie was?« sagte Konstantin Taubricht. »Ich lad' Sie mal ein zum Tee. Ja, zu mir, zum Adlerhorst. Sind Sie einverstanden?«

»Aber das... das kann ich doch nicht machen«, Käte erschrak.

»Wieso denn nicht?« Er lachte, tatsächlich, lachte sie an. »Wer soll denn was dagegen haben? Aber hören Sie! Ich hole Sie ab. Sie müssen mir nur sagen, wann und wo ich Sie erwarten darf.«

»Sie meinen – Sie meinen tatsächlich... ich soll bei Ihnen im Heim...«

»Heim, Heim... Was soll das denn heißen?«

Nun spürte sie sogar seine Hand auf ihrer Hand. Und den Druck seiner Finger. Es war ein durchaus angenehmes Gefühl. »Es ist wie ein elegantes Appartement in einem Hotel. Was haben Sie eigentlich für Vorstellungen von meiner Unterkunft?«

Die Hand nahm er nicht weg. Nein, störend war das nicht, wie auch? Aber schwierig war es schon, die Gedanken zusammenzukriegen.

»Na ja«, seufzte Käte schließlich. »Ich könnte vielleicht schon.« Und dann, in einem jähen, mutigen, ja tollkühnen Anlauf, der ihr selbst den Atem nahm: »Wär's denn am Donnerstag recht?«

»Sehr recht«, nickte Taubricht.

Nun hatte Käte ihre Hand auf seiner Hand. »Aber holen Sie mich bitte nicht am Haus ab.« Es war ein dringendes Flüstern: »Es muß ja nicht sein, daß – na ja, Sie wissen schon...«

»Daß jemand entdeckt, Sie haben einen Verehrer?« Er lachte, lachte frei und lustig wie ein Junger. »Geniert

Sie das etwa? Soll ich Ihnen noch was sagen: Sie haben einen!«

Käte schluckte. »Bringen Sie mich bloß nicht in Verlegenheit. Also gut, am Donnerstag um vier. Sagen wir, an der alten Mühle...«

Worauf sich Konstantin halb würdevoll, halb im Spaß aus der Hüfte verneigte und versicherte: »Gnädige Frau, es wird mir ein Vergnügen sein.«

*

Das Gesicht hatte Käte bereits. Sie fand es hübsch. Die Augen groß und blau, beinahe wie die Augen Konstantins. Welche Mühe steckte doch dahinter, ein wenig Ähnlichkeit herbeizuzaubern! Seide hatte sie gekauft, schwarze und weiße. Ein Harlekin würde es werden, im Harlekinkostüm und Harlekincape, und wenn's gutging, auch mit Harlekindreispitz. Die größte, die schönste Puppe ihres Lebens!

Das Wichtigste blieb das Gesicht. Mit winzigen Stichen gab sie nun dem Hinterkopf die Form, zog noch ein paar Ringellocken über die Ohren, ein kleines, fast wütendes Zögern im Herzen: Es war ja noch so lange bis Weihnachten! Am liebsten würde sie Konstantin den Harlekin gleich Donnerstag... Aber nein!

Als Käte die Schritte auf der Treppe hörte, wollte sie die Puppe rasch unter den Arbeitstisch schieben. Zu spät. Da stand Klaus. Aber der sah sowieso nicht hin. »Du wolltest mit mir reden, Käti?«

Sie nickte. Sie musterte ihn, sah, wie er sich den Sessel heranzerrte, sich hineinschmiß, die Füße hochstreckte, sah auch, daß er den Harlekin nicht mal zur Kenntnis nahm. Früher hätte er einen Schrei ausgestoßen, den Kopf begutachtet, die Puppe gestreichelt, sie gelobt. Und jetzt? Jetzt wirkte Klaus nur gestreßt und meinte, daß er mit ihr reden müsse.

»Was denn?«

»Die Geschichte mit den Überweisungen.«

»Genau«, nickte Käte. Und die kenne er aus dem Mund von Christa. Und wenn er meine, daß Christa immer die Wahrheit sage, sei das sein Problem.

Da wurde er nun doch aufmerksam, guckte fast so, wie der kleine Klaus geguckt hatte. – Damals...

»Ich streite ja gar nicht ab, Klaus, daß ich manchmal etwas ungeschickt bin. Und auch vergeßlich. Aber...«

Das Nähzeug rutschte von ihrem Schoß. Die Nadeln folgten. Brinkmann bückte sich hastig und sammelte die ganze Bescherung wieder ein.

»Ach, Käti! Dann sei's doch bitte auch jetzt. Sei ein bißchen vergeßlich. Vergiß doch das Ganze! Wir werden die paar Mahnungen überleben. Christa hat halt einen kleinen Schreck bekommen. Aber die Sache ist es wirklich nicht wert.«

»So?« Sie lehnte sich in ihrem Stuhl zurück. »Für mich schon.«

»Komm, Käti!«

»Ja, komm, Käti! Das ist keine Lappalie. Es ist nicht recht, daß du das so abtust, wenn ich mal eine klärende Aussprache herbeiführen will.«

Stöhnend wie jemand, dem man sehr auf die Nerven geht, warf er sich wieder in seinen Sessel und schloß die Augen. »Ich hatte einen sehr anstrengenden Tag.«

»Ich auch! – Aber du wirst trotzdem zuhören. Es geht nämlich darum, daß mich jemand ertappt, als ich etwas vergessen habe, aber obwohl er es weiß, mich einem Verhör unterzieht, um meine Vergeßlichkeit so richtig auszukosten.«

»Ja, ja, ja! Ist ja gut.«

»Nein, es ist nicht gut.«

»Käti! Christa sieht ja ein, daß sie dich nicht ganz korrekt behandelt hat. Und du...« Er fummelte sich diese schreckliche Pfeife heraus. Er zündete sie nicht an, griff gar noch nach den Zigaretten. Unter anderen Umständen hätte Käti es vielleicht für schlimm gehalten, doch heute war ihr selbst das egal.

»Aber ich, ich möchte mir so einen Scheißkram einfach nicht zweimal anhören.«

»Scheißkram?« wiederholte sie bitter. »Scheißkram nennst du das? Wenn mir etwas zu schaffen macht, daß ich heule, dann nennst du das Scheißkram!«

»Himmel noch mal, Käti, was willst du eigentlich? Soll ich Christa in deiner Gegenwart beschimpfen oder was? Du hast gebummelt, und sie hat's gemerkt, so einfach ist das. Und nun gehen wir zur Tagesordnung über.«

Da richtete sich Käte Marek auf: »Nein!«

»Was soll denn das heißen, nein?«

»Wenn du in einem solchen Ton mit mir sprichst, können wir nicht zur Tagesordnung übergehen. Das soll es heißen!«

In Kätes Stimme war ein feines Tremolo. Sie bekam es unter Kontrolle, aber sie mußte schlucken, ehe sie weitersprechen konnte: »Mir so zu kommen! Und dabei habe ich vor ein paar Stunden noch zu Herrn Taubricht gesagt, was für ein feiner und gerechter Mensch du bist. Jawohl, fein und gerecht, das hab' ich gesagt! Und nun behandelst du mich derartig beleidigend...«

»Wer ist denn das? Herr Taubricht?«

»Ein Bekannter von mir. Aus dem Seniorenheim.«

Da lag er in seinem Sessel, paffte an seiner Zigarette, schloß die Augen und stöhnte.

»Ich möchte, daß du die Mahngebühren von meinem Gehalt abziehst, Klaus!«

»Was?!«

»Das hast du gut gehört.«

Er verzog das Gesicht, stöhnte, stöhnte noch stärker, stand schließlich auf und sah auf sie herab: »Du bist heute mit dem falschen Bein aufgestanden, Käti! Entschuldige, reden wir ein anderes Mal darüber.«

»Ja! Denn die Sache ist noch nicht aus der Welt. Ich gehe nicht zur Tagesordnung über, wie du das so gerne haben würdest.«

»Ist ja gut, Käti.«

»Nichts ist gut.« Das allerdings sagte Käte bereits zur geschlossenen Tür...

*

Kaum fassen ließ sich das verdammte Gerät. Und ein Gewicht hatte es vielleicht! – Vorsichtig einen Schritt vor den anderen setzend, schwankte Alwin Metzner zu seinem Kombi, rang um Luft, spürte ein Stechen in den Lungen und war heilfroh, daß die Stauraumtüre des Wagens offen stand.

Er schob den Fernsehapparat hinein, richtete sich erst einmal auf und wartete, bis das Donnern seines Herzens und das Zittern in seinen Armen sich beruhigt hatten. Von der Tür des Geschäftes aber sah Annetilde zu ihm herüber: »Hast du auch die Papiere, Alwin?«

»Ja«, keuchte Metzner. »Alles.«

Er legte den Sicherheitsgurt um und startete. Langsam fuhr Metzner, die Straße war naß und glatt und der Wagen schien zu schwanken, zuerst glaubte er an eine Täuschung – was war mit der Karre? Nein, was war mit ihm? Er spürte, wie es in weichen, dunklen Wellen von den Füßen hochfloß, die Schultern, dann den Hals erreichte. Der Schädel schmerzte. Und nun, der heiße Strom fiel in sich zusammen und machte einer eisigen Kälte Platz, ja, kalt waren seine Hände, trocken der Mund.

Metzner schloß die Augen, riß sie gewaltsam wieder auf, gerade rechtzeitig, um vor der Ampel am Amtsgericht zu stoppen.

»Herzrhythmus-Störungen«, hatte der Arzt gesagt. »Sie laden sich zuviel auf. Der ganze Streß.«

Der ganze Streß...

Alwin Metzner war jetzt an der Brücke, bog scharf nach links, die Uferstraße entlang, hätte beinahe einen parkenden Lieferwagen angefahren, schrammte trotzdem vorbei, nur so ein wenig mit der hinteren Stoßstange, merkte das gar nicht, fuhr weiter, trotz dieser schrecklichen Schwäche, die seine Beine bleiern schwer machte. Half doch alles nichts! Die hatten gut reden. Alle redeten sie auf ihn ein, sein Doktor, Annetilde, Schwarzenbach, sein Steuerberater. – Bölau natürlich, der brüllte nur noch.

Er kurbelte die Scheibe herab. Kalte, feuchte Luft drang herein und tat ihm gut. Tief atmen! Noch so ein Tip: »Ganz tief, wenn Sie wieder diese Kreislaufbeschwerden bekommen.«

Also atmete Alwin Metzner tief, so tief er konnte.

»Sie sitzen zuviel, Herr Metzner, und Sie essen zu fett! Sie haben einfach Übergewicht. Wenn Sie Ihr Herz schonen wollen, dann müssen Sie Ihr Leben ändern.«

Wie denn? Wie ändert man ein Leben? Vor allem in dieser Situation... Streß! Na klar doch. Aber wer nimmt ihn dir ab? Die Bank hatte heute morgen schon wieder angerufen. Dabei hatte er das ganze Personal entlassen. Und dann kommen sie dir damit: Keinen Streß! Und er klappert persönlich die Kunden ab, fährt die alten Okkasionsschinken aus wie ein Lehrjunge, tut alles, um über die Runden zu kommen, tut alles, was der Arzt und Gott verboten haben...

Wo war die Ausfahrt? – Hier. Rechts mußt du abbiegen!

Das will er auch, es geht sogar, doch Metzner kämpft gegen eine unerklärliche Schwere in den

Armen, ein sonderbares, schmerzhaftes Ziehen, das seine Muskeln bis zum Nacken, ja, in den Rücken hinein verspannt. Wird schon besser werden. Bis zum Herrengrat schaff' ich's allemal. Und dort gönn' ich mir erst mal einen Schnaps! Metzner schaltete das Radio ein. Südwestfunk. Die Töne donnerten in seinem Schädel. Es war, als breiteten sie sich in einer Kuppel aus. Dabei mußte er sich doch auf die Straße konzentrieren. Die lief zwar geradeaus, Gott sei Dank, doch der Belag rollte wie in Wellen auf ihn zu. Und die Felder – was war mit den Feldern?!

Hinter Alwin Metzner war ein Hupton. Wieder! Laut und dringend.

Er vernahm ihn auch, doch er vermochte ihn nicht einzuordnen. Selbst den Wagen erkannte er im Rückspiegel, und das Blitzen der Lichthupe tat seinen Augen weh, mehr noch, machte ihm angst, eine schlimme Angst war es, sie kam aus dem Nichts, breitete sich in ihm aus, würgte den Atem ab, eine Angst, noch stärker als der Schmerz, der wie mit einem eisernen Rechen seine Brust zerreißen wollte.

Alwin Metzner schrie. Er glaubte es wenigstens, doch es war nur ein ersticktes Röcheln, und es ging unter in dem knirschenden Metallgeräusch. In einem seltsamen, fast eleganten Schwung hatte der große Opel noch einmal die Straße überquert, ehe er sie verließ, seitlich über die Böschung rollte und nun in feuchter Ackererde mit einer letzten schiebenden Bewegung wie ein müdes Tier endlich zur Ruhe kam.

Oben, am Straßenrand, hielt ein dunkelblauer Ford. Der Fahrer zog die Handbremse an und stieg zögernd aus: Verdammt und zugenäht, total besoffen mußte der Kerl doch sein! Was denn sonst? Dreimal hatte er zum Überholen angesetzt, es aber angesichts der wilden, verrückten Schlangenlinien des Kombis unterlassen. Mußte ja schiefgehen, so was. – Und jetzt?

Jetzt rannte er die Böschung hinab, stolperte, stützte sich ab und lief hinüber zu dem umgekippten, eingebeulten Wagen. Da hing einer im Gurt. Das Radio spielte. Tot? Sicher, er mußte tot sein, so bleich wie der war...

Oder doch nicht? Der Mund bewegte sich.

Dies war das schlimmste, dachte er, als er zur Notrufsäule rannte: Wie bei einem Karpfen! Dieser bläuliche, sich aufstülpende Lippenring von Mund...

Annetilde hat doch bei den Metzners die Hosen an! so sagten die Leute in Offingen. Und sagten es mit Respekt. Und ähnlich dachte auch Annetilde selbst. Schließlich: Wer hatte denn vor zehn Jahren dafür gesorgt, daß der Laden wieder so richtig in Schwung kam? Wer heizte Alwin ständig an, gab ihm Mut, wenn es nicht klappen wollte, saß hinter ihm, wenn's um Umsatz, Geschäftsausweitung oder Steuern ging? Wer suchte die neuen Kunden, verhandelte mit hartmäuligen Lieferanten und brachte, wenn's hart auf hart kam, auch das ins Gefecht, was Annetilde bei sich »die Waffen einer Frau« nannte? Einen hübschen Körper nämlich, zwei herausfordernde Augen, einen sinnlichen Mund. Charmant sein, ja, doch wenn's verlangt wurde, auch die Zähne zeigen!

Annetilde hatte beides getan: gelächelt und die Zähne gezeigt. So wurde der Bungalow hochgezogen, bereits von der Filiale in Titisee geträumt, unaufhaltsam schien es aufwärtszugehen. Bis dann alles in Scherben ging...

Kann ich was dafür? dachte sie. Und dachte es auch, als das Telefon in der Ecke zu lärmen anfing. Laß es doch läuten! Vielleicht Alwin? Soll er! Er kam ja doch nur mit einer neuen Katastrophe. Und weil Alwin immer versagt hatte, mußte sie seinen Packen noch mittragen.

Doch wem sollte sie das erklären? Wer glaubte das,

wer verstand schon was davon? In letzter Zeit sehnte sich Annetilde in den Friseursalon zurück, aus dem Alwin sie damals rausgeholt hatte.

Herrgott, hörte das noch immer nicht auf?

Wütend stieß Annetilde Metzner ihre Zigarette in den Aschenbecher, rannte durch den Laden und hob ab.

»Schwarzwald-Klinik«, sagte eine Stimme. Und dann: »Moment! Ich verbinde mit Herrn Dr. Römer.«

Dr. Römer? – Annetilde hielt den Atem an. In ihren Schläfen meldete sich ein feines, silbernes Klopfen: War's soweit? War es endlich soweit?! Was denn sonst? Wieso sonst würde der Chef der Inneren sie im Geschäft anrufen? Vielleicht lag der Alte nun doch im Sterben? Vielleicht war er schon tot...

»Römer! Sind Sie das, Frau Metzner?«

»Ja.«

»Ich habe eine sehr bedauerliche Mitteilung für Sie, Frau Metzner.«

Also doch.

Annetilde setzte sich auf den Stuhl und schloß die Augen. Die Erlösung, für ihn – aber auch für sie! Und merkwürdig, jetzt wußte sie nicht einmal, ob sie sich freuen konnte. Erleichtert, ja, das war sie, doch während sie wartete, vor Augen die matte, tote Spiegelung grauer Bildschirme auf den Regalen, Chrom, Holz, Plastik von Lautsprechern, Videorecordern und Hi-Fi-Verstärkern, glitten wie verschlüsselte Zauberbeschwörungen die Worte heran: Du oder ich, einmal muß doch jeder sterben. Auch ich, auch Alwin... Aber sterben ist besser als leiden...

Bei diesem Gedanken blieb es. Die sachliche Stimme des Arztes rückte die Wirklichkeit zurecht.

Die Wirklichkeit? – Nein...

Sie holte tief Luft und versuchte zu begreifen, was die Stimme sagte. »Meinem Schwiegervater geht es gut? Er lebt also noch?«

»Es handelt sich nicht um Ihren Schwiegervater, Frau Metzner.«

Annetilde saß aufrecht. Sie hielt ihr Feuerzeug in der Hand und preßte es gegen die Schneidezähne. Verstehen? Es ging nicht. Wie auch?

»Es handelt sich um Ihren Mann, Frau Metzner.«

»Und?«

»Ich muß es leider wiederholen: Er hatte einen Unfall! Ich würde deshalb vorschlagen, daß Sie so schnell wie möglich hierherkommen. Besuchen werden Sie ihn jetzt nicht können.«

Ein Unfall...? Das Feuerzeug klirrte auf die Porzellanschale des Aschenbechers. Alwin! Und sicher hatte er getrunken. »Ist er – ich meine, ist es schlimm?«

»Ja. Ziemlich. Sie kommen doch? – Nun dann, Frau Metzner, bis später.«

Bis später?!

Was es bedeutete, wie viele Minuten oder Sekunden dazwischenlagen, Annetilde blieb es unklar: Dies war ein Traum, ein Alptraum! Sie jagte ihren Golf durch Straßen, über die Brücke, die Klinikauffahrt hoch, parkte, rannte zum Eingang. Ein Traum! Sicher... Und wie im Traum erlebte sie Gesichter und Stimmen, die Schwester, die sie an der Hand in ein Zimmer führte, in den Warteraum mit den rosa Lampenschirmen und den Zeitschriften auf den Tischen, die Türe, die sich wieder schloß und deren schwarzglänzende Oberfläche sie von der Welt ausschloß.

Annetilde blieb an der Wand stehen. Sie schloß die Augen. Sie versuchte zu denken, doch wie sollte, wie konnte man das? Nicht der Alte? – Alwin! Jeder Gedanke lief ja nur immer wieder auf dieselbe Frage hinaus: Wieso? Warum, um Himmels willen, nicht er?! Warum Alwin?...

Sie hörte das Türschloß, nahm den Blick hoch, und da war er nun, der Doktor mit den glatten Haaren und dem besorgten Lächeln: Römer. Aber dieses Mal verzichtete er auf sein Lächeln. Sie ging auf ihn zu. Sein Gesicht zerfloß vor ihren Augen. Sie hörte ihre Stimme, es war nicht ihre Stimme: »Unfall... Wieso Unfall?«

»Ja nun, Sie wissen doch, er fuhr den Wagen.«

»Aber er war doch angeschnallt!« Annetilde sagte es, als könne sie damit alles noch einmal zum Guten wenden. Sie klammerte sich daran – und er nickte.

»Die Verletzungen sind auch unerheblich, Frau Metzner. Ein paar Prellungen.«

Annetilde atmete tief durch. »Na also...«

Doch der Mann sprach weiter: »Es geht nicht um den Unfall, Frau Metzner. Oder besser gesagt: Die Unfallursache war ein Herzinfarkt.«

Infarkt?! Das Wort schon... Sie mußte sich setzen.

»Was sagen Sie da? Ein Herzinfarkt?«

»Ja.«

»Und? Ist es sehr schlimm? Ist es ein schlimmer Infarkt?«

»Ja, Frau Metzner.«

Nichts weiter, als »ja, Frau Metzner«, kurz und trocken. Damit hatte es sich also. Und sie versuchte auch tapfer zu begreifen. »Das heißt also, es besteht Lebensgefahr?«

»Ja. – Gott sei Dank war der Rettungswagen sofort verfügbar. Sieben Minuten bis zum Einsatzort. Ohne den Notarzt vom DRK und seine, ich muß schon sagen, in diesem Fall wirklich sehr umsichtige Hilfe würde Ihr Mann nicht mehr leben, Frau Metzner.«

Notarzt. Nicht mehr leben... Lebensgefahr... Rettungswagen... Den Alwin hatten sie also aufgelesen. Alwin lag irgendwo und kämpfte mit dem Tod... Das meinte dieser Doktor doch? Aber das konnte ja nicht sein. Unmöglich! Völlig ausgeschlossen. Ein Witz war das doch.

Und wieder sah sie Alwin vor sich, wie er zum

Wagen ging. Warum hast du ihm nicht geholfen? Die Geräte waren schwer wie Blei, für ihn zumindest. Und er schwankte so komisch... Der Alte aber – lebte! Ja, ein grausamer, unbegreiflicher Scherz, den man sich da mit ihr leistete.

»Er hat doch noch tschüs gesagt...« Sie wußte gar nicht, was sie sprich.

»Infarkte kommen meistens wie ein Blitz aus heiterem Himmel, Frau Metzner.«

Annetilde nickte. Dann verzog sich ihr Gesicht. Ein schreckliches Lächeln wurde daraus. »Der Vater und der Sohn«, flüsterte sie. »Zwei sind das jetzt. Und ich, ich steh' hier... Was mach' ich denn? Er war doch angeschnallt, ja, angeschnallt war er sicher. Ein Herzinfarkt? Ein Rippenbruch habe ich gedacht, irgend so was – aber Sie...«

Die Stimme war leise und monoton. Und plötzlich, wie von einer unsichtbaren Feder getrieben, wirbelten Annetildes Arme hoch, trommelten die Fäuste gegen die Wand: »So eine Gemeinheit! Eine Gemeinheit ist das, jawohl!«

Sie schrie...

Schock! dachte Römer. Er zog einen Stuhl zurecht, versuchte sie daraufzudrücken, doch sie schlug ihm die Hand weg, noch immer die Fäuste geballt, so, als wolle sie auf ihn losgehen: »Laßt mich! Laßt mich!«

Die Türe ging auf: Römer sah die Schwester an, und sie nickte zurück. Die Sekunden, bis das Beruhigungsmittel kam, dauerten endlos. Römer hatte es geschafft, die spastische Abwehrhaltung zu durchbrechen und die Frau in der Sesselecke ruhigzuhalten. Er streichelte ihre Schulter. »Es geht vorbei, Frau Metzner...«

Es ging auch vorbei. Annetilde spürte den Einstich der Spritze nicht. Sie zuckte nicht einmal zusammen. Sie saß nur da, den Blick zu Boden gerichtet...

*

»Hallo, Römer!«

Römer wandte sich um. Brinkmann kam da, die Hände in den Manteltaschen, die Schultern wie immer etwas vorgeschoben, als gehe er gegen schweren Wind an.

Römer blieb stehen.

»Ich kam gerade vorbei und sah eine deiner Schwestern einer Angehörigen eine Beruhigungsspritze verabreichen. Ich seh genauer hin, und wer war's? Die Frau Metzner. Ist ihr Schwiegervater gestorben? Nimmt sie das denn wirklich so mit? Ich dachte eher, das ist für sie ein Grund zur Freude?«

»Ja, weißt du denn nicht?«

Brinkmann schüttelte den Kopf.

»Es ist nicht der Schwiegervater. Der ist putzmunter. Ihr Mann ist als Notfall eingeliefert worden.«

»Was?«

»Infarkt«, sagte Römer.

Brinkmanns Gesicht wurde ungläubig, er trat einen Schritt zurück: »Der schwere Infarkt? Ich hab' davon gehört, wollte gerade hin. Das ist Metzner?«

»Ja.«

»Und?«

Römer hob die Schultern: »Besonders gut sind die Aussichten nicht gerade, zumindest soweit ich es bis jetzt übersehen kann. Das Reizleitersystem ist angeknackst. Wie schwer der Infarkt es in Mitleidenschaft zog, kann ich noch nicht sagen. Aber die Gesamtherzfunktion ist schon ganz erheblich gestört.«

Brinkmann hatte auf einmal sehr mit seinem Kinn zu tun. Diesmal massierte er es in kleinen heftigen Kreisen. Er dachte nach: Ein Fall wie dieser? Tausend Dinge schossen einem da durch den Kopf, und wo immer man auch anfing, das Resultat blieb: Staunen!

»Unglaublich ist das! Das ist fast so, als würde bei einem Einbrecher selbst eingebrochen, was?«

Römer nickte. »Ja, bei mir haben sie auch vorgefühlt, ob bei seinem Vater diese kostspielige Intensivmedizin nötig sei. Von der ›Faszination des Machbaren‹ hatte sie geredet. Na, jetzt brauchen sie es selbst, das Machbare. Jetzt liegt er auf der Intensivstation unter dem Sauerstoffzelt. Und wenn es Zeitler im Notarztwagen nicht gelungen wäre, den Herzblock aufzuheben, müßten wir uns erst gar nicht bemühen.«

»Ist es der Vorhofbereich?«

»Ja. Unter Arrhythmien muß er längst gelitten haben. Sobald es geht, fangen wir mit einer Radionucleid-Untersuchung an.«

Dazu war es zu früh. Zu allem war es zu früh. Nur nicht zum Sterben... Brinkmann sah den Gang entlang, hinüber zu der Schleuse, die in die Intensivstation führte, das Bild der beiden vor sich, wie sie vor seinem Schreibtisch saßen, die Frau das Kinn vorgereckt, blanken Vorwurf, ja, Wut in den Augen.

»Ich hab' sie rausgeworfen.« Er holte Luft. »Regelrecht rausgeworfen. Das war vorgestern. Ich konnte es mir einfach nicht mehr anhören. Weißt du, was sie zu mir gesagt hat? Vielleicht halten Sie nicht soviel vom Recht des Menschen auf einen würdigen Tod?«

»Und nun das!« sagte Römer.

»Ja, nun das.«

»Ich muß weiter, Klaus.« Doch Römer machte nur ein, zwei Schritte, dann blieb er wieder stehen und drehte sich um, Gefangener derselben Überlegung, die auch Brinkmann beschäftigte: »Der liebe Gott hat da ein bißchen mitgemischt, das meinst du doch?«

»Das meine ich. Freuen kann ich mich nicht. Vielleicht sollten wir uns da besser raushalten. Auch mit unseren Gedanken. Die Strafe, die auf dem Fuße folgt und so weiter, was bringt das schon?«

Römer hob die Hand: »Kommst du mit? Siehst du dir Metzner mal an?«

»Ja.«

Brinkmann nahm Römer am Arm, und gemeinsam gingen sie den Korridor hinab, gemeinsam passierten sie die grüngestrichenen Türen der Intensivstation: zwei Ärzte, nichts weiter.

*

Es gab nicht nur Tannen, es gab auch einen Lindenbaum, und der stand direkt neben dem Eingang. Dieser Eingang, da gab Käte Konstantin Taubricht recht, sah wirklich aus, als führe er in ein Luxushotel.

Drinnen hatte sie denselben Eindruck. Ruhig war es, ruhig, kühl und grün. Grünes Leder, grüne Teppiche, grüne Pflanzen.

Käte fiel ein Stein vom Herzen: Außer einem jungen Mädchen, das ihnen entgegen kam, war niemand zu sehen. Ein Häubchen hatte sie auf und darunter blinkerten Kulleraugen. Kichern tat sie auch. Das wirkte ja sehr nett, aber man verstand nicht, was sie sagte.

»Sheila ist Orientalin«, erklärte Konstantin Taubricht zuvorkommend.

»Aha.«

»Sie meint, ob sie Ihnen beim Tragen helfen soll?«

Doch Käte hatte nichts als die Plastiktasche mit den Spalierbirnen in der Hand, die sie Taubricht bringen wollte, und die war nun wirklich nicht schwer. In einem der großen Spiegel, die sich an der Hallenwand entlangzogen, sah sie sich selbst, und dieses Bild steigerte noch ihre Verlegenheit. Dann aber gab sich dies, schließlich, sah sie nicht gut aus, die neue braune Seidenbluse mit den rosa Ornamenten, der dunkle Rock? Sie war schon eine Erscheinung! Der Kontrollblick zeigte Käte: Du kannst mit dir zufrieden sein!

Endlich, die Lifttüre. Sessel daneben. Zu was brauchten sie die alle? Wo man hinsah Sessel, Sessel, Sessel. Die Türen glitten auf, sie betraten den Aufzug, das Mädchen war noch immer bei ihnen, und noch immer lächelte sie: »Ein so schenes Tag!« Sie ließ die Augen rollen.

»Sheila kommt aus Izmir«, sagte Kostantin.

Wo das denn liege, fragte Käte.

»In der Türkei.«

Na gut. Die Kabine summte nach oben, und Kätes Herz kam dabei aus dem Takt. Es war soweit: Allein mit einem Mann! Der brachte sie in sein Appartement, denn trotz Hausordnung, Namen und Status, wenn man es genau besah, war dieser »Adlerhorst« doch nichts anderes als ein Appartementhaus.

Bei diesem Gedanken geriet Käte in Angst. Das war natürlich albern. Sie beschloß, sich durch nichts aus der Ruhe bringen zu lassen. Am allerwenigsten durch Konstantin Taubrichts Charme.

»Der Ausblick!« Richtig stolz klang seine Stimme.

Er hatte sie durch sein Zimmer geführt, einen Salon, den Käte in ihrem Zustand fast traumhaften Entrücktseins nur undeutlich wahrnahm. Was haften blieb, war beeindruckend genug: Ein wunderschönes geschnitztes Buffet. Ein runder Tisch, auf dem zwei Kerzen und eine Flasche Wein standen. Den Johannisbeerkuchen, den sie gemeinsam in Offingen beim Bäkker Radbruch erstanden hatten, legte er rasch dazu. Und nun die Aussicht – ach ja!

Wirklich: Die Welt lag einem von hier oben zu Füßen. Sie schien kein Ende zu nehmen. Und sie war schön. All die Täler und Kuppen! All diese Herbstfarben... »Sie haben mir nicht zuviel versprochen.«

Er lächelte geschmeichelt und führte sie am Arm ins Zimmer zurück. »Wir wollen doch den Tee nicht kalt werden lassen.«

Auch den Stuhl rückte er ihr zurecht. Als er dann auch noch servieren wollte, fand es Käte übertrieben: »Kommen Sie, das besorg' schon ich.«

»Nein, Sie sind der Gast, Käte. Sie werden bedient.«

Er nahm das Kuchenpaket. Sie hörte ihn rumoren, Papier raschelte, Wasser rauschte, Geschirr klapperte. Ein Mann, der sich alles selbst besorgte – und was für ein Mann! Dieses Vornehme, Kammergerichtsrätliche an ihm, ein Mann, dem es nicht einfiel zu rufen: »Käti, wo bleibt der Tee!«

Ein Herr, mit einem Wort...

Käte seufzte, lehnte sich zurück, strich über die Tischdecke – reiner Damast! –, nahm dann den Blick wieder hoch und betrachtete das Bild dort an der Wand. Es war das Bild einer Frau. Und die Frau blickte zurück, sah Käte direkt in die Augen. Etwas hager das Gesicht vielleicht, das Kinn zu weich und die Nase so lang – schön war sie nicht gerade, aber zweifelsohne vornehm.

»Ja, das ist sie«, hörte sie Konstantin Taubricht. »Das ist Gunhilde.«

Käte nickte feierlich. Sie suchte nach Worten, irgendwas in ihrer Kehle sperrte sich. Außerdem, was sollte man darauf schon antworten?

Konstantin Taubricht hatte inzwischen den Kuchen aufgeschnitten und in den Tee Kandiszucker und einige Tropfen Rahm gegeben. Er machte es perfekt. Und die Möbel standen würdevoll und stumm um sie herum.

»So werde ich wohl nie wohnen können«, murmelte Käte versonnen.

»Greifen Sie doch zu.«

Das tat Käte auch. Sie mochte doch so gerne Johannisbeer. Und der vom Radbruch war der beste. Aber diesmal, nein, der Appetit wollte nicht kommen.

»Sie könnten vielleicht schon so wohnen.«

Sie ließ die Gabel sinken. Sie sah ihn an. Sie sah feine weiße Haare, denn auch Taubricht betrachtete angestrengt das Stück Kuchen auf seinem Teller.

»Wie meinen Sie das?«

Eine Antwort erhielt Käte nicht. Er hatte sich erhoben und winkte, daß sie ihm folge. Er ging durch den Raum und öffnete noch eine Türe. »Sehen Sie. Ich meine, ich hab' ja auch mit Gunhilde, meiner Frau, hier gewohnt. Wir haben das Wohnzimmer, ein kleines Schlafzimmer – und hier noch etwas. Was halten Sie davon?«

Der Raum war klein. Ein schöner Diwan mit grünem Samtbezug stand darin. Darauf aber stapelten sich Kisten und Stühle. Und am Boden standen Koffer.

»Verschenkter Wohnraum«, sagte Konstantin Taubricht. »Ich halte mich ja nie darin auf.«

Käte stand nur da. Sie verstand nicht.

Leicht wie ein Vogelflügel legte sich seine Hand auf ihre Schulter: »Ich will Sie nicht überrumpeln, Käte, keine Angst. Was ich damit sagen will...«

Sie begriff noch immer nicht, was er damit sagen wollte, und welche Antwort er erwartete.

»Ich meine, wir stehen ja erst am Anfang unserer Freundschaft. Doch wenn sich die Sympathie zwischen uns weiterhin so angenehm entwickeln sollte... ich meine, die Folge wäre ja wohl, daß sich nach und nach eine gewisse Vertrautheit einstellt und man von einer Verträglichkeit unserer Charaktere sprechen könnte – wenn wir davon ausgingen, daß dies so wäre, warum wollten Sie dann nicht in Betracht ziehen, dieses Zimmer zu bewohnen?«

Dies war nun beinahe zuviel für Käte. Sie hatte sich allerhand ausgemalt und mehr noch befürchtet – mit einem solchen Angebot jedoch hatte sie nicht gerechnet.

Sie drehte sich energisch um. »Wie stellen Sie sich das vor, Herr Taubricht? Ich kann doch nicht auf Ihre Kosten... als Untermieterin sozusagen – nein, nein!«

»Geld?« erwiderte er. »Was hat das mit Geld zu tun? Was bedeutet überhaupt Geld im Leben? Und zwischen zwei Menschen...«

Das wußte Käti auch nicht. Nur eines war ihr klar und daran klammerte sie sich: »Also wissen Sie, Herr Taubricht, ich hab' nie mit einem Mann gelebt. Ich will damit sagen, nie mit einem Mann zu zweit in einer Wohnung.«

Er lächelte: »Von Professor Brinkmann abgesehen.«

»Ja«, erwiderte sie heftig. »Von ihm abgesehen. Aber er ist vierzig Jahre jünger als ich.«

»Lassen Sie uns das Thema doch bei Tisch diskutieren.«

Das taten sie nicht. Gott sei Dank! Käte war froh um Radbruchs Johannisbeerkuchen. Sie futterte das ganze Stück in sich hinein, zu hastig vielleicht, durcheinander wie sie nun mal war. Und er, er sah ihr zu.

Sie nahm die Serviette und tupfte sich den Mund ab. »Herr Taubricht, es ist wunderschön hier. Wirklich wunderschön.«

Da endlich zeigte er wieder das Lächeln, das sie so gerne an ihm mochte: »Liebe Frau Käti, sagte ich nicht schon, daß ich Sie nicht überrumpeln will? Es ist ja nur ein Angebot, auf das Sie jederzeit zurückkommen dürfen. Und nun – ich habe da eine gute Flasche alten französischen Cognac im Schrank. Den probieren wir jetzt, ja?«

*

Das Kinn trug sie nicht mehr ganz so hoch, und auch sonst hatte Annetilde Metzner sich verändert: Klein, fast erdrückt schien sie, das strähnige Haar war zu einem Pferdeschwanz gebunden, die Augen vom Weinen verschwollen, das Gesicht erschöpft – nein, sie war wirklich nicht jemand, über den man sich zu ärgern brauchte.

Brinkmann fühlte Milde in sich aufziehen, jene alles überbrückende Milde, die ihn so oft angesichts der Verwirrung in den Herzen der Menschen überkam, aber auch angesichts der Illusion und ihres Elends, ein Gefühl, das ihm so vertraut geworden war, daß es ihm oft lästig erschien. Alles verzeihen, alles vergessen, alles entschuldigen – war das nicht auch eine Form von Bequemlichkeit? Oder einfach nur Einsicht in den Lauf der Dinge und in die Natur des Menschen?

»Sie waren also bei Ihrem Schwiegervater, Frau Metzner?«

»Ja.« Den Kopf hielt sie gesenkt, die Hand umklammerte die Tasche. »Vorhin. Und ich konnte ihm auch sagen, was seinem Sohn zugestoßen ist. Es geht Alwin ja inzwischen besser.«

»Ja nun – ein seelenloser medizinischer Apparat tut manchmal Wunder.«

Sie atmete heftig. »Ich habe Sie auch deshalb sprechen wollen, Herr Professor, weil nämlich...«

»Weil was?« Ein rascher Blick auf seine Uhr zeigte ihm: Neun Uhr vierzig! Die zweite Operation war schon angesetzt.

»Reden Sie, Frau Metzner. Ein paar Minuten hab' ich noch. Dann muß ich in den OP.«

»Ich weiß einfach nicht, wie ich anfangen soll.«

»Ist vielleicht auch gar nicht nötig. Vielleicht weiß ich, was Sie sagen wollen.« Er wollte, nein, konnte ihr die Lektion nicht ersparen: »Die Apparatur soll nicht abgekoppelt werden, was? Weder bei Ihrem Schwiegervater noch bei Ihrem Mann.«

Ein hilfloses Nicken. Das Knipsen der Handtasche.

Und dann endlich: »Ich hab' mich wirklich unmöglich aufgeführt.«

Brinkmann schwieg.

Sein Schweigen war härter für sie als Vorwürfe. Sie weinte. »Was heißt unmöglich?« schluchzte Annetilde Metzner. »Ich hab' mich versündigt! Und das, was dann kam, das war die Strafe...«

»Ich möchte mich nicht in Ihre Religion einmischen, Frau Metzner, aber ich glaube doch, daß der liebe Gott nicht so ohne weiteres eine Querverbindung zwischen einer Alterssklerose und einem Herzinfarkt herstellen will.«

»Aber das ist es, das red' ich mir ein.«

»Was erwarten Sie? Daß ich Ihnen zustimme? Daß ich nun sage: Siehste, erst hast du den Maschinenpark verurteilt, und jetzt hast du die Bescherung. – Nein, Frau Metzner.«

»Das tut mir sehr gut, daß Sie so reden.«

»Wieso gut?«

Wieder der Blick auf die Uhr. Es ist Zeit. Er erhebt sich.

Auch sie war aufgestanden. »Sie könnten ja ganz anders reagieren.«

»Könnte ich. Hab' ich ja auch. Vorige Woche, als Sie mit Ihrem Mann hier saßen. ›So ein Stück‹, hab' ich mir gesagt, wirklich: So ein Drachen!«

Die Tränen schossen in ihre Augen. Tropfen blieben an den Wimpern hängen. Und so heftig nickte sie, daß sich zwei davon lösten und auf den Boden fielen. Brinkmann legte die Hand leicht auf ihre Schulter: »Frau Metzner, heulen bringt nichts. Jetzt haben wir andere Sorgen. Sie, Dr. Römer, Ihr Mann und ich. Er muß wieder gesund werden. Und wenn er es ist, dann können wir uns ja weiterstreiten. Oder über den Wert eines Menschenlebens debattieren.«

»Bitte, Herr Professor!«

Doch diesmal blieb Brinkmann unnachsichtig: »Über die Frage zum Beispiel, ob es mit vierundsiebzig niedriger einzuschätzen ist als mit vierunddreißig. – Auf Wiedersehn, Frau Metzner!«

*

»Nach Desinfektion des Operationsgebietes wird gemäß dem Röntgenbefund eine Inzision angelegt. Das hühnereigroße Infiltrat mit mehreren Zysten, welche teils dunklen, teils bräunlich-pastösen Inhalt haben, wird extirpiert...«

Udos Stimme, schon bei den letzten Worten schwächer geworden, brach völlig ab. Da hockte er nun, drehte sich auf dem Stuhl hin und her und teilte nicht nur seinem Gesicht, sondern der ganzen Umgebung sein Leid so eindrucksvoll mit, daß Lena Meis den Stenoblock wieder sinken ließ und zum Strickzeug griff: Schöpferische Pausen soll man nicht stören!

Doch dies war keine Pause. Das Elend hatte Udo Brinkmann tatsächlich an der Gurgel, und dafür gab es im wesentlichen zwei Gründe: Erstens sah Udo zwar ein, daß OP-Berichte notwendig waren, doch sie zu diktieren, fand er schon immer zum Kotzen. Zweitens war Udo mit sich selbst und seiner Welt zerfallen.

An diesem Nachmittag überwog der zweite Grund.

Er erhob sich: »So verdammt heiß hier! Und Kopfweh habe ich auch. Ich brauche Luft, Lena...« und war aus dem Zimmer. Draußen hatte er sie, die Luft, sogar im Übermaß. Er lief hinter die Wäscherei, doch dort holte man sich im nassen, schneeverkrusteten Laub ja nur kalte Füße, also rettete er sich auf die Terrasse, erkannte neugierige Gesichter hinter Fenstern und flüchtete schließlich, den Kragen des weißen Mantels hochgestellt, in eine goldene Sonnenpfütze, die sich vor dem Windschutz am Westende ausgebreitet hatte. Und da saß Udo nun, Berg und Tal vor Augen, im Herzen dumpfen, ziehenden Schmerz. Schäfer kam vorbei, wie immer etwas hinkend, seine Polyarthritis machte bei dem feuchten Wetter auch dem Knie zu schaffen. Udo sah ihn gar nicht, nicht einmal Johannsen nahm er zur Kenntnis, der einen Karren mit Kompost schob, um die Beete für die Frühjahrsstecklinge bereit zu machen. Doch das Frühjahr wollte nicht kommen und der Winter nicht weichen. War es das? War es wirklich das Wetter? Die Arbeit schon eher. Das pausenlose Rotieren, das dir keine Ruhe läßt.

»Könntest du mir freundlicherweise erklären, was mit dir eigentlich los ist?«

Katharina hatte es gefragt. Gestern abend noch. Als Renz sie beide in seine neue Wohnung einlud.

Er gab keine Antwort darauf.

»Du benimmst dich langsam wirklich komisch in letzter Zeit.«

Nicht ich, das Leben ist komisch! Davon war Udo überzeugt, zur Beantwortung der philosophischen Frage nach seinem Sinn fühlte er sich zu schwach, auch für das viel schlichtere Problem, wieso es so schwierig geworden war, warum er, verdammt noch mal, bei aller Arbeitsbelastung nicht mal Freude an seiner Familie und Freizeit haben konnte, fand er keine Lösung. Dabei waren sie Weihnachten doch so glücklich gewesen? Vier winterselige Tage im Brixental, mit Beinen und Beinchen auf den Skiern, Claudia, die mit Angie hinter ihm herwetzte, und eine Katharina, die ihnen von der Terrasse der Pension mütterlich-versonnen zusah. Dann aber mußte Frederick, in allen Lebenslagen Katharinas unvermeidlicher Ex-Mann, im Landrover anrauschen – »nur so mal auf einen Sprung von Kitzbühel rüber« –, und schon wieder gab's Krach. So heftig hatten sie sich gestritten, daß Udo am Ende froh um das Telegramm war, das ihn in die Klinik rief, weil Schäfer ausgefallen war.

Auf und ab, rein und raus aus den Klamotten! Ein ewiges Wechselbad, das einen um den Verstand brachte.

Drüben im Küchenbau lachte eines der Mädchen. Hell und unbekümmert war das Lachen. Udo fühlte etwas wie Sehnsucht. Er stand auf, war ja doch zu kalt, ging an die Terrassenbrüstung und blickte einer Krähe nach, die mit schwarzen Flügeln in den Himmel schnitt. Irgendwas tun, etwas an deinem Leben ändern, das war es wohl. Ein bißchen so wie früher sein, wie früher flippen, lachen können! Ja, wie früher, einfach nicht mehr denken müssen, und wenn der größte Unsinn dabei heraus kam!

Vielleicht war diese Sehnsucht der Frühling?

Der kam nur wenige Tage später, kam mit stürmischem Orgelwind, Wärmeeinbrüchen, Regenschauern und dann endlich mit einem blitzblankblau gescheuerten Himmel...

Angie war des Frühlings erstes Opfer, nicht mehr zu halten war die Kleine, den ganzen Tag draußen, zwischen Matsch und feuchtem Laub, dann an der Nußbaumruine, auf der sie eine »Tarzanhütte« für sich und ihre Puppen bauen wollte. Udo sah lächelnd zu. Katharina hatte keine Gelegenheit: Sie hatte sich wieder mal für eine ihrer Kunstreisen beurlauben lassen.

Na und? Sollte sie.

Doch schließlich kamen auch Udo Bedenken: »So kann es nicht weitergehen, Claudia. Zu feucht, zu kalt. Sie holt sich noch eine Lungenentzündung.«

»Was soll ich denn machen? Und wissen Sie, was Angie heute wollte? Zum Fluß!«

Zum erstenmal, seit er Claudia kannte, zum erstenmal, seit sie mit Ruhe, Intelligenz und unerschütterlicher Geduld so etwas wie Ordnung und Ablauf in den Chaoten-Haushalt der Brinkmanns am Burgholz gebracht hatte, schien sie verzweifelt.

»Dann gehen wir doch. Nicht gerade zum Fluß, Claudia, ins Hallenschwimmbad.«

Das taten sie auch. Und schon am nächsten Tag.

Als Udo die dunstige, chlorgeschwängerte Wärme betrat, tobten die beiden bereits im Kinderbecken, warfen Ball, bespritzten sich. Er blieb stehen, seine Augen weiteten sich, als er Claudia aus dem Wasser gleiten sah. Und da war sie schon, diese wohlbekannte Serie winzig kleiner Stiche, die er noch so gut kannte. Hinreißend! – registrierte der Mann in ihm. Überwältigend! – ihre Taille, der schlanke, durchtrainierte Körper, die poliert glänzende Form der Schultern, die langgestreckten Schenkel, ihre Augen... Die weiße knappe Badekappe schien ihr Gesicht zu verändern. Sie war schön, von einer Vollkommenheit, die beinahe schmerzte. Und er hatte es nie gesehen...

»Was gucken Sie so?«

»Oh, tu ich das?« Er lächelte. »Ich schau dich an, Claudia.«

»Und? Gefällt Ihnen nicht, was Sie sehen?«

»Und ob!«

Ihr Gesicht färbte sich dunkel. Doch dann lachte sie, wirbelte herum und schnellte mit einem Kopfsprung zurück ins Wasser.

Später aßen sie im kleinen Schwimmbad-Café Kuchen und tranken Kakao dazu. Claudia war merkwürdig schweigsam, sie sah kaum auf und auch er blieb einsilbig, viel zu sehr damit beschäftigt, diesem Gefühl nachzuhorchen, das er sich nicht erklären konnte, von dem er nur wußte, daß es ihm Vorsicht anriet. »Der Kuchen ist ganz prima«, konstatierte Angie. »Aber sonst? Da drin stinkt's ja! Draußen ist's viel schöner.«

Da waren sich auch Claudia und Udo einig: Draußen sei's schöner. Deshalb fuhren sie dann auch am

Wochenende zu einem kleinen See in der Nähe, einer Forellenzucht, wo ein cleverer Besitzer ganzen Familienrudeln Gelegenheit gab, sich das Mittagessen selbst zu fangen. Udo lieh sich Grill, Holzkohle und Angelschnur und marschierte los, erfüllt von der bangen Hoffnung, keines der verdammten Biester dort im Wasser möge anbeißen. Wie konntest du dich auch auf einen solchen Blödsinn einlassen? Und wie kriegst du nachher die Angel aus dem Forellenmaul?

*

Warum soll sich eine Bohnenstange nicht zu einer Art Märchenprinzessin verwandeln können? Aus Raupen werden schließlich auch Schmetterlinge! Die Welt ist voller Wunder, dachte Robbi – die Welt, das Tierreich, wir...

»He, Fritz! Was ist?«

Der alte Wallach war einfach stehengeblieben. Fritz wollte nicht mehr. Er schüttelte den schweren Kopf. Und so hockte Robbi nun, den unmöglichsten Gaul des ganzen Reitstalls unterm Hintern, dachte an Raupen, Schmetterlinge, Prinzessinnen und Wunder und blickte mit wundem Gefühl über die knospende Haselnußhecke der Außenbahn.

Da kamen sie! Kamen wieder...

Wiepke auf dem Schimmel voran, Holger seitlich abgesetzt und beide in vollem Galopp. Weich-dumpfes Hufedonnern, auffliegende Erdschollen, er sah Wiepkes Haar leuchten, sie versuchte mit dem Schimmel auszubrechen, doch Holger blieb dicht bei ihr, sah aus wie in irgendeiner dieser Fernsehschnulzen, wo nette Teenies kleine Fohlen großziehen und dann mit dem Verwaltersohn ausreiten. Näher und näher, Jäger und Wild. Von wegen Schnulze? Wiepke wäre doch nie auf einen Holzkopf wie Holger geflogen, wenn der nicht den Reitlehrer spielen dürfte, weil seinem Alten der Laden hier gehörte.

Fritz wieherte leise und drehte den Kopf. Offensichtlich gefiel auch ihm nicht, wie die beiden dort draußen rumtobten.

Jetzt kamen sie am Zaun entlang. Wiepkes Locken flatterten wie eine Lichtfahne. Toll, wie sie »Diana« beherrschte, bei Gott, reiten konnte sie, nichts zu wollen. Das hatte Holger ihr beigebracht. Nun hatte sie ihn gesehen und hob die Hand.

»Robbi! – Tschau!«

Der Hall der Hufe verlor sich irgendwo hinter den Stallungen.

»Na, komm schon, Fritz«, sagte Robbi.

Der Wallach zuckelte wieder los, ergeben und langsam zogen sie zwei weitere Runden. Wiepke und Holger waren jetzt an der kleinen Holztribüne, noch immer außer Atem, Holger grinsend und lässig in seinen affigen Jodpurreithosen.

»Robbi! Ist das nicht ein bißchen langweilig, immer so im Kreis rum?«

»Fritz hatte 'nen Bänderriß, Wiepke. Muß ihn schonen.«

»Ist ja auch nicht mehr der Jüngste, was?«

»Einen Ausritt würde er schon noch schaffen. Willst du, Wiepke?« Ein bißchen Hoffnung, eine kleine Spur, dabei wußte Robbi bereits, daß Wiepke auch dieses Mal ablehnen würde.

»Du, ich muß nach Hause. Mein Vater hat Geburtstag.«

Na, also! – Drüben lachten sie. Holger warf seine Zigarette weg, legte die Hand um Wiepkes Schultern und führte sie hinüber zum Clubhaus.

Mein Vater hat Geburtstag?... Zwischen den Erlenbüschen am Bach radelte Robbi nach Hause. Krähen strichen tief über die aufgebrochene Erde. Ihre melancholischen, bitteren Schreie entsprachen seiner Stimmung.

Dann erreichte ihn wieder das Geräusch, das er so gut kannte: Galoppierende Pferde! Zwei Reiter... Drüben am Hang, dort wo die schweren grauen Findlinge zwischen Tannen verstreut lagen, kamen sie herab.

Robbi hielt sein Rad an.

Von wegen Geburtstag! Weshalb belog Wiepke ihn? Weil sie jetzt Arabella reiten durfte, Holgers Gaul, das Renommierpferd des Clubs und Turniersiegerin obendrein?

Und es schien Freude zu machen! Tief hing Wiepke über dem Sattel, die Fäuste rechts und links des Widerristes aufgesetzt, Holger schrie etwas, es klang wie eine Warnung und war doch nicht zu verstehen – war auch schon zu spät, nein, war nicht mehr wichtig, nichts war es mehr, nichts existierte, als dieses einzige Bild, auf das sich Robbis Wahrnehmung verengte, das sich nun qualvoll verlangsamte, wie eine Zeitlupenaufnahme.

Das Pferd!

Arabella!

Der Hals des Tiers schraubte sich in einer sonderbaren, unnatürlichen Schlangenbewegung hoch, die Hinterhand rutschte weg, Hufe, die ausschlugen. Noch schien es, als wolle Wiepke das Tier mit den Zügeln hochreißen, ja, als schaffe sie das – umsonst!

Wiepkes Körper löste sich aus dem Sattel, segelte in einer grotesken Spirale durch die Luft.

»Wiepke!« Robbi brüllte es. Es war, als umspanne eine Hand seinen Nacken. Er wollte laufen, etwas tun, er konnte nicht. Er hörte den dumpfen Aufprall und das Geschrei der Krähen, die aufflogen.

Gestürzt! Arabella war gestürzt! – Und Wiepke?

Robbi rannte, blieb in einer der frischgepflügten

Ackerfurchen hängen, stolperte, spürte einen Schmerz im Knöchel, humpelte weiter, biß die Zähne zusammen – und war endlich dort.

Friedlich zupfte Arabella an einem Strauch. Ihr Fell war schweißdunkel. Drüben aber lag Wiepke, und Holger kniete neben ihr.

»Was ist mit ihr?«

Holger gab keine Antwort. Nichts blieb vom kessen Holger mit den lockeren Sprüchen, dem unwiderstehlichen Jungen in Jodpurhosen und Kaschmirpullis.

Holger hatte Angst...

»Wiepke!«

Robbi kauerte sich nieder. Er sah dieses Gesicht, schneeweiß, das Kinn bläulich verfärbt, eine feine Blutspur, die sich vom Mundwinkel über die Wange zum Haaransatz zog. Wiepkes Augen waren weit geöffnet, sie sahen nichts.

Eine Woge der Hilflosigkeit ließ Robbi stöhnen. Den Gedanken wollte er nicht denken, nicht einmal das Wort.

»Sie ist nicht tot«, hörte er Holger neben sich stammeln. »Wirklich nicht, Robbi. Spür' doch, der Puls... Sie lebt. Sie ist bewußtlos.«

Ja, unter der Haut war ein leises Zucken, so zart wie die Bewegung eines Schmetterlingsflügels, feucht war Wiepkes Haut und so schrecklich kühl...

*

Manchmal wird auch die menschenfreundlichste Klinik zum Gefängnis. Dann braucht der Mensch Luft. Selbst wenn sie kalt ist und nach Küchendunst schmeckt.

Dr. Schäfer und Brinkmann zogen ihre Kreise durch den Garten, stakten über Matsch, raschelten in feuchtem Laub, registrierten, wie sich zwischen all dem modernden Zeug zartes Grün meldete. Selbst kleine Krokusse zeigten ihre Köpfchen. Diskret ging das Frühjahr dieses Jahr vor, aber allerorten regte sich in quellenden Körnern und brechenden Samenkapseln das in seinen DNS-Spiralen winterlich verpackte Erbgut.

Doch selbst wenn das Frühjahr laut geworden wäre, die beiden hätten nichts bemerkt. Sorgen hielten sie umfangen, müde waren sie: fünf Operationen am Vormittag, dazu noch eine Aortaplastik, die über zweieinhalb Stunden dauerte. So was läßt nicht los, zittert nach, attackiert müde Nerven und entlädt sich in der Lust nach einer Zigarette.

Die ganze Zeit hatte Brinkmann mit seiner Pfeife gespielt, unschlüssig, sehr unschlüssig.

Schäfer blinzelte ihn von der Seite an. Schäfer hatte Mühe mitzukommen, der arme Kerl. Und am Tisch im OP-Saal war es heute auch nicht gerade schnell gelaufen.

»Was ich sagen wollte, Herr Schäfer«, hob Brinkmann vorsichtig an, »ich hab' so den Eindruck, als ob Ihre Polyarthritis seit Ihrer Ischiakur besser geworden ist.«

»Na, in den letzten Monaten ging's ganz gut, das stimmt schon. Aber jetzt fängt's wieder an. Sie haben es ja heute gesehen.«

»Ach wo...« Schäfer tat Brinkmann unendlich leid. Und wie immer bei den seltenen Gelegenheiten, in denen er sich leistete, das Thema auch nur anzurühren, überkam ihn Nervosität.

»Kommen Sie, Herr Professor! Es hat doch keinen Sinn, daß wir uns was vormachen.«

»Das tun wir ja nicht«, sagte Brinkmann und hoffte, mit diesem Satz, der Wissen und Einverständnis verriet, das Thema beendet zu haben.

»Es ist das verdammte Knie. Und nun fängt's auch im Rücken an.«

»Na ja«, Brinkmann seufzte, »wenn selbst die namhaftesten Rheumaforscher nicht sagen können, was Rheuma eigentlich ist, was soll man da schon machen?«

Er hatte das Feuerzeug gezückt, doch nicht um die Pfeife, sondern um sich eine Zigarette anzuzünden. Und in dieser Sekunde mußte er erkennen, wie drüben die Hildegard einen Suchtgenossen fertigmachte. Einen Patienten. Der wiederum hatte die Kippe gerade auf den Weg geschmissen.

»Soll die da liegenbleiben?!« Glockenklar schallte Hildegards Stimme herüber. »Stellen Sie sich mal vor: Von hundert Rauchern wirft täglich jeder zwei Kippen hierhin. Dann können Sie in einem Jahr vor lauter Kippen den Weg nicht mehr finden!«

»Dafür zahlen wir auch hohe Pflegesätze.«

»Nicht dafür! Nicht dafür, lieber Herr!«

Sie sahen sich an, Brinkmann runzelte die Brauen, zerkrümelte diskret die Zigarette in der hohlen Hand und ließ die Tabakskrümel in den nächsten Papierkorb rieseln.

»Hildegard in voller Fahrt, was?« Schäfer grinste. »Aber eines kann ich Ihnen sagen...«

Er sagte es nicht. Blaues Alarmlicht zerstückelte die schlaffe Nachmittagsruhe, blitzte zwischen Büschen und Stämmen, der Wagen raste die Auffahrt hoch, schwang in die Rampe ein, stoppte.

Auch Schäfer und Brinkmann gingen schneller.

Drüben aber rannte Mischa heraus. Dann waren die Sanitäter da. Das alte Bild.

»Für die Innere, Herr Professor«, meldete Mischa, als Brinkmann den Eingang erreicht hatte. »Unfall. Schwere Gehirnerschütterung. Sieht fast wie ein Schädelbruch aus.«

Brinkmann hatte nur einen einzigen Blick auf das

weiße Gesicht auf der Trage geworfen und auf die Spuren verkrusteten Bluts in den Mundwinkeln. Sie verrieten nichts Gutes. Ein Mädchen, nein, eine junge Frau vielleicht... Offensichtlich ein Schädeltrauma.

»Sie wurde von einem Pferd abgeworfen, drüben am Rotbuch.« Der Arzt des Rettungswagens, ein schmaler, zierlicher Mann, zuckte mit den Schultern. »An eine Fraktur glaube ich trotzdem nicht.«

»Das läßt sich so wohl kaum feststellen, nicht?«

»Richtig, Herr Professor. Soll ich Ihnen den Bericht schreiben?«

»Ja, das wäre sehr nett, Herr Gerber. Entschuldigen Sie uns bitte...«

*

Jemand hatte die kleine Fensterluke, die das Licht spendete, mit einer großen Pflanze wilden Weins versperrt, so daß in dem kleinen, halbrunden Raum wie drüben in der Intensivstation Tag und Nacht das Licht brannte. Aber der Wein mit seinen zart rötlich gemaserten Blättern hatte etwas Tröstliches. Und Trost brauchte man wohl auch.

Im Klinikjargon trug der Raum den Namen »Salon«. Vielleicht waren es die eleganten Leuchtkörper aus Messing oder der Caspar-David-Friedrich-Druck an der Wand – ein in rosa-transparente Morgendämmerung gehülltes auslaufendes Schiff –, in Wirklichkeit jedoch befand man sich in einer Art Vorhölle. Seit Jahren waren die Wände Aufnahmeort inbrünstiger Gebete, verzweifelter Hoffnung, tiefster Angst und allzuoft auch ohnmächtiger Schicksalsverwünschungen, denn drüben lagen sie, durch Schallisolierung und Immunschleusen getrennt, lagen in ihren Betten, angeschlossen an Kabel und Schläuche, von elektronischen Sensoren bewacht, die die geringste Zustandsänderung an die Zentrale weitergaben und dort Alarm auslösten: Schwerkranke, ja, doch in ihrer Not, körperlichen Gefährdung und Gebrechlichkeit nur biologische Systeme, deren Funktionieren von den unbeteiligten Apparaten der modernen medizinischen Technologie beobachtet wurde. So wie zum Beispiel Wiepke Busch, einundzwanzig Jahre, vier Monate und sechzehn Tage alt.

Die letzten fünf Tage davon hatte sie hier verbracht. Waren sie dem Leben der Wiepke Busch noch zuzurechnen? Konnte man das vernünftigerweise tun? Wohl kaum... Die Aufzeichnungen des Enzephalogramms gaben nicht den geringsten Hinweis darauf, daß außer der bloßen Steuerung der Körperfunktionen in ihr noch Spuren bewußten Lebens vorhanden gewesen wären. Eine Hülle war aus Wiepke Busch geworden, eine Menschenhülle mit blassem, seltsam entspanntem Gesicht, geschlossenen Augen, künstlich beatmet zwar, doch dies nur als Vorsichtsmaßnahme, denn sie würde weiteratmen, davon war man in der Inneren, davon war auch Brinkmann überzeugt: Das Stammhirn funktionierte ja! Die große Zentrale aber, die Myriaden von Nervenzellen, die das Großhirn bilden und den Menschen zum Menschen machen, leisteten keine Dienste mehr.

Warum? Das war die Frage. – Kein Riß im Cranus. Die Röntgenaufnahmen hatten es wieder und wieder bewiesen: Nicht die Spur einer Schädelverletzung! Also ein traumatisches Geschehen, vielleicht auf eine kleine Gehirnblutung zurückzuführen, in jedem Fall ein Prozeß, der zunächst nur Beobachtung zuließ – hier in der Klinik oder in Freiburg, das blieb noch zu entscheiden.

So war Wiepke in ein Sonderbett der Intensivstation verlegt worden. Die strenge Abgrenzung von der Außenwelt, auch die rigorosen Hygienemaßnahmen konnten bei ihr entfallen. Besuche waren erlaubt, Besuche, die ein stilles Betrachten eines stummen Gesichtes bedeuteten – eine größere Belastung für diejenigen, die Wiepke liebten, als der Anblick eines um das Leben kämpfenden Körpers.

Grete Busch war nur zögernd eingetreten. Sie fand Robbi auf einem Hocker sitzend, reglos, die Hände über der Brust verschränkt. Er wollte sich erheben, doch sie drückte ihn zurück.

»Wieso lassen sie dich eigentlich rein, Robbi?«

Er zuckte nur mit den Schultern. Das breitflächige Gesicht mit der leicht gebuckelten Stirn und den warmen, tiefliegenden Augen blieb ausdruckslos.

Sie ging zu Wiepke. Das tägliche Ritual: Der Kuß auf die Stirn ihres schlafenden Kindes, ein Kuß, der das Herz zerriß! Nun blickte sie wieder auf Robbi herab. Grete Busch war hochgewachsen, von einer gewissen Grobknochigkeit, die sie unter der elegant geschnittenen grünen Hose und dem weiten silbergrauen Rollkragenpulli so geschickt verbarg, daß sie schlank, fast mädchenhaft wirkte, nicht wie die Mutter, nein, wie die ältere Schwester des reglosen Körpers.

»Wie lange bist du schon hier?«

»Weiß nicht. Lange. Ich zähle die Stunden nicht.«

Rührend, daß Robert sich so um sie kümmerte, erschütternd eigentlich. Die Intensiv-Schwester hatte Grete Busch gesagt, er habe die halbe Nacht hier verbracht.

Sie sah sich um: Wo wohl? In diesen beiden Sesseln?

»Ich bin einfach nicht gegangen.«

»Hast du gesagt, du seiest verwandt?«

Er schüttelte den Kopf. »Wieso? Nein... Und was die denken, ist mir egal. Der Arzt findet's in Ordnung. Vielleicht haben sie auch einfach zuviel zu tun.«

»Und Holger?«

»Das wissen Sie doch, Frau Busch.«

Er sah sie nicht an dabei, und die Stimme verriet keine Emotion. Ja, sie wußte. »Hast du mit ihm gesprochen?«

»Ja.«

Auch sie hatte es, vorgestern. Holger war bei ihr vorbeigekommen, einen Blumenstrauß in der Hand und dieses nervöse Zucken um den Mundwinkel. Er brauchte sich keine Vorwürfe zu machen, hatte sie gesagt. Daß er sich die auch nicht machte, war das einzige, was aus der wortreichen Schilderung des Unfallablaufs herauszuhören war – dies und die Tatsache, daß es ja nun doch zwecklos sei, Wiepke zu besuchen, und so schwer, Wiepkes Anblick zu ertragen.

Für Robbi anscheinend nicht. Sie sah ihn an. Die Erinnerung drängte ein anderes Bild auf: Damals, vor einigen Jahren, als Robbi am runden Tisch im Eßzimmer saß, um Wiepke Nachhilfeunterricht zu geben, Robbi, dessen Engelsgeduld ihr oft genug ein mitleidiges Lächeln abgenötigt hatte.

»Ist doch ganz einfach, Wiepke! Wenn man mal das Grundsätzliche kennt, läuft alles von selbst. Das gilt für die Sprachen wie für die Mathematik.«

Das »Grundsätzliche«... Robbi hatte auf Wiepke eingeredet, und sie knetete Brotkügelchen, malte Männchen oder rollte gequält die Augen, um dann, wenn der Unterricht zu lange ging, mit einer einzigen Armbewegung Bücher und Hefte vom Tisch zu wischen: »Ich kann das nicht, Robbi! Ich schaff's nie!«

»Natürlich, du schaffst es, Wiepke.«

Ob er das jetzt auch dachte, dieses »Du schaffst es, Wiepke«? Warum hatte sie Robert nie ernst genommen? Es war ihr Fehler. Zu gutmütig, zu introvertiert schien er für Wiepke – ein Holger, berstend von Selbstbewußtsein, das war der Kerl, der Wiepke zähmen konnte, so hatte sie gedacht, und vielleicht hatte Wiepke etwas davon übernommen. Und nun?

Sie legte ihre Hand auf seine Schulter. Sie konnte sein Gesicht nicht mehr sehen, nicht diesen sonderbaren, stillen Ausdruck in seinen Augen. Sie ertrug die Atmosphäre nicht, das Ticken, die Apparate, das versteinerte Gesicht ihrer Tochter.

»Bleibst du?«

»Wieso nicht?«

»Ich komme nachher nochmals vorbei. Gegen sieben.«

Grete Busch wußte, daß sie es nicht schaffen, den Anblick Wiepkes nicht ertragen würde: ein Gesicht, das kein Gesicht mehr war, sondern eine leblose Fotografie.

Doch Robbi? Er war so still. Und als sie die beiden ansah, Wiepke auf ihrem Bett, er in seinem Sessel, erschien es Grete Busch, als würden sie sich ähneln.

*

In einer Art schmerzhafter Benommenheit erlebte Brinkmann, wie sich seine Welt veränderte, ja, wie sie drohte, sich in Nichts aufzulösen. Vorbei war es mit der heiteren Perspektive auf ein friedliches Alter im Kreis der Enkel, verweht waren die Illusionen vom Brinkmann-Clan. Wie sollte er sie auch aufrechterhalten? Bald würde Christa nach Freiburg ziehen, um irgendwelche Leukozyten zu zählen, damit sich ein Vollmers noch ein paar Federn an seinen akademischen Hut stecken konnte. Käte wiederum träumte von einer Zukunft mit Konstantin Taubricht im Seniorenheim. Ein alter Erbsenzähler wie er mußte ihm seine Käte wegnehmen. Unvorstellbar! Das Fundament seiner Existenz, seit er denken konnte. Und dann? In die Villa würde irgendein Drachen von Haushälterin einziehen, der erträglichste Drachen, der sich auf Christas

Annonce gemeldet hatte. Wie war der Name noch? Er hatte ihn vergessen, verdrängt. Michaelis? Ach, ja...

Seufzend packte Brinkmann seinen Kram ein, sperrte die Papiere in den Schreibtisch, versorgte sie im Aktenschrank und unterdrückte den wilden Impuls, sich in die Kantine, besser noch, in einen langen Spaziergang zu flüchten.

Christa war nach Freiburg gefahren, zu »vorbereitenden Gesprächen«, wie das so schön hieß. Ja, die abstrakte, keimfreie Welt der wissenschaftlichen Forschung! Menschen blieben sie trotzdem, und er wußte, wie so etwas lief.

Die Meis hatte bereits die Schutzhülle über die Schreibmaschine gezogen. Leer war das Vorzimmer. Brinkmann warf einen letzten Blick in den Spiegel, schnitt sich eine Grimasse und ließ mit Genuß die Krawatte unter dem offenen Kragenknopf baumeln. Dann setzte er sich in Bewegung, an den Fliederbüschen entlang, die sich mit ersten Blütenpelzen überzogen, vorbei an den Buchen, deren grüne Blättchen bereits die braunglänzenden Knospen gesprengt hatten, die Sandsteinstufen hoch, Primeln, drüben Narzissen, alles da und von Johannsen in ordentlich geharkte Beete ausgerichtet, Frühlingspracht unter einem angenehmen rosafarbenen Abendhimmel!

Brinkmann hörte seinen Absätzen nach. Er wußte, was auf ihn wartete: Käte, die ihm schweigsam das Abendessen servierte, um dann in ihr Zimmer zu verschwinden. Die Zeitung. Ein paar Schallplatten. Das Bett.

Er blieb stehen, schob mit der Schuhspitze einen trockenen Zweig hin und her und begutachtete irgendwelche fleißigen Ameisen, die noch immer irgendwelchen Arbeiten nachgingen. Auch eine Lösung. Was heißt auch eine? Machte er es nicht genauso? Ja, man konnte sich einfach in die Arbeit stürzen, man half nicht nur anderen, man half auch sich selbst damit. Sich selbst half man, indem man in Streß und Rotieren die eigenen Schwierigkeiten vergaß, all diese unbegreiflichen Probleme, mit denen man plötzlich konfrontiert wurde. Udo und Katharina zum Beispiel? Eine Ehe im Erosionsprozeß, den man nicht zu definieren vermochte, von dem aber klar schien, daß er in der Katastrophe münden würde.

Ach, Udo! Warum hast du nicht mit mir geredet? Heute wäre der Tag dazu... Doch da fiel ihm ein: Udo ist ja nach Rastatt gefahren, zu Angies Papi, diesem geschniegelten Herrn Gessner. Wie schön wäre es, die Kleine jetzt hier zu haben, dachte Brinkmann mit einem Anflug von Wehmut. Nicht einmal das ist dir vergönnt. Angie hätte ihm helfen können, doch so ist es immer, wenn man sie braucht, sind sie nicht greifbar.

Nicht mal die ganz Kleinen...

*

Mit seiner noblen ockerfarbenen Fassade und den schweren Balken, die ein weitgeschwungenes Dach trugen, hätte das Haus auf irgendeinem Hügel der Toskana stehen können, aber es gab weder Zypressen noch Bougainvilleen, Palmen oder Oliven – Apfelbäume wuchsen auf den Wiesen und im Park, zwischen schönen, alten Buchen. Still war es. Von irgendwo aus der Ebene drang das Summen der Autobahn. Ein gutes Haus – mit gewissem Widerwillen mußte Udo Brinkmann es zugeben: gediegen, gepflegt, Gessner-Tradition wohl...

Er war stehengeblieben.

»Jawohl, Herr Doktor!« hatte die Dienstbotenstimme durch die Sprechanlage geschnurrt. »Ich melde Sie sofort an. Bitte, treten Sie doch ein.«

Das Tor hatte sich geöffnet, und er war eingetreten. Jetzt aber? Niemand? Nicht mal Angie...

Zumindest Angies Spuren: Auf dem Weg, zwischen frisch beschnittenen Rosenbüschen, lag ein Kinderfahrrad, brandneu und achtlos weggeworfen...

Udo hob es auf, ging weiter, hörte Schritte und sah Gessner: schlank, die Schultern etwas vornübergebeugt, die Hände in Handschuhen, in der Rechten eine Gartenschere, nicht so elegant, wie er ihn in Erinnerung hatte. Eine verknitterte, an den Knien verbeulte Kordhose trug Frederick Gessner, dazu Tennisschuhe und Lumberjack – ein Frederick Gessner, der mit seinem freundlichen Lächeln zum erstenmal auf Udo ungemein menschlich wirkte.

»Schön, Sie zu sehen. Haben Sie es gleich gefunden?«

Udo nickte und deutete auf das Fahrrad: »Das auch!«

»Hab' ich ihr vorgestern gekauft. Nun läßt sie es schon überall rumliegen. Sie hat zuviel Phantasie. Sie ist keine Fahrradstramplerin.«

Sie grinsten sich wissend an: Zwei Männer, verbunden in der Liebe zu einem kleinen Mädchen – besser noch, in der Kenntnis ihrer Schwierigkeiten.

»Ich habe Angie schon gesagt, sie solle packen. Aber Sie kennen sie ja... Wie ist das, Doktor, trinken wir eine Tasse Tee? Sie haben es doch nicht so eilig, oder?«

»Sehr liebenswürdig«, wollte Udo sagen, aber das Bild, das sich ihm bot, als er Gessner folgte, verschlug ihm doch die Sprache: Eine Terrasse, so groß wie ein Fußballfeld, mit Hollywoodschaukeln und kleinen Tischen bestückt, dazu der Blick über eine zärtliche Frühlingslandschaft geschwungener Rebberge und kleiner Dörfchen...

»Wunderschön!«

Gessner nickte: »Ja, ich habe viel Freude daran. Dort unten, sehen Sie, ziehe ich Rosen. Eine Wissenschaft für sich, aber etwas, das viel Freude bereitet. Sobald ich ein bißchen Zeit habe, stürze ich mich darauf. Aber bitte, machen Sie es sich doch bequem.«

Das war einfach. Man versank in daunengefüllten Polstern, ein Hausmädchen erschien, auch sie eine Bilderbuchangestellte in blauweißem Baumwollkleid, mit Spitzenhäubchen, die Teekanne pures Sterlingsilber, die Tassen hauchdünnes Rosenthal. Fehlte nur noch, daß Gessners »Vielen Dank, Rosi« mit einem Knicks beantwortet wurde. Jetzt brauchst du dir nur noch Katharina dazuzudenken, dachte Udo und rührte in seiner Tasse. Eine Katharina in britischem oder schottischem Flanell zum Beispiel, im ebenmäßigen Gesicht hochmütige Brauen und den Ausdruck der geborenen Herrschaft. Vergangenes Jahrhundert war dies im Grunde. Anspruch durch Stil gebändigt. Ob sie sich an der Seite dieses Mannes wohl gefühlt hatte? Sicher... So wie er sie kannte, ja. Zum erstenmal glaubte Udo zu begreifen, ohne Zorn und Vorwurf, auch ohne dieses Gefühl des Unterlegenseins. In einer solchen Umgebung ist sie zu Hause. Und im Grunde war es doch nur bewundernswert, wie sie sich mit der Offinger Wirklichkeit arrangiert hatte.

»Nun, Doktor, Sie machen ein so nachdenkliches Gesicht?« lächelte Frederick Gessner.

Sensibel war dieser Gessner also auch noch?

»Ich dachte an Angie«, log Udo und fühlte sich ertappt.

»Ja, sie ist ein Traumkind, ein Phänomen.«

Udo nickte andächtig.

»Aber Katharina? Hat sie in ihrem Tatendrang überhaupt Zeit für sie? Das war ja auch bei uns das Problem. Sie wissen, ich bin geschäftlich fast ständig weg, und auch Katharina hat ihren Beruf.«

Udo trank einen Schluck. Kleine Blüten schwammen auf dem Tee. Er schmeckte bitter.

Die Antwort! Sicher, er hatte ein Recht darauf. Was immer man über Frederick Gessner sagen mochte, er liebte seine Tochter. In das Schweigen hinein kam seine Frage: »Ich hoffe, Sie haben keine Probleme mit Katharina?«

Hastig stellte Udo die Tasse zurück. Ein paar Tropfen liefen über seine Finger.

»Ich hatte nicht die Absicht, eine indiskrete Frage zu stellen.«

»Das weiß ich.« Udo blickte ihn an: Die hochgewölbte Stirne, die Adlernase, die eingesunkene Schläfenpartie, Sommersprossen gab es auf seiner Haut, rötliche Härchen, und die hellen Augen hatten die Farbe der verschütteten Teetropfen. Nun lächelte Gessner: »Sie ist eine faszinierende Frau, nicht wahr?«

Udo nickte und schwieg. So saßen sie nun, lächelnd, unausgesprochene Worte im Herzen und ein wissendes Lächeln um die Lippen – zwei Männer, der Ex-Ehemann und sein Nachfolger, und ihre Gedanken kreisten um dieselbe Frau.

»Sie ist faszinierend«, sagte Gessner, »und ich hatte ständig Probleme mit ihr. Um ganz ehrlich zu sein: Im Grunde habe ich sie nie verstanden. Ich sage es deshalb, weil es mich sehr freuen würde, wenn ihre zweite Ehe Katharina glücklich machen würde.« Das alles klang ungemein ehrlich, der Blick war's auch, aber Udo fühlte sich nicht behaglich. Hastig griff er nach seiner Tasse. Auf was wollte Gessner hinaus?

»Ich hoffe, ein Gespräch mit Ihrem Vorgänger berührt Sie nicht unangenehm?«

Udo griff nach den Zigaretten und ließ sich von Gessner Feuer geben. Er nahm einen tiefen Zug und ließ den Rauch in einen blauen Himmel entschweben. Er hatte sich entschlossen, und er fühlte sich befreit: »Im Gegenteil, Herr Gessner, ich bin froh, daß Sie dieses Thema anschneiden. Ich bin schon deshalb froh, weil wir in letzter Zeit ziemlich häufig aneinandergeraten sind, obwohl ich eigentlich, um ehrlich zu sein, noch immer nicht weiß, warum.«

Gessner zeigte die Miene eines Mannes, der hörte, was er erwartete. »Solche Fragen sollten Sie sich besser gar nicht stellen. Ich kann Ihnen den Grund sagen.«

»Und?«

»Katharina ist eine Frau, die an sich selbst genug hat.«

Das war sie wohl, die Antwort. Und viel gab es dazu nicht mehr zu kommentieren. Irgendwo im Gebüsch raschelte eine Amsel. Nun flog sie ab. Flach über den Teetisch hinweg.

Gessner erhob sich: »Gehen wir vielleicht ein Stück miteinander?« Sie nahmen den Weg, der den kleinen Hügel umrundete, auf dem das Haus stand. Ab und zu schob Gessner einen herabhängenden Zweig zur Seite und betrachtete eine Blume oder Pflanze. Dabei sprach er: von Katharina, ihrem Ehrgeiz, von ihrer Freude an künstlerischen Dingen, die im Grunde schöpferisch und deshalb begrüßenswert sei. Und Udo hörte ihm zu, verstand nur die Hälfte, war viel zu sehr beschäftigt mit der Frage, was dieses Gespräch eigentlich sollte und wieso er sich diesem Mann hier so verwandt fühlte?

Da blieb Gessner stehen.

»Eine Katharina besitzt man nicht. Das ist unmöglich.«

»Und warum?«

Gessner lächelte. »Weil sie unterwegs ist – nicht nur räumlich.«

Die Worte waren ohne Bitterkeit: »Sehen Sie, ich hatte keinen Verlust bei der Scheidung, denn ich hatte Katharina ja schon vorher nicht gehabt. Als ich begriff, daß man nicht verlieren kann, was man nicht besitzt, ging's mir wieder besser.«

»Sie machen mir nicht gerade Mut, Herr Gessner.«

»Nein. Da haben Sie recht. Das tue ich nicht. Ich könnte es auch gar nicht. Verstehen Sie: Ich liebe Katharina jetzt, weil ich auf sie verzichten kann.«

Die langgliedrige Hand mit den feinen rötlichen Härchen darauf machte eine schwingende Bewegung: »Eine Möwe fliegt vorbei. Man hat eine kurze Freude daran. Eine große sogar. Und es bleibt durchaus ein angenehmes Gefühl zurück. Aber sperrt man Möwen ein...«

»Sehr poetisch.« Udo verzog den Mund. »Aber habe ich Katharina eingesperrt? Eher war es umgekehrt. Wenn ich es genau überlege, sperren wir uns gegenseitig ein. Wissen Sie, eine Ehe zwischen Ärzten verläuft anders. Der Beruf steht im Vordergrund. Für erhabene Gefühle bleibt da wenig Platz. Und Katharina ist Ärztin. Sie ist es mit Leib und Seele, wie das so schön heißt. Sie ist außerordentlich tüchtig sogar. Ich wiederum...«

Was Udo Brinkmann zu sich selbst einfiel, sprach er nicht mehr aus.

Denn da schrie es aus den Büschen: »Udo! – Udo! Udo!«

Angie! – Auf ihren kurzen Beinchen rannte sie den Berg herab, eine Puppe in der Hand, verlor sie, bückte sich nach ihr, wäre beinahe gestürzt, fand im letzten Augenblick das Gleichgewicht und rannte mit rudernden Armen weiter.

Nun war sie bei ihm, atemlos, mit runden Augen im glücklichen Gesicht. Zuerst aber mußte Udo die Puppe bestaunen.

»Guck mal! Ist die nicht süß?«

»Und ob! Du übrigens auch.«

Er hatte sie im Arm, spürte Gessners wachsame Blicke auf sich und hörte Angie sagen: »Papi! Den Koffer habe ich schon gepackt. Ich muß jetzt weg.

Schließlich muß ich mich auch wieder ein bißchen um Udo kümmern, nicht wahr?«

Gessner lachte. Udo drückte den kleinen Körper an sich und fühlte zum erstenmal seit langem wieder etwas wie Glück. Und dieses Gefühl hielt an, trug sie über die Autobahn, Offingen entgegen, ja, er war wie befreit, so, als hätte Angies Gegenwart alle Zweifel ausgelöscht, eine Angie, die, hinter ihm in den Ledersitz von Katharinas Porsche geschnallt, die Wunder dieser Welt erlebte, riesige Laster, die entgegenrollten, Busse, denen man zuwinken konnte, all die Kirchen, auf denen »der Storch wohnt«, ein Mädchen wie Angie, das noch immer jeden das Staunen lehrte, das Staunen darüber, wie leicht es doch war, sich nahe zu sein und sich zu lieben.

Als sie in Offingen ankamen, war es kurz nach fünf. Im Haus niemand. Claudia, fiel Udo ein, hatte ja ihren freien Tag. Er versuchte Katharina in der Klinik zu erreichen, umsonst. Konferenz bei Römer! Eine sehr wichtige Konferenz anscheinend, denn die Sekretärin schottete ab.

Na, wenn schon! So leer, ja, fast feindlich ihm das Haus in den letzten Wochen erschienen war, durch Angies Anwesenheit wurde es verändert, so als habe es ein Zauberstab berührt. Während er ihr unten in der Küche etwas zusammenbrutzelte, hörte er sie im Bad mit der Puppe schimpfen. Ja, die Mauern waren wieder lebendig geworden, erhielten ihren Sinn zurück. Er hörte, wie die Türe ging. Nun kam sie die Treppe herab, badefeucht in ihrem Frotteemantel, setzte sich an den Tisch, verschlang alles mit einem Heißhunger, der Udo andächtig stimmte, verkündete obendrein, es habe ganz prima geschmeckt, und wollte sofort ins Bett, freiwillig, ohne ein Wort des Protestes. Nicht einmal seine Geschichte bekam sie mit. Sie war eingeschlafen, ihre Hand jedoch hielt noch immer Udos Zeigefinger umklammert.

Er deckte sie zu und setzte sich vor den Fernseher. Fünf Minuten später vernahm er, wie sich die Haustüre öffnete. Katharina…

»Ist sie da?«

Er nickte und sah ihr nach, wie sie die Treppe hochrannte. »Eine Möwe hält man nicht gefangen?« Gut. Aber die Möwe hatte ihr Nest gebaut. Zumindest für heute schien sie zufrieden.

»Wie ist das, Hunger?« rief er nach oben.

»O ja! Ich nehm' mal ein Bad.«

Er hörte das Wasser rauschen und schnitt einen Berg Zwiebeln für die Sauce zurecht, hackte Petersilie, tat Butter in die Pfanne und wendete darin zwei zarte Stücke Kalbfleisch, ein paar Champignons – eine gute, eine wichtige Beschäftigung, um in Frieden den Gang der Dinge abzuwarten. Zufrieden, ja, das war er nun, zufrieden mit sich und voll Gelassenheit. Als alles nicht nur fertig war, sondern auch recht appetitlich aussah, ordnete er das Resultat seiner Arbeit auf einem Tablett, holte eine Flasche aus dem Eisschrank – das vertraute Ritual, manchmal, nein oft mit Erfolg angewandt.

Udo war noch nicht an der Tür, als er hörte, wie Katharina die Klinke drückte. Und da stand sie: Eine schimmernde Säule, ein heller, glatter Körper, provozierend, unterbrochen von der Geometrie des Slips, das Gesicht dem Spiegel zugewandt, Augen, die in der Glasfläche größer, noch intensiver erschienen.

»Hier?« sagte sie und lächelte.

»Warum denn nicht?«

Ihre Schultern, das feuchte Haar, die weiche Form der Hüften, die großzügige Fülle ihres Busens, Katharina war auf eine Art fraulich, die er früher nicht akzeptieren wollte und die ihm dann, je länger er sie und ihren Körper kannte, zum Inbegriff aller sexuellen Wunschvorstellungen geworden war. War es das? War es die Herausforderung, etwas zu erobern, nach dem er sich sehnte und das, zumindest in den Gedanken des Herrn Frederick Gessner, auch gar nicht zu erobern war.

»Gib mir den Mantel.«

»Den Mantel?« Er grinste. »Wieso?«

»Deshalb.«

Sie massierte in kleinen, sorgsamen, runden Bewegungen den Rest Creme auf die Lider. Das dunkle Haar war zurückgekämmt und mit einem Band festgehalten. Die Großfürstin! Jedesmal, wenn sie ihr Haar so trug, drängte sich ihm der Name auf und die Vorstellung, irgendeiner der russischen Aristokraten, die um die Jahrhundertwende Baden-Baden bevölkerten, habe eine ihrer Vorfahrinnen verführt.

Er häufte den Teller voll, doch sie schüttelte den Kopf: »Nachher.«

»Wann nachher?« fragte er voll Hoffnung.

Sie lächelte.

»Weißt du, was dein Frederick heute zu mir...«

»Zum Teufel mit Frederick!« Doch ihr Blick wurde neugierig. »Was hat er gesagt?«

»Nun, er sprach vom Fliegen.«

»Vom Fliegen?«

»Von deinem Flug. Er meinte, daß für dich gewissermaßen eine irdische Ebene gar nicht existiert. Daß du darüber hinwegfliegst. Er meinte, daß niemand dich halten kann.«

»Im Ernst? Hat er das gesagt?« Sie nahm eine Gabel, kaute mit Genuß, aber nahm den Blick dabei nicht von seinem Gesicht. »Und das hat dich natürlich ungemein beeindruckt?«

»Vielleicht hat er recht?«

»Siehst du, Udo, das ist genau der Punkt: Du läßt dich zu leicht beeinflussen. Selbst von einem Frederick Gessner. Ja, das ist es. Jeder kann das. Einmal drängst du nach links, dann wieder nach rechts. Du hast keine

Linie. So wie bei mir. Du willst mich und zugleich deine Karriere.«

»Müssen wir denn jetzt...?«

»Wir müssen nicht. Aber wir sollten uns wirklich mal darüber unterhalten.«

»Wirklich? Du sagtest es doch schon: Karriere und du, so was läßt sich nicht vereinen.«

»Vielleicht doch. Aber nur dann, wenn man sich selbst ist, Udo. Absolut sich selbst. Wenn die Dinge, die man verfolgt, nur verschiedene Facetten der gleichen Persönlichkeit darstellen. Verstehst du, was ich meine?«

Er verstand es nicht. Und im Grunde war es ihm egal. Ein Versteckspiel mit Worten. Doch da sagte sie etwas, das ihn neugierig machte: »Nimm Angie«, sagte sie.

Was weißt du schon von deiner Tochter? dachte er.

»Angie lebt aus dem Zentrum ihres Selbstvertrauens«, dozierte die nackte Katharina weiter. »Und das ist eine große Eigenschaft. Man sollte sie sich erhalten. Bei dir war es am Anfang wohl auch so.«

Er nickte. Richtig! Und wer hat mein Selbstvertrauen ruiniert? – Es auszusprechen wäre unpassend, unwahr vielleicht auch.

»Muß das denn sein?«

»Daß wir uns endlich mal über die Gründe unterhalten, warum es in letzter Zeit mit uns hapert?«

Er blickte auf die dunklen Höfe ihrer Brüste, auf denen sich rosa Spitzen regten. Und wieder auf ihren Slip. Er sagte: » – daß wir uns den Appetit verderben, Katharina. Und meine schöne Sauce!«

Da lachte sie, leise, ein Lachen, das von innen kam, ihre Kehle zum Schwingen brachte, in ihren Augen tanzte und ihn ein kurzes, schwindelerregendes Gefühl von Vergeblichkeit und Hoffnung durchleiden ließ.

Sie ließ sich aufs Bett zurücksinken. Ihr Körper

wölbte sich ihm entgegen, doch sie nahm den Blick nicht von ihm. »Vergessen wir die Sauce einfach. Was hältst du davon? – Nun komm schon!« Ihre Arme öffneten sich. »Komm schon, Udo...«

*

Schneewittchen... Im Raum schwebende, grünliche Dämmerung: Aquariumlicht, Glassarghelle!

Von dem Stahltisch, an dem Robert saß, war nur ihr Gesicht zu erkennen. Wiepkes Profil, verformt, verfremdet durch das Saugrohr, das alle Schleimreste entfernte. Den schrecklichen Schlauch jedoch, der den Sauerstoff zu ihrer Nase führte, hatten sie abgenommen. Sie atmete, atmete aus sich selbst, die Lunge arbeitete, es ließ sich sogar beobachten, ein sanftes Auf- und Abebben, außerhalb der Zeit. Zeit galt für andere. Hier bedeutete sie nichts.

Die wievielte Stunde war es nun? Robbi hatte längst aufgegeben, auf die Uhr zu sehen. Wieso auch? Der Rhythmus der Flüssigkeitskristalle an den Geräten gab andere Werte an: Herzschlag, Hautfeuchtigkeit, Blutdruck. Die Sensoren schlossen sich an Wiepkes schmalen Schädel, um ihre Gehirnströme aufzuzeichnen – High-Tech at it's best! –, fließende, grünlich schimmernde und so schrecklich flache Kurven, deren winzige Ausschläge noch immer kein bewußtes Leben meldeten. Die Geräte gaben sich alle Mühe, die Ärzte auch – aber das Enzephalogramm zeigte stets dasselbe: den monotonen Rhythmus der Deltawellen, das Zeichen tiefster Bewußtlosigkeit. Der geduldige Dr. Römer hatte sich eine Menge Zeit genommen, um Robbi die Theorien über die Ursache ihres Zustandes zu erklären, und der liebe Gott im weißen Mantel, dieser Professor Brinkmann, der ab und zu hereintrat, Robbi nachdenklich musterte und dann über Wiepkes Stirn strich, hatte ihr sogar hinter dem rechten Ohr ein Loch in den Schädel gebohrt, um nach den Spuren jener Gehirnblutung zu suchen, die sie vermuteten. Ein Epiduralhämatom, vielleicht sogar ein Subduralhämatom? Sie hatten Blutkörperchen im Liquor entdeckt, doch nicht genügend, es blieb bei dem Verdacht. Irgend etwas war nicht in Ordnung, doch nichts, das auf eine deutliche Ursache hinwies. Eine Hirnschwellung als Folge des Unfalls? Eine Verletzung? Was hielt die Welt von Wiepke ab, hinter was hatte sie sich versteckt, und wie konnte man sie erreichen? Sie wollten ihren Schädel noch mal aufbohren. Das sollte in Freiburg geschehen. Und der Sinn? »Keep your secret«, den Song von Elton John, müßte man ihr hinter die Stirn schicken können, dachte Robbi, vielleicht würde sie das zurückholen. Elton John, ja, den hatte sie so geliebt, der törnte sie an, riß sie hoch...

»Im Moment bleibt nichts anderes, als abzuwarten«, sagte Dr. Römer.

Als ob Warten etwas ändern, etwas bewirken könnte! Als ob diese Geräte, ihre Wissenschaft, der ganze verdammte technische Aufwand etwas erreichten. Was wußten sie denn schon im Grunde? Römer hatte es ja selbst zugegeben: »Wissen Sie, trotz aller Fortschritte in der Neurophysiologie, im Grunde ist noch weitgehend unbekannt, was im Gehirn vorgeht. Manche meinen, das Gehirn sei zu kompliziert und gleichzeitig doch nicht kompliziert genug, um seine eigene Funktionsweise erklären zu können. Noch stehen wir am Anfang.«

Schulterzucken. Ende! – Gehirn? ZNS, zentrales Nervensystem, Zwischenhirn, Kleinhirn, darüber die beiden Hälften mit ihren vier Hirnlappen, in denen sich die Zentren verteilen, die unsere Fähigkeiten, unser Fühlen und Denken beherbergen, von der Evolution in Millionen Jahren herausgebildet, alles was den Menschen ausmacht, dieses flimmernde, von Myriaden Zellen in Gang gehaltene und unauflösbar verkabelte System der Wunder...

Einen Riß in der Schädeldecke hatten sie festgestellt! Und war das Gehirn in seiner Flüssigkeit nicht stoßsicher nach allen Seiten gelagert? Nicht genügend, um die Folgen des Sturzes abzudämpfen. »Eine traumatische Blutung, das ist alles, was wir annehmen können. Aber was zerstört wurde...?«

Ja, was? Das einzige, das man sich wiederholen, über das man nachdenken kann. Im vierten Semester seines Veterinärstudiums hatte Robbi schließlich genug Zeit mit Organstrukturen verbracht, und ob es sich dabei um Kälber, Rinder oder Ratten handelte, der Bauplan der Säugetiere war stets der gleiche. Seine Mutter sah es einfacher: »Sie schläft. Aber ihre Seele hat sie nicht verloren, Robbi.« Seine Mutter war eine fromme Frau, und fromme Frauen haben es nicht nur leichter, sie haben vielleicht auch recht: Die Seele war wohl unzerstörbar. Und niemals greifbar. Sie konnte genausogut im Herzen, im Solarplexus oder, wie die Eingeborenen meinten, im Bauch sitzen. Wieso eigentlich im Hirn?

»Was wissen wir schon, Robbi?« Auch sie sagte es. »Du mußt halt Geduld zeigen. Da haben die Ärzte schon recht.«

Er hatte sie. Auch jetzt. Er war allein mit ihr. Ihre Lippen schimmerten. Ihre Augen geschlossen wie immer. Und als er nun den Kegel des Lichtes zu ihrem Gesicht drehte, zogen die Wimpern einen sanften, zarten Kreis auf ihrer Haut.

Die Türe öffnete sich.

Robbi schrak zusammen. Als habe er etwas Verbotenes getan, justierte er hastig die Lampe. Es war Mischa, Gott sei Dank.

»Sag mal, wie lange hockst du eigentlich schon hier?«

»Weiß nicht. So drei Stunden.«

»Du wirklich, Robbi, du mußt das verstehen: Bisher habe ich dich gedeckt, aber so geht das nicht weiter. Die ganze Station redet schon davon.«

»Von was?«

»Na, von dir. Gestern warst du bis elf Uhr hier. Du hockst hier rum...« Wie bei einer Totenwache, lag Mischa auf der Zunge, doch er brachte das schreckliche Wort nicht heraus.

»Ich bin halt 'ne komische Figur. Gewöhnt euch daran.«

»So einfach ist das nicht. Schließlich, Robbi, ist es nun deine Verlobte?«

»Was heißt das schon, deine oder meine? Was interessiert dich das?«

»Mich interessiert es wenig, und ich versteh' dich ja auch.« Mischa legte ihm besänftigend die Hand auf die Schulter. »Aber der Alte wundert sich bereits. Der war vorhin hier. Als er erfuhr, daß du drin sitzt, hat er sich dünngemacht.«

Robbi nickte. Daß Mischa so sprach, störte ihn nicht. Im Grunde war Mischa der einzige, den er überhaupt noch wahrnahm, er mochte Mischas Augen, sein Lächeln und die Art, wie er die Dinge herunterspielte, obwohl er doch alles sah. Ja, er mochte eine Menge an ihm. Aber er wollte nicht reden.

Mischa aber ließ nicht locker: »Sag' mal, wenn du so bei ihr sitzt und sie anguckst, was ist dann?«

»Was soll sein?«

»Robbi! Mir brauchst du doch nichts vorzumachen. Du meinst doch, deine Anwesenheit würde sie irgendwie spüren?«

»Und wenn? Laß mich in Frieden.«

»Laß ich doch. Und ich glaube, du hast auch recht. Aber jetzt tut's mir leid, Robbi, du mußt mitkommen, da hilft alles nichts.«

»Wohin?«

»Zum Alten. Er will dich sehen.«

»Und wenn ich nicht...« Doch es hatte ja keinen Zweck. So stand Robbi auf, warf einen letzten Blick hinüber zum Bett, sah Geräte und Zahlen, und sein Herz zog sich zusammen.

Er ging den Gang entlang, immer hinter Mischa her. Sie fuhren im Lift, er ließ sich durch Türen führen, und da stand es nun: PROFESSOR BRINKMANN, schön ordentlich in Messingbuchstaben. Die Türe ging auf: Ein Vorzimmer, wieder eine Tür, ein Schreibtisch und der Gott im weißen Mantel dahinter, der liebe Gott mit dem verstehenden Lächeln. Aber das gehörte wahrscheinlich zu seinem Job.

»Setzen Sie sich doch. Danke, Mischa...«

Mischa verschwand. Robbi hätte gerne gehabt, daß er dageblieben wäre.

»Wissen Sie eigentlich, warum ich mit Ihnen sprechen will?«

»Nein.«

»Weil, wenn Sie meine Meinung wissen wollen, es von Tag zu Tag fraglicher wird, daß Wiepke Busch ins Leben zurückgerufen werden kann.«

Das tat weh. Weil ER es aussprach. Es klang nicht wie ein Urteil, so was verpackte er in Watte, aber es war eine stählerne Sachlichkeit darin, die ermorden konnte. Doch Robbi hatte seinen Panzer. Hatte er nicht die ganze Zeit das gleiche gedacht? Er nickte nur. Der Mann hinter dem Schreibtisch legte das Kinn auf den Handknöchel. Unverwandt sah er ihn an. »Es könnte natürlich sein«, sagte er, »daß ich mich um Dinge kümmere, die mich nichts angehen.«

»Ja, das könnte sein.«

»Sollten wir nicht doch darüber sprechen?«

»Über was? Darüber, daß ich in Ihren Augen eine komische Figur abgebe? Daß ich Wiepke liebe?«

Er hörte sich sprechen. Es waren alles Worte, die er nicht sagen wollte. Aber wenn er sie schon sagte, mußten sie wohl raus.

»Sie geben keine komische Figur ab. In meinen Augen nicht. Und auch nicht in den Augen meiner Mitarbeiter. Aber da Sie es schon ausgesprochen haben – von Mischa weiß ich, daß Wiepke mit einem anderen Jungen verlobt ist.«

»Und?«

Das erstaunte Brinkmann. Und letzten Endes: Hatte der blasse Junge nicht recht? Was ging ihn das eigentlich an? Was wollte er hier klären? »Selbst wenn sich unsere Hoffnungen erfüllen würden...«

»Wäre wahrscheinlich Holger wieder die Nummer eins bei ihr – meinen Sie das?«

»Ich meine etwas anderes.«

»Und das wäre?«

Er seufzte. »Meine Befürchtung ist, daß Sie das einfach nicht verkraften, Robert. Daß Sie sich so intensiv in eine Hoffnung hineinsteigern, die dann...«

Robbi schüttelte den Kopf. Er hatte genug. Der »liebe Gott« lächelte unsicher. Das gab es also auch: Unsicherheit bei Göttern.

Robbi stand auf. Auch Brinkmann hatte sich erhoben.

»Heilen Sie Wiepke, Herr Professor. Und zerbrechen Sie sich über mich nicht den Kopf. Ich bin gesund.«

Da nickte der liebe Gott. Tatsächlich: Er kam um seinen Schreibtisch herum und gab ihm die Hand.

*

Ein Hauch des messingfarbenen müden Nachmittaglichts traf die Brinkmann-Villa, glättete ihre Fassade, gab den Fenstern Glanz, überspielte zärtlich die Spuren von Alter und Verfall und erweckte das Haus zu neuem Leben.

Brinkmann sah hoch. An den Buchen zeigten sich die Knospen. Die Flügel des Küchenfensters standen offen. Er nahm die Nase hoch und schnupperte: Butterwarmer Duft aus der Backröhre, süß und zimtgewürzt. Ach, Käte und ihre Kuchen! Der Duft war wie ein Signal, das die Erinnerungen der Kindheit auslöste: Das stundenlange Ausharren in einer Küchenecke, bis es endlich soweit war und Käte ihm in der Kuchenschüssel den Teigrest zuschob. Oder die pompös-feierliche Sekunde, wenn sie stolz ihr Produkt ins Wohnzimmer trug, um es einer staunenden Familie und Gästegemeinde zu präsentieren. Vielleicht war es dieses kurze, flüchtige Aufblühen von Jugendseligkeit, das Brinkmann Mut gab. Seit Tagen hatte er sich die Aussprache vorgenommen, doch den Entschluß auszuführen, so einfach war das nicht – wie auch, wenn sie ihm auswich, seine Bemerkungen mit gekonntem Schweigen überhörte, wenn sie übersah, was ihr einst wichtig gewesen war oder diesen neuen, nach innen gekehrten Blick aufsetzte.

Bring's hinter dich, verdammt noch mal! sagte sich Brinkmann jetzt. So schwierig wird's nicht sein. Konstantin Taubricht? Auch noch ein Paragraphendreher – ja, war sie wahnsinnig geworden?! Von Hormonschüben konnte man bei Käte zwar nicht ausgehen, aber von was dann? Altersangst, hatte Christa gemeint. »Ein Leben lang war sie auf dich fixiert. Dann kam ich. Nun fühlte sie sich unsicher, und mehr noch, all die Frustration, die sie ins Unbewußte verdrängt hatte, bricht durch und will kompensiert werden.«

Na schön, sollte er jetzt auch noch die Psychologie bemühen? Dazu noch bei einer Frau wie Käte? Da konnte Christa noch so gescheit daherreden, absurd blieb es doch, so lachhaft wie die Vorstellung, daß vierzig Jahre für Käte nichts zählten, daß er, Klaus Brinkmann, einem Konstantin Taubricht unterliegen könnte.

Er betrat das Haus, folgte der Duftspur, die ihn gleich einem elastischen Gummiband zur Küche zog, verharrte dann doch einige Sekunden beinahe mit einem Gefühl scheuer Ängstlichkeit vor der Türe und drückte schließlich die Klinke.

»Grüß dich, Käti!«

»Ah, du bist's?«

Brinkmanns Augen leuchteten glücklich: »Topfkuchen? Mensch, wenn ich so was rieche, läuft mir das Wasser…«

Ihr Gesicht wurde streng: »Der Kuchen ist ein Geschenk. Für meinen Bekannten. Ich bin eingeladen.«

Sie kontrollierte den Thermostat. Sie sah sich nicht einmal um, doch die Worte kamen so scharfkantig wie die Solinger Messerschneiden, die in ihrer Küche blitzten: »Außerdem, Klaus: Es ist wirklich nicht nötig, daß du mir um den Bart gehst. Ich nehme die Kündigung nicht zurück.«

Brinkmanns Lächeln verschwand. »Würde ich dir auch nie unterstellen. Du änderst doch nicht deine Meinung, weil ich deinen Kuchen lobe. Soweit kenne ich dich auch.«

»Eben. Und deshalb glaube ich, daß wir in diesen letzten Wochen trotzdem freundlich und zivilisiert miteinander verkehren können.«

»Glaubst du?«

»Ja.«

Sie hatte sich wieder aufgerichtet. Solinger Stahl! Brinkmann glaubte ihn klingen zu hören. Gut, wenn sie's so haben wollte: »Angesichts der schwerwiegenden Vorkommnisse, liebe Käti, ist es überaus liebenswürdig von dir, nicht von heute auf morgen zu gehen.«

»Kann ich ja nicht. Schon deinetwegen. Ein bißchen mußt du ja versorgt sein, wenn Christa in Freiburg arbeitet. Wann geht sie überhaupt?«

»Übermorgen.«

»Siehst du, übermorgen. Und ich kann dir gleich sagen: Ich halte es sehr menschlich von mir, daß ich nicht sofort die Koffer packte. Schließlich, du hast ›Scheißkram‹ gesagt, als ich mal mit dir sprechen wollte. Auch wenn du Professor bist – einen solchen Umgangston brauche ich mir nicht gefallen zu lassen.«

Brinkmann hätte sich jetzt gerne in den alten Korbstuhl gesetzt. Kätes Stuhl. Aber hatte er nicht höchstpersönlich das aufgesprungene Weidengeflecht mit Bast umwickelt, nur damit Käte »ihren Stuhl« abends ans Fenster rücken konnte? War das vergessen? »Dann wirst du wohl im Seniorenheim Adlerhorst in Zukunft Unterkunft und Verpflegung finden?«

»So ist es.«

Er witterte seine letzte Chance: »Prima. Dort werden wir dich dann besuchen. Aber daß du hier bei uns einen angenehmen Lebensabend verbringen könntest, ist dir auch bekannt, stimmt's?«

Darauf schwieg sie.

»Du erinnerst dich doch an unser Angebot, eine junge Hausangestellte einzustellen? Sie würde alle schweren Arbeiten machen, während du als Hausdame gewissermaßen über den Wassern schwebst.«

Sie runzelte die Stirn.

Brinkmann hoffte. Doch nur für einen Augenblick.

»Ich hab' keine Lust zu schweben. Und ich kann auch nicht zusehen, wie jemand alles anders macht, wie ich es seit jeher gewohnt bin. Ich hatte schon genug Mühe, mich an Christa zu gewöhnen... Herrgott noch mal – sind jetzt drei Minuten vorbei?«

»Wie bitte?«

Käte geriet in wilde Aktion, riß die Backröhre auf, zog einen schimmernden Topfkuchen heraus, nahm den

Lappen, hob ihn hoch. »Schieb mir mal den Teller rüber!« Und dann war's soweit: Braun, knusprig hochgewölbt, umschwebt von appetitlichen Dunstwolken stand der verdammte Kuchen auf dem Tisch. Ein Kunstwerk von Gugelhupf, so anziehend, daß Brinkmann nicht anders konnte, als den Arm auszustrecken, ihn zu berühren.

Unter den Fingern spürte er Wärme, die feuchte Rundung einer Rosine – und dann, auf dem Handrükken, einen kurzen, harten Schlag.

»Der ist nicht für dich!«

»Natürlich nicht. Der ist für den Kammerpräsidenten Taubricht. Der kriegt jetzt jeden Tag so was zu mampfen.«

»Herr Taubricht mampft nicht. Konstantin Taubricht ist ein sehr kultivierter Herr.«

Nun setzte sich Brinkmann doch: Wieweit wollte sie's eigentlich noch treiben, zum Teufel? Was hatte dieser Taubricht mit ihr angestellt? Wie sie ihn ansah! Wie sie dastand, schwer atmend und doch vollkommen ruhig, nach außen zumindest. Er aber kannte sie, o ja, er wußte, wie das Herz unter dem blauen Schürzenkleid schlug, was die grauen Wimpern zittern ließ, nicht einmal ansehen mochte Käte ihn jetzt. Krampfhaft blickte sie auf ein aluminiumfunkelndes Set von Schüsseln und Pfannen, den Mund vorgewölbt, das Haupt aristokratisch erhoben. Niemand konnte den Kopf so aufrecht halten wie Käte! Niemand gelang es auch, in kitzligen Situationen soviel Entschiedenheit und Strenge zu verbreiten. Alles Fassade! Ein Theater, das sie sich hundertmal in ihrem Bett zurechtgeträumt, Stichworte, die sie für jede Situation vorbereitet hatte. Er, er aber mußte mitspielen.

Also ließ sich Brinkmann doch in den Sessel fallen. Der stöhnte unter seinem Gewicht. Jetzt? Ein Einfall, lieber Gott...

Brinkmann hatte ihn! Ausgiebig, mit genüßlicher Liebe zum Detail begann er zu schildern, was umfangreiche Klinikrecherchen ergeben hatten. Keine einzige Anekdote ließ er aus, nichts wollte er Käte ersparen, schon gar nicht, wie Taubricht damals, während seines Klinikaufenthalts, einer verstörten jungen Lernschwester eine Riesenszene machte, weil seine Pantoffeln nicht parallel neben dem Bett standen! Wie er wegen drei Fliegen, die widerrechtlich durchs offene kammergerichtsrätliche Fenster eingedrungen waren, eine schriftliche Beschwerde eingereicht und dann dem armen, total erschütterten Mühlmann einen Zweistundenvortrag über Fliegengefahr und Hygieneordnung gehalten hatte!

Käte unterbrach nicht. Die Augen blickten unverwandt und ruhig.

»Du willst mich wohl gegen ihn einnehmen?« sagte sie, als er fertig war.

»Was heißt hier einnehmen? Einen zarten Hinweis kannst du mir ja gestatten.«

»Welchen Hinweis?«

»Nun darauf, daß kein Mensch ohne Fehler ist. Mit meinen und Christas Macken kennst du dich inzwischen aus. Mir kannst du auch auf die Fingerchen hauen, wie du das gerade gemacht hast. Ich weiß aber nicht, wie der Herr Kammergerichtspräsident reagiert, wenn du bei ihm das gleiche probierst.«

»So, daß das nicht nötig wäre«, sagte sie knapp.

Er war mit seinem Latein am Ende.

»Käti«, sagte er schwach, »falls es sich um eine blinde Leidenschaft oder gar um eine extreme Form der Hörigkeit handeln sollte, stelle ich meine Versuche natürlich ein, dich diesem Haus zu erhalten.«

»Mach nur deine Witze!«

»Vielleicht ist das gar kein Witz.«

»Aha! Glaubst du etwa, daß ich in meinem Alter

noch einem Mann auf den Leim gehe? Daß bei mir plötzlich der Frühling ausbricht? Noch ein solches Wort und...«

»Und was?«

Da hatte sie plötzlich einen Holzlöffel in der Hand: den großen, mit dem langen, schweren Stiel!

»Du hast nichts gelernt. Du willst nichts lernen! Du bist derselbe Lümmel wie vor vierzig Jahren, der mir sogar an Weihnachten meinen Kuchen ruinierte!«

Brinkmann lachte und war heilfroh, daß er es konnte. Noch wichtiger war, daß auch Käte zu lachen begann.

»Es ist trotzdem mein Ernst, Klaus«, seufzte sie schließlich. »Sieh mal, ich will mich zur Ruhe setzen. Ich bin all dem nicht mehr gewachsen. Ich bin auch empfindlich und zickig geworden.«

»Nein.«

Sie hob die Hand. »Sag' mir nichts. Ich weiß das besser als du.«

»Aber Käti!«

»Ich weiß es wirklich besser. Das merke ich ja selber hinterher. Ihr müßt mich ja mehr kontrollieren, damit kein Unheil passiert, als daß ich noch zu was nütze bin.«

Es war still. Eine verspätete Fliege prallte summend gegen das Fenster. Er verstand sie. Sie blickten sich an. Ironie war nicht länger am Platz. Auch keine Witzchen.

Er seufzte. »Ach, weißt du, Nutzen hin, Nutzen her, Käti – du gehörst doch einfach dazu.«

Wieder diese Stille. Dann ein langer, bittender Blick. »Laß mich mal, Klaus. Bitte! Laß es mich doch mal versuchen, ja?«

Was gab's darauf schon zu erwidern? Er stand auf, ging zu ihr und streichelte ihr Gesicht...

*

Richtig niedlich, wie Konstantin dasaß: steil und aufrecht, verklärt wie ein kleiner Junge! Und mit den Fingerspitzen tupfte er noch die Krümel des Topfkuchens vom Tisch. Gerade fand er einen letzten, kleinsten Brösel, ließ ihn verschwinden und beugte sich vor: »Hervorragend, Käte! Ganz hervorragend! Da muß ich Ihnen ein großes Kompliment machen. Da übertreffen Sie ja noch fast die Backkünste meiner verstorbenen Frau.«

Ein großes Kompliment? Es war das größte, das Konstantin Taubricht zu vergeben hatte.

Käte wußte es inzwischen und war glücklich. Der Kammergerichtspräsident blickte auf die Uhr: »Es ist ja gleich soweit.«

»Was denn?«

»Ja nun, Käte…« Er griff zur Serviette und tupfte sich die Mundwinkel ab. »Nun, wie soll ich sagen – es ist mir zu einer lieben Gewohnheit geworden, Gunhilde täglich zu besuchen. Um halb fünf breche ich immer auf. Ich nehme dann die Mülltüte mit nach unten, damit es nicht so riecht, frage bei der Heimleitung nach meiner Post und gehe zum Friedhof. Das tue ich bei jedem Wetter.«

»Aha?«

Vielleicht hatte er es mißverstanden, ihr »aha«, sein Gesicht wurde bittend: »Sie nehmen mir das doch nicht übel?«

»O nein«, versicherte sie. »Warum sollte ich?«

»Weil es ja in gewisser Weise die Annehmlichkeit unserer Teezeit unangemessen verkürzt.«

Dieses »angemessen« und »unangemessen«! Manchmal redete er schon ein bißchen komisch. Vornehm war ja gut, aber man konnte es übertreiben.

Das tat er prompt: »Allerdings kamen Sie ja auch

fast eine halbe Stunde zu spät, liebe Käti. Wir hatten schließlich halb vier vereinbart.«

»Der Bus ist mir vor der Nase weg.«

»Wohl nur, weil Sie nicht rechtzeitig zur Stelle waren.« Ehe Käte etwas antworten konnte, strahlte er sie an: »Nun läßt sich dieses Problem sehr einfach aus der Welt schaffen, wenn es Ihnen zusagt, mich zu begleiten. Dann können wir auf dem Rückweg ja auch an unserer Bank vorbei.«

Sie stellte das Geschirr zusammen. »Sehen Sie, das ist doch ein ganz vernünftiger Vorschlag.« Sie sagte es, dabei waren Friedhöfe nun wirklich nicht Kätes Fall. Daß man dort ans Sterben denken mußte, störte sie nicht weiter – aber diese Stille! Eine überirdische Ruhe zwischen Gräbern, Taxushecken und Birkenstämmchen, die ihr sagte: Laßt sie in Frieden! Die sind doch viel lieber allein...

Sie dachte es jedesmal, wenn sie zum Friedhof ging, um dem Medizinalrat Brinkmann seine Blumen zu bringen. Sie dachte es auch wieder, als der Omnibus vor dem Portal mit den steinernen Engeln hielt und sie das Brinkmannsche Familiengrab ansteuerte, allein und ohne Konstantin, der nämlich stand in sich versunken nur zwanzig Meter entfernt von ihr vor einer weißen Marmorplatte. Scheue Rührung nahm von Käte Besitz. Doch da winkte er ihr schon zu. »Aha, Sie haben hier auch Freunde?« sagte er dann.

»Ja nun, Freunde... Das ist so: Die Familie von Professor Brinkmann ruht hier.«

»Aha.« Er hatte es wohl kaum gehört, sein Blick senkte sich wieder zum Stein. GUNHILDE TAUBRICHT stand darauf in goldenen Lettern. »Es wird, so hoffe ich, ihr recht sein...«

Käte wußte nicht, was Gunhilde nun recht sein sollte – Konstantin wiederum wirkte nicht wie ein Mann, mit dem man ein Gespräch beginnen konnte, ganz verklärt, ja ergriffen sah Taubricht aus. Aber als er nun, wenn auch leise, weitersprach, war jedes Wort zu verstehen: »Es wird, so hoffe ich«, flüsterte Konstantin Taubricht, »Gunhilde recht sein, daß ich versucht bin, der Einsamkeit den Rücken zu kehren.«

O Himmel! – Käte schluckte.

»Das Glück«, kam es noch deutlicher, »das Glück einer solchen Ehe ist ohnehin nicht wiederholbar.«

»Na ja«, meinte Käte, »ans Heiraten denke ich nun wirklich nicht.«

Von seinem schmalen Rücken war keine Antwort zu erwarten. Endlich wandte er sich um: »Kommen Sie, Käte! Länger als eine Viertelstunde verweile ich nie.«

Sie ging voraus. Soviel Pietät hatte ja auch was Rührendes. Aber jeden Tag? Du lieber Himmel...

Gott sei Dank: Zur Bank war's nicht weit. Die Büsche blühten, Goldregen zeigte sich in allen Gärten, und die Welt schien für Käte wieder in Ordnung. Etwas schnaufend, doch zufrieden und mit der Welt versöhnt, wischte sie mit dem Taschentuch die Holzbretter sauber. Man konnte ja nie wissen...

Er setzte sich neben sie, warf einen Blick auf Stadt und Gärten und einen zweiten, viel längeren, auf seine Uhr.

»Sie haben wohl einen ziemlich genau festgelegten Tagesablauf?«

Konstantin Taubricht nickte: »Unordentlichkeit und Unpünktlichkeit machen mich einfach kribbelig. Das war übrigens schon immer das gleiche, und so nehme ich an, daß es vielleicht mit meinem Beruf zu tun hat. Wissen Sie, damals: Neun Uhr dreißig Sitzung in der Strafsache Müller wegen Urkundenfälschung. Zehn Uhr dreißig Wiederaufnahmeverfahren Maier wegen räuberischer Erpressung. Na ja, die Plädoyers, die Sitzungen und so weiter und so weiter. Da mußten dazwischen natürlich auch die Mahlzeiten und die anderen Verrichtungen des täglichen Lebens pünktlich eingehalten werden, wenn man nicht vollends ins Schleudern geraten wollte. Verstehen Sie?«

Käte versuchte es. »Und das ist dann alles in Fleisch und Blut übergegangen?« fragte sie ehrfürchtig.

»So ist es«, nickte Konstantin Taubricht. »Es erleichtert das Leben aber auch ungemein. Die meisten Menschen, liebe Käte, diese Beobachtung habe ich im Adlerhorst gemacht, die meisten Menschen also werden leider im Alter schlampig. Da werden Betten unzulänglich gelüftet, der Tee wird aus einer schon benützten Tasse getrunken, das Geschirrtuch dient von Fall zu Fall auch als Handtuch und so weiter und so weiter. Wissen Sie, daß ich eine Dame kenne – nein, kannte –, eine Dame, meine Nachbarin, mit der ich aus diesen Gründen jede Beziehung einstellen mußte. Nicht nur, daß sie schlampig war, zu allem Übel rauchte sie auch noch.«

»Da bin ich aber froh, daß ich das nicht tue.« Käte wurde es unbehaglich. Konstantins Mund verzog sich streng. Der Richtermund. »Ein schief an der Wand hängendes Bild gibt oft mehr Aufschluß über das Wesen eines Menschen als ein verräterisches Wort.«

Der Druck in Kätes Magen verstärkte sich: Ende der Woche, so war es abgemacht, sollte sie in den Adlerhorst ziehen! Zu dem Mann mit den geradehängenden Bildern?!

Na ja, dachte sie, mal sehen... Und dachte es wieder, als sie in der Brinkmann-Villa die Treppe zu ihrem Zimmer hochstieg.

Der Oberförster mit der Pfeife hing wie immer über dem Arbeitstisch. Und wie immer schmunzelte der Oberförster ihr zufrieden entgegen. Aber siehe da: Der Kerl hing schief!

Sie gab ihm einen kleinen Schubs. Den Oberförster störte das wenig, der pendelte sich sofort wieder in seine Schieflage ein. Irgendwas mit der Aufhängung stimmte wohl nicht. Wieso nur war ihr das bisher entgangen? – Käte seufzte, starrte mit gerunzelter Stirn und fing an zu lachen. »Und rauchen«, kicherte Käte, »und rauchen tust du auch noch!«

Als sie in den zweiten Stock hinunter kam, fand sie Brinkmann, die Pfeife im Mund und wie der Oberförster in Tabakwolken eingehüllt.

»Was ist denn?«

»Oh, nichts.«

»Wo kommst du her?«

»Vom Friedhof.«

Er ließ seine Zeitung sinken und zog mit schlechtem Gewissen die Nase hoch. Schließlich, wer schleppte immer Blumen aufs Grab? – Sie!

Sein Blick gab ihr Mut: »Da ist noch was, Klaus...«

»So? Was?«

»Samstag ist es soweit.«

Brinkmann nickte dumpf, Ergebenheit im Gesicht. Nicht mal angucken konnte er sie.

Mitleid überkam Käte, eine heiße, schmerzhafte Wallung, die sie beinahe verführt hätte, hinzugehen, ihn in den Arm zu nehmen, alles abzusagen, zu verkünden: »Vergiß es! Wir waren blöde. Es war einfach ein Traum!«

Doch es war kein Traum. Sicher, Konstantin hatte seine Macken, und einfach würde es nicht mit ihm sein. Aber war es einfach mit Klaus? Bei Konstantin gab es zwei Zimmer in Ordnung zu halten, hier eine Villa! Nein, nein, sie war zu alt dafür.

»Dann willst du also packen?«

»Meine Nachfolgerin kommt doch Montag, nicht?«

»Nachfolgerin«, schnaubte Brinkmann wütend, »wenn ich so was höre! Als ob es das geben würde!«

Dies wiederum gefiel Käte...

*

Donnerstag war es und der Zweiundzwanzigste.

»Die gnädige Frau wird Freude haben!« Das Lächeln des Juweliers Kunz am Marktplatz war mild wie das eines Standesbeamten. Seine Assistentin raschelte mit Papier: Dunkelbraunes Papier mit Goldaufdruck.

»Zum ersten Hochzeitstag sollte man das eigentlich annehmen«, meinte Brinkmann weise. »Wenn mal der fünfzigste kommt...«

Doch an den dachte man besser nicht, denn da lag nun das Armband, goldschimmernd und ungemein prächtig in nachtblauen Samt gebettet. Drei kleine Rubine bildeten eine Rosette. Das Armband war für Brinkmann eine Liebe auf den ersten Blick gewesen, nichts Modernes, Gelecktes, nein, Goldschmiedekunst aus vergangenen Zeiten, irgendwo und irgendwann zwischen Biedermeier und Kaiser Wilhelm hatte es wohl schon das Handgelenk einer Frau geschmückt. Welches? Nun, das war nicht wichtig...

»Und die Gravur?« fragte er.

»Ist alles gemacht, Herr Professor. Bitte! Wenn Sie sich selbst überzeugen wollen? Alles so, wie Sie es wünschten.«

KLAUS stand auf der Innenseite. Dann das Datum.

Reichte ja. Gestern abend noch hatte Brinkmann die klugen Bücher seiner Bibliothek konsultiert, herumgeblättert, zwischen Platon und Konfuzius geschwankt, auf der Suche nach einem philosophisch passenden Spruch. Doch wozu Worte? KLAUS, das genügte vollkommen...

Das Geschenkpäckchen in der Hand, beflügelt von angenehmen Gedanken, mehr noch, einer zarten Ergriffenheit, betrat Brinkmann die Straße.

Dort hatte sich vor seinem Mercedes ein Polizeibeamter aufgebaut und war eifrig dabei, einen Strafzettel auszufüllen. Brinkmann konnte er nicht stören. Er wartete geduldig. Mit Abstand allerdings. Jetzt! Der energische Griff zum Scheibenwischer –

»Guten Tag!« sagte Brinkmann.

Der Beamte hob die Hand an die Mütze. »Oh, der Herr Professor?«

»Richtig!«

Das Lächeln unter dem Mützenrand wurde unsicher. Der Blick wanderte einmal die Straße links runter, dann die Straße rechts hoch. »Jetzt weiß ich gar nicht, ob ich den Wisch wieder wegnehmen kann? Wenn das jemand sieht...«

»Warum wollen Sie ihn denn wegnehmen?«

»Erkennen Sie mich denn nicht, Herr Professor? Sie haben mir doch letztes Jahr den Meniskus operiert!«

»Ach ja, richtig.«

Das Armband wanderte in Brinkmanns Tasche, den Strafzettel nahm er an sich.

»Ich könnte ihn wirklich...«

»Sie brauchen gar nichts. Machen Sie sich nichts draus. Ich operiere, Sie schreiben Ihre Strafzettel. In Ordnung?«

»Wenn Sie meinen...«

»Ich überweise das. Wissen Sie, ich bin ziemlich in Eile. Ich muß nach Freiburg.«

In Eile? War er es denn wirklich? – Der Opalglanz des Abends über Hügel, Wälder und Felder, lange Autoschlangen, die entgegen kamen – nach Hause wollten die Menschen, und auch in Brinkmann war ein Gefühl von Nachhausekommen: Die Heimkehr zu einer Frau. Seiner Frau!

Brinkmann lächelte, schaltete das Radio ein, sang dumme Schlager mit und war bester Laune: Na, Christa wird Augen machen, wenn ich da in Freiburg reinschneie!

Christa tat es nicht. Das konnte Christa gar nicht.

»Frau Brinkmann?« Die Pensionswirtin verzog ein cremefarben gepudertes Gesicht, es hatte dieselbe Farbe wie Vorhänge, Sessel und Teppich in dem kleinen Empfangsraum. Die Täfelung und das Schlüsselregal wiederum leuchteten in solidem, angenehmem Nußbaum. »Ja, nun, sie ist nicht hier. Sehen Sie doch, der Schlüssel ist da. Überhaupt kommt Frau Brinkmann meist vor zweiundzwanzig Uhr nicht nach Hause.«

Zweiundzwanzig Uhr? Und die Messingzeiger der Uhr über dem Tresen standen auf neun? Die Pensionswirtin lächelte bedauernd. »Noch eine Stunde also? Mindestens...«

»Mindestens.«

Na schön: Institutsvolk, das wußte er doch noch von früher, quatschte am Vormittag und arbeitete in der Nacht.

Aber heute war der Zweiundzwanzigste! In Gold graviert trug er das Datum in der Tasche. Dies war ein anderer Tag! Es gab nur eine Erklärung, daß Christa vielleicht...

»Daß sie schon abgereist sein könnte, halten Sie nicht für möglich?«

Die Frau mit dem Cremegesicht zeigte den höflich-unbeteiligten Gesichtsausdruck aller Pensionswirtinnen dieser Welt. Doch nun zog sich fragend eine blasse Augenbraue in die Stirn.

»Entschuldigen Sie«, erklärte Brinkmann hastig, »ich bin der Ehemann. Wir haben Hochzeitstag. Wissen Sie, es könnte ja sein, daß ich hierher unterwegs bin und sie vielleicht...«

»Ach, Sie sind Herr Brinkmann? Herr Professor Brinkmann!«

Nett konnte sie also doch sein, ja, richtiggehend

herzlich: »O Gott! Und auch noch Hochzeitstag? Ich verstehe. Aber Ihre Frau ist bestimmt nicht abgereist, Herr Professor. Der Schlüssel war den ganzen Tag über hier. Wollen Sie nicht warten? Wissen Sie, ich gebe Ihnen den Zimmerschlüssel. Sie könnten dann ja von oben aus im Institut anrufen.«

»Vielen Dank.« Brinkmann fühlte sich erleichtert. »Nochmals meinen herzlichen Dank!«

Dann hatte er den Schlüssel in der Hand und ging nach oben: Zimmer 25.

»Wenn Ihre Frau wüßte!« hörte er noch hinter sich. »Na, sie wird sich freuen...«

Doch wie sollte Christa das?

Eine Christa, die zur selben Sekunde noch einmal die Justierungen des Elektronenmikroskops prüfte, einen schweigsamen Vollmers neben sich, der seinerseits das mikrobiologische Geschehen am Bildschirm verfolgte, sich gelegentlich Notizen machte, manchmal den Kopf schüttelte und dabei die Schneidezähne in das Plastikmundstück eines seit Stunden erloschenen Stumpens grub. Das Mundstück hatte Vollmers schon durch. Er merkte es nur nicht.

»Wo stehen wir jetzt?«

»Bei viertausendachthundert«, sagte Christa. Ihr Kopf schmerzte, vor den Augen flimmerten bläulich im Plasmastrom Lymphozyten, Granulozyten, Blutplättchen, die Wunder der Immunabwehr.

»Und nach Ihrem Parameter von gestern?«

»Das müßte ich zuerst ausrechnen.«

»Na, so ungefähr?«

»Ungefähr?« Sie stieß es zwischen zusammengepreßten Lippen hervor: »Bei mir gibt's kein Ungefähr.«

»Ja, bei Ihnen nicht.«

»Was dagegen?«

»Nein«, grinste Vollmers. »Ich sage es voll Ehrfurcht. Und ich bin froh darum.«

Nun nahm sie doch den Kopf gerade. Mit beiden Daumen massierte sie die schmerzenden Schläfen. Vollmers sah voll zärtlicher Teilnahme zu.

»Einen Kaffee vielleicht?«

»Und ob!«

»Und dann machen wir den Gegenversuch? – Aber erst mal hole ich den Kaffee…«

Das tat Vollmers auch und brachte dazu die institutsüblichen miesen Plastikbecher von scheußlichem Hellgrau mit. Dabei hatte Christa schon zweimal Porzellantassen aus ihrer Pension mitgebracht. Doch die waren verschwunden, kaputt oder einfach wieder geklaut.

Der Kaffee dampfte, Vollmers mümmelte und brachte das Kunststück fertig, dabei noch so etwas wie ein bewunderndes Grinsen zu produzieren.

»Wissen Sie was, Christa? Ich hab' schon lange nicht mehr so gerne mit jemand zusammengearbeitet wie mit Ihnen.« Sie blickte in ihren Becher. »Abends macht's ja auch Spaß. – Doch nur mit Pausen!«

Vollmers nickte heftig: »Die sind genauso wichtig.«

Christa hörte nicht hin. Vollmers existierte nicht mehr für sie. Vielleicht hatte sich in ihrem Wesenskern jene geheimnisvolle Kraft gemeldet, die man mit Ahnung oder Telepathie nur unvollkommen beschreibt, jedenfalls dachte sie ganz plötzlich, fast wie im Schock: KLAUS!

Es war ihr, als sehe sie ihn vor sich, einen Klaus, der lächelnd Anerkennung für die ganze absurde Schinderei der letzten Wochen spendet, der sogar sagte: »Wirklich, Kleine, hätte ich nicht gedacht, daß du das schaffst! Wirklich, Kleine, großartig bist du…«

Brinkmann beschäftigte sich tatsächlich in dieser Sekunde mit Christas Arbeit. Das Wort »großartig« allerdings lag ihm fern: Scheiß-Leukozyten! dachte

Brinkmann. Und: Gibt's doch gar nicht, daß sie sich um diese Zeit noch mit einem solchen Kram...

Um diese Zeit?

Neun Uhr zwanzig war es. Brinkmann saß in einem hübschen kleinen Freiburger Pensionszimmer auf dem Bett seiner Frau und hatte das Telefon auf den Knien. Die Nummer, die er wählte, brauchte er nicht im Notizbuch nachzuschlagen, die kannte er auswendig.

»Biologisches Institut der Universität«, meldete sich eine Frauenstimme. »Die Geschäftsleitung ist zur Zeit nicht besetzt. Sie erreichen uns morgen wieder früh ab neun Uhr.«

Der Anrufbeantworter. Brinkmann legte auf. Was für ein Saftladen! Schließlich, wenn die angeblich noch arbeiteten, mußte man sie doch auch erreichen können.

Aber da waren Schritte auf der Treppe? Ja, jetzt ganz deutlich.

Das mußte Christa sein! Wer kam denn sonst jetzt nach Hause?

Vorfreude trieb Brinkmann aus dem Sessel hoch. Ein Schuß schlechten Gewissens mischte sich auch hinein, als er zur Tür ging.

Die öffnete sich, ehe er sie erreichte.

Keine Christa. Frau Zahn, die Wirtin.

»Entschuldigen Sie, Herr Professor! Es ist wegen des Nachtschlüssels. Ihre Frau, die hat ja einen. Aber Sie, Sie können doch nicht raus.«

»Ach so?« Ganz leichthin klang Brinkmanns Stimme, gelassen wirkte auch sein Gesicht. Aber es kostete. »Na ja«, meinte er schließlich, »machen wir es nicht so kompliziert. Ich fahre einfach mal zum Institut und schaue, ob ich sie dort finde.«

Das war gar nicht so einfach. Den Wagen hatte er vor dem Haupteingang des großen Gebäudekomplexes geparkt. Alles dunkel! Kein Pförtner, keine Nachtglocke. Bis er in der Schilderreihe endlich BIOLOGI-

SCHES INSTITUT DER UNIVERSITÄT FREIBURG gefunden hatte, verbrannte er sich die Finger am Feuerzeug.

Die Türe wenigstens war offen, die Notbeleuchtung angeschaltet. Brinkmann blieb stehen, kämpfte den Wunsch nach einer Zigarette nieder und kam sich unendlich verlassen vor, so richtig ausgesetzt, allein! Am Hochzeitstag? Ein mit gravierter Widmung versehenes Armband in der Tasche? Selbst das KLAUS schien ihm schon zuviel...

Wenn sie hier arbeiteten, brauchten sie zumindest Licht? Wenn sie wirklich arbeiteten... Vollmers – Christa? Er atmete tief durch: Unsinn! Führ dich nicht auf wie ein eifersüchtiger Pennäler! Und Licht gibt's auch, dort drüben, auf der anderen Seite. Wie kam man nur dorthin? Durch den Hof, klar! Also ging Brinkmann einen plattenbelegten Weg entlang, hatte das Gefühl, in ein Reich einzudringen, das nicht seines war, und dämpfte deshalb, unbewußt und ohne sich darüber klarzuwerden, seine Schritte.

Ein Blick durchs Fenster: Der erste Raum. Leer. Geräte darin, der übliche Krempel, den Biologen so brauchen.

Das nächste Zimmer... Ein Zweig streifte Brinkmanns Gesicht, zornig schob er ihn zurück. Es knackte. Egal, wie sollen die drinnen ihn auch hören, sie waren ja so mit sich selbst beschäftigt! Christas helles Haar. Der Kerl neben ihr: Vollmers, einen Kopf größer als sie. Und wie sie ihn anlächelte, ganz verklärt. – Und jetzt? Sprang er tatsächlich auf, streichelte sie...

Brinkmann schloß die Augen. Netzhaut und Gedächtnis hatten es trotzdem aufgezeichnet: Eine Christa, die in Vollmers' Armen liegt! Ein Christa-Mund, der Vollmers' Wangen streichelt...

Was hatte das zu bedeuten?

Für Christa nichts.

Zumindest nicht mehr, als daß es geklappt hat.

Ersehnt und erbetet hatte sie es oft genug, gezweifelt auch – gezweifelt vor allem! Nun war doch eingetreten, was der Konzeption entsprach: Beide Versuchsreihen wie zwei Schienenstränge, die nur ein Ziel kannten: sich zu vereinigen! Vollmers' Spekulationstheorien und ihre Berechnungen hatten dasselbe Resultat gebracht.

»Ach, Mensch!« seufzte sie. »Mensch, Vollmers, wir haben Glück.«

»Glück? Das war mehr als Glück.«

Ihren Kuß fühlte Vollmers noch auf der Wange: Forscherbegeisterung, Ausflippen über die glückliche Beendigung einer Arbeit – die Erleichterung, wie nach einer endlosen Reise über das unsichere Meer endlich festen Boden unter den Füßen zu spüren.

»Herzlichen Glückwunsch!«

»Ganz meinerseits, ganz meinerseits.«

Eine alberne Verbeugung machte Christa. Ach, wenn sie wüßte! Doch sie wußte ja nicht...

»Und vielen Dank auch für die fleißige Mitarbeit. Ich werde Sie weiterempfehlen, Herr Vollmers!«

»Bloß nicht!« Er schnitt eine Grimasse: »Ein idealeres Team als Sie und ich ist nicht vorstellbar. Wissen Sie auch warum? Weil nämlich...«

»Weil was?«

»Weil«, seine großartige Geste versuchte etwas zu umfassen, das ihm selbst wohl erst jetzt klar wurde, »weil es nämlich, meine liebe Christa, tatsächlich so etwas gibt wie... wie soll ich's nennen – den wissenschaftlichen Eros...«

»Aha!«

»Richtig.«

»Richtig!« wiederholte Vollmers feierlich. »Und Sie verkörpern ihn.«

Christa verzog das Gesicht. Vollmers kümmerte

das nicht, Freude brannte in ihm hoch, eine Art kollegialer Begeisterung, die ihn dazu trieb, Christa noch einmal in den Arm zu nehmen. Diesmal entzog sie sich ihm, und dann griffen in den Räumen 104 und 106 des Instituts die Kollegen Christa Brinkmann und Herbert Vollmers nach ihren Unterlagen, verschlossen allesamt im Panzerschrank, holten Mäntel und Jacken vom Haken und verließen gemeinsam, erschöpft zwar, doch mit jenem glücklichen Erlösungsgefühl geleisteter Arbeit, das Gebäude.

Ihr Weg führte sie durch einen langen Korridor. Dort blieb Vollmers erst mal stehen, um wie jeden Abend die Türe zum Hof zu kontrollieren: Offen? Na, so was...

Pflichtbewußt, schließlich war er Hausherr, nahm Vollmers den Passepartout, steckte ihn ins Schloß und drehte um. Dasselbe wiederholte er am Haupteingang. Alles erledigt! Was er jetzt noch brauchte, war Christas Manuskript. Dann würde man weitersehen...

Einen angenehmen Abend sah Vollmers vor sich, eine Kette freudiger Lichter gewissermaßen: Kneipentische, mal hier, mal dort, lange Gespräche über das, was hinter ihnen lag, und das, was kommen würde. Vor allem aber ein Gespräch mit Christa...

Im Innenhof sah Klaus Brinkmann zunächst gar nichts.

Dunkel lag der Bau. Zu einem Gefängnis war er geworden. Eingeschlossen hatte ihn der Kerl – nein, hatten sie ihn! Auch Christa war schließlich dabei, Himmelherrgott!

Langsam begannen sich Brinkmanns Augen an die neue Situation zu gewöhnen: Ein fahles, dunstiges Dämmern über einem Viereck aus Beton und Glas, die Abstrahlung der Citylichter.

Christa?! – dachte er, und schon der Name gab ihm einen Stich. Was jetzt? Was war, was sollte das, Christa?

Ein Kuß? Ein Küßchen eigentlich... Vielleicht lediglich ein Kollegenküßchen?

Brinkmann beschloß das Problem zu vertagen. Eines mußte er Christa zumindest zugestehen: Das Recht, gehört zu werden. Vielleicht hatte er alles überinterpretiert?

Jetzt gab es für ihn nur eines: Raus hier!

Zehn Minuten irrte Brinkmann durch den Innenhof des Biologischen Institutes, zweimal stolperte er heftig, einmal schlug er sich das Schienbein an einer Schubkarre auf und stöhnte.

Endlich, an der Rückseite, fand er ein Gittertor.

Ziemlich hoch! Wenn er sich Mühe gab oder vielleicht die Schubkarre hier ranschob, konnte er drüberklettern, genügend Platz, um sich oben durchzuzwängen, schien vorhanden.

Aber die spitzen Eisenstäbe!

Wie er es machte, wußte Brinkmann später nicht zu sagen. Verzweiflung, eine unbewußte zornige Verachtung der Gefahr, gepaart mit einer grenzenlosen Überschätzung seiner physischen Möglichkeiten und seines sportlichen Potentials – vielleicht aber auch, daß das Bild von zuvor – Christa und Vollmers in Umarmung – in ihm Kräfte freilegte, die er nicht kannte – jedenfalls, Brinkmann war oben, hing Sekunden in furchtzitternder Panik über den knirschenden und ächzenden Eisenspitzen des Tors, verfing sich sogar darin, riß sich trotzdem los und setzte schließlich weich und in der Kniebeuge abfedernd auf der Straße auf.

Geschafft!

Die Hose war's auch: Zerrissen war sie. Vom Knie bis zum Saum.

Na, wenn schon! Er hatte Glück gehabt.

Schaudernd warf Brinkmann einen letzten Blick zum Tor. Verletzen hättest du dich können an dem Scheißding! Du bist ja wahnsinnig...

Doch wahnsinnig oder nicht, er fühlte sich plötzlich stark, stark genug zumindest, um auch noch den Rest dieses Abends durchzustehen. Und so, als benötige er dazu zusätzliche Hilfe, griff er in seine Tasche und fühlte die flache, angenehme Form des kleinen Etuis.

Ein Armband. Der Hochzeitstag. Ihr erster!

Brinkmann warf sich in den Wagen, startete und jagte zur Pension »Zahn« zurück.

Dort, in der stillen Straße mit den alten, dunklen Häusern, schräg gegenüber und in gehörigem Abstand von der blauen Neonschrift Pension Zahn hielt er erst mal an. Er sah Christas weißen Golf. Und auch den grauen BMW, der dahinter parkte, kannte er. Vollmers fuhr so ein Auto!

Er dachte nach, blickte hoch. Oben, die beiden Lichter: Christas Zimmer! Sie waren erleuchtet.

Also doch! – Finde dich damit ab. Schließlich: Bei dem Altersunterschied war es vielleicht zu erwarten... Aber verdammt noch mal, wie viele Jahre hatte Vollmers auf dem Buckel? Fünfundvierzig mindestens. Und ein Gesicht wie ein Nußknacker! Ein Vollmers und Christa, das paßte doch nicht?

Brinkmanns Mundhöhle wurde trocken. Zehn Minuten waren bereits vergangen und das Licht dort oben brannte noch immer...

Deckenbeleuchtung, die Schwenklampe über dem Schreibtisch, selbst die Nachttischlampe hatte Christa eingeschaltet – das verdammte Protokoll der letzten Versuchsreihe fand sie trotzdem nicht. Wo hatte sie es bloß hingesteckt? Unter die Matratze etwa?!

Erbittert wühlte Christa weiter, dachte dabei an Vollmers, der unten am Empfang saß, sich vielleicht von der Zahn unterhalten ließ oder die Stadtkarte von Freiburg betrachtete und sich überlegte, wohin er sie noch ausführen konnte.

Ja, von wegen! – Na, endlich: Hier! Gott sei Dank.

Sie würde Vollmers das Protokoll in die Tasche stecken, noch ein paar freundliche Worte auf den Weg geben und dann den Rest des Abends allein mit sich verbringen: im Bett. Das Telefon neben sich und Klaus' Stimme am Ohr.

Den Teufel werde ich tun, mit Vollmers noch ausgehen!

Den Teufel werd' ich tun! – So nahe, nur durch einige Stockwerke getrennt, dachte Klaus Brinkmann dasselbe.

Wer bist du eigentlich? dachte er. Hast du das denn nötig? Detektiv spielen, den gehörnten Ehemann womöglich, darauf warten, wie lange Vollmers dort oben bleibt – o nein, mit mir nicht! Alles, was Männer in solchen Situationen zu denken pflegen, dachte er nun, einen Idioten nannte er sich, und war doch nur ein ratloser, von Zweifeln geschüttelter Mensch. Allerdings waren es Zweifel, die an etwas rührten, das er für unzerstörbar gehalten hatte – so unzerstörbar wie das Gold des Reifs in seiner Tasche, jawohl! ...

Brinkmann hatte es satt, schlimmer: er konnte die Visionen nicht ertragen, die seine Phantasie marterten.

So ließ er schließlich den Motor des Mercedes anspringen. Das leise Schnurren hatte etwas Tröstliches. Aber nur für eine Sekunde, so lange nämlich, bis der schwere Wagen in einem wilden Kavaliersstart und mit kreischenden Reifen die Straße hinabschoß.

*

Im kleinen, getäfelten Empfangsraum der Pension Zahn zuckte Christa erschrocken zusammen.

»Was ist denn das?«

»Was soll schon sein?« sagte Vollmers. »Ein verrückter Halbstarker. Oder ein Besoffener. – Wird ja immer schlimmer.«

»Hier ist das Protokoll und der Rest. Entschuldigen Sie schon, wenn's so lange gedauert hat, aber ich mußte die ganze Bude umkrempeln.«

Er hielt die Papiere andächtig in den Händen. »Fein! Und wie verbringen wir den Rest der Nacht?«

»Im Bett«, sagte Christa energisch. »Und zwar jeder in seinem.«

»Hm. – Na ja…« So schnell wollte Vollmers nicht kapitulieren. Sein flehender Blick ließ es sie wissen. »Andererseits«, meinte er, »sind doch hier in der Nähe ganz gemütliche Kneipen? Und außerdem, wir haben doch noch zu feiern, stimmt's?«

»Richtig. Aber man muß die Feste feiern, wie sie fallen, Herbert. Und heute fällt keins.«

»Na ja, wenn das so ist, dann sattle ich auch die Pferde, schöne Frau. – Notgedrungen. Weil Sie so stur sind. – Gute Nacht dann!«

»Gute Nacht.«

Er nickte ihr noch einmal zu, legte den Kopf in den Nacken und schritt stolz von dannen. Christa sah ihm nach. Ins Bett? Ja! Irgendwie fühlte sie sich unglücklich, unglücklich und durstig, außerdem dachte sie an die beiden Zigarettenkippen, die sie oben im Aschenbecher gefunden hatte. Wie kamen die dorthin?

Lange brauchte sie nicht zu rätseln. Denn es erschien Elsa Zahn. Sie kam aus der Türe, die zu ihren Privaträumen führte, eine Elsa Zahn in einem flauschigen, rosafarbenen Bademantel.

»Ich habe nur was gehört. Ich dachte, das könnten Sie sein.«

»Bin ich auch. Ich wollte nämlich…«

Die Bitte nach Mineralwasser kam nicht mehr über Christas Lippen. Was Elsa Zahn nun sagte, ließ sie erschöpft im Sessel zusammensinken.

»Wer?!«

»Ihr Mann. Ja, haben Sie ihn denn nicht getroffen, Frau Doktor?«

»Nicht getroffen? Ja, wie denn?«

»Er ist doch ins Institut gefahren. Erst hat er hier gewartet, dann wollte er anrufen, und dann ist er weg. Zu Ihnen, hat er gesagt, Sie abholen.«

»Du lieber Gott...«

Christa setzte ihr Kinn auf beide Fäuste. Deshalb also? Jetzt verstand sie auch, wie die Zigarettenkippen in ihr Zimmer kamen. Lieber Gott: Dann haben wir uns unterwegs verpaßt?!

»Er wird sicher bald auftauchen. Vielleicht hat er noch etwas vergessen.«

»Hoffentlich.« Zusammengesunken auf ihrem Stuhl streiften Christa die Schatten düsterer Ahnung: Klaus war hier, Klaus hatte oben seine Zigaretten geraucht. Dann? – Sicher hatte er angerufen, doch um diese Zeit war die Zentrale nicht besetzt... Ins Institut gefahren, hatte die Zahn gesagt? Wieso kam er nicht zurück? Wieso rief er nicht an? Hoffentlich saß er jetzt nicht in irgendeiner Beiz und trank sein Viertele, allein, enttäuscht. – Armer Klaus...

Allein war Klaus Brinkmann, enttäuscht obendrein, doch er trank kein Viertele. Er steuerte den Mercedes zielbewußt, zügig, ohne indessen zu wissen, wie er fuhr und wie er all die Kurven schaffte, nach Hause, eingehüllt wie ein mittelalterlicher Märtyrer in härenen Wundschmerz.

Wenn das wahr war, wenn es sich tatsächlich so verhielt, und alle Indizien sprachen ja dafür, was sollte ich da noch glauben, Christa?

Christa hatte inzwischen das Warten aufgegeben und praktisch, wie sie veranlagt war, zum Telefon gegriffen, um Offingen anzuwählen. Es meldete sich eine schlaftrunkene, dann in wachsendem Maße verwirrte Käte: »Was? Bei dir? – In Freiburg? Na, so was...«

Richtig doll, so was, fand Käte, doch auch sie wußte nicht, wo Klaus sich befand. Keine Ahnung hatte sie. Etwas allerdings konnte sie berichten: Am Nachmittag hatte Udo angerufen und ihr mitgeteilt, daß sein Vater heute nicht zum Essen käme. Irgendwelche Erklärungen dafür? Nein. Das alles sei sehr merkwürdig, stellte Käte fest. Und da lag sie völlig auf Christas Linie.

Was, um Himmels willen, war mit Klaus? In ihrem Pensionszimmer sitzend, überkam Christa das Gefühl, irgendwo in tiefer Nacht in einem Dschungel gestrandet zu sein. Und niemand war da, der ihre Notsignale auffing.

Doch: Udo hatte Dienst!

Udo war auch gleich am Apparat: »Schwarzwald-Klinik! – Du, Christa? Nein, der ist seit heute abend weg. Hatte es plötzlich ganz eilig. Nein, ich habe ihn nicht gefragt, wohin? Was, bei dir? Und jetzt? Nein, er war prima aufgelegt, richtig guter Laune. Aber gesagt hat er nichts.«

»Hör mal, Udo!«

Doch Udo konnte nicht. »Tut mir leid«, kam es aufgeregt zurück, »entschuldige, Christa, da ist was passiert! Ich erklär' dir's später. Ruf dann noch mal an…«

Später? dachte Christa deprimiert und blickte auf ihre Uhr. Halb zwölf war es inzwischen. Gleich Mitternacht…

*

Kurz vor Mitternacht, das war so Anordnung, machte Herta Ludwig ihre Runde durch die Intensivstation.

Zwar meldeten die Geräte jede Veränderung im Zustand eines Patienten an das Kontrollbord in der Zentrale, aber es konnte ja soviel passieren, ein Katheter verrutschen oder eine falsche Lage Schmerzen bereiten. Besser, man sah nach.

Schwester Herta betrat die letzte Kabine: Das Nachtlicht brannte wie immer. Romeo war weg. »Romeo«, so nannten sie den Typ, weil er Stunde um Stunde auf dem Stuhl dort hockte, um seine schlafende Julia zu betrachten. Anfänglich hatten sie über Robbi den Kopf geschüttelt, zumal doch jeder wußte, daß Wiepke Busch verlobt war. Dann jedoch – es war etwas an Romeo, das anrührte, das nicht nur an die Nerven, sondern ans Herz ging: ihn so sitzen zu sehen, stundenlang, ein Schatten...

Romeos Blumen standen noch da, und Brösel von den Keksen, die er wohl gegessen hatte, lagen auf dem Tisch. Herta wischte sie mit der Handkante in einen Unterteller. Und weil sie, um die Säuberung ordentlich durchzuführen, auch die Tischlampe angedreht hatte, wurde Schwester Herta kurz vor Mitternacht Zeugin eines Wunders.

Sie blickte nur zufällig zum Bett der Patientin. Das Gesicht der armen Wiepke war ihr immer schön erschienen, beinahe zu schön – aber tot.

Und nun?

Die Augen! Das linke Lid?... Hatte es sich nicht gerade bewegt?

Schwester Herta ging zum Bett. Auf Zehenspitzen ging sie, zu atmen wagte sie auch nicht, ein Schauer der Erregung lief über ihren Rücken: Das linke Auge war tatsächlich offen! Es starrte zur Decke, nun aber, so, als koste es übermenschliche Kraft, zitterte auch das rechte Lid, stieg langsam hoch und gab den Augapfel frei.

»Wiepke?« flüsterte Schwester Herta.

Unwillkürlich griff sie zum Puls. Das war unnötig, nichts als eine Art Reflex, denn der Herzrhythmus wurde ohnehin aufgezeichnet. »Wiepke... Hören Sie mich?«

Doch Wiepke blieb stumm. Nur die Halsmuskeln bewegten sich leicht, ganz deutlich war es zu erkennen. Und tatsächlich: die rechte Hand krümmte sich ein!

Da ging Schwester Herta zum Telefon, das sie mit der Zentrale verband: »Iris!« Ihre Stimme konnte, wollte sie jetzt nicht mehr beherrschen: »Hol' schnell den Udo! Die Wiepke, die Patientin Busch, wacht auf!«

»Was?«

»Ja, sie sieht mich an, Iris! Sie wird wach!«

Udo vernahm die unglaubliche Nachricht drei Minuten später. Gerade hatte er sich mit Christa noch über den Verbleib seines Vaters gewundert, da sprang ihn die Meldung aus der Intensivzentrale an. Und auch er konnte es nicht fassen: »Was sagen Sie da, Iris?«

»Sie hat die Augen offen, Herr Doktor. Sie bewegt die Hände, die Motorik hat wieder eingesetzt.«

Die Diagnose der Schwester in der Intensivzentrale wollte sich Udo nicht länger anhören. So warf er den Hörer zurück, sprang auf, rief Nina, die mit ihm Bereitschaft hatte, zu: »Alarmier' gleich den Römer, hörst du? Er soll sofort herkommen, die Wiepke wacht auf!« und rannte zur Tür...

*

Mitternacht also! Die blaue Stunde, für Brinkmann die Stunde der Rückkehr in sein Haus, aber auch der Niederlage und der schmerzlichen Rätsel.

Warum? dachte er. Warum nur, um Himmels willen?

Christa und er, sie waren doch immer ehrlich zueinander gewesen? Ohne Vorbehalte, jawohl! Was es auszudiskutieren gab, das wurde erledigt, oft genug mit jener Klarheit erledigt, die zwar weh tun kann, aber doch die rücksichtsvollste Art des Zusammenlebens darstellt. Zum Teufel noch mal, dachte er, sie hätte es mir doch sagen können! Ich hätte verziehen, sicher hätte ich das. Vollmers, wie immer man zu ihm stehen mochte, so übel war der ja gar nicht.

Brinkmanns Nacken lag auf dem Sesselpolster im Musikzimmer. Sein Blick tastete die Decke ab, als könne er von dort die Offenbarung erwarten, und wieder, wie so oft während der Fahrt hierher, dachte er an die Jahre, die sie trennten. War es das? Oder vielleicht ihr Gefühl, eingesperrt zu sein? War sie nicht deshalb nach Freiburg geradezu geflohen? Und wie hieß das so schön: Nichts ist so tot wie eine gestorbene Liebe... War es also wirklich soweit? Aber letzten Endes: Nichts ist auch so lächerlich wie ein gehörnter Mann! Auch das stimmte. Und hatte er es verdient, daß man...?

»Ah! Da bist du ja.«

Käte! – Käte in blauem Flanellmantel und mit blauem, vorwurfsvollem Blick. »Ich hab' mich also doch nicht getäuscht. Ich dachte mir, da kommt doch Klaus' Wagen.«

»Wie du siehst, er kam.«

»Ja. Ich sehe. Ich sehe, daß du hier rumhängst. Was machst du überhaupt für ein Gesicht? Was soll das denn?«

Brinkmann schloß die Lider und versank in seinem Schmerz.

»Was das soll?«

»Laß mich in Frieden.«

»Dich in Frieden lassen? Du gefällst mir vielleicht.«

»Dann gefall' ich dir halt nicht.«

»Nein. Aber vorher ein Riesendurcheinander machen! Jetzt sag mal: Du fährst nach Freiburg zu Christa und kehrst einfach wieder um?«

»Warum denn nicht?«

Das brachte Käte erst recht in Fahrt. »Warum?

Christa hat angerufen. Völlig verzweifelt war sie, völlig durcheinander!«

Brinkmann nickte fast feierlich. Sollte sie! Das zumindest hatte Christa verdient.

»Ich wußte auch nicht, was ich Christa sagen sollte.«

Käte kam mit kleinen Schritten über den Teppich auf ihn zu. Sie legte ihm die Hand auf die Schulter, so wie nur Käte jemand die Hand auf die Schulter legen konnte. »Also jetzt? Was ist passiert?«

Brinkmann vermied ihren Blick.

»Willst du's mir nicht sagen? – Was hast du denn da? So ein schönes Päckchen! Sieht richtig teuer aus.«

»Ist es auch. Ein Geschenk zum Hochzeitstag.«

»Aha?«

»Schließlich haben wir heute Hochzeitstag, oder nicht?«

»Aha«, wiederholte Käte, aber etwas schwang in dem Ton, mit dem sie das sagte, das ihn stutzig machte.

»Heute ist der Zweiundzwanzigste, Käti!«

»Richtig. Klar ist das der Zweiundzwanzigste!« Sie fing an zu lachen: »Oh, Klaus...«

»Ich möchte mal wissen, was daran so komisch ist?«

»Der zweiundzwanzigste Mai! Mensch, Klaus: Ihr habt aber im Juni geheiratet und nicht im Mai!«

Brinkmann schluckte. Es dauerte seine Zeit, bis er sich in dieser neuen Lage eingerichtet, den neuen Schlag bewältigt hatte. Zweiundzwanzigster Juni? Natürlich... Und? Was änderte das noch? Dann hatte er also einen Monat vor seinem ersten Hochzeitstag erlebt, wie seine Ehe in Scherben ging...

Um so besser! »Um so besser«, sagte er. »Dadurch war Christa nicht vorbereitet.«

»Auf was? Auf deinen Besuch?«

»Genau. Auf meinen Besuch!«

Er wollte ihren Blick nicht länger ertragen, und so stand er auf, so heftig, so abrupt, daß Käte einen Schritt zurückwich. Und mit derselben jähen Energie marschierte er zum Fenster, riß den Flügel auf und badete das Gesicht in der kühlen Nachtluft.

Hinter ihm läutete auch noch das Telefon, und da kam schon Kätes Aufforderung: »Was ist los, Klaus? Das muß Christa sein. Was soll ich ihr sagen, Himmelherrgott? Steh nicht rum wie ein Ölgötze!«

Ölgötze oder Gehörnter, dachte Brinkmann, was ist schon der Unterschied?

»Hier bei Brinkmann! Ja, ich bin's, Käte... wie ist das, willst du ihn sprechen?«

Brinkmann preßte die Hände gegen das Fensterbrett.

»Es ist doch Udo, Klaus. Nun komm schon!«

Udo? Der Nachtdienst also. Er nahm den Hörer.

Bis zu dieser Sekunde war Brinkmanns Miene geprägt von der steinernen Würde der Entsagung, jetzt war's damit vorbei, lebendig wurde sein Gesicht, die Augenbrauen zogen sich hoch, den Hörer preßte er an das Ohr, und dann fing er an zu brüllen: »Was?! Im Ernst? Glaub' ich nicht, kann ich kaum glauben. Wie? Das gibt's doch nicht! Ist Römer schon da? Gut. Dann muß auch noch Baumann her. Ich komme, ja logisch komme ich. Wie bitte... Ja, Christa hat hier angerufen. Aber das ist im Moment völlig uninteressant.«

Er warf den Hörer auf die Gabel zurück. Käte starrte. »So?« sagte sie. »Uninteressant?«

Brinkmann nickte.

»Du mußt wohl in die Klinik? Und was soll ich Christa sagen?«

Doch das vernahm Brinkmann nicht mehr. Klaus Brinkmann war schon an der Türe, und der Knall, mit dem er sie ins Schloß warf, sagte: Laß mich damit in Frieden! Ich habe Wichtigeres zu tun...

*

Zweimal würgte Brinkmann den Motor ab, ehe er den Wagen durch die Einfahrt der Klinik brachte, so verdammt durcheinander war er, dazu hatte ihn die Müdigkeit in ihrem Griff und verschleierte seine Gedanken. Zuvor, als Udos aufgeregte Stimme durchkam: »Es ist unglaublich, Vater! Aber die Wiepke Busch wacht auf!«, war ihm die Nachricht wie ein heilbringendes Signal erschienen. Etwas gab es doch in all dem Chaos, an das man sich halten konnte, einen Wert, der wie eine Kompaßnadel stets den Weg wies, die Arbeit. Nun aber, als er den Wagen verließ und durch die leere Halle ging, ohne den Gruß des Nachtdienstes wahrzunehmen, fühlte sich Brinkmann wieder gefangen im zähen Strudel seiner Probleme, ohne Boden unter den Füßen, ohne Halt...

Wiepke Busch wacht auf? Na gut, dann hatte er sich getäuscht. Mit den anderen. Alles war schließlich möglich, wenn es das Gehirn des Menschen betraf, wer konnte es entschlüsseln? Rationales Denken oder Intuition, Gedächtnis oder Leidenschaft, wer wußte, wie es zusammenhing? Soviel Neuronen, soviel Nervenzellen gibt es in einem einzigen Schädel wie Telefonanschlüsse auf dieser Erde?! Irgendein Schwachkopf hatte dies einmal ausgerechnet. Wer immer Liebe und rationales Denken geschaffen und verkabelt hatte, wer immer für die Ionenspannungen in den Leitbahnen sorgte, die die Gedanken, die Entschlüsse, den Aufruhr, die Verwirrung und auch die Verzweiflung weitertrugen, wer immer in der Entwicklungsgeschichte die sonderbare Idee gehabt hatte, das menschliche Gehirn entstehen zu lassen, er wird im Störungsfall auch wieder für Ordnung sorgen können...

Doch so einfach war's auch wieder nicht. Zumindest nicht, es mitzuerleben.

Brinkmann hatte die Luftschleuse zur Intensivstation durchquert.

Er zog die Tür hinter sich zu... deren Druckregelung dafür sorgte, daß die Keime, die draußen herumschwirrten, abgewehrt wurden. Eine Nachtschwester kam aus dem letzten Raum der B-Sektion. Und dort standen sie auch, nicht nur Römer, selbst Herzog, den Neurologen, hatten sie hinzugezogen. Und Udo natürlich. Sie sahen ihn alle an, mit jenem bedeutsamen Blick der Ärzte, der jedes Wort überflüssig machte.

War's wohl auch. Römer beugte sich gerade über das Bett: »Wiepke... Hören Sie?«

Keine Antwort. Doch ein Nicken.

»Sie können mich also verstehen?«

Wieder diese fast unmerkliche Bewegung.

»Haben Sie Schmerzen?«

Sie schüttelte ein wenig den Kopf.

Römer machte eine Bewegung mit den Armen, langsam und akzentuiert, so, als wolle er einem Kind etwas beibringen: »Sagen Sie mir, ob ich einen oder zwei Arme hochhebe.«

»Einen«, flüsterte es. »Den rechten.«

»Und jetzt?« fragte Römer.

»Zwei.«

»Ich komme Ihnen jetzt mit meiner Hand entgegen. Sehen Sie... Versuchen Sie behutsam, sie zu ergreifen.«

Brinkmann hielt den Atem an. Er sah, wie sich auch Wiepkes Hand erhob, unsicher und ungezielt, doch dann setzte das Koordinationsvermögen ein, die Augen waren halb geschlossen, aber die schmale Hand des Mädchens umgriff die des Arztes. »Ich bin müde«, sagte Wiepke. »Ich bin so müde...«

Sorgsam, als halte er etwas unendlich Zerbrechliches, legte Römer die Hand auf die Bettdecke zurück. Wieder sahen sie sich an.

»Gut, Wiepke. Natürlich sind Sie müde.« Er flüsterte beinahe. »Nun schlafen Sie, ja? Nun schlafen Sie wieder ein, ganz ruhig und ganz lange.«

Sie gingen zur Tür. Brinkmann öffnete sie. Sein Hals war eng, er mußte schlucken, er brachte keinen Ton heraus. Auch dieses Gefühl kannte er, auch es gehörte zu seinem Beruf. Und es war das schönste. Er trug es nach Hause, es beschwingte ihn, löschte alles, was ihn an diesem Tag gepeinigt hatte. Er würde ins Bett gehen und vor allem: jetzt würde er endlich schlafen können! ...

Das dachte Brinkmann. Und dachte es noch, als er sich fragte, warum Korridor und Arbeitsraum erleuchtet waren. Dann wunderte er sich nicht mehr: Dort drüben im Sessel, ganz aufrecht, das Gesicht blaß, die Augen auf ihn gerichtet – eine Täuschung? Nein, Christa!

Brinkmann konnte sich nicht bewegen. Er spürte sein Herz. Wie festgebannt sperrte sein großer Körper den Türausschnitt. Und sie, sie lächelte auch noch, hob die Hand und deutete auf seine Hose: »Wie ist das denn passiert?«

Er blickte an sich herab. Richtig, die ganze Hose vom Saum her aufgeschlitzt! So bist du in der Klinik rumgerannt? Er konnte dieser Überlegung, auch dem Gedanken an alles, was mit dem Riß zusammenhing, keine Komik abgewinnen. Der Situation auch nicht.

»Beim Klettern über deinen Institutszaun ist es passiert! Ihr hattet mich eingeschlossen. – Wieso bist du hier?«

»Es könnte ja sein, daß ich etwas richtigstellen kann.«

»Das glaube ich kaum.«

Sie stand auf, ihr Lächeln behielt sie, ein halbes, vielleicht scheues Lächeln, wie er registrierte, doch in keiner Weise furchtsam.

»Ich versuche es trotzdem. Und es kann eigentlich

nicht schiefgehen, weil ich mir keiner Schuld bewußt bin. Ich habe mit Vollmers herumgealbert, stimmt. Wochenlang haben wir uns die Köpfe mit Zahlen vollgedonnert, verzweifelt waren wir bereits, und dann hat's doch geklappt, und wir waren fröhlich. Der Versuch ist abgeschlossen. Und erfolgreich abgeschlossen. – Ist es das vielleicht?«

»Nein, das allein nicht.«

»Na gut...« Ihre Worte waren getragen von jenem sachlichen Unterton, der keine Verteidigung will, sondern Tatsachen aufreiht: »Ich kann ja nur versuchen nachzuvollziehen, was du anzunehmen scheinst.«

»Bitte!«

»Vollmers ist kurz danach mit mir in die Pension, weil ich eine Aufzeichnung vergessen hatte. Er hat unten am Empfang gewartet. Und ich habe ihm die Papiere gebracht. Dann ist er wieder weggefahren.«

»Ja?«

»Ja. – Und von da ab habe ich nur am Fenster gestanden und auf dich gewartet. Die Wirtin hat mir gesagt, daß du da warst. Und als es immer unwahrscheinlicher wurde, daß du wiederkommst, habe ich mich schließlich ins Auto gesetzt und bin hierhergefahren. Und dann, dann warst du nicht da...«

Ihre Stimme zitterte leicht. Nun schien auch sie erschöpft. Sie blickte auf das flache blaue Lederetui mit dem Armband. Er folgte ihrem Blick, holte Atem. Sein Kopf schmerzte. Herrgott: Das also war es!

»Ich bin in die Klinik gefahren«, hörte er sich sagen, »weil es Römer gelungen ist, die Wiepke Busch zu reanimieren. Du weißt ja, wir hatten schon jede Hoffnung aufgegeben. Und es ist wie ein Wunder, daß ich... ich meine...« Er verhedderte sich. War ja auch wie ein Wunder, alles war ein Wunder im Grunde. Auch daß sie vor ihm stand, das Etui aufnahm, ihre Augen, so klar, so warmherzig, so ehrlich...

»Darf ich es denn aufmachen? Auch am falschen Hochzeitstag? Oder glaubst du immer noch, daß ich dich betrogen habe?«

Endlich konnte er sich von der Türe lösen, ging auf sie zu, ihre Hände kamen ihm entgegen und er nahm sie.

»Nein, Christa, das glaube ich nicht. Aber ich schäme mich.«

»Das darfst du auch. Wenigstens ein bißchen.«

Nun hatte sie doch das Etui in der Hand, öffnete es, stieß einen leichten Seufzer freudigen Schrecks aus, lehnte sich an ihn, küßte ihn. Er spürte ihren Duft, ihre Wärme. »Danke«, hörte er an seinem Ohr. »Ich liebe dich.«

»Will ich auch hoffen.«

»Ich liebe dich, obwohl es manchmal schwierig werden kann.«

»Und warum schwierig?«

»Weil du so ein verdammtes Schaf bist. Na ja, sagen wir, ein liebes Schaf...«

»Und weiter?«

»Und weiter finde ich es unter der Würde eines Professors, über einen Zaun zu klettern und sich die Hose aufzuschlitzen, und dazu noch den Hochzeitstag um einen Monat vorzuverlegen und mit dem Geschenk wieder abzufahren.«

Brinkmann zog die Brauen hoch. »Tja, nun mach mal was dagegen. Ich find' mich im Augenblick auch nicht besonders souverän.«

»Eben!« lachte sie. »Was soll ich zum Beispiel Käte sagen, wenn sie nach der Hose fragt? Und was willst du antworten.«

Nun lachte er, sein altes, leises, selbstsicheres Brinkmann-Lachen: »Na, komm schon!« Er drückte sie an sich. »Wie ist das denn, bleibst du hier?«

»Na, dachtest du, ich fahre dieselbe Strecke noch

mal? Ich rufe morgen Vollmers an und sage, daß ich mich verspäte.«

Sein Zeigefinger drückte ihr Kinn hoch, da waren seine Augen, sein Blick: »Weißt du, was das ist, Christa? Ein gottverdammt guter Gedanke ist das…«

*

Drei auf vier Meter – Käte hatte den Raum mit dem Maßstab gemessen. Eine Zelle also. Daß es schwierig werden würde, sich darin einzurichten, war ihr von vornherein klargewesen. Dabei hatte sie doch so wenig Klamotten: Ihren Sessel, zwei Koffer und die notwendigsten Sachen. Der Rest blieb auf dem Dachboden der Brinkmann-Villa verstaut.

Sie öffnete die Türe des Schrankmonstrums, das die halbe Wand einnahm. Zwei Spiegel waren darin eingelassen. Die geschnitzte Krone sah aus wie eine Festungszinne. Das Ding würde sich ja wohl in den Keller schaffen lassen, darauf mußte sie bestehen. Wo sollte denn sonst ihr Sessel hin?

Ein beißender Geruch stach in ihre Nase. Mottenkugeln! Und reihenweise Kleider im Schrank, vollgepackt geradezu. Käte faßte hinein, griff in irgend etwas Blaugeblümtes und ließ gleich wieder los, mit diesem komischen Gefühl, etwas Unschickliches getan zu haben. Da mußte sie sich mal mit Konstantin unterhalten, ob man Gunhildes Kleider nicht besser dem Roten Kreuz…

Sie drehte sich um, schob den Koffer beiseite und griff nach ihrem Oberförster. Erst mal mußte der versorgt werden. Nur, wohin?

Hier vielleicht…? In der Mitte der Wand gab es einen Nagel. Der würde den Oberförster schon aushalten. Nur, der Nagel trug ein anderes Schmuckstück. Was war denn das? Ein Teller? Ein bemalter Teller sogar, verziert war wohl das passende Wort, wenn man bei dem streng blickenden Paar, das aus der Tellermitte blickte, von einer Verzierung reden konnte. Wieder Gunhilde! Daneben ihr Taubricht. Beide in Rosa und Blau. Und noch jung...

Eine Gunhilde über dem Eßzimmertisch reichte ja wohl. Entschlossen griff Käte hoch, nahm den Teller ab, legte ihn auf den Tisch, ergriff den Oberförster am Rahmen, um ihm seinen Platz zuzuweisen.

Dazu kam es nicht.

Hinter ihr hatte sich die Tür geöffnet. Taubrichts Stimme erreichte sie, keine vorwurfsvolle, nein, eher eine traurige Stimme: »Du hast wirklich unser Hochzeitsbild abgehängt, Käte?«

»Ja.«

Sie legte den Oberförster zurück und drehte sich ihm zu. Er sah sie an, die rechte Schulter etwas hochgezogen, Mißbilligung im Blick. »Ich würde es aber gerne an dieser Stelle hängen lassen, Käte.«

»Ja, aber wo soll denn dann mein Förster hin? Den hat mein Vater gemalt, weißt du. Kann der Hochzeitsteller denn nicht zu dir rüber? Der Förster ist auch ein Andenken.«

»Der Teller hing stets an dieser Stelle, Käte.«

Käte musterte ihre Fußspitzen. Seine Augen wurden ihr zuviel. »Meinst du nicht, daß du ein bißchen ungerecht bist, Konstantin? Meine Sachen hatten schließlich auch alle ihren Stammplatz bei Brinkmanns. Und nun bleibt nichts, wo es war...«

Stille folgte, eine sehr lange und so quälende Stille, daß ihr Konstantin wieder leid tat. Sie seufzte: »Na ja, nun mach' dir mal keine Gedanken. Es wird sich schon noch ein anderer Platz finden.« Es machte Käte nichts mehr aus, den Hochzeitsteller wieder in die Hand zu nehmen, um ihn an seinen Platz zurückzuhängen. »Wie spät ist es eigentlich?«

»Neun Uhr«, sagte Taubricht. »Neun Uhr vorbei. Eigentlich habe ich um diese Zeit schon meist gefrühstückt. Und heute haben wir noch nicht einmal damit angefangen.«

»Mach' ich gleich, mach' ich gleich, Konstantin! Ich bin auch hungrig. Immerhin hab' ich frische Brötchen mitgebracht.«

Ach, was war sie froh, etwas unternehmen zu können. Dieses Oberförster-Theater – also wirklich! In der Küche setzte Käte Kaffeewasser auf, füllte den Filter mit appetitlich duftendem Kaffeepulver, tat sich beim Geschirr um, fand hübsches Porzellan mit Röschen und Goldrand, brachte all das zum Tisch, warf einen Blick auf die weite, in frischem Grün strahlende Schwarzwaldlandschaft, rannte zurück, schnitt die Brötchen auf, brachte Butter und Marmelade und ließ sich dann mit einem erleichterten Seufzer auf den Stuhl fallen. Er aber war die ganze Zeit nur so dagesessen, den Blick aufs Tischtuch gerichtet.

»Was ist denn, Konstantin? Melancholisch?«

»Nein. Nachdenklich. – Du hast vorhin gesagt, daß du nächste Woche noch den Rest bringst? Du sagtest, damit wir heute nicht soviel schleppen müssen. Ja, was sollen wir denn da schleppen?«

»Nur Kleinkram, Konstantin. Nichts Wichtiges. Außer meinem Sessel nur Kleinkram.«

»Paßt er denn zu den anderen Möbeln, der Sessel?«

»Nun komm schon, nimm mal Kaffee!« Sie goß ihm Kaffee ein, tat drei Löffel Sahne hinzu, wie er das mochte, und überließ ihm den Zucker. »Schließlich, ich werde schon keine Möbelausstellung aufziehen. – Etwas Honig?«

»Ja, danke.«

Was hatte er bloß? Na ja, würde vorbeigehen. Käte hielt sich an ihrer Munterkeit fest, wie ein Bergsteiger am Seil. »Weißt du, wenn ich morgens immer frische

Brötchen kaufe, dann könnten wir abwechseln: einmal Toast, am nächsten Tag Brötchen. Was hältst du davon?«

Was immer auch Taubricht davon halten mochte, er gab es nicht bekannt. Er schwieg.

»Ich will mich auch nützlich machen, Konstantin. Das verstehst du doch? Nicht nur immer rumsitzen oder dich auf deinen Spaziergängen begleiten.«

Der Blick des Kammergerichtspräsidenten ruhte auf der Kaffeekanne. »Die mit den Röschen benutze ich eigentlich nur sonntags.«

»Ist ja gut, Konstantin. Werd's mir merken. So was spielt sich alles ein. Mach' dir bloß keine Gedanken. Und ich find's ja ganz günstig, daß ich schon mal zur Probe hier bin. Weißt du, da haben wir eine kleine Gewöhnungszeit.«

Er brummte Zustimmung. Ein Morgenmuffel! registrierte Käte. Wenn schon, an diese Spezies war sie schließlich aus dem Brinkmannschen Haushalt gewöhnt. Hat nur ein halbes Brötchen gegessen, den Honig gibt er nur ganz dünn drauf... Auch das würde sie sich merken.

Sie nahm die Tischdecke an ihren vier Zipfeln, ging zur Balkontür, wollte hinaus – doch wurde festgehalten.

»Was ist denn, Konstantin?«

»Hör mal, Käte! Ich kann mich doch nicht über die alte Dame über mir beschweren, wenn wir selbst den Staub zum Fenster rausschütteln.«

»Staub? Das ist eine frische Tischdecke, Konstantin! Und über die Krümel freuen sich die Spatzen.«

»Das weiß sie nicht, die Frau Borgwald dort oben. Die sagt mir glatt: Dann schüttle ich auch meine Staubtücher zum Fenster raus. Ich hatte schon Streit mit ihr deshalb.«

»Na gut...« Käte faltete die Tischdecke zusammen,

und zwar so, daß sie keine Krümel verlor. Mühsam, ziemlich mühsam... Na ja, sie würde die Krümel nachher in die Spüle wischen. – Ja, mühsam! dachte sie wieder. Sie drehte sich um. Ihr Blick wurde präzis: »Konstantin, es wird doch nicht etwa so sein, daß ich dich bei jedem Handgriff, den ich mache, erst um Erlaubnis fragen muß? Wie siehst du das?«

Das Lächeln, auf das sie gehofft hatte, kam nicht. »In der Hausordnung steht: Nichts aus dem Fenster schütteln! Dies ist eine genaue und feststehende Anweisung. – Und noch etwas: Ich mag es, ehrlich gesagt, auch nicht, daß du Frau Borgwald so ausgesucht freundlich begrüßt, nachdem ich mit ihr verfeindet bin.«

»Ich kenn' sie überhaupt nicht, diese Frau Borgwald.«

»Doch. Das war heute morgen im Fahrstuhl die grauhaarige Dame. Um es mit einem Wort zu sagen: Ich erwarte, daß du zu mir hältst. Etwas Solidarität ist in unserer Situation angebracht.«

Das war Käte zuviel! Solidarität? Ja, mit was denn, um Himmels willen? Mit seinen Macken?!

Sie nahm die Tischdecke. Sie warf die Brösel nicht in den Ausguß, wie sie es sich eigentlich vorgenommen hatte, sie legte sie mitsamt der Decke auf den Tisch, drehte sich rechts um, machte die drei Schritte zu ihrer Tür, öffnete sie, knallte sie hinter sich zu. Einen Augenblick war sie versucht zu lachen, sich den ganzen Kummer, die ganze Enttäuschung aus dem Leib zu lachen, doch das war nicht so einfach. Und so kamen die Tränen. Käte wußte nicht, was sie damit anfangen sollte. Sie drückte den Kopf gegen die Wand und ließ die Tränen über die Wangen rinnen, und der Oberförster sah ihr dabei zu...

*

Er kam auf seinen lautlosen Turnlatschen ins Zimmer, doch diesmal sah man ihn auch nicht: Mischa hatte sich in ein Blumengebirge verwandelt! Zwischen Rosen, Narzissen und frischem Grün regte sich ein Büschel Haar und seine Stimme: »Blumen für die schönste Frau der Klinik! Leider nicht von mir, Wiepke! Ich ginge mit so 'nem Strauß glatt Pleite. Aber darf man die Folie entfernen?«

Wiepke hatte sich im Bett hochgeschoben. »Von wem sind die denn?«

»Von wem schon? Blumenhaus Aurora. Nein, Moment – hier ist noch 'ne Karte: Gruß Holger! Komme am Nachmittag. Schön, was?«

»Ja...«

»Kommt nicht gerade begeistert.«

Wiepke schwieg, während Mischa mit der routinierten Umsicht des beruflichen Glückverteilers die Vase aus dem Schrank holte, Wasser hineingab und sich in einem ersten Arrangement versuchte. »Toll, wirklich!« Er tauschte die Wäsche aus: »Neues Handtuch, neuer Bademantel – alles, was der Gnädigsten so zusteht. Haben Sie sonst noch Wünsche?«

Das Mädchen im Bett nickte, ihr Lächeln war verschwunden. »Ja. – Du kennst doch Robert?« Sie sah zu ihm herüber, noch immer blaß, die Augen leicht umschattet, und da war etwas in ihrem Blick, das Mischa ernst werden ließ.

»Und?«

»Warum kommt er nicht mehr?«

Mischa nahm das rechte Ohrläppchen zwischen Daumen und Zeigefinger und begann es zu massieren. »Das kann ich nicht wissen, Wiepke, nur ahnen.«

»Und was ahnst du?«

Er zog sich den Hocker ans Bett und setzte sich. Er sah sie an. »Ja nun, ihn stört wahrscheinlich dieser andere Typ, dieser Großmufti, der die Strümpfe mit einer goldenen Kneifzange anzieht und seine Blumenwälder in die Klinik schickt. Mich würde das auch stören. Aber ich würde anders reagieren.«

»Zum Beispiel?«

Er grinste. »Na, zum Beispiel würde ich sagen: Zisch ab, Genosse! Dies ist mein Goldkind.«

Sie nickte. Sie sah zur Decke, dann schloß sie die Augen. »Sag ihm, er soll wiederkommen.«

Er war gerührt. Also doch! Und er verstand sie so gut. Und wie immer, wenn Mischa jemand verstand und gerührt war, begann er zu kichern: »Ich sag' ihm alles, na gut. Aber peinlich ist's schon. Und weißt du, der hat so was Scheues an sich, damit erschreck ich ihn womöglich.«

»Das ist doch Quatsch.«

»O nein! Und du weißt es... Nicht daß mir so ein Hallo-hier-bin-ich-Typ wie der Holger lieber wäre, aber weißt du, wie der Robert sich jetzt verkriecht, das ist auch keine Art.«

»Dann mach ihm das klar.«

»Ich?« Er seufzte, stand auf, griff nach seinem Korb und blickte auf sie herab. »Gut, Wiepke. Ich will's versuchen. Aber nur, weil du es bist. Und es außer dir noch zufällig die Dame Franziska gibt, an die ich mein Herz schon vergeben habe. Sonst...«

»Sonst was?«

»Sonst«, grinste Mischa, »ginge die ganze Geschichte anders aus.«

Nun lächelte auch sie, nickte ihm sogar zu: »Klar, Mischa!« sagte Wiepke.

Dies war der Donnerstag vormittag. Auf Mischa war Verlaß.

Dies machte er zur Ehrensache. Gleich nach dem Frühstück erschien er an der Tür, warf einen absichernden Blick den Gang entlang, die Oberschwester könnte ja in der Nähe sein, drückte sich rein und kam zu ihr.

»Was sagt er denn?« flüsterte Wiepke.

Mischa seufzte: »Nicht viel. ›Holger ist wieder da, da bin ich abgemeldet‹, sagt er.«

»Und du? Hast du's ihm nicht beigebracht?«

»Daß du ihn sehnsüchtig erwartest? Na klar, das habe ich ihm gesagt. Aber wie soll ich wissen, was in ihm vorgeht? Und wie soll ich wissen, was in dir vorgeht? Vielleicht willst du ihm ja nur danken, daß er sich zwei Wochen so rührend um dich gekümmert hat? Mal ehrlich: Er war doch immer nur die Nummer zwei, oder?«

Er wußte nicht, ob sie überhaupt zugehört hatte, sie schien in Gedanken versunken. Dann drehte sich das blasse Gesicht ihm zu: »Darf ich hier raus?«

Er hob die Hände: »Mit ausdrücklicher Genehmigung, ja. Aber die kriegst du nicht.«

»Nicht mal für 'ne Stunde?«

»Nicht mal für eine Minute. – Komm, Wiepke! Warum rufst du ihn denn nicht an?«

»Weil er kein Telefon hat.«

Mischa ging zur Tür. Dort blieb er noch mal stehen. »Dann laß dir was anderes einfallen, Wiepke. Übrigens: Dein Obermufti ist schon auf den Parkplatz gerauscht. Fleißig wird der, der kommt schon in der Früh. Frag' den doch um Rat.«

Sie überhörte die Ironie. Sie nickte ganz ernsthaft. Und als zehn Minuten später Holger hereinkam, aufgekratzt und strahlend wie immer – Kuß auf die Stirn, stolzer Blick zum Blumenstrauß –, hielt sich Wiepke an Mischas Rat: »Du, Holger! Hast du 'ne Stunde Zeit?«

»Wofür denn?«

»Du könntest mich mal schnell zu Robert fahren.«

Sein Lächeln war verschwunden. »Ach ne? Wozu denn das?«

Ihre Hand strich über die Decke. »Weil ich will. So einfach ist das.«

Holger versuchte mit dieser Eröffnung fertig zu werden. Es machte ihm Mühe, man sah es ihm an. »Hm.« Er biß sich auf die Unterlippe, dann starrte er sie an: »Sag' mal, betrifft dies auch uns?«

»Ja.«

Er nickte. »So was habe ich mir schon gedacht. Mit Zähigkeit zum Erfolg, was? Ist es das?«

»Ja.«

Er ertrug ihr Gesicht nicht länger und schon gar nicht diesen sachlichen, kühlen Blick. Er ging zum Fenster, die Hände trommelten gegen das Glas. »Das ist ja ein Ding!« hörte sie. »Und ich soll jetzt nicht nur dumm aus der Wäsche gucken, sondern dich auch noch zu ihm fahren?«

»Du hast es begriffen, Holger.«

Da drehte er sich um, seine Stirn hatte sich rot verfärbt. »Das ist echt ein Hammer, Wiepke!« Er seufzte: »Na gut – gleich?«

Es klang, als erwarte er das eigene Todesurteil.

Und Wiepke nickte wieder: »Geh schon mal runter zum Wagen. Ich zieh' mich an und komme nach.«

Das war sie auch. Und weitere zehn Minuten dauerte es, bis sie das schmale Fachwerkhaus am Mühlbach erreichten. Holger war ausgestiegen, den Rücken gestrafft, das Gesicht gespannt: ein Mann, der das, was er angepackt hat, auch zu Ende brachte. Er läutete an einer grüngestrichenen Tür. Nichts. Spatzen pickten ein paar Brotkrumen in der schmalen Gasse. Eine Katze scheuchte sie fort. Und Wiepke wartete.

»Er ist nicht da. Was nun? Ich kann ja nicht endlos mit dir im Auto rumsitzen. Und in der Klinik werden sie dich wohl auch vermissen.«

»Da, guck mal!« sagte Wiepke.

Ja, da guck mal... Am Ende der schmalen Straße, zwischen den Schatten schlenderte einer heran, die Hände in den Taschen, den Blick am Boden: Robert!

Nun nahm er den Kopf hoch. Er stutzte, blieb stehen.

»Sieh dir das an!« Holger fluchte, rannte los, war bereits bei Robert, der ihn großäugig und ohne Verstehen anstarrte.

»Na, komm schon! Ich hab' meine Zeit auch nicht gestohlen, du Idiot!«

»Aber...«

»Nichts aber!«

Ja, er brachte es zu Ende! Er packte einfach Roberts Hand, zerrte ihn hinter sich her, schleppte ihn zum Auto, zu seiner Wiepke, riß ihm auch noch die Türe auf, schrie: »Da, setz dich rein! Und wenn ihr ausgequasselt habt, fährst du die Wiepke zur Klinik zurück und bringst mir dann den Wagen zum Gestüt. Laß es aber nicht Mitternacht werden! Ich versuch da vorne ein Taxi zu kriegen.«

Und da saß Robert nun, konnte das alles nicht fassen, nicht glauben, und die Zärtlichkeit in ihrem Lächeln drohte ihn zu überwältigen: »Du bist so oft zu mir gekommen«, hörte er. »Nun komm ich mal zu dir.«

»Na ja...« Er holte tief Luft. »Aber Holger ist doch dein Freund?«

Sie schüttelte nur den Kopf. »Freundschaften?« sagte sie leise. »So was geht doch auch manchmal wieder auseinander, nicht?«

»Ja.« Er schluckte, konnte es noch immer nicht glauben. »Und da fährt er dich auch noch her?«

»Stell dir vor!«

Die Spatzen hatten inzwischen die Kühlerhaube erobert. Weiß der Teufel, was sie hier suchten. Er sah ihnen zu. Er sagte: »Als ich ihn gestern im Klinikpark mit dir so sitzen sah...«

»Du warst da?«

»Ja, ich war da.« Er konnte wieder denken und seine Stimme hatte er auch wieder in der Gewalt.

»Weißt du, Wiepke, da habe ich mir gesagt, es hat ja doch keinen Zweck. Wenn er nun wieder da ist und du...«

»Mach es doch nicht so kompliziert, Robert.«

Er drehte sich zu ihr, er legte die Hand auf ihre Schulter. »Ich bin kein Freund von Illusionen, Wiepke. Meinst du wirklich, daß es zwischen uns wieder so werden kann wie früher?«

Sie hielt seinem Blick stand und bewahrte ihr Lächeln: »Ja. Das heißt nein. Nicht ganz wie früher... Sieh mal, Robert, früher war das eher eine Art Schülerfreundschaft mit Hausaufgaben und Nachhilfeunterricht. Aber jetzt, jetzt soll es etwas Richtiges werden.«

Es gab keine Antwort darauf. Es gab nur dieses Nicken und das andere: sie anfassen, sie an sich ziehen, sie küssen. Irgend jemand ging vorbei, sie hörten die Schritte, da war ein Gesicht, das Gesicht einer alten Frau – na, wenn schon! Sie lachten sie an, und die alte Frau ging kopfschüttelnd weiter. Mein Gott! Er hielt sie im Arm, da war ihr Mund, und irgendwo in seinem Gedächtnis tauchte ein anderes Bild auf: Die stille Wiepke, Wiepke in dem Zimmer der Intensivstation – Schneewittchen...

»Schneewittchen«, flüsterte er.

Sie machte sich frei. »He, he! Das reicht nun fürs erste.« Sie schob ihm die Haare aus der Stirn. »Jetzt fahr' mich zurück, Robert. Ich werde sowieso schon Ärger kriegen. Wir haben ja noch soviel Zeit...«

Er nickte.

»Und morgen?«

»Morgen komme ich. Ab morgen komme ich jeden Tag zu dir...«

*

Er hieß Ramirez, im Forstamt nannten sie ihn »Rami« – ein Spanier also, »aus der Gegend, wo sie einmal im Monat die Katze schlachten, damit ein Braten auf den Tisch kommt«. Mit solchen Sprüchen zogen die Kollegen Antonio Ramirez auf, mit den Weibern natürlich auch, den spanischen Weibern, die das »Feuer im Arsch« hätten. Das wenigstens behauptete Korbeck, der Vorarbeiter. Korbeck mußte es wissen: Er war schon mal auf Mallorca gewesen.

Was immer sie auch an lockeren Sprüchen brachten, Rami nahm's gelassen: Ein kleiner, magerer Kerl mit tiefliegenden Augen, kaputten Zähnen und einer sonderbar gespannten Haut, die die Sonne fast schwarz verbrannte. Fleißig war Rami, Kräfte hatte er auch, im Wald tipptopp, nichts zu sagen, der langte hin, o ja, war jedesmal der erste beim Sammelplatz und der letzte, der das Arbeitszeug wegpackte – wirklich ein guter Kollege! Als es vor einem halben Jahr darum ging, Leute zu entlassen, hatte sich Korbeck für ihn starkgemacht: »Rami bleibt! Auf den kann ich nicht verzichten.« Rami blieb. Und arbeitete noch besessener als zuvor.

Auch an diesem Donnerstag. Die Gruppe war beim Fällen, Rami aber brachte die Schichtholzbänke wieder in Ordnung, die ein schleudernder Anhänger umgestürzt hatte.

Kurz nach zwei war es inzwischen. Gerade hatten sie gegessen. Nun tobte das Kreischen der Motorsägen wieder durch den Wald. Antonio Ramirez schlug die Stahlspitze der Krampe ins Holz, wollte den Stamm hochhebeln, bückte sich, und obwohl man bei der Arbeit im Wald Ohren und Augen überall haben muß – der Krach war wohl zu laut. Den Baum sah und hörte Ramirez nicht kommen. Erst im Prasseln der Zweige versuchte er noch eine letzte Abwehrbewegung, warf sich herum, wollte fliehen. – Zu spät!

Die Welt zersprang in einer grellen Explosion von Schmerzen, einer Flut von Pein, die Antonio Ramirez verschlang, in der er jede Orientierung, jeden Gedanken verlor. Nur eines gab es: Atmen zu können! Atmen, trotz dieser martervollen, rasenden Stiche. Trotz der Fessel, die seinen Brustkorb einschnürte: Luft! Santa Virgen...

Alles, was er denken konnte, zwischen kurzen, röchelnden Atemstößen, blieb: Ayuda! – Santa Virgen, Luft!

Immer wieder stöhnte er: »Luft! Luft! – Bitte...«

Er sagte es auch noch, als sie ihn fünfundzwanzig Minuten später auf der Rollbahre in einen hell erleuchteten Raum schoben. Er sagte es zu stummen Gesichtern, die sich über ihn beugten: »Santa Virgen! – Luft...«

*

O doch – es könnte so gemütlich sein! Es sah ja auch danach aus, so sehr, daß sich Kätes Herz unter dem schmerzlichen Kontrast zwischen äußerem Erscheinungsbild und innerer Verfassung zusammenzog.

Gegessen hatten sie – Kalbsschnitzel, frische Erbsen, Kartoffel-Kroketten, Birnenkompott –, es schien Konstantin auch geschmeckt zu haben, obwohl er zu diesem Thema, wie meist, nichts verlauten ließ, sie hatte abgeräumt, und nun saßen sie in der Ecke des großen Zimmers, im milden Schein der Stehlampe, eng beieinander in den bequemen Sesseln, ein Bild der Eintracht, gewiß, Konstantins Zeitung raschelte, Kätes Nadeln klapperten, zwei rechts, drei links, zwei rechts – eine Strickweste sollte es werden, ein angenehm-vornehmes Jagdgrün mit gelber Paspelierung hatte sie gewählt – nur: Er würde sie nie tragen!

Die Erkenntnis kam so schockartig, daß der

Rhythmus von Kätes Nadeln verstummte. Verzählt hatte sie sich. Kein Wunder!

Sie seufzte. Ein Laut, der von Herzen kam. Aber nicht den Börsenteil zu durchdringen vermochte, hinter dem sich der Kammergerichtspräsident a. D. verschanzt hatte. Gut. Sollte er. Käte nahm es hin, mit einer stillen Ergebenheit, die wenig zu ihrem Temperament und schon gar nicht zu ihrem Charakter passen wollte, jener Ergebenheit, die sich manchmal als Folge tiefer und gründlicher Enttäuschung einstellt. Sieben Tage lebte sie nun in Konstantins noblem Seniorenheim. Wie in einem Hotel? Vielleicht. Käte fehlten die Vergleichsmöglichkeiten. Eines wußte sie jedoch: Sie konnte darauf verzichten! Stunde um Stunde, Gespräch nach Gespräch war abgebröckelt, auf was Käte gehofft, an was sie geglaubt hatte. Jetzt fühlte sie sich nur noch schwach und ausgehöhlt, aber ihr Gedächtnis zeichnete diesen Abend dennoch auf bis ins letzte Wort: einen Dialog, an den sie später noch denken würde...

»Käte!« sagte Konstantin Taubricht.

»Ja?«

»Was ich dir noch sagen wollte...«

Es raschelte. Über dem oberen Zeitungsrand erschienen ein schmaler Schädel und ein Streifen glattgebürstetes Haar. Der Schädel bewegte sich hin und her. Mißbilligend.

»Bitte, Konstantin?«

»Ach so, ja... Entschuldige! Ich habe nämlich gerade gesehen, daß meine Kugellager-Aktien gefallen sind. Ein empfindlicher Verlust.«

Mochten seine Kugellager-Aktien doch fallen, wohin sie wollten! Von ihr aus in den Keller!

»Was war da nun? Ach ja... Ich hab' mir das überlegt: Ich bin eigentlich dafür, daß wir die Erbsen in Büchsen kaufen.«

»Ich aber nicht.«

»Es wäre preiswerter.«

»Ich mag aber keine Erbsen in Büchsen.«

»Käte, ich sprach von Preisen, nicht von Neigungen.«

»Frische Erbsen sind gesünder, Konstantin. Die haben noch die Vitamine... Außerdem: Ich streite mich nicht um Erbsen.«

»Wir streiten nicht. Wir diskutieren über die Lebenshaltung, Käte. Und was die Gesundheit angeht: Dieses Grünzeug auf deiner Fensterbank...«

»Meine Zimmer-Agave?«

»Ja.«

»Was ist mit der?«

Nun senkte sich die Zeitung. Langsam senkte sie sich – ein weißer Vorhang, der sein vorwurfsvolles Gesicht dramatisch steigerte.

»Eine Agave, du sagst es. Ein Mistgewächs. In Italien wächst so was auf Müllhalden.«

»Müllhalden? Hast du jetzt auch etwas gegen meine Agave?«

»Ich habe etwas gegen Agaven, weil sie Insekten anziehen. Ich bin allergisch gegen Insekten.«

»Auf der krabbelt höchstens ein Marienkäferchen.«

»Auch Marienkäfer gehören...«

»Zu Insekten, das willst du doch sagen? Weißt du, zu was du gehörst? Ich sage es nicht. Aber ich höre mir diesen Quatsch auch nicht länger an! Ich denke nicht daran, Konstantin. Keine Sekunde!«

Sie tat es auch keine Sekunde länger. Nicht nur die Zeitung, auch ihr Strickzeug war zu Boden gefallen. Sollte es dort liegenbleiben! Sie bückte sich nicht, nein, sie drehte sich um und ging zu ihrer Tür. Dort blieb sie noch einmal stehen, um sich das alles zu betrachten: Den Börsenteil. Die halbfertige Strickjacke. Konstantins Gesicht – trotz des weidwunden Ausdrucks seiner Augen noch immer gefaßt.

»Ich habe alle meine Bitten sehr höflich vorgetragen, Käte. Ich wußte nicht, daß du so empfindlich bist.«

»Du weißt noch vieles nicht. Ich bin auch nicht empfindlich. Nur, im Gegensatz zu dir, lieber Konstantin, bin ich noch am Leben.«

»Was soll das heißen?«

»Was das heißen soll? Daß es möglich ist, daß wir uns mal wieder treffen. Auf der Bank zum Beispiel. Da können wir auch miteinander reden, Konstantin.« In ihrer Stimme war ein verräterisches Schwanken. Sie holte Luft, atmete aus, das gab ihr Festigkeit: »Wie gute, alte Bekannte, Konstantin.«

»Willst du damit sagen...«

»Ich will damit sagen, daß es zu mehr wohl nicht gereicht hat.«

In ihrem Zimmer nahm Käte Mantel und Handtasche. Was da sonst noch war, ließ sich morgen holen – jetzt nur raus! Es war das einzige, was sie denken konnte. Und so ging sie, vorbei an einem zur Sesselmumie erstarrten Konstantin, ging zur Tür, öffnete sie, und ehe sie sie schließen konnte, hörte sie von drinnen noch einen Seufzer.

»Nun«, seufzte Konstantin Taubricht, »sind wir wieder alleine zusammen, Gunhilde...«

*

Udo Brinkmann verwünschte an diesem Tag sich selbst, seine Arbeit, verwünschte die Klinik – wünschte sich vor allem Lichtjahre entfernt, in irgendeine Welt, wo es das alles nicht gab: Bereitschaftsdienst. Knochenmühle. Erschöpfung. Müdigkeit.

Herrgott, als ob das heute nicht gereicht hätte! Das ganze Vormittagsprogramm allein mit Renz. Und dabei noch eine Dickdarmoperation von zwei Stunden Dauer. Schäfer hatte sich wegen seiner Schmerzen suspendieren lassen. Der Alte aber? In Freiburg war er! Bei seiner Christa...

Und nun? Ein Akuteingriff! Schluß war mit der Hoffnung auf ein geruhsames Bierchen, vielleicht einen kleinen Spaziergang, gründlich Schluß. Um das festzustellen, hatte Udo ein einziger Blick auf das blutbefleckte, stöhnende Bündel Mensch genügt, das sie ihm hereingeschoben hatten.

»Lassen Sie den Operationssaal eins fertig machen.«

Die junge Schwester nickte und blieb stehen, wo sie war. Sie war in jenes starre Unbeteiligtsein verfallen, das er bei Anfängern so oft schon beobachtet hatte. Herrgott, wenn wenigstens Ina dagewesen wäre!

»Na, los schon! Haben Sie nicht gehört?«

»Jawohl, Herr Doktor.«

»Haben Sie meine Frau gesehen?«

»Nein, Herr Doktor.«

»Dann geben Sie's durch den Hausfunk. Und wenn sie sich meldet, soll sie auch gleich in den OP. Sagen Sie, ein Notfall.«

Und das war es ja nun wirklich. Anscheinend war der Rettungswagen nicht verfügbar, sie hatten dieses arme Schwein von Waldarbeiter mit dem Krankenwagen angebracht, doch Stegmüller, der DRK-Mann, hatte so viele Jahre Routine auf dem Buckel, daß er auf Anhieb die Situation beim Namen nannte: »Den Brustkorb hat's ihm eingeklemmt. Der Baum. Aber das ist es ja nicht, Doktor! Da muß 'ne Rippe durch sein! Da kommt Luft rein. Der hat soviel Blut verloren, daß ich die Infusion gar nicht anschließen konnte. Den muß man auffüllen, sofort muß man ihn auffüllen, Doktor!«

Lungenkollaps! Der Mann kämpfte um jeden Atemzug. Und als sie ihm das Hemd herunter hatten, war deutlich zu sehen, wie der eingedrückte, blau verfärbte Brustkorb das Ausdehnen des Lungenflügels verhinderte. Und wie Stegmüller recht hatte! Der Puls war dünn, flatternd, flach.

Endlich kam Renz.

»Na, Gott sei Dank, Walter!«

»Sieht ganz nach einem Pneumothorax aus.«

»Die Lunge ist jedenfalls angeknackst. Plasma, Walter! Dort drüben ist das Stativ. Los, wir müssen uns beeilen.«

Das mußten sie. Nicht nur der Puls, auch die geisterhafte, bläuliche Färbung bewies, daß ihnen ein Kampf um Minuten bevorstand. Wieso war der Mann so verfallen? Innere Blutungen oder der Schock? Wahrscheinlich beides...

»Such mal eine Vene.«

»Ja, gut. Aber wie?« Udo tastete über die schweißige, kühle Haut. Die Venen waren nicht zu spüren. Zu stauen hatte keinen Sinn, die Gefäße waren wie eingesackt, zusammengeschrumpft, es würde zu lange und zu kompliziert werden, die Kanüle einzuführen.

»Das Unfallbesteck!«

Renz schob es ihm zu: Skalpell. Kornzange. Die Kanüle, eine metallene Hohlnadel, die sich rasch und sicher mit einer einzigen Klemme an der Haut absichern ließ. Udo ging zum Becken, wusch sich die Hände. Zu einer gründlichen Desinfizierung blieb ja doch keine Zeit. Ein Blick über die Schulter zeigte ihm, daß Renz seinen ersten Schrecken überwunden hatte und umsichtig zu arbeiten begann. Na, endlich! Gerade als Udo die Handschuhe überzog, öffneten sich die Augen des Verletzten: Groß waren sie, dunkel, erfüllt von den Schatten einer Qual, die nichts wahrnahm. »Santa Virgen... Non me dejas morir...« Flüstern, das wie ein Stöhnen klang. Die »heilige Jungfrau« also? Udo dachte es, als er das Messer zu dem kurzen Schnitt in die

Hohlkehle oberhalb des Knöchels ansetzte: Hoffentlich hilft sie!

»Die Kornzange...« Die funkelnden Metallbacken drängten den Schnitt auseinander, und da lag nun die Vene, dunkelblau, flach, ein Schlauch, aus dem jeder Druck gewichen war, ohne jene pulsierende Aktivität, die Leben anzeigte.

Er hob sie hoch. Dann brachte er die Schlingen ober- und unterhalb der Zangenbacken an: die eine, um nachher sofort abbinden zu können, die andere, um die Kanüle abzusichern.

»Wie steht's, Walter?«

»Okay. Das Plasma hängt.«

Ganz zart setzte Udo die Schneide an, das Messer grub den Weg für die Kanüle frei. Und er, er hatte seine Ruhe wieder. Stets war es das gleiche – die Schrecksekunde, umstanden von Fragezeichen. Wie stehst du diese Katastrophe durch? Was erwartet dich, wenn du öffnest? Vor allem, wie sehen die Chancen aus? Hat er überhaupt welche? – Und dann Handeln, das jede Unsicherheit wegräumte.

Die Schlinge des Seidenfadens hielt nun die Kanüle in der Vene fest, ein leichter Zug an der zweiten Schlinge beseitigte die Blutungsgefahr. Was Udo an seinen Handschuhen sah, war tiefdunkles Blut, schwärzlich, ohne lebensspendenden Sauerstoff, totes Blut...

»Notverband, Walter! Dann nichts wie rauf. Wie ist das? Ist für die Anästhesie gesorgt?«

»Ich glaube schon. Ich habe vorhin den Ruf gehört.«

»Der OP ist bereit«, meldete die junge Schwester. »Ihre Frau erwartet Sie. Auch Schwester Ella ist oben.«

»Na gut.« Udo warf einen Blick auf die Plasmaflasche. Der Flüssigkeitsspiegel sank rapide. Wie in ein ausgedörrtes Flußdelta strömte es nun in alle Körperverästelungen. Das würde, mußte ihm wenigstens über die nächste Hürde helfen.

Santa Virgen!

Jetzt zeig, was du kannst, heilige Jungfrau! Jetzt bleib mal besser in der Nähe.

Die Nahtklammern waren angesetzt. Er zog seine Gummihandschuhe aus und überließ Renz den Verband.

»Wir brauchen noch mehr Blut, Schwester. Gruppe Null. Für eine Bestimmung bleibt keine Zeit. Lassen Sie es sofort rauf in den OP bringen.«

»Jawohl, Herr Doktor.«

»Na dann, Walter, komm! Los schon, gehen wir.« – Die Wanderung durch die Korridore. Immer hinter der Bahre her. Der Aufzug. Blankpolierte Stahlflächen, die sich auseinanderschieben. Und im summenden Kasten schon der erste Versuch einer Absicherung: Udo beugte sich tief über die von Blutergüssen entstellte Brust des Spaniers, sein eingekrümmter Zeigefinger klopfte vorsichtig gegen die linke Seite, und selbst im Summen des Elektromotors vernahm er das Geräusch, das er erwartet hatte: Ein leises Knacken, so, als klopfe eine Fingerkuppe gegen eine dünne Tischplatte.

Der Aufzug hielt.

»Moment mal!« Udo setzte das Stethoskop an. Genau, da war es, ein Pfeifen, fern – Luft war das, Luft, die sich ihren Weg suchte.

»Pneumothorax?«

»Ja, Walter.«

Udo blickte hoch. Walter Renz' rechtes Lid zitterte. Wie alle Chirurgen, hatte auch Renz seine Leistungskurven. Er schien im Tal angelangt zu sein. Dies war nicht sein Tag. Seine Stunde auch nicht...

Der Verletzte kämpfte röchelnd um Atem.

»Der hat doch keine Chance.«

»Red keinen Quatsch«, flüsterte Udo. »Los, rüber in den OP!«

Die Türen öffneten sich, grünliches Licht strömte heraus, und da war Marks, der OP-Pfleger. Udo war froh um sein besonnenes, ruhiges Bauerngesicht und die umsichtige Ruhe, mit der er sich bewegte.

»Was ist denn mit den Angehörigen?« fragte Renz. »Seine Frau ist nämlich gekommen. Die haben sie benachrichtigt.«

»Natürlich...« Udo zögerte. Wieso hatte er nicht gleich daran gedacht? »Redest du mit ihr, Walter? Laß dir die Erlaubnis für den Eingriff geben und komm sofort zurück. Aber gleich, hörst du?«

»Und Schäfer?«

Udo hob die Hände. Was stellst du solche Fragen, sagte die Geste, hat doch keinen Zweck. »Beeil dich!«

Marks war mit der Bahre bereits am OP. Ihm brauchte er nichts zu sagen. Hier Ella – sie kam auf ihn zu, bereits im grünen Mantel, die Leuchte war eingeschaltet, Licht blitzte auf dem Metallrand der Brille, und die Augen verbreiteten eine so endgültige, ruhige Sachlichkeit, daß Udo sich wie befreit fühlte: Augen, die alles kannten, alles gesehen hatten, was in dem sterilen Kachelgeviert eines Operationssaals möglich war.

»Was ist mit der Anästhesie?«

Die Instrumentöse machte eine Handbewegung zu der Glasfläche, die den Vorbereitungsraum abtrennte. Dahinter ein Schatten. Es war Katharina! Udo ging hinein und stellte sich neben sie. Sie nahm nur einmal den Kopf hoch, ein kurzes Lächeln, die Oberlippe war hochgezogen wie immer, wenn sie sich konzentrierte, wie an so vielen Morgen, in so vielen Minuten der Herausforderung. Die weißen Becken. Der dumpfe Geruch nach Seife und Desinfektionsmittel. Udo nahm die Bürste, und während über seine Hände schaumiges

Wasser spülte, erklärte er in wenigen Worten die Arbeit, die bevorstand, die Möglichkeiten, sie erfolgreich zu beenden. Er wartete auf eine Reaktion. – Nichts. Warum auch? Was sollte sie sagen? Die Fragen erübrigten sich. Alles beruhte auf Spekulation.

Im OP half ihm eine Springerin in den Mantel. Ella Bauer sah ihn fragend an.

»Das Thoraxset werden wir brauchen.«

»Es steht bereit. Legen Sie schon mal das Lungenwurzel-Torniquet zurecht...«

Dann war Renz da. Er nickte nur. Die Einwilligung hatte er also erhalten. Marks nahm den Platz des zweiten Assistenten ein, Udo aber blickte hoch zur Uhr: Neun Minuten waren vergangen, seit er den Patienten zum erstenmal gesehen hatte.

Ella reichte ihm das Skalpell. Die anderen schauten kurz auf. Von ihrem Platz zwischen den Monitoren, Verdampfern, Gas- und Sauerstoffflaschen, endotracheale Anästhesie, gab nun auch Katharina ihr Einverständnis. Der Patient war intubiert. Es konnte losgehen!

Udo holte tief Luft. Er zog die Operationslinie um die Wölbung des Rippenbogens, wo er öffnen wollte, setzte zum Schnitt an, fühlte bereits den Griff des Elevators in die Hand geschoben, der die Rippe herausheben würde, brauchte auch das Wort »Costatom« nicht auszusprechen, ruhig ging alles, ruhig und fließend, ganz so, als hätte er sein Leben lang nichts anderes getan als Brustkörbe geöffnet, und während er das noch dachte und seine Hände arbeiten ließ, korrigierte er sein Gedächtnis: Vier-, nein, fünfmal hast du das gemacht. Einmal während des Studiums, dann bei Schiermann, der die Klinik früher geführt hatte, und einmal mit deinem Vater. Nicht mal das halbe Dutzend voll! Doch was sollte das, was änderte es schon? Behalte die Nerven! Es wird gehen...

Die beiden Schneiden des Costatoms hatten die Rippe durchtrennt, bequem konnte er sie aus ihrem Bett heben. Nun die Allis-Pinzette! Ihre dünn gezahnten Enden halfen die Knochenhaut vom Rippenfell zu lösen. Sie waren soweit, der nächste Schritt würde die Pleura, das Brustfell, vollends spalten. Und dann mußte man sehen.

Es war die einzige Sekunde, in der Udo spürte, wie die Unsicherheit, ja, etwas wie Angst zurückkam: die Angst vor dem, was das blauschimmernde Gewebe noch verbarg.

Er hob kurz den Kopf. Er begegnete Katharinas Blick.

»Atmung?«

Sie kontrollierte den Monitor: »Kaum ausreichend. Wechselnde Frequenzen.«

»Na ja... Jetzt wollen wir sehen.«

Wieder senkte sich das Messer. Und diesmal war die erste Antwort auf den Schnitt ein feines Pfeifen, ein Zischen, das sich verstärkte, so, als entweiche Luft aus einem Kinderballon. Klar, das war es! Der eingedrückte Brustkorb hatte beide Lungen komprimiert. Doch der eine Flügel wenigstens würde, mußte jetzt arbeiten! – Wieder sah er zu Katharina hinüber. Ihr Blick ruhte auf den Durchflußmessern, die Hand lag leicht an den Knöpfen, die den Mischfluß der Gase steuerten, ihr Gesicht war konzentriert und entspannt zugleich, und in diesem einen Zeitbruchteil, der sich wie eine Insel im Fluß des Geschehens abhob, spürte Udo nichts als hilflose, fast zornige Bewunderung gegenüber soviel kühler Routine.

Sie wußte doch auch, um was es ging. Für ihn, für diesen armen Hund von Waldarbeiter. Ob sie daran dachte? Dachte sie überhaupt? Die Geräte interessierten sie, und das war gut so.

Er trat einen Schritt zurück. Er mußte sich neu

sammeln, die Nerven beruhigen, sich auf den nächsten Schritt vorbereiten. Wortlos drückte Ella Bauer ein Stück Gaze gegen seine Stirn. War es wirklich soweit? Schwitzte er? Merkten es die anderen? – Na, und wenn!

»Puls?«

»Siebzig-neunzig. Scheint sich zu bessern.«

»Und die Atmung?«

»Sie kommt. – Ja, jetzt kommt sie.«

Erleichterung meldete sich in Katharinas Stimme. Ein solcher Eisberg, so kalt, daß sie das alles vollkommen unberührt gelassen hätte, war sie doch nicht. Die Atmung besserte sich? Meine auch, dachte Udo, ehe er sich an die langwierige Arbeit machte, die Lunge aus dem Brustbett herauszupräparieren. Endlich konnte er die Hand unter den Lungenflügel schieben. Blutschaum trat hervor, ein rosablasiges Gemisch. Als Renz es endlich weggesaugt hatte, lag klar: Lungenriß! Die gebrochene Rippe hatte das Organ aufgeschlitzt und dabei eine der Abzweigungen der Arterie geöffnet. Doch bei der Gesamtverfassung des Patienten blieb keine Zeit. Bis das Gefäß gefunden und versorgt war, würde die Katastrophe über sie hereinbrechen.

»Wie ist das mit dem Puls?«

»Unstabil. Verschlechtert sich rapide.«

»Verdammter Mist!« Renz' Bemerkung ging Udo an den Nerv, dazu seine Augen, Niedergeschlagenheit meldeten sie, das Aus! Du bist am Ende! Und die Frage: Junge, was willst du hier noch machen? Ausgerechnet du...

Ja, ausgerechnet du! In Udo bäumte sich ein Gefühl auf, das er kannte, das Gefühl, das ein Boxer haben mochte, der nach einem Niederschlag den Gegner annimmt, weil er siegen will. Er würde ihn annehmen, bei Gott! Aufgeben? Wieso?

»Mensch, Walter, wir sind doch nicht am Ende. Wir doch nicht!«

Er hatte es gedacht, nein, tatsächlich gesagt. Denn nun nickte Renz, nickte heftig.

»Das Torniquet, Ella! – Die Gefäße können wir jetzt nicht versorgen. Die Lungenspitze auch nicht.«

Nein, das konnten sie nicht. Der Fluß des Blutes war zu ihrem Gesetz geworden, er nahm vom Operationsfeld Besitz. Er aber hatte seine Fingerspitzen. Verlaß dich auf sie und dein Gefühl! Schließlich: Was ist schon schwer daran, eine Schlinge zu legen?

Am Torniquet, einer Drahtschlinge, eines im Grunde primitiven, aber sehr wirksamen Hilfsmittels, war ein Strang von Kunststofflitzen befestigt. Udos Finger zogen sie um die Lungenspitze, es war die Stelle, wo Vene und Hauptarterie sich mit der Luftröhre vereinigen. Er zog zu. Nun eine zweite Litze zur Vorsicht darunter, doppelt genäht hält besser.

»Die Lungenklemmen, Schwester!«

Die stählernen Greifbacken drückten die Lungenwurzel ab, das Skalpell zog seinen Kreis, dann war es soweit: Er hielt das blutende Lungengewebe in der Hand, nur ein Stumpf blieb zurück, abgesichert vom Torniquet, den Schlingen und Klemmen.

»Ich werde den Stiel jetzt abbinden, Walter. Aber es ist besser, wir nähen. Jetzt sind wir schon soweit, und mit der Lunge kann man nicht vorsichtig genug sein.«

Renz nickte nur. Auch seine Hände arbeiteten jetzt neben seinen, soviel gab es noch zu tun, bis Stich um Stich die ganze Grundfläche der Lungenwurzel geschlossen war.

Wie lange das alles gedauert hatte, es war nur in einer Hinsicht wichtig: im Blick auf den Zustand des Patienten. Udos Rücken schmerzte. Unter der Haube aber bildete sich Schweiß.

»Wie steht's denn, Katharina?«

»Besser. – Atmung und Puls, wirklich ganz erheblich besser.«

Udo nickte. Unter der Maske verzog sich sein Mund. Er lächelte, und er wußte eigentlich nicht, auf was er wartete. Vielleicht darauf, daß die um den Tisch jetzt sagten: »Toll! Wirklich prima!«

Und Renz sagte es auch: »Gratuliere! Prima hast du das gemacht.«

Udo nickte knapp. Doch als sie die Bahre hinausschoben, um Antonio Ramirez auf die Intensivstation zu bringen, fiel ihm noch etwas ein: Danke! Herzlichsten Dank auch, Santa Virgen! Hast dich nicht gedrückt. Du hast das gemacht, du hast es wirklich prima hingekriegt... Und nun hilf uns auch noch ein bißchen weiter...

*

Aus den Wagen, die auf den Parkplatz fuhren, stiegen Klinikbesucher, Päckchen, Blumensträuße und Plastiktüten in der Hand.

Udo sah sich suchend um. Katharinas Porsche konnte er nirgends entdecken. Die letzte Stunde hatte er auf der Intensivstation verbracht und staunend miterlebt, wie sich Ramirez' Werte ständig verbesserten. Sein überirdisches Hilfskorps schien tatsächlich zur Stelle. So wie's aussah,würde es mit dem Spanier gutgehen. Hoffentlich...

»Guten Abend, Herr Doktor!« Gemessen und respektvoll klang das, sie winkten ihm zu, dem großen Doktor, dem Mann, der über Tod und Leben entschied. Ein toller Kerl bist du – nicht? Und deine Frau läßt dich auf dem Parkplatz stehen, hält's noch nicht mal für nötig, dir Bescheid zu sagen!

Udo ging zurück zum Klinikvorplatz und bestieg eines der wartenden Taxis. »Wohin, Herr Doktor?«

»Nach Hause. Burgholz 14.«

Nach Hause... Führte diese Straße wirklich nach

Hause? Bewegten sie sich nicht auf Wegen, die keine Berührungspunkte mehr kannten? Warum, Herrgott? War es denn so schwierig, ein wenig Rücksicht auf ihn zu nehmen? Und hatte er nicht wirklich etwas geleistet? War es übertrieben, so etwas wie Anerkennung zu erwarten, dieses kleine Mindestmaß an Respekt, das sich darin ausdrückte, daß man dem anderen nach einem solchen Tag nahe sein wollte?

Nahe? – dachte er. Wie sieht sie denn aus, eure Nähe? Daß wir gemeinsam im OP stehen oder im Waschraum, oder uns im Klinikcasino wie zwei Angestellte über die Arbeit unterhalten? Wo ist sie geblieben, unsere Nähe? Und wer ist schuld daran, daß sie nicht mehr existierte? Aber die Frage nach der Schuld war die kläglichste, nein, die dümmste Frage, die man stellen konnte. Das wissen wir doch bereits, dachte Udo: Was zwischen zwei Menschen spielt, wird nie in Normen zu fangen sein! Wie gewaltig sich da die Psychologen und Eheberater, die mit ihrem klugen Geschwätz die Zeitungen und Illustrierten vollsabbern, doch irrten. Wenn jeder sich selbst ein Rätsel ist, wie soll er den anderen erklären?

Er kurbelte das Fenster herunter, ließ den Fahrtwind über das erhitzte Gesicht streichen. Dieser Mann von zuvor, dieser Antonio Ramirez, hatte nach Luft gestöhnt. Auch er brauchte sie jetzt.

Als sie die Stadt durchquert hatten, sagte Udo dem Taxifahrer, er solle anhalten.

»Das ist aber noch nicht das Burgholz, Herr Doktor.«

»Macht nichts.« Er bezahlte, schlug den Kragen seiner Jacke hoch und ging bergan. Die Lichter schimmerten. Am Himmel standen fern und unbeteiligt wie stets die Sterne. Das Gehen tat gut, Schritte hören, spüren, wie die Muskeln ihren Dienst taten. Am liebsten wäre er jetzt ewig so weitergelaufen, den Hang hoch, dann den Berg, so lange, bis all die Lichter erloschen, die die Menschen entzündet hatten, und mit ihnen die Fragen, die ihn quälten.

Burgholz 14. Zu Hause. – Er schloß die Türe auf, ging die Treppe hoch, er ging sehr langsam und sehr bewußt. Dort oben erleuchtete Fenster. Der Schattenrest des Firstes. Die Bäume. Das Schwimmbad... Dinge und Pflanzen nahmen ihren Platz ein. Was hatte er damit zu tun? Dies alles erschien so fremd. Immerhin: Katharina war zu Hause! Angie hatte Claudia zu ihren Eltern mitgenommen. Das bedeutete, daß er nun vor der Wahl stand, sich entweder aus dem Eisschrank zu bedienen oder Katharina zu überreden, mit ihm in einem Restaurant zu essen. Arztehen! Mußten sie so aussehen? War das wirklich so...?

Er hatte die Terrasse erreicht. Er ging nicht weiter. Dort im Licht der Halle stand Katharina. Sie stand an dem großen Tisch. Darauf lag ein Rahmen, daneben irgend etwas Quadratisches mit hellen, spritzenden Farbflecken. Kunst! Ein Bild vermutlich, eine ihrer Neuerwerbungen.

Sie muß dich doch gehört haben, dachte er, zumindest deine Schritte. Sie rührte sich nicht. Und in derselben Haltung, wie er sie von draußen gesehen hatte, fand er sie wieder, die Fingerspitzen der rechten Hand an der Schläfe, in Nachdenken versunken. Sie drehte sich nicht einmal um. Wieso auch? Wer da kam, war ja nur der Ehemann.

Er schenkte sich eine Begrüßung. Er legte seine Hand auf ihr Haar. Nichts. Über ihre Schulter hinweg blickte er auf das Bild. Ein Aquarell. Aufgelöste Formen, zerfließende Farben, nichts darin, das ihm einen Impuls geben, ja, nur Begreifen entlocken konnte. Die Frage, ob es ihm gefalle, entfiel sowieso. Sie stellte sie nicht.

»Schön«, sagte er.

»Wirklich?«

Er roch den Duft ihrer Haare. Herpèges, eine bittere Spur von Klinikdesinfektion darin und so vertraut wie eine intime Berührung.

»Ich weiß wirklich nicht…«

»Was denn?«

»Ob ich's aufhängen oder verschenken soll. – Nein, ich glaube, ich behalt's.« Vorsichtig, mit einer Zärtlichkeit, die ihn irgendwie anrührte, nahm sie das Blatt hoch, drehte es um, legte es gegen das Glas, schnitt sich Klebeband zurecht – und er stand die ganze Zeit stumm, sah zu, erfüllt von einer erbitterten Auflehnung gegen die klinische Sorgfalt, mit der sie das Bild rahmte. Es war, als habe er den Raum nie betreten, als sei er Luft, und die Enttäuschung darüber schlug um in Zorn. Warum nahm er ihr das Bild nicht aus der Hand? Warum nahm er sie nicht an den Schultern und schüttelte sie? Warum sagte er nicht: Zum Teufel noch mal, hier steh' ich! Ich bin müde. Hunger habe ich! Und falls dich das nicht interessiert, so nimm wenigstens zur Kenntnis: Es gibt mich noch!

Gerade als er die Hand heben wollte, um wenigstens eine Berührung zu erreichen, drehte sie sich um. Ihr Blick war ruhig, sie lächelte sogar. »Ich weiß, du bist jetzt beleidigt.«

»Ach?«

»Ja, ach.«

»Und warum soll ich beleidigt sein?«

»Du bist beleidigt, weil ich dir nicht um den Hals falle und dir gratuliere.«

»Gibt's dafür einen Grund?«

»Nun, die Lebensrettung eines Waldarbeiters.«

Die Tesafilmrolle fiel zu Boden. Sie rührten sich beide nicht.

»Wie kommst du zu der Annahme, daß ich das erwarte?«

»Das ist keine Annahme, ich weiß es.«

»Ja natürlich, du weißt ja so viel von mir.«

»Dazu, Udo, könnte man ja sagen. Oder den Kopf schütteln. Ich weiß viel von dir, wenigstens was mich angeht. Aber im Grunde: wer weiß schon etwas über den anderen?«

»Das habe ich vorhin auch gedacht. Aber wenn ich dich mit einer sensationellen Neuigkeit vertraut machen darf: Ich will keine Rosen, ich will was zu essen!«

Selbst darauf lächelte sie, ein Lächeln, das in ihm den Wunsch erweckte, es ihr aus dem Gesicht zu schütteln. Doch dazu kam es nicht. Er hörte Schritte, das Klappen der Türe, eine Kinderstimme, die »Mami!« und dann »Udo!« schrie, sah, wie sich Katharinas Gesicht entspannte und Freude in ihre Augen stieg, erlebte mit einem Wort jene Situation, die ihn an einen unsichtbaren Regisseur erinnerte, der in seiner kreativen Begeisterung etwas zuviel Alkohol genossen hatte.

Aber da waren sie: Claudia, das ruhige Oval ihres Gesichtes von dunklem Haar umrandet, Angie, blaß und großäugig und trotz ihrer offensichtlichen Müdigkeit voll Begeisterung. Wie herrlich das alles gewesen sei, selbst die Fahrt. Und der Opi, nein, der Papa von der Claudia, habe ihr sogar die Affen gezeigt.

»Ja, doll!« meinte Katharina und fragte, warum sie denn schon heute zurückgekommen wären? Weil sie sich halt gedacht hätte, daß sie sich dann nicht gleich in die Arbeit zu stürzen brauche, antwortete das Mädchen.

»Bin ich denn eine Arbeit, Claudia?« Katharina lachte – ja, das gab's nun alles wieder: selbstverständliches Lächeln, Freude, eine Katharina, die vom Abendessen sprach und meinte, im Eisschrank ließe sich noch ein Kalbskotelett finden, und wenn Claudia helfen würde, könnte man doch gemeinsam...

Gemeinsam, Gemeinsamkeit?! – So farbenprächtig, lustig und lebensecht wie eine auf Pappe gemalte Theaterdekoration!

Nur Angie, die war Wirklichkeit. Angie, die stand und starrte.

»Was guckst du eigentlich so?«

»Ich?«

»Ja, du, Angie«, lächelte Katharina.

»Ich guck nur, ob man was sieht.«

»Ob man was sieht?«

»Na ja, das Baby!«

Er hörte, wie Katharina Luft holte, und war heilfroh, daß sich Claudia zuvor in ihr Zimmer verzogen hatte.

»Du kriegst doch ein Baby, Mami? Oder nicht?«

Katharina sah Angie an, dann drehte sie sich ihm zu. Ihr Lächeln war verschwunden. Nicht eine Spur blieb davon zurück.

»Na ja«, Udo versuchte die Situation mit Beiläufigkeit zu überspielen, »sie wollte was wissen, und dann ergab sich das so.«

»Ach nein? Das ergab sich so?« Sie zog das Kind an sich. Sie lächelte noch immer ihr Katharina-Lächeln: »Angie, mach dir da bloß keine Sorgen. Ich bekomme kein Baby.«

»Aber hast du denn nicht gemeint...«

»Na ja, es gibt manchmal Irrtümer, weißt du.«

»Was für Irrtümer?«

»Eine Frau denkt, sie bekommt eins, und dann ist es doch nicht der Fall. Aber jetzt geh rauf zu Claudia, dein Gesicht waschen.« Liebenswert sagte sie es, doch mit diesem Unterton, der keinen Widerspruch zuließ. Nun waren sie allein. Katharinas Gesicht spannte verhaltene Wut: »Sag mal, spinnst du?«

»Wieso?«

»Bist du so naiv oder tust du nur so?«

Seltsam, ihre Erregung gab ihm seine Ruhe zurück. »Ich wollte, daß Angie Bescheid weiß. Ich finde das richtig so. Wann willst du's ihr denn sagen?«

»Nun, das ist wohl meine Sache. Falls es überhaupt notwendig wird.«

Der kühle Ton brachte ihn aus dem Konzept. Daß Katharina über ein zweites Kind glücklich sein würde, diese Illusion hatte er inzwischen begraben. Aber ihr »Falls überhaupt notwendig...«?

»Was soll das nun heißen?«

»Daß ich bereits ein Kind habe.«

»Ich nicht, Katharina.«

»Richtig. Du nicht.« Sie setzte sich in einen Sessel, saß dort aufrecht, beide Hände flach auf den Lehnen und die dunklen Augen auf ihn gerichtet. »Hab' ich dir etwa ein Kind versprochen? War das so abgemacht?«

»Du bekommst es aber, Katharina. Und ich bin dafür, daß wir's behalten.«

»Würdest du mir mal erklären, was in diesem Zusammenhang wir bedeutet?«

Wir? dachte er. Sie hat recht, das ist der Kern der Frage. In ihm war ein ohnmächtiges Zittern, und er kam nicht dagegen an. Er schwieg. Er ertrug auch diese Augen nicht mehr, diese schrägen, fordernden, unnachsichtigen Augen. »Innere Freiheit bedeutet, sich eine Position zu erobern, von der wir unsere Situation so betrachten können, wie die andern sie sehen...« Sein Vater hatte ihm das vor einigen Tagen gesagt. Es half nicht weiter. Wie sahen ihn die anderen, wie sahen sie Katharina – wie sahen sie diese Ehe?

»Ehe heißt, daß nicht einer allein über solche Dinge entscheiden kann«, sagte er.

Da fuhr sie erst recht hoch: »Einer allein? Du hast mich doch vor vollendete Tatsachen gestellt. Du hast doch nicht aufgepaßt, damals, als du von Frederick zurückkamst.«

Er hatte genug. »O Gott, Katharina!«

Ihre Haare flogen, so heftig nickte sie. Die Stirn war dunkel. »Ja, o Gott! Und jetzt baust du mir eine moralische Falle auf. Ich soll nicht rauskommen. Zumindest nicht vor Angie. Das ist es doch.«

Er wußte nicht, was »es« war. Am wenigsten wußte er, was die kalte Aggression in ihr auslöste, was sie sagen ließ: »Dein Spielchen klappt nicht, lieber Udo!« Es war ihm auch ganz gleichgültig. Für ihn war das Gespräch beendet. Und nicht nur das Gespräch. Er wollte den Raum verlassen, drehte sich um und erkannte durch die breite Eingangswölbung, daß Claudia auf der Treppe stand. Katharina mußte sie bereits zuvor gesehen haben. Ihr schienen Zeugen nichts auszumachen. Sie schüttelte den Kopf, jetzt schrie sie sogar: »Nicht mit mir, das sag' ich dir! Soviel Unfairneß ertrag ich nicht.«

»Unfairneß? Ich möchte wissen, was dagegenspricht, daß du noch ein Kind bekommst?«

»Ich!« Es war, als habe sie einen Schlag erhalten, so riß sie das Kinn hoch: »Ich spreche dagegen! Das reicht.«

»Ja dann – Entschuldigung.«

Das hatte sie wohl nicht mehr gehört. Die Tür knallte zu, und er vernahm den harten Klang der Absätze auf den Platten des Gartenwegs, holte tief Luft, ließ sich in einen Sessel fallen und griff nun nach der Flasche Whisky, die auf dem Kaminsims stand. Er goß sich das Glas halb voll. Claudia hatte den Raum betreten, leise, nicht furchtsam, eher wissend.

Udo hob das Glas: »Na Prost! Toller Empfang für Sie, was?«

Ihr Mund zögerte, das Lächeln war verschwunden: »Ich kann weghören. Ich wollte nur sagen, ich kam nicht herunter, um...«

»Natürlich nicht. Außerdem, was ändert das?«

Das Glas war leer. Er goß es wieder voll. Er trank nicht, er ließ das Licht in der bernsteinhellen Flüssigkeit spielen. Frederick Gessners melancholisches Lächeln, seine nachdenkliche Stimme fielen ihm wieder ein: »Als ich begriffen hatte, daß man nicht verlieren kann, was einem nicht gehört, ging's mir wieder besser... Eine Katharina besitzt man nicht.«

Richtig, Frederick! Auch wenn's weh tut. Zumindest ist jetzt Bilanz gemacht. Mit der Hilfe deines Vorgängers? Um so besser! Zwecklos war es, sich um das Resultat zu drücken.

Er stellte das Glas ab. Die klaren, jungen Augen Claudias schienen zu warten. Er nahm dieses gebräunte, frische, so anmutige Gesicht in sich auf, ging zu ihr, legte die Hand auf ihre Schulter und versuchte sich in einem Lächeln.

»Kein besonders gutes Theaterstück, Claudia, in das Sie sich da verirrt haben.«

»Nein«, sagte sie.

»Tut mir leid. Ehetragödien gibt's wohl überall. Aber lassen wir das. Claudia...«

»Ja, Herr Doktor?«

»Den Doktor hätten Sie sich jetzt sparen können.«

Ihr Mund kräuselte sich.

»Claudia, ich muß jetzt weg. Ich schaff' das hier nicht. Ich kann nicht mehr. Bitte, wenn's geht, ergreifen Sie nicht auch gleich die Flucht. – Angie wegen. Versprochen?«

Sie nickte.

*

Nachher bedauerte Udo, das zweite Glas Whisky nicht getrunken zu haben. Doch wozu sich beruhigen? Er war ruhig. Vielleicht wäre es besser gewesen, mit Katharina noch einmal zu reden? Kaum. Es gab nichts zu sagen.

Blieb Angie... Was sollte er erklären, wo waren die Worte, was geschieht im Herzen eines Kindes, wenn die Tür aufgeht, ein Schatten den Raum betritt und sagt: »Ich bleib' jetzt nicht länger im Haus. Ich muß fort!« Wie sollte sie das verstehen.

Morgen! dachte Udo.

Der Wagen glitt über die Serpentinen, langsam, gemächlich. Udo ließ sich Zeit. Der Mond dort oben hatte sich in eine helle Lichtpfütze verwandelt, Lampen und Fenster zeigten Nebelhöfe, und dann kam tatsächlich Nebel, schneeweiße Schwaden trieben auf ihn zu und mit ihnen die Fragen, die Zweifel, von denen er wußte, daß er sie nicht heranlassen durfte, wenn er nicht in die Gefahr kommen wollte, daß sie sich zu Schuldgefühlen verdichteten. Und die kannte er lange genug. Er hatte den Riegel vorgeschoben. Nicht das Bewußtsein, sein Körper wehrte sich, ausgepumpt, erschöpft und hungrig wie er nun war. Als er die Stadt erreichte, war alles vorbei. Klar lag die Straße vor ihm im gleißenden Licht der Bogenlampen. Udo spürte ein Gefühl wie Befreiung. Vor ihm schaukelte ein Bus. Überholen? So eilig hast du's nicht. Sie würden Augen machen, wenn er jetzt ins Haus reinschneite, doch Fragen würden sie nicht stellen. Das war das gute: Christa und sein Vater wußten Bescheid. Sie wußten seit langem, wie es um seine Ehe stand. Sie wußten es schon vor ihm.

Der verdammte Bus spuckte schwarze Rauchwolken aus. Udo fluchte, sah am Heck hoch, auf das erleuchtete Fenster, trat vor Überraschung auf die Bremse. Das gab's doch nicht? Er mußte sich täuschen!

Er ließ den Wagen weiter zurückfallen, fuhr wieder näher ran: Tatsächlich – Käte! Was schaukelte Käte nachts noch durch die Gegend? Sie war doch bei ihrem Taubricht? Aber das stimmte: Der Siebener fuhr die Strecke Bahnhof-Seniorenheim, und das hier würde heute der letzte sein.

Das Rücklicht. Der Bus hielt. Udo setzte den Wagen fünf Meter dahinter an den Straßenrand, sprang raus, rannte, konnte noch nicht einmal einen vernünftigen Grund für seine Erregung nennen – einfach Käte sehen, jetzt! Und auch noch durch Zufall. – Die Leute stiegen aus, er drängte sich an ihnen vorbei, die Treppe hoch. Und da war sie. Ihre Mütze war verrutscht, und sie sah ziemlich mitgenommen aus.

»Taxi, gnädige Frau!«

Es schien, als habe sie ihn erst jetzt erkannt. Dabei hatte sie ihn doch die ganze Zeit angeguckt.

»Udo? Ja, was machst denn du hier?«

»Und du? Los, los, komm!«

Udo schnappte sich ihre Tasche, mit der Linken griff er nach ihrer Hand, der Fahrer brüllte irgendwas, die Türe war bereits am Zugleiten, nun schwang sie sich nochmals auf, und sie waren draußen.

»Udo!« sagte sie.

»Käte?!«

Sie schüttelte nur den Kopf. Irgend etwas war geschehen. Da standen sie. Die Luft schmeckte kalt und bitter nach Abgasen. Straße und Platz waren leer, die Leute hielten sich in ihren Häusern verschanzt, irgendwas war geschehen in dieser Nacht, mit ihm, mit ihr, sie wußten es beide, wußten es, ohne Fragen zu stellen, denn sie trugen ihre Niederlagen auf den Gesichtern, lasen es an ihrem Lächeln ab.

»Oh, mein Udo!«

»Na ja...«

»Na ja«, nickte Käte. »Und jetzt?«

»Jetzt? Jetzt trinken wir einen.«

»Wir?«

»Sicher. Und auf unser ganz Spezielles, Käti!«

Sie schwieg. Sie war so blaß. Nie war sie ihm so klein erschienen. »Und wo?« fragte sie schließlich.

»Dort.«

ASTOR-STÜBCHEN leuchtete es in rotverschlungenem Neon von der anderen Straßenseite. Der Name ASTOR mochte sich vornehm machen, die Kneipe war es nicht. Udo kannte sie.

»Nun komm schon. Hier – deine Tasche.«

»Aber... ich meine, in eine solche Bruchbude?«

Bruchbude vielleicht, sie hatte ja recht: Das Rot der Veloursvorhänge war längst vom Rauch zum Schummerbraun verdorben, es roch bitter nach Fernfahrerstumpen und verschüttetem Bier. Neben dem Foto des Fußballvereins hing die Standarte, und auf dem Po des Rollschuhmädchens aus den fünfziger Jahren hatten sich die Fliegen verewigt. Wenn schon, auf dem Tresen wenigstens brannte eine Kerze – und das schien Käte zu gefallen. Udo half ihr auf den Barhokker. »Guten Abend, Doktor!« sagte die Blondine hinter der Bar, und er fragte sich, wo sie den »Doktor« wohl hernahm. Käte sah sie an. Sie lächelte.

»Dies ist meine Ziehmutter«, stellte Udo vor.

»Guten Abend.« Ein roter Schmollmund verzog sich freundlich. Ein bemerkenswerter Busen spannte grüne Seide, und braune warme Augen sahen sie an: »Was darf ich denn anbieten?«

»Einen Tee?« wollte er Käte helfen.

Sie schüttelte den Kopf.

»Was dann?«

»Schnaps! Den brauch ich.«

Udo brauchte ihn auch. Also bestellte er zwei Doppelte. Er trank seinen bis zur Hälfte, Käte nippte, und während sie trank, leuchtete an ihrer Hand der Ring mit dem Amethyst. Seine Mutter hatte ihn Käte geschenkt, und Käte hatte ihn seither jeden Tag getragen. Braune Altersflecken. Das harte, blaue Geäder. Diese Hände, die soviel getan, die soviel Zärtlichkeit gegeben haben. Udo hatte plötzlich Schwierigkeiten mit dem Atmen. Und Käte wirkte so klein. Und so traurig...

»Wir müssen auf was trinken. Trinken wir auf die Liebe?«

»Bloß nicht!«

»Eben«, sagte Udo. »Auf was dann?«

»Müssen wir denn? Das ist gar nicht so einfach, weißt du.«

Sie stellte das Glas ab. Ihre Lippen bewegten sich, als wollte sie etwas sagen. Er konnte es nicht verstehen. Die Blonde lächelte. Und da brach es aus ihr heraus: »Frag mich nichts! Versprich mir das, Udo, frag mich bloß nichts.«

»Wollte ich auch nicht.«

»Weißt du, mit den Menschen ist es schon komisch, nicht wahr?«

»O ja, Käti! Und ob!«

»Und was ist mit dir?«

»Mit mir? Ich habe mich von Katharina getrennt.«

»Red keinen Quatsch.«

»Es ist so.«

Sie nickte. Hinter der Schrecksekunde verbarg sich ihr Wissen. Dann sagte sie es: »Ich habe es geahnt. Es mußte so kommen. Und Dinge, die kommen müssen, soll man nicht aufhalten. Das denke ich auch.«

»Das denkst du wegen des Adlerhorsts?«

»Ja.«

»Na, dann sind wir ja wieder beisammen, oder?«

»Ja.«

Sie trank aus, meinte, das sei ja nun auch nicht das Schlechteste, und blickte auf die grüne glänzende Seide der engen Bluse, die das blonde Mädchen trug, und auf den Ausschnitt, aus dem es sich weiß und lockend wölbte, blickte in ihr Gesicht, in die braunen, freundlichen Augen.

»Sie sind nett«, sagte Käte. »Ich danke Ihnen für den Schnaps.«

»Aber bitte.« Richtig rot war die Kleine geworden.

»Und darf ich Ihnen noch was sagen: Wissen Sie, warum die Menschen komisch sind? Weil sie nichts lernen wollen. Ihr ganzes Leben lang nicht... Sie sind noch jung. Machen Sie es nicht wie die anderen. Dabei ist es doch so einfach...«

»Was ist einfach?«

»Sich in die Position seines Nächsten zu versetzen, Fräulein. Das kann doch nicht so schwer sein? Wer das gelernt hat, der ist schon einen großen Schritt weiter.«

Udo war sprachlos. Sie hatte so recht. Sie hatte auch ihr Lächeln wieder, und sie war schon wieder ein wenig größer geworden. Mindestens drei Zentimeter. Und nicht nur ihr Lächeln und ihre Größe hatte Käte wieder, auch ihre Entschlossenheit.

»Komm, Udo!« Der Geldbeutel war in ihrer Hand, ehe er es verhindern konnte. Sie zahlte und dann sagte sie: »Los, jetzt gehen wir! Udo, komm!«

Die Blonde hielt ihnen die Türe auf. Udo fühlte sich besser, bei Gott, und ob er sich besser fühlte. Und so standen sie nun draußen auf der Straße und hatten alles wieder: die bitter riechende Luft, die Kälte, das Katzenjammergefühl, ihr: O Gott, wieso muß das mir passieren? Doch sie kämpften tapfer dagegen an. Der Kirsch half. Hand in Hand marschierten sie auf Udos Auto zu.

»Und jetzt nach Hause!« sagte er.

»Die werden vielleicht Augen machen«, antwortete Käte und fügte irgend etwas vom »irdischen Jammertal« hinzu, sprach auch den Namen Taubricht aus, ihn allerdings nur einmal, und was sie sonst so sagte, ging ohnehin unter im Gebrabbel des altersgeschädigten Motors.

So fuhren sie durch die Stadt, nebeneinander und doch getrennt durch die Dornenhecken ihrer Probleme. Sie fuhren über die Brücke. Tanzende Lichtpunkte auf schwarzem Wasser. Sie fuhren an Bahnschranke und Sägerei vorbei, die Kurven hoch.

»Topfkuchen!« sagte Käte plötzlich.

»Wie?«

»Morgen kriegt ihr einen Topfkuchen.«

Das Wort »Topfkuchen« hatte die Welt verändert. Udo lachte, nahm die Hand vom Steuer, ergriff Kätes Hand und küßte sie.

»Er mag den doch so, dein Vater.«

»Ich auch!«

Ja, alles war nun anders. Tannen standen am Hang, kleine Wölkchen trieben am Mond vorbei und polierten ihn, und zwischen den Stämmen leuchtete es honiggelb und angenehm.

»Na, auf sind sie ja noch«, sagte Udo.

Und Käte: »Halt mal an! Hörst du was?«

Udo ließ den Motor verstummen. Sie hörten. Sie hörten ein hohes, fadendünnes, winselndes Geheul.

»Die Molli!« Kätes Stimme zitterte. »Die Molli, die weiß, daß wir das sind. Die spürt das.«

»Sie kennt meinen Motor«, hielt Udo nüchtern entgegen.

»Nein, nein, sie spürt's! Die weint vor Freude.«

So fuhren sie die letzten Meter, parkten, stiegen aus. Oben am Haus aber öffnete sich die Tür. Das Bellen des Hundes wurde lauter. Udo spürte, wie Käte zitterte, und sagte tröstend: »Ist doch ganz praktisch, wenn man 'ne Familie hat, oder?«

Sie nickte. Sprechen konnte sie nicht. Gemeinsam, einer neben dem anderen, gingen sie auf die beiden Silhouetten dort oben in der Halle zu.

»Guten Abend«, sagte Käte. »Guten Abend, Christa. Guten Abend, Klaus. Dürfen wir reinkommen? Wir haben uns das nämlich überlegt. Wir wohnen doch lieber wieder bei euch...«

Knaur

Romantic-Thriller

Eden, Dorothy

Christabel
Eine Frau, die das Abenteuer sucht. 265 S. [827]

Der düstere See
Die Geschichte einer unheimlichen Entdeckung. 159 S. [818]

Antonias Geburtstag
Kurz vor ihrem 24. Geburtstag reist Antonia nach Neuseeland. Kaum dort angekommen, erlebt sie schreckliche Dinge. 158 S. [1011]

Die entführte Braut
Kriminalfall oder Liebesgeschichte? Man liest diese atemberaubende Geschichte in einem Zuge. 160 S. [1004]

Ein Clan von Bedeutung
In der Wildnis Neuseelands will Kate ihre irische Heimat und eine unglückliche Liebe vergessen. »Bei weitem der beste Roman, den Dorothy Eden je geschrieben hat...« (Publishers Weekly) 320 S. [1192]

Nachmittag für Eidechsen
Eine junge Frau in einem fremden Land. Sie fühlt sich beobachtet, verfolgt und bedroht – sogar von ihrem Mann. 160 S. [823]

Die Spur führt durch die Wälder
Willa Bedford, Sekretärin der britischen Botschaft, ist verschwunden. Grace, ihre Cousine, macht sich auf die Suche nach Willa. Eine Spur führt in die unendlichen Wälder Nordschwedens... 208 S. [1161]

Eden, Dorothy

Die seltsame Hochzeit
Als die 26jährige Luise einen reifen Witwer heiratet, ist die Welt noch in Ordnung. Doch bald kann sich niemand mehr an die Hochzeit erinnern... 160 S. [1050]

Die Trommel von Salamanca (H)
Größe, Verfall und Neubeginn der englischen Nation von der viktorianischen Ära bis zur Gegenwart, eingefangen in dem ergreifenden Porträt einer Frau und ihrer Familie. 256 S. [1037]

Yarrabee (H)
Zu Beginn des 19. Jahrhunderts ist Australien ein noch unberührtes Land. Dorthin holt sich der reiche englische Weinbauer Gilbert die zarte Eugenia als Herrin auf sein Gut »Yarrabee«... 320 S. [1294]

Randall, Rona

Applaus, Applaus
Eine berühmte Londoner Schauspielerfamilie vor dem Hintergrund des ausbrechenden Zweiten Weltkrieges 1939. 416 S. [1234]

Die grüne Kutsche
Über Nacht wird Jane zur reichen Erbin. Doch merkwürdige Dinge geschehen, als sie Lord Ashford heiratet. 143 S. [807]

Spiel der Leidenschaft
Was als Spiel um Liebe und Glück beginnt, wird in diesem Romantic-Thriller ein Verhängnis mit tödlichem Ausgang. 288 S. [1024]

Die Ladies vom Hanover-Square
Die junge Waise Deborah kommt zu ihrer skandalumwitterten Tante Dulcima. Als Dulcima stirbt, übernimmt Deborah die Mutterrolle für den illegitimen Sohn der Tante. 384 S. [1181]

Der Adler über dem Tor
335 S. [797]

Der Wächterstein
191 S. [782]

Zerrissene Fäden
Die dramatische Geschichte einer Familie, die an ihren Problemen zu zerbrechen droht. Mit einer Einfühlsamkeit und Wirklichkeitsnähe, denen man sich nur schwerlich entziehen kann. 224 S. [1302]